LE CHOIX
DE MARTIN BRENNER

DU MÊME AUTEUR

LE CERCLE CELTIQUE, Denoël, 1995.
LONG JOHN SILVER. *La relation véridique et mouvementée de ma vie et de mes aventures d'homme libre, de gentilhomme de fortune et d'ennemi de l'humanité*, Grasset, 1995.
LE CAPITAINE ET LES RÊVES, Grasset, 1999.
LE MAUVAIS ŒIL, Grasset, 2001.
LA SAGESSE DE LA MER, Grasset, 2002.
LA VÉRITABLE HISTOIRE D'INGA ANDERSSON, Grasset, 2004.
BESOIN DE LIBERTÉ, Seuil, 2006.
LE RÊVE DU PHILOLOGUE. *Nouvelles sur la joie de la découverte*, Grasset, 2009.
LES POÈTES MORTS N'ÉCRIVENT PAS DE ROMANS POLICIERS, *roman*, Grasset, 2012.
LA DERNIÈRE AVENTURE DE LONG JOHN SILVER, *roman*, Grasset, 2014.

BJÖRN LARSSON

LE CHOIX DE MARTIN BRENNER

roman

Traduit du suédois
par Hélène Hervieu

BERNARD GRASSET
PARIS

L'édition originale de cet ouvrage a été publiée en 2018
par Norstedts, sous le titre :

BREVET FRÅN GERTRUD

Couverture : Giordano Poloni / Ikon Images /
AKG Images

ISBN 978-2-246-82157-1

À Titti

— Ah ! Nous ne savions pas qu'il était juif…
— Lui non plus.

Romain GARY, *La Danse de Gengis Cohn*

On vous classe dans des catégories bizarres dont vous n'avez jamais entendu parler et qui ne correspondent pas à ce que vous êtes réellement. On vous convoque. On vous interne. Vous aimeriez bien comprendre pourquoi.

Patrick MODIANO, *Dora Bruder*

PREMIÈRE PARTIE

1.

Tu es poussière et tu retourneras à la poussière !

Martin Brenner se répéta mentalement les mots que sa mère l'avait prié de prononcer avant son dernier voyage, celui sans destination.

Non que cela aurait eu la moindre importance s'il se trompait. Maria s'en était allée et il n'existait aucun ciel d'où elle pouvait, de sa place, l'écouter en secret. Sara et Cristina qui se tenaient près de lui, main dans la main, ne remarqueraient guère une ou deux erreurs. Déjà à l'âge de neuf ans, Sara avait déclaré qu'elle ne croyait pas en Dieu mais au big bang, et elle ne semblait pas avoir changé d'avis depuis. De la Bible illustrée pour enfants reçue à Noël de sa grand-mère maternelle, elle n'avait pas lu une seule ligne. Cristina, son épouse bien-aimée, croyait en une sorte de Dieu, mais plus par commodité, pour mettre toutes les chances de son côté, en quelque sorte. Toujours est-il qu'elle n'avait jamais attesté de la moindre connaissance biblique durant les quinze années qu'ils avaient passées ensemble.

Dans leur famille, c'était lui qui, au fond, depuis ses études sporadiques en philosophie des religions, était le plus familier des Saintes Écritures. Mais il ne croyait pas en Dieu. Pour lui, la foi était une bouée de sauvetage qu'on avait accrochée le long du quai pour donner aux gens un sentiment de sécurité... jusqu'à ce qu'elle soit emportée par une grosse vague un jour de tempête ou balancée dans le bassin du port par quelques adolescents saouls un samedi soir en fin de soirée. Il n'existait pas une autre vie après celle-ci, il fallait s'y faire. Chacun de nous n'avait qu'une vie à vivre, une seule.

Alors, quelle importance pour Maria, désormais, qu'il exauçât son dernier souhait ? Qu'elle veuille retourner à la terre dont elle venait ? Qu'elle ait fait le choix de n'avoir ni prêtre ni pierre tombale ? Qu'elle ait insisté pour être incinérée et pour que ses cendres soient dispersées au vent avec Sara, Cristina et lui comme uniques témoins ?

Ses doigts glissèrent sur l'urne. N'aurait-il pas dû éprouver davantage de chagrin ? Maria lui avait donné tout ce dont il avait besoin, mais parfois son amour avait paru forcé, comme si elle devait lui prouver qu'il était réellement aimé. Il ne doutait pas qu'il fût tout pour elle, pourtant elle l'avait quelquefois regardé comme s'il était quelqu'un d'autre. Ou même comme si elle avait souhaité qu'il fût différent de celui qu'il était devenu. Entre eux, il y avait une membrane, un voile, une vitre embuée, dans le meilleur des cas une brume matinale censée se dissiper au soleil au cours de la journée. Mais ce n'était jamais le cas.

Longtemps il avait cru que c'était de sa faute et il avait fait tout ce qu'il pouvait pour montrer qu'il était à la hauteur. À l'école, il fut un élève modèle, appliqué. À la maison, il aidait à faire la vaisselle, passait l'aspirateur et lavait ses vêtements sales sans rechigner. Il ne buvait pas, ou tout au plus une bière lors des sorties et des fêtes d'école quand ses copains, en se vantant, buvaient leurs mélanges d'alcool maison en surjouant leur ivresse. Il ne séchait jamais les cours et évitait les bandes d'adolescents brailleurs qui traînaient dans les rues et sur les places.

Mais en dépit de tous ses efforts pour mériter l'amour de sa mère, il n'y eut jamais de vraie complicité entre eux. Quand, à telle ou telle occasion, il ressentait qu'ils s'étaient enfin rapprochés, une ombre, sans prévenir, surgissait soudain dans les yeux de Maria. Une sorte d'angoisse, peut-être. Ou une tristesse parce que la vie n'était pas devenue ce qu'elle aurait pu ou aurait dû être. Ou parce qu'elle était devenue ce qu'elle était.

Ce fut seulement à la fin de l'adolescence, quand il se projetait déjà ailleurs, loin de la maison, qu'il crut comprendre que ces ombres n'avaient rien à voir avec lui mais concernaient le père et l'époux qui avait disparu de leurs vies alors qu'il avait seulement quelques années.

Un jour, avant de déménager, Martin était monté au grenier dans l'espoir d'y trouver de vieux jouets qu'il aurait pu vendre ou offrir. Il n'y en avait pas. En revanche, il avait trouvé une enveloppe en papier kraft remplie d'articles de journaux jaunis et une poignée de photos. Les coupures de presse parlaient de la profanation du cimetière juif de la ville par des sympathisants nazis, une décennie à peine après la fin de la guerre. Les photos montraient un homme assez jeune sanglé dans une sorte d'uniforme avec une croix gammée sur un brassard autour du bras. Sur l'un des clichés, l'homme faisait en souriant le salut hitlérien.

Martin était redescendu avec les articles et les photographies pour les montrer à sa mère. Sans dire un mot, Maria lui avait arraché des mains les photos et les avait déchirées méthodiquement en petits morceaux. Puis elle lui avait ordonné de tout jeter à la poubelle.

Quand Martin était revenu, Maria l'avait regardé avec dans les yeux une expression effrayante. Mais était-ce bien à lui que s'adressait ce regard ? On eût dit qu'il était soudain transparent ou qu'elle regardait quelqu'un d'autre à sa place. Martin n'osa ni bouger ni parler. Maria ferma les yeux très fort. Quand elle les rouvrit, l'expression de haine… à supposer que ce terme fût adéquat… avait disparu, laissant place à un autre regard qu'il connaissait bien. Un regard de chagrin, empreint de désespoir.

« C'était ton père », dit Maria lentement, comme si ses mots avaient du mal à sortir, « que je viens de déchirer en petits morceaux. Tôt ou tard tu l'aurais appris, mais je ne voulais pas que tu grandisses en haïssant celui qui se trouve être ton père. Il n'était pas digne d'être ton père. Il n'est pas digne de l'être. Oublie-le, comme moi-même je l'ai fait ! »

Martin ne fut pas étonné. Il n'avait jamais posé de questions à sa mère sur l'absence de père, n'avait jamais essayé de savoir qui il était, ni où il se trouvait. Sans l'avoir jamais dit expressément, Maria lui avait fait comprendre que son père les avait abandonnés et qu'il ne fallait plus mentionner son nom à la maison. Son père, qui n'avait plus le droit d'être son père, était rayé des tablettes, effacé de la bibliothèque d'images mentales, déchiqueté dans le broyeur à papier du cœur et jeté désormais à la poubelle.

Durant les semaines qui suivirent, tous les sens de Martin furent en éveil pour détecter un changement chez sa mère. Il voulait voir si le voile qui les avait toujours séparés allait se lever. Ce ne fut pas le cas. Le dommage avait eu lieu et il était irréparable. Il aimait sa mère et elle l'aimait, mais parfois surgissait un bourdonnement dérangeant, un acouphène ou un champ magnétique qui déréglaient la boussole des sentiments sans qu'aucun des deux ne sache comment compenser le phénomène.

Quelquefois, quand sa mère le fixait avec son regard sombre tourné vers l'intérieur, Martin s'imaginait qu'elle reconnaissait en son fils son ex-mari, qu'elle s'en voulait d'avoir épousé cet homme et mis Martin au monde, sans aller pour autant au bout de la pensée et lui dire qu'elle aurait préféré que cela n'ait pas eu lieu ou bien lui demander pardon, car cela eût été lui faire comprendre qu'il eût mieux valu qu'il ne fût jamais né. Maria oscillait douloureusement, croyait Martin, entre le dégoût pour l'homme avec qui elle s'était mariée et l'amour pour l'enfant qui, malgré tout, était une partie d'elle-même. À peu près, peut-être, comme une mère, s'imaginait Martin, envers un enfant né d'un viol.

Mais à peine avait-il eu le temps de se formuler cette pensée qu'elle lui paraissait absurde. Une chose au moins était sûre : à en juger d'après la seule photo qu'il ait jamais vue de son père avant que Maria ne la déchire en mille morceaux, il ne lui ressemblait pas du tout. S'il avait bien retenu les cours de biologie au lycée, il avait cru comprendre qu'on n'héritait pas forcément de la personnalité de ses parents. Il avait toujours détesté toute forme de violence. À l'école, c'était lui, avec ses muscles de rugbyman, qui venait au secours des souffre-douleur des autres. Alors s'il ne ressemblait pas à son père, ni physiquement, ni moralement, qu'est-ce qui empêchait sa mère d'aimer son fils de manière inconditionnelle ?

En tout cas, toutes les possibilités d'élucider la situation avaient été épuisées. Il avait aimé sa mère, mais sans jamais pouvoir être réellement proche d'elle. Il était en deuil, mais pas vraiment attristé. Elle lui manquerait, mais cela serait probablement de courte durée.

Au fond, était-ce pour prouver qu'il pouvait choisir qui il voulait devenir sans se préoccuper de ses origines et de son héritage génétique qu'il avait fini par étudier la biomédecine et la génétique ? Pour se prouver à lui-même et au monde qu'il n'avait pas hérité des valeurs et de la personnalité de son père ?

Il lança un coup d'œil à Cristina et Sara. Cristina regardait fixement dans le vide. Sara tenait fort la main de sa mère et pleurait.

Il ouvrit l'urne, ne sachant pas trop comment procéder : devait-il plonger la main à l'intérieur et répandre les cendres par poignées ou devait-il seulement secouer le récipient et laisser le vent s'occuper du reste ? Il opta pour la seconde solution, rebuté par la pensée d'être obligé de toucher sa mère sous forme de poudre.

À l'instant même où il retourna l'urne, une rafale de vent passa sur la pelouse, souleva les cendres haut par-dessus leurs têtes et les emporta vers la mer un peu plus loin.

Tu es poussière et tu retourneras à la poussière ! dit Martin.

Il reposa l'urne par terre et fit quelques pas en arrière pour rejoindre Cristina et Sara. Ils gardèrent le silence un moment, serrés les uns contre les autres, à tenter de suivre des yeux le nuage de cendres.

Mais il n'y avait rien à voir, rien à retrouver, pas même une teinte grise dans l'herbe verte du printemps.

2.

« Tu veux bien conduire ? » demanda Martin.

Cristina hocha la tête et se mit au volant, tandis que Martin prenait place sur la banquette arrière avec Sara.

Il regarda du coin de l'œil sa fille adorée. Était-elle triste que sa grand-mère soit morte ? Sûrement. Sara avait toujours aimé sa grand-mère. Mais triste *comment* ? Il n'existait pas d'instrument pour mesurer le chagrin, que ce soit le sien ou celui des autres. Et Cristina ? Sa belle-mère et elle avaient toujours eu une bonne relation, mais Martin avait du mal à croire qu'elles se seraient fréquentées s'il n'avait pas été là.

« Grand-mère était âgée, dit-il à Sara pour la consoler. Elle m'a confié plusieurs fois qu'elle avait suffisamment vécu. La mort ne lui faisait pas peur et elle n'avait pas envie de devenir sénile et d'attendre dans un lit d'hôpital que ça se termine.

— Je sais, papa.

— Tu es très triste ? »

La question lui avait échappé malgré tout.

« C'est pas à cause de grand-mère que j'ai pleuré. »

Il la regarda étonné et elle leva timidement les yeux.

« Alors c'était à cause de quoi ? »

Sara ne répondit pas tout de suite.

« Parce que j'ai pensé tout d'un coup qu'un jour je serai obligée de vous enterrer, maman et toi. »

Martin l'entoura de son bras et l'attira vers lui.

« Il ne faut pas penser à ça maintenant, chuchota-t-il. Maman et moi avons l'intention de vivre longtemps. Tu ne te débarrasseras pas de nous aussi facilement ! »

Lorsqu'ils arrivèrent à la maison, trois voitures étaient déjà garées devant la clôture. Il ne se faisait pas vraiment une joie de retrouver la mère et le père de Cristina, son frère et sa sœur ainsi que leurs moitiés et leurs enfants respectifs.

Non qu'il les détestât. Ce n'était pas ça. Ils avaient tout fait pour qu'il se sente le bienvenu dans leur famille. Et Sara adorait ses grands-parents maternels, ses tantes et cousins. Mais il n'était jamais à l'aise dès qu'il était question de fêter des anniversaires et Noël avec la famille, sans parler des mariages… et des enterrements. Martin n'avait peut-être pas choisi de tomber amoureux de Cristina, car l'amour ça ne se choisit pas non plus, mais c'était avec elle qu'il voulait passer sa vie et non avec toute sa famille.

Il lâcha la main de Sara et la laissa courir devant. Elle salua les adultes qui attendaient dans la cour avant de disparaître à l'intérieur de la maison avec ses cousins sur les talons. Cristina prit la main de Martin.

« Comment tu te sens ? demanda-t-elle.

— Je ne savais pas que Sara nous aimait au point de penser déjà au jour où nous ne serons plus là.

— Les enfants aiment profondément leurs parents. »

Il devrait en être ainsi, mais ce n'était pas toujours le cas. Avait-il aimé profondément sa mère ? Pour de bon ? Sans réserve ? Bien sûr qu'il l'avait aimée. Mais il n'avait jamais pleuré à la pensée qu'un jour elle ne serait plus de ce monde. Jamais il n'aurait imaginé que quelqu'un, sa fille en l'occurrence, se mette à pleurer parce qu'il viendrait un jour à disparaître. Il s'était fait depuis longtemps à l'idée d'être mortel et cela n'avait pas, au fond, tant d'importance, qu'il vive ou qu'il meure. Mais peut-être pas. Au moins pour *une* personne. Il se pencha en avant et donna à Cristina un léger baiser sur la bouche.

« Sans toi et Sara, je ne ferais pas long feu », dit-il quand leurs lèvres se séparèrent.

Main dans la main, ils rejoignirent leurs invités.

Au moment du café, quand Sara eut disparu dans sa chambre avec ses cousins, Martin se leva pour prendre la parole.

« Je voudrais vous remercier d'être venus. Certains d'entre vous se demandent peut-être pourquoi Maria ne voulait pas de cérémonie à l'église. En fait, je n'en connais pas vraiment la raison. Mais je peux vous assurer qu'elle souhaitait le meilleur pour tous les êtres humains, même pour ceux qui ne l'ont pas toujours mérité, à l'exception de mon père, pour être tout à fait franc. La mort, d'après ma mère, quand elle arrive à un âge avancé après une vie digne, n'est pas un scandale, que l'on croie ou pas à une vie dans l'au-delà. Elle-même penchait, j'en suis convaincu, pour cette dernière option. Elle n'a exprimé qu'un seul souhait pour ses obsèques, c'était d'être incinérée et que ses cendres soient dispersées dans le parc du mémorial et que Cristina, Sara et moi accompagnions ses cendres. J'ai respecté sa dernière volonté, tout comme je l'ai respectée et hautement estimée aussi longtemps qu'elle a vécu. S'il y a quelque chose que j'ai appris après mes jeunes années erratiques, c'est qu'on n'est rien sans amour. C'est pourquoi je lève mon verre pour les deux personnes qui m'ont le plus aimé et que j'ai tenté d'aimer en retour, ma compagne de vie et ma mère ! »

Il leva son verre.

« Si Sara avait été ici, ajouta-t-il, j'aurais naturellement trinqué avec elle aussi. Mais je ne veux pas trop l'encourager à boire des boissons alcoolisées. »

Il parcourut l'assistance du regard, avec un sourire, soulagé d'avoir fini son discours sur une note plus légère.

Après le café, Martin fit faire le tour du propriétaire à ses invités : Cristina et lui avaient esquissé les lignes directrices de leur maison avant de laisser un architecte dessiner les plans. Le résultat avait été parfaitement conforme à leurs attentes.

Il avait eu sa tour de deux étages avec un bureau tout en haut. Cristina avait eu son patio, inspiré des haciendas espagnoles. Située au premier étage, leur chambre à coucher avait une vue dans les quatre directions. Sara avait sa chambre à elle dans un coin de la maison, où elle pouvait écouter de la musique aussi fort – ou presque – qu'elle le voulait et s'amuser avec ses copines sans déranger. Une chambre d'amis équipée d'une salle de bains et de toilettes avait aussi pu être aménagée le long du mur côté est. Et il y avait une salle de séjour, meublée de façon spartiate autour d'une cheminée et d'une télévision dissimulée dans une armoire. Les murs blancs n'accueillaient que des étagères pleines de livres et quelques tableaux, soigneusement choisis.

De l'extérieur, la maison ne ressemblait à aucune autre, à proximité ou plus loin. C'était ce qu'ils avaient voulu : cette maison aurait pu être n'importe où, dans n'importe quel pays, d'Europe en tout cas. Ils avaient fait construire une maison pour y vivre, non pour y prendre racine ou par amour du village natal. Ils étaient peut-être poussière, mais du moins en ce qui le concernait, peu lui importait la terre où ils s'installaient.

3.

Quand Martin se réveilla le lundi matin, au lendemain de l'enterrement, Cristina était déjà partie à l'hôpital et Sara à l'école.

Il prit tout son temps pour le petit déjeuner. Rien ne pressait. En dépit des circonstances, c'était bien d'avoir eu un prétexte pour poser un jour de congé. Il aimait son travail et l'exécutait au mieux, mais il lui arrivait de repenser avec nostalgie aux années où il se déplaçait en Europe, d'une université à l'autre, en vivant de bourses et de petits boulots. C'était l'époque où il pouvait s'asseoir dans un café à l'heure de pointe rien que pour éprouver la satisfaction de ne pas être obligé de se presser avec tous les autres dans un bus ou dans un métro.

Sous la douche, il se mit à siffloter, une mauvaise habitude qu'il avait chaque fois qu'il se sentait content d'exister. Un peu honteux, il se tut. Somme toute, cela ne faisait que vingt-quatre heures qu'il avait dispersé les cendres de sa mère et deux semaines qu'elle s'était endormie définitivement. Mais pour être tout à fait sincère, il ressentait un poids de moins sur les épaules et sur le cœur. Ces dernières années, il s'inquiétait en permanence à la pensée que Maria ne tombe et se fasse mal, qu'elle ne devienne sénile ou ne puisse pas avoir une mort sans souffrance. Et même si elle ne lui avait jamais adressé un mot de reproche, il avait eu mauvaise conscience de ne pas lui rendre visite plus souvent.

Avant de s'éloigner, il s'arrêta et contempla la maison où il espérait rester jusqu'au moment où ce serait son tour de quitter la terre, une fin rapide et sans douleur de préférence. Il avait encore du mal à croire qu'il était propriétaire de sa maison, qu'il avait finalement réussi à trouver un boulot intéressant et bien payé, qu'il était heureux avec sa compagne et père d'une enfant confiante et pleine de vie. Comment avait-il fait ?

Il avait la prétention de posséder une intelligence au-dessus de la moyenne et avait cherché longtemps ce à quoi il avait envie de consacrer sa vie. Le talent et l'opiniâtreté ne suffisaient pas pour « réussir » et « faire carrière » – des mots qu'il n'utiliserait jamais –, il avait aussi eu la chance de se trouver au bon endroit au bon moment. Ou plus exactement : il avait su cultiver la chance, ne jamais se fermer aucune porte, derrière ou devant, si ce n'était pas absolument nécessaire, garder les yeux ouverts pour ne pas perdre une possibilité et se laisser guider davantage par la curiosité que par l'ambition. Avant tout, ne pas se préoccuper de l'opinion et du goût des autres. La sensibilité était une qualité, à condition de ne pas faire comme tout le monde. C'était un des plus sûrs chemins vers la médiocrité.

Au fur et à mesure qu'il se rapprochait de sa maison d'enfance, sa bonne humeur disparut. Il avait tant de choses à faire. Il fallait vider la maison et la vendre. Il allait devoir trancher sur ce qu'il convenait de jeter, d'offrir ou de garder. En tout cas, ce dernier point ne serait pas très difficile. D'après ses souvenirs, il n'y avait pas grand-chose qu'il eût envie de conserver, qu'il s'agisse des meubles, des livres ou des ustensiles de cuisine.

Une fois franchi le seuil, il marqua un temps d'arrêt dans le vestibule. Avait-il réellement passé la plus grande partie de son enfance ici ? Pendant toutes ces années, il avait dû explorer le moindre coin, le moindre centimètre carré, et pourtant il ne reconnaissait rien. Sa mère avait emporté dans la tombe ce qui fait qu'un lieu est un foyer. C'était sa présence qui avait rendu la maison vivante et, le plus souvent, lumineuse. Ces tableaux auraient pu être aux murs de n'importe quelle maison, les chaises et la table semblaient s'être retrouvées dans la pièce par hasard, les rideaux et le dessus-de-lit pouvaient s'acheter sur tous les catalogues par correspondance. Pour couronner le tout, il régnait une douce désolation au sens propre du terme : ici il ne fallait pas espérer de consolation. Plus maintenant.

Même dans sa chambre, que sa mère avait laissée telle quelle quand il avait quitté la maison, il se sentait comme un étranger. Quel était cet adolescent qui avait dormi dans ce lit au matelas à ressorts, qui avait mis des affiches au mur, qui avait lu les bandes dessinées sur l'étagère ?

Il descendit le ballon de rugby posé sur l'étagère au-dessus de son lit, le serra, le jeta en l'air et le rattrapa. Alors que ses copains jouaient au foot, lui préférait rouler dans la boue lors des entraînements de rugby, assistant à tous les matchs de poule des équipes locales, et lui-même s'était pris des coups quand il jouait. Le rugby, leur avait expliqué leur prof d'anglais, un Écossais, c'était une discipline et une éthique. Dans le rugby, on ne protestait pas contre les décisions de l'arbitre et on ne s'injuriait pas. Sur les bancs, on retrouvait les supporters des différentes équipes mêlés aux vigiles ou aux policiers. Après le match, tout le monde buvait et chantait ensemble.

Un jour, le prof avait apporté un ballon de rugby et les avait laissés le lancer et faire des plaquages. Martin avait été le seul à avoir accroché à ce jeu particulier où l'on n'avait le droit de ne faire des passes qu'en arrière, où chaque mètre gagné était le résultat d'un combat collectif épuisant et où un *essai*, c'est-à-dire le fait de marquer des points, faisait quasiment l'effet d'une éjaculation orgasmique après de longues périodes de guerre d'usure. Il s'était inscrit dans le club de rugby le plus proche, entraîné plusieurs années et avait joué chaque semaine durant la saison. Son corps de petit garçon frêle et dégingandé s'était transformé en un paquet de muscles tendus qui ne craignait plus personne. Sans le rugby, il aurait été la victime désignée pour être harcelé, lui, un adolescent maigrelet qui refusait de suivre les autres. Au lieu de cela, on l'avait laissé en paix, jouissant même d'un certain respect.

Son ballon de rugby sous le bras, il entra dans la cuisine et sortit du placard sous l'évier quelques bassines en plastique qu'il remplit de chemises et de documents administratifs que Maria avait soigneusement rangés dans les tiroirs de son bureau. S'il avait hérité une chose de sa mère, c'était bien le sens de l'organisation, que cela résulte de son éducation ou d'une histoire de gènes. Mais à la différence de sa mère, il avait réussi jusqu'à ses quarante ans et la naissance de Sara, à être ordonné pour des détails ; cependant dans les grandes lignes, sa vie avait été une quête désordonnée pour y trouver du sens.

Il parcourut les titres des livres sur l'unique étagère de Maria. Elle avait toujours lu beaucoup, mais n'avait pas envie de les posséder tous. Elle les donnait pour la plupart, souvent à lui, à peine les avait-elle terminés. Oui, en ouvrant armoires et penderies, il se rendit compte à quel point elle avait peu d'affaires et d'objets. Dans sa penderie, il y avait deux tenues pour chaque saison, dans sa commode quatre changes de linge de lit et autant de serviettes de toilette, soigneusement empilées. Le service dans la cuisine était pour six personnes, pas plus. Le seul endroit débordant de denrées était le garde-manger, rempli de conserves, de riz et de pâtes. Aussi longtemps qu'il s'en souvienne, sa mère avait toujours veillé à ce que les placards soient pleins à craquer de provisions qui puissent se conserver pendant des décennies.

Dans la salle de séjour, il hésita devant les deux albums de photos sur l'étagère du bas. Avait-il envie de se souvenir du temps où il était jeune, de sa scolarité et de son adolescence ? Pas vraiment. De quels souvenirs avait-il besoin pour orienter désormais sa vie ? Rien d'importance. De l'école primaire et de l'époque qui précédait, il n'avait que des souvenirs épars. Il n'aurait su dire à quoi c'était dû, mais c'était comme s'il avait souffert d'une perte de mémoire partielle de son enfance, comme si elle ne comptait pas. Plus tard dans la vie, en tant que jeune adulte, il s'était aperçu qu'il y avait une raison plus profonde à cela : avancer dans la vie les yeux rivés sur le rétroviseur était stupide et synonyme de danger de mort.

D'ailleurs regarder en arrière était un détour inutile pour aller de l'avant. Ça ne l'intéressait pas de savoir comment il était devenu ce qu'il était : il préférait savoir s'il avait envie de continuer à être cet homme-là. La réponse à cette question avait presque toujours été non. Ou pour être plus précis : il avait gardé cette curiosité enfantine de souhaiter savoir qui il serait plus tard, et redoutait de rester comme avant. C'était important de connaître son histoire, c'est ce qu'on disait, de ne pas oublier, pour en tirer des leçons. Afin que cela ne se répète pas. Pourquoi l'étudier sinon ? Il y avait peut-être du vrai là-dedans, mais cela supposait qu'on sache qu'on était en chemin ou du moins quel but on poursuivait, pour pouvoir prendre position. Mais cette prise de position ne pouvait se faire uniquement à partir de son histoire personnelle.

Malgré cela, il glissa finalement les albums photo dans un des sacs. Un jour peut-être Sara voudrait voir comment étaient son père et sa grand-mère plus jeunes.

Dans le vestibule, au moment de sortir, il s'arrêta pour regarder autour de lui. Était-il passé à côté de quelque chose ? Un endroit où il aurait oublié de jeter un coup d'œil ? Auquel cas, ce devait être dans l'espèce de cagibi à la Harry Potter sous l'escalier menant au premier étage, mais, autant qu'il s'en souvienne, il avait toujours été vide.

Il se pencha quand même, ouvrit la porte et passa la tête à l'intérieur. Tout au fond se trouvait un petit sac de voyage qu'il sortit et posa sur le sol du vestibule. Le sac avait des roulettes, ce qui signifiait qu'il n'était pas là depuis des lustres. Trente ans plus tôt, lors de ses premiers voyages, il avait été obligé de traîner un sac de voyage peu maniable qui, une fois rempli, devait peser plus de vingt kilos. Dire qu'il avait fallu attendre tout ce temps pour qu'il vienne à l'idée de quelqu'un de doter les sacs de voyage de roues !

Il ouvrit le sac. À l'intérieur : des articles de toilette, des sous-vêtements et une tenue de change comme prêt au voyage. Dans un compartiment se trouvaient le passeport de Maria et une liasse d'euros et de dollars. À quoi rimait tout ça ? Durant tout le temps où il avait vécu à la maison, Maria n'était jamais partie nulle part et il ne se souvenait pas l'avoir jamais entendue évoquer le moindre voyage.

Il referma le sac et le roula jusqu'à la voiture qui déjà était à moitié remplie de sacs et de cartons. La dernière chose qu'il fit fut de vider la boîte aux lettres.

Il passa le reste de l'après-midi à résilier l'abonnement de téléphone, discuter avec un agent immobilier de la vente de la maison, parler avec la banque et envoyer un message aux quelques noms inscrits dans le carnet d'adresses de Maria pour annoncer son décès. Il contacta une entreprise de déménagement pour qu'elle vide la maison et livre meubles et biens à une association caritative. Il examina attentivement tous les documents, mais ne trouva pas de testament. Il était donc l'unique héritier et, une fois la maison vendue, il pourrait déposer une somme sur son compte qui avait bien besoin d'être renfloué après la construction de la maison. Cela permettrait aussi de donner un bon départ à Sara pour sa vie d'adulte, sans qu'elle ait à économiser le moindre centime, comme lui-même avait dû le faire pendant de nombreuses années. Chaque fois qu'il venait la voir, Maria lui avait demandé s'il avait besoin de soutien pour financer ses études, mais il avait invariablement décliné son offre. Elle avait toujours fait attention à l'argent et vécu sur un modeste salaire de secrétaire, toutefois si ses chances de faire des études avaient été compromises, elle aurait vendu la maison et vécu, si nécessaire, de pain et d'eau. Il se souvint de sa colère le jour où il avait exprimé une certaine lassitude vis-à-vis des études et laissé entendre qu'il n'y avait pas de honte à être peintre en bâtiment ou docker.

« Bien sûr qu'il n'y a pas de honte ! avait-elle répondu sèchement. Mais ce n'est pas pour nous. Des gens comme nous ne pouvons compter que sur notre intelligence.

— Des gens comme nous… ? » avait demandé Martin sans avoir de réponse.

Dans une des chemises, il avait trouvé les reçus des versements à Amnesty, certains très récents, quelques mois seulement avant son hospitalisation. Cela ne le surprit pas. Combien de fois n'avait-il pas entendu que la seule chose qui compterait, arrivés au dernier chapitre de notre vie, serait la satisfaction d'avoir contribué un tout petit peu à rendre le monde meilleur ! Une seule parole gentille, un seul geste d'entraide, un seul baiser sur la joue : voilà ce qui comptait. Cela pouvait sauver des vies ! Plus jeune, il avait trouvé que la morale de sa mère était assez simplette : gentillesse, bonne volonté, assistance à autrui et bonne conduite. Alors que lui utilisait de grands mots comme liberté, justice et égalité. Les derniers temps, il croyait avoir compris qu'on ne pouvait pas atteindre de grandes choses si l'on ne commençait pas par des petites, apparemment insignifiantes.

Il fut davantage surpris de découvrir que sa mère avait effectué des versements réguliers pour un fonds d'information sur la Shoah. Était-ce une façon de racheter son erreur de s'être mariée avec un homme qui se révéla être un nazi ? Martin décida de remettre une somme tirée de la vente de la maison aux deux organisations.

Quand Sara rentra de l'école vers trois heures, il avait grosso modo fini de ranger ce qui devait ou pouvait l'être.

« C'est quoi ? demanda-t-elle en montrant du doigt le ballon de rugby posé sur le bureau de son père.

— Un ballon de rugby.

— Il vient d'où ?

— De ma chambre d'enfant chez grand-mère. Je jouais au rugby quand j'avais ton âge. »

Il souleva le ballon.

« Attrape ! »

Elle essaya de le rattraper mais à peine avait-elle cru le tenir entre ses mains que le ballon lui échappa. En tombant sur le sol, il partit sur le côté.

« Mais ce n'est pas une balle ! On ne peut même pas le faire rebondir.

— C'est entre autres pour ça que j'aime le rugby. Tu ne peux jamais savoir exactement dans quelle direction la balle va partir quand elle rebondit. C'était comment à l'école aujourd'hui ?

— Bien.

— Des devoirs ?

— Oui. Des maths. Mais je ne peux pas faire les exercices.

— Et pourquoi ?

— Je n'ai pas d'iPhone.

— C'est quoi, le lien avec les exercices de maths ?

— Stina a un iPhone et quand elle doit faire des calculs, elle s'en sert comme calculette. Il y a des super applis pour s'améliorer en maths. »

Sara savait comment arriver à ses fins. Quand quelques années plus tôt, elle avait commencé à le tanner pour avoir un téléphone portable, il s'était assis à côté d'elle et lui avait expliqué que revenir toujours à la charge n'était pas la bonne méthode pour obtenir ce qu'elle voulait, du moins de lui. Plus elle le harcelait avec ça, moins il était disposé à faire un geste. Il valait beaucoup mieux dire « gentil papa », sourire et être gentille. Elle avait vite appris : dès lors elle n'avait jamais manqué de se pencher vers lui et de l'embrasser avant de lui demander quelque chose. Il était tombé dans son propre piège ! Même si cela ne marchait pas à tous les coups. Il se justifiait mais avait du mal à contrecarrer ses arguments – surtout concernant l'école. À l'âge de onze ans, bientôt douze, elle savait déjà qu'il ne dirait pas non à un livre, à un nouveau stylo ou au troisième cartable en deux ans, plus beau que l'ancien qui lui sortait par les yeux, disait-elle, tellement elle avait honte de le porter.

« J'en parlerai à maman ce soir, dit-elle.

— Tout le monde a un iPhone à l'école.

— Tout le monde ?

— Presque », reconnut-elle à contrecœur avant de quitter la pièce.

Il aurait bien aimé savoir si Sara avait pensé à sa grand-mère pendant la journée, mais elle paraissait aussi gaie que d'habitude. S'il y avait une chose dans la vie dont il était fier, c'était qu'il avait réussi à faire en sorte – il ne s'en attribuait pas tout le mérite – que sa fille soit équilibrée et respire la joie de vivre. Il en fallait beaucoup pour la déstabiliser. Un jour qu'il était venu la chercher chez la nourrice, il trouva Sara avec une grosse bosse au front. La nourrice avait raconté que l'enfant avait foncé droit dans un mur de briques avec sa moto en plastique et qu'elle s'était cogné la tête, mais qu'elle n'avait pas pleuré du tout ni gémi ni poussé de cris. Elle s'était rassise sur sa moto et avait continué à rouler, en faisant un peu plus attention. Elle n'avait pas pleuré non plus quand ils s'étaient rendu compte qu'elle avait oublié dans un bus sa peluche préférée. La seule fois, avant l'enterrement, où il l'avait vue vraiment triste, c'était quand son lapin était mort. Sara était tout simplement une enfant qui se sentait en sécurité dans une famille qui la choyait, un peu gâtée bien sûr, mais aucune raison de s'inquiéter. Tant qu'elle penchait la tête sur le côté en disant « gentil papa ». La mort de sa grand-mère était sa première vraie épreuve et elle semblait la surmonter de manière raisonnable. Pourquoi n'aurait-elle pas un iPhone ?

Cristina rentra tard de l'hôpital, comme toujours quand Martin pouvait rentrer plus tôt du laboratoire. Sara était si grande qu'ils n'avaient plus besoin d'être sur le pas de la porte pour l'accueillir quand elle rentrait de l'école, mais ils ne voulaient pas qu'elle soit seule plus que nécessaire. Sara affirmait elle-même qu'ils n'étaient pas obligés de rentrer si tôt à la maison, en particulier quand elle ramenait des copines, ce qui était souvent le cas. Il se rappelait parfaitement un vendredi où il était venu la chercher chez la nourrice. Sur le chemin du retour, elle s'était écriée :

« Papa ! Je suis triste.

— Triste ? répéta-t-il avec une boule dans le ventre. Il s'est passé quelque chose ? » C'était la première fois qu'il l'entendait dire que quelque chose n'allait pas. « Qu'est-ce qu'il y a ?

— C'est parce que vous n'avez pas d'invités à dîner ce soir ! »

Sara avait alors huit ans.

Il se souvenait aussi d'un samedi matin où il avait appelé toutes ses copines pour les inviter à venir jouer chez eux et de la déception sans bornes de Sara, quand il s'avéra que personne ne pouvait ou ne voulait venir. Déjà toute petite, Sara avait du mal à s'occuper seule. Pour respirer un peu, Cristina et lui avaient acheté un lit à barreaux où Sara pouvait s'ébattre en tous sens, sans avoir à la surveiller en permanence. Après une demi-journée de cris et de protestations, ils avaient compris qu'il n'y avait rien à faire. Sara ne voulait pas être toute seule. Elle aimait la compagnie, et n'était pas un loup solitaire comme lui-même. À quoi était-ce dû ? Héritage génétique ou environnement ? L'un et l'autre, certainement, mais dans quelles proportions ? Martin aurait peut-être dû savoir répondre, c'était sur ce genre de questions qu'avaient porté ses recherches et qui restaient son combat au travail, mais personne ne savait exactement comment les gènes interféraient avec le milieu et l'éducation ; on en était aux hypothèses et spéculations. Ou à des souhaits non formulés.

Indéniablement, le fait d'ouvrir largement leur porte aux copines de Sara avait joué un grand rôle. Enfant unique, elles devaient toujours se sentir les bienvenues, elles auraient toujours le droit de rester dormir si leurs parents l'autorisaient. Et l'on pouvait compter sur les doigts de la main les fois où Sara avait préféré rester seule.

Une bonne part du caractère sociable de Sara venait certainement de Cristina, de ses gènes ou de son éducation. Ce n'était pas un hasard si Cristina avait choisi de devenir médecin. Elle aimait les gens et savait faire ce qu'il fallait pour qu'aussi bien ses patients que leurs amis et connaissances se sentent bien traités. C'était une femme indépendante avec de grandes capacités intellectuelles, ce qui ne l'empêchait pas d'être sensible à ce que les gens pensaient, voire à ce qu'ils *pourraient* penser. Pourtant ce n'était pas par conformisme comme on pourrait le croire, mais plutôt une forme de prévenance. Pour Cristina, il importait en tout cas que Sara ne se distinguât pas des autres, qu'elle ne prenne pas de grands airs aux dépens des autres, qu'elle ne s'imagine pas être plus jolie ou plus douée, même si c'était le cas. Pour sa part, il aurait préféré que Sara suive sa propre voie sans se soucier de l'opinion des autres. C'était là un des sujets récurrents de discorde entre Cristina et lui.

Quand elle entra dans la cuisine où il préparait le repas, Cristina se glissa derrière lui, passa ses bras autour de sa poitrine et l'embrassa dans la nuque. Comme cela arrive si souvent quand un enfant vient au monde, Cristina et lui avaient oublié, les premières années, qu'en plus d'être père et mère ils étaient aussi homme et femme. Le baiser du matin quand chacun partait au travail était devenu mécanique – parfois ils oubliaient même de se regarder dans les yeux – et les étreintes du soir s'étaient transformées en rituel. C'était à Cristina que revenait le mérite d'avoir pris conscience du danger à temps. C'était elle qui, un matin, s'était mise à l'embrasser de manière passionnée au lieu du baiser mécanique au moment de partir. C'était elle qui, le même soir, s'était jetée sur lui au moment où il s'y attendait le moins et lui avait fait l'amour comme si leur dernière heure était venue. Sans sa vigilance, leur vie commune aurait pu se terminer par une séparation, comme tant d'autres. De cela, il lui était profondément reconnaissant. Car il l'aimait comme il n'avait jamais aimé personne, Sara mise à part, mais y compris sa mère. Il avait seulement oublié l'usure, comment pouvait-on oublier son grand amour et le tenir pour acquis, comme si cet amour pouvait s'attiser jusqu'à ce que la mort les sépare ?

Il posa la poêle, se retourna et chercha ses lèvres. Quand elles s'entrouvrirent lentement, elle le regarda d'un air interrogateur.

« Maintenant je n'ai que toi et Sara à aimer, dit-il. Et je ne vais pas lésiner. »

Cristina l'embrassa sur la joue.

« Je ne t'empêche de nous gâter, si tu veux », fit-elle.

Il sauta sur l'occasion.

« À ce propos, enchaîna-t-il. Sara veut un iPhone et je trouve qu'elle peut en avoir un. Toutes, enfin presque toutes ses amies ont déjà un smartphone.

— Je croyais que tu allais nous gâter avec des vêtements.

— Cela va de soi. Mais qu'est-ce que tu en penses ? Si Sara avait un iPhone, elle aurait autre chose à penser qu'à sa grand-mère.

— Que répondre à cela ?

— Pas grand-chose. Bon, je m'occuperai de son portable demain. Mais ne dis rien à Sara. Il faut que ce soit une surprise.

— Je veux bien avoir des surprises, moi aussi. »

4.

Le réveil sonna à six heures. Martin se dépêcha de l'éteindre pour ne pas réveiller Cristina.

« Dors, ma chérie ! » lui chuchota-t-il en l'embrassant sur le front.

Il alla dans la salle de bains, urina, se brossa les dents, se lava le visage, se rasa, se mit du déodorant et se peigna, comme il le faisait tous les jours et en trouvant ça chaque fois aussi désagréable.

Quelques années plus tôt, il avait proposé à Sara d'essayer de prendre chaque jour un nouveau chemin pour aller à l'école. Cela n'impliquait pas forcément de faire un long détour : il suffisait d'emprunter un autre passage piétons ou de traverser la rue un peu plus loin que la veille. Sara s'amusait à ce jeu. Pendant six mois, ils avaient réussi, en unissant leurs imaginations, à trouver des trajets différents jusqu'à l'école. Ils n'avaient arrêté que parce que les détours devenaient si longs que Sara était obligée de se lever un quart d'heure plus tôt pour ne pas arriver en retard.

Il avait continué seul. Il prenait des trajets différents pour aller au travail, buvait du café à des heures irrégulières, travaillait parfois tôt, d'autres jours tard, ne faisait pas toujours ses courses dans le même magasin, lisait tous les journaux imaginables, nationaux et étrangers. Il avait envie de croire que c'était un moyen d'empêcher le cerveau et le cœur de se fossiliser, que le changement choisi était bon pour l'activité cérébrale. C'était aussi un moyen de garder la capacité d'improviser dans la vie.

Mais ce jour-là précisément, ce premier jour de travail après les obsèques, il n'aurait aucun mal à rompre avec la routine. Dès le hall d'entrée, au lieu de son sourire habituel, Yvonne, la standardiste, le regarda avec un mélange de curiosité et de compassion. Dans l'escalier il croisa un des aides de laboratoire qui ne savait quelle contenance prendre le lendemain du jour où son chef avait dit adieu à sa mère. Près de la machine à café se tenait Frank, le seul employé dont Martin ne pensait vraiment pas du bien. C'était un laborantin égocentrique et susceptible qui estimait qu'il aurait dû être promu à un poste supérieur bien plus tôt. Martin savait que Frank l'accusait de lui avoir grillé la politesse, alors qu'il était en poste des années avant que Martin ne soit embauché au laboratoire, et gravissant rapidement les échelons. Martin avait gentiment essayé de lui faire comprendre que ses qualifications actuelles ne lui permettaient pas de viser plus haut qu'aide de laboratoire et qu'il faudrait qu'il fasse au moins un master pour espérer mieux, mais c'était comme parler à un mur tant il se trompait sur son compte. Pour Frank, tout ce qui n'allait pas était forcément de la faute de quelqu'un d'autre, même quand il était évident que c'était lui qui avait été négligent avec un échantillon que personne d'autre n'avait touché. Martin l'aurait volontiers fait remplacer ; c'était incroyable à quel point un seul individu pouvait répandre une mauvaise ambiance sur un lieu de travail. Mais tant qu'il s'acquittait de ses tâches de manière à peu près satisfaisante, il était difficile de le renvoyer.

« Je suis désolé », dit Frank, alors même que toute son attitude et l'expression de son visage montraient qu'il n'en pensait pas un mot.

Martin appuya sur le bouton pour avoir un café et disparut dans son bureau.

En règle générale il s'entendait bien avec ses collègues, même s'il n'en fréquentait aucun dans la vie privée, à l'exception de Samuel, et même là, ils ne s'invitaient pas chez eux. Martin n'était pas asocial. Au contraire, il souhaitait plutôt le bien des gens et faisait ce qu'il pouvait pour les autres dans son entourage, mais il devait reconnaître qu'il préférait sa propre compagnie, Sara et Cristina mises à part.

Samuel était aussi le seul à partager son désir d'essayer de comprendre ce qui faisait que l'homme était ce qu'il était, un être qui pouvait donner la preuve d'une cruauté sans bornes envers ses congénères, mais qui aussi, parfois, était prêt à risquer sa vie pour sauver celle des autres. Parmi la vingtaine de salariés du laboratoire, seule une minorité d'entre eux avait conscience que les résultats de leurs analyses d'ADN avaient une portée existentielle et idéologique au-delà de la satisfaction des simples clients curieux ou inquiets de leurs origines qui souhaitaient savoir s'ils étaient réellement les pères de leurs enfants ou s'ils étaient porteurs d'une maladie génétique. Au fond, il s'agissait de comprendre la nature humaine, à supposer qu'elle existe, et par conséquent de donner aussi une sorte de réponse à la question du bien et du mal, ou, pour reprendre l'expression de Martin, comment faire pour que des hommes opposent une résistance à leurs gènes et choisissent le bien plutôt que le mal, ou simplement – ce qui n'était pas si simple – s'abstiennent de choisir le mal.

Avec sa tasse de café devant lui, il s'assit dans son fauteuil pour lire et prit la chemise avec le manuscrit de ce qui allait être son *magnum opus* : une synthèse critique de l'ensemble des recherches sur le rapport de forces entre héritage génétique et environnement, complété par une défense rationnelle de la libre volonté comme étant autre chose qu'une illusion qu'on pouvait balayer du revers de la main en se référant à la biologie moléculaire, voire à la mécanique quantique des probabilités.

Chaque matin, avant de s'attaquer aux tâches en cours, il consacrait un moment à ce livre, parfois quelques heures, d'autres fois seulement quelques minutes, quand il avait du mal à mettre ses synapses en mouvement, comme maintenant, où les condoléances polies de son collaborateur perturbaient sa concentration. Il remit un peu d'ordre dans le chapitre qui traitait de l'influence éventuelle de la génétique sur les orientations sexuelles, s'appuyant sur les exemples controversés de l'homosexualité et de la pédophilie, mais passa vite à la lecture d'un article sur des jumeaux uniovulaires où l'un était gay et l'autre hétéro.

L'article montrait qu'il n'y avait probablement aucune corrélation entre certains gènes ou combinaisons de gènes et l'orientation sexuelle. Ce qui, néanmoins, n'en revenait pas à conclure que l'orientation sexuelle dépendait seulement du milieu et de l'éducation, comme l'affirmaient les homophobes. Car entre les gènes et le milieu existe une multitude de facteurs biologiques, du RNA ou acide ribonucléique aux hormones, certaines héréditaires, d'autres sensibles au milieu et pouvant infléchir dans une direction ou une autre.

Martin fit une annotation dans la marge et mit l'article de côté. Il s'attela alors à sa première tâche obligatoire de la journée : contrôler de manière aléatoire les conclusions que les laborantins avaient tirées de leurs analyses. La marge d'erreur du laboratoire devait friser le zéro, s'agissant de maladies génétiques ou de tests de paternité. Un seul message erroné pouvait ruiner la crédibilité du laboratoire. Les marges d'erreur autorisées étaient un peu plus larges quand il s'agissait de parenté et des origines : les résultats étaient si approximatifs qu'une erreur de quelques pour cent ici ou là avaient une importance toute relative. Mais même là, on était obligé d'être précis. Il n'y avait pas si longtemps, un journaliste vicieux avait envoyé des échantillons de mucus venant de jumeaux uniovulaires à différents laboratoires procédant à des analyses d'ADN sans préciser leur origine. Un des laboratoires était arrivé à la conclusion que les jumeaux avaient trente pour cent d'origine différente. Autant dire que ce n'était pas bon pour les affaires !

Ce matin-là, Martin ne repéra aucune irrégularité : il pouvait aller boire son café de la matinée sans avoir à faire la moindre remontrance à quiconque.

Quand il entra, bon dernier, dans la salle de la machine à café, tous les regards se tournèrent sur lui.

« Personne n'a besoin d'être triste pour moi, lança-t-il avant que quelqu'un n'ait eu le temps d'ouvrir la bouche.

Ce n'est pas un scandale qu'une personne âgée meure de mort naturelle et sans souffrance. »

Ses mots furent suivis d'un silence gêné. Ses collègues auraient pourtant dû savoir qu'il refusait de jouer les chefs distants et se contentait de dire ce qu'il pensait. Il n'avait pas de prestige à défendre et aucun désir d'humilier un employé pour se mettre en valeur.

Il fallut un moment avant que les langues ne se délient et parlent de banalités qui ne dérangeaient personne. Martin pria la responsable web de lui faire un compte rendu des commandes, questions et réclamations.

« Il n'y a rien de particulier, répondit Magdalena. Nous avons reçu quatorze demandes : trois tests de paternité, deux pour connaître ses origines et pour le reste la totale. »

Business as usual, en d'autres termes.

Martin avait à peine ouvert la porte de son bureau que le téléphone sonna. Il s'arrêta un instant, les yeux rivés sur le téléphone fixe qui ne sonnait presque plus jamais. Il souleva le combiné.

« Allô ?

— Bonjour Martin. Je m'appelle Gabriel Levin et je travaille au cabinet d'avocats Levin et Stein.

— En quoi puis-je vous être utile ?

— Laissez-moi d'abord vous exprimer mes plus sincères condoléances pour le décès de votre mère.

— Merci. Vous connaissiez ma mère ?

— Elle était une de nos clients.

— Clients ? répéta Martin. Elle n'a jamais mentionné avoir rédigé un testament.

— Elle ne l'a pas fait non plus. En revanche, elle m'a confié certaines choses qu'elle voulait que je vous remette.

— Quoi donc ?

— Je préfère ne pas en parler au téléphone. Est-ce que vous pourriez passer cet après-midi ? Disons vers trois heures ?

— C'est important ?

— Oui, je crois qu'on peut dire ça. »

Martin n'était pas certain d'avoir envie d'écouter ce que l'avocat avait à lui dire, mais d'un autre côté autant régler au plus vite tout ce qui avait trait à sa mère. D'ailleurs il avait pensé partir tôt pour avoir le temps d'acheter le portable à Sara. Il se faisait une joie de voir sa tête quand elle déballerait le cadeau.

5.

Le cabinet d'avocats Levin et Stein se trouvait dans une ruelle du centre-ville. À la seule vue du portail et de la plaque en laiton, Martin pressentit que l'emplacement discret n'avait pas été choisi pour faire des économies sur le loyer. Son impression se confirma en entrant dans le hall d'accueil avec son mobilier en cuir et des œuvres d'art de qualité aux murs. Le secrétaire ne se tenait pas derrière un comptoir mais était assis derrière un vieux bureau en bois noble.

« J'ai rendez-vous avec maître Levin, dit Martin.

— Quel est votre nom ?

— Brenner. Martin Brenner. »

Le secrétaire se leva et disparut dans un couloir. Peu après, il réapparut en compagnie d'un homme d'un certain âge, prototype de l'avocat sérieux, du moins selon l'image préconçue que s'en faisait Martin ; jusqu'ici il n'avait jamais eu affaire à des avocats. Levin, car ce ne pouvait être que lui, portait un costume sombre et une cravate discrète, assortie. Ses chaussures anglaises de couleur marron étaient bien cirées. Il avait les cheveux poivre et sel.

« Soyez le bienvenu, monsieur Brenner ! dit Levin en lui tendant la main. Si vous voulez bien avoir la gentillesse de me suivre dans mon bureau. Est-ce qu'une tasse de café vous ferait plaisir pendant que nous discutons ?

— Cela va durer longtemps ?

— Une demi-heure peut-être.

— Dans ce cas, je veux bien une tasse de café. »

Levin adressa un signe de tête au secrétaire.

« Et je ne veux pas être dérangé avant que nous ayons terminé », précisa-t-il en faisant un pas de côté pour laisser Martin passer devant.

Une fois dans le bureau, Levin lui proposa de prendre place dans un des trois fauteuils autour d'une table ovale dans un coin de la pièce.

« Je vous ai déjà exprimé mes condoléances, dit-il en prenant place en face de Martin, mais je veux bien les réitérer. Votre mère était à plusieurs points de vue une femme admirable.

— Au téléphone vous m'avez dit qu'elle était une de vos clientes.

— Oui, j'ai eu le privilège de pouvoir l'aider il y a de nombreuses années.

— À quel sujet ?

— Le divorce d'avec son époux. Cela n'a pas été si simple pour elle comme vous pouvez vous en douter. Mais je tiens à vous avertir que ce que j'ai à vous dire peut vous faire un choc.

— Si cela concerne mon père, vous n'avez pas besoin de vous inquiéter. Il est sorti de ma vie il y a très longtemps. »

À cet instant, on frappa à la porte et le secrétaire entra avec un plateau et le café.

« Merci ! » dit Levin.

Dès que le secrétaire eut quitté la pièce, Levin remplit leurs deux tasses.

« Du sucre ? demanda-t-il.

— Non merci. »

Levin prit une petite gorgée de son café et reposa la tasse.

« Votre mère est donc venue me voir afin que je l'aide pour son divorce, mais j'ai aussi aidé Gertrud pour lui faire obtenir une identité cachée.

— Gertrud ? Une identité cachée ? De quoi parlez-vous ?

— Ce n'est pas simple de retracer le déroulé exact des événements, mais je vais essayer. Si vous voulez bien m'excuser… »

Levin se leva, alla à son bureau et prit un dossier qu'il ouvrit.

« Votre mère, commença-t-il avec une certaine hésitation, dont le nom de jeune fille était Gertrud Zander, était née à Trieste de parents juifs. Quand la guerre a éclaté en 1939, elle avait onze ans. Comme vous le savez peut-être, les fascistes italiens, malgré leur discours, n'étaient pas des antisémites aussi fanatiques que les nazis allemands. C'est pourquoi, pendant les premières années de guerre, Gertrud et sa famille ont pu mener une vie à peu près normale, même si des rumeurs commençaient à courir sur des déportations et des camps de concentration. À un moment donné, au printemps 44, par mesure de précaution, la famille se réfugia à la campagne, chez des amis italiens. Ce qu'ils ignoraient, ou peut-être le savaient-ils, c'est que leurs amis étaient des membres actifs de la Résistance. Il se peut que vos grands-parents aient cru ainsi qu'ils bénéficieraient d'une certaine protection et que les partisans surveilleraient les patrouilles et mouvements de troupes des Allemands. Ce qu'ils firent sans aucun doute, mais les SS n'étaient pas, comme vous savez, nés de la dernière pluie. Selon ce que m'a raconté Gertrud, une patrouille a surgi un jour à la ferme en venant de deux côtés à la fois, d'en bas avec des voitures et d'en haut avec une patrouille à pied qui s'approcha sans bruit. Quand vos grands-parents maternels, Gertrud et leurs amis tentèrent de s'enfuir dans la montagne, ils furent aussi arrêtés. Les amis qui avaient hébergé votre grand-père et votre grand-mère furent aussi placés contre un mur et exécutés sous les yeux de leurs deux enfants. Votre mère et ses parents furent envoyés en Hongrie dans un camp de rassemblement avant d'être convoyés à Auschwitz quand Eichmann procédait aux dernières grandes épurations de Juifs hongrois. Vos grands-parents furent gazés dès leur arrivée au camp, tandis que votre mère qui était jeune et en bonne santé, et qui par conséquent pouvait faire un travail d'esclave pendant quelques mois, fut mise de côté. Elle vécut suffisamment longtemps pour être envoyée à Bergen-Belsen quand les Russes arrivèrent et que les nazis tentèrent d'effacer toute trace d'extermination, tout comme ils l'avaient fait à Treblinka. Que votre mère ait survécu à la marche forcée d'Auschwitz à Bergen-Belsen était un miracle.

— Et après… ? »

Martin cherchait ses mots, mais ne savait pas quoi dire.

« Quand les Anglais sont arrivés à Bergen-Belsen, votre mère souffrait du typhus et serait certainement décédée si elle n'avait pas reçu de soins. Quand elle fut rétablie quelques mois plus tard – physiquement s'entend, car les blessures de l'âme n'ont jamais vraiment guéri – elle n'avait aucune idée où aller ni que faire. Rester en Allemagne, le pays des bourreaux, était exclu. Et qu'est-ce qui l'attendait à Trieste sinon des souvenirs douloureux ? Sa famille – et la vôtre – avait été éliminée. Elle était la dernière en vie. Alors elle sauta dans un train avec d'autres survivants à qui on avait promis asile ici. »

Levin se tut et but une gorgée de café. Martin n'avait pas touché au sien.

« En d'autres termes… ? » commença Martin en hésitant, mais sans aller au bout de sa question.

« Vous êtes d'origine juive, compléta Levin, si c'était ce que vous vouliez savoir. Oui, vous êtes juif. Tout comme moi.

— Alors c'est pour ça que… ?

— Que votre mère est venue me trouver ? Oui, je le pense. Plus tard, à cause de votre père, elle a tout fait pour dissimuler sa judéité, elle ne pouvait faire confiance qu'à l'un des siens, quelqu'un qui savait ce qu'elle avait traversé. »

Soudain Martin comprit pourquoi Maria avait préparé le sac de voyage qui était sous l'escalier. C'était pour pouvoir s'enfuir sans attendre si jamais l'histoire devait se répéter. Il comprit aussi pourquoi les placards à la maison regorgeaient de conserves, de pâtes et de riz. Et les ombres dans les yeux de Maria… euh de Gertrud. Comme il s'était trompé ! Il ne pouvait que deviner ce qu'elle avait dû ressentir, elle, *une Juive*, qui avait survécu à la Shoah, qui avait vu toute sa famille éliminée, en découvrant que celui qu'elle avait épousé et dont elle était peut-être tombée amoureuse, était nazi !

« Mais pourquoi… ? » dit Martin sans trop savoir ce qu'il demandait.

Levin reposa sa tasse sur le plateau.

« Pourquoi tenait-elle tant à changer de nom et à cacher qu'elle était juive ? La réponse est à la fois triste et simple : par peur, épouvante et crainte que ce qui était arrivé se reproduise. Ou simplement pour éviter qu'un jour quelqu'un la traite de "sale Juive" et ravive toutes les blessures. Ce n'est pas facile pour nous aujourd'hui de comprendre à quel point les survivants avaient du mal à trouver un sens à continuer à vivre quand ils sortaient des camps. Dans un des récits de survivants que j'ai lus, l'auteure écrit qu'un jour, précisément à Bergen-Belsen, elle ne se contentait plus d'enjamber les cadavres qui jonchaient le sol mais marchait dessus. Pour survivre un jour de plus ou uniquement quelques minutes, il importait d'économiser le peu de calories qu'on aurait perdues en faisant un détour de quelques pas. Par ce geste s'effaçait la dernière bribe de respect pour la vie d'autrui. C'était ça, la grande victoire des nazis : avoir réussi à transformer des prisonniers en êtres déshumanisés, incapables de compassion, insensibles à la douleur d'autrui, sans parler d'amour et d'espoir. Rien d'étonnant à ce que tant de survivants n'aient pas eu la force de retourner à la vie après les camps d'extermination. Certains cessèrent de lutter et se laissèrent mourir malgré les soins qui leur furent prodigués. D'autres se suicidèrent, parfois bien des années après. Votre mère a eu le courage de continuer à vivre, mais au prix de cacher ses origines. Quand elle est venue ici, elle a pris un autre nom, Maria Brenner, et s'est fait passer pour une survivante orpheline des bombardements de Dresde. Je l'ai aidée pour établir tous les documents et attestations concernant sa nouvelle identité.

— Pour se cacher, elle a réussi, ça c'est sûr. Même pour moi, son fils. »

Des images de Maria… de Gertrud… passèrent furtivement. Martin la revit dans la cuisine en train de préparer le repas, tendant le bras pour attraper quelque chose dans le placard surchargé. Quelque chose manquait. Mais quoi ?

« Elle a réussi et échoué aussi, dit Levin.

— Que voulez-vous dire ?

— Il a fallu des années à Gertrud avant d'être capable de se reconnaître comme être humain – et comme femme. Durant nos conversations, elle se montrait réticente à parler de votre père, mais elle m'a raconté que lui aussi était juif et un survivant, ce qui a dû à la fois faciliter et compliquer leur vie commune.

— Excusez-moi de vous interrompre ! s'écria Martin. D'abord vous me dites que ma mère a mis mon père dehors quand elle a découvert qu'il était nazi. Et maintenant vous déclarez qu'il était juif ! »

Levin parut surpris.

« Je ne crois pas avoir mentionné que l'époux de Gertrud, votre père, ait été nazi. Elle vous l'a dit ?

— Oui et non. Elle m'a fait comprendre très tôt qu'il ne fallait pas mentionner mon père dans sa maison, mais sans jamais me dire pourquoi. Jusqu'à ce qu'un jour, je trouve des photos de lui dans le grenier, dans un uniforme avec la croix gammée. C'est la seule fois où j'ai vu ma mère en colère. Elle m'a expliqué que mon père avait été nazi et que je devais l'oublier comme elle l'avait oublié elle-même. Maintenant je comprends quelle terrible épreuve cela a dû être pour elle. On peut difficilement imaginer pire. »

Levin retira ses lunettes et les essuya.

« L'homme que vous avez cru être votre père, poursuivit-il lentement, n'était pas votre père. Gertrud m'a prié de vous raconter la vérité le jour où elle ne serait plus. Votre père n'était pas nazi. Votre père était juif tout comme Gertrud. »

Martin voulut dire quelque chose, mais aucun son ne sortit de ses lèvres.

« Je comprends que tout cela vous fasse un choc », dit Levin.

Un choc ? Pourquoi serait-ce un choc d'apprendre que ce connard de nazi n'était pas son père ?

« Plutôt un soulagement, dit Martin. J'ai tiré, c'est vrai, un gros trait sur mon père qui n'était donc pas mon père, mais il n'empêche qu'il m'arrivait de me demander si au fond de moi, bien caché, je n'avais pas quelques traits d'un bourreau potentiel. Comment ma mère avait-elle pu se tromper aussi grossièrement ?

— Je ne suis pas sûr de pouvoir l'expliquer, mais je vais essayer, en partant de ce que votre mère m'a confié et aussi des conclusions auxquelles je suis moi-même arrivé. Quand elle a rencontré votre père biologique et est tombée amoureuse de lui, je crois qu'elle était prête à assumer sa judaïté vis-à-vis du monde extérieur, même si elle continuait à avoir peur. Malheureusement, la vie en décida autrement. Elle était enceinte de quatre mois quand son mari, votre père donc, fut victime d'une campagne de dénigrement antisémite et agressé par une bande de nazis. Il avait écrit des articles où il affirmait que ni le nazisme ni l'antisémitisme n'avaient disparu après la guerre, révélant les noms de plusieurs nazis qui continuaient à se balader en toute liberté dans la ville. Je ne peux qu'extrapoler, mais Gertrud a dû être de nouveau terrifiée à l'idée que l'histoire ne se répète. Et cette fois, ce serait pire qu'avant, car elle n'était pas seule en danger, mais aussi vous, dans son ventre. Je ne sais pas ce qui a été dit entre votre père et votre mère, mais avant votre naissance, ils se sont séparés. Pour que tu… je peux vous tutoyer ? »

Martin acquiesça.

« … pour que tu n'aies jamais à vivre ce qu'elle avait vécu, pour que tu puisses choisir qui tu voulais être. Pour cela, elle était même prête à épouser un non-Juif.

— Et vivre toute sa vie sur un mensonge ? À mentir à son propre fils ?

— Elle n'a pas vécu sur un mensonge. Mais oui, pour te protéger, elle a été contrainte de te dissimuler la vérité. Même au sujet de ton père.

— Mais… »

Soudain, Martin prit conscience de ce qui manquait au souvenir de sa mère dans la cuisine.

« Je n'ai jamais vu de tatouage sur le bras de ma mère, dit-il.

— Elle n'en avait pas. À la fin de la guerre, quand en quelques mois des centaines de milliers de Juifs arrivèrent à Auschwitz, les Allemands n'eurent pas le temps de tous les marquer au fer. Tout ce qu'ils réussirent à faire fut d'en gazer le maximum avant que la guerre ne prenne fin, tous, de préférence, pour liquider les témoins.

— Est-ce que mon père vit encore ? C'est qui ?

— Gertrud ne me l'a jamais dit. J'ai ma petite idée, mais je ne pense pas t'en faire part. Ce serait trop dangereux de se tromper. Tu en sais quelque chose, toi qui travailles sur les analyses d'ADN.

— Quand j'ai posé des questions sur mes grands-parents maternels, j'ai seulement su qu'ils étaient morts sous les bombardements alliés de Dresde. N'ai-je pas le droit de savoir qui est mon père ?

— Je comprends tout à fait que tu puisses te sentir victime d'une injustice. Mais sur ce point particulier, je ne peux pas t'aider.

— Mais pourquoi Maria ne voulait-elle pas que je sache qui était mon père ?

— Crois-moi, j'ai essayé de convaincre Gertrud que tu étais aussi le fils de ton père et pas seulement le sien. Mais elle n'a pas cédé. Si tu venais à apprendre qui était ton père, disait-elle, peut-être te sentirais-tu obligé de choisir de devenir juif pour ton père ou pour elle, et non pas pour toi. Ou encore, des antisémites t'obligeraient à assumer ta judéité. Or, elle voulait que le choix vienne de toi, de toi seul.

— Mais elle est morte, commença Martin avant de s'interrompre. Pardon. Ce n'est pas ce que je voulais dire.

— Tu n'as pas besoin de dire pardon. Je ne sais pas comment j'aurais réagi si j'avais été à ta place.

— C'est beaucoup de choses d'un coup. Mais comment ma mère a-t-elle pu se marier avec un antisémite ? J'ai du mal à comprendre.

— Ton beau-père venait d'une famille aisée et respectée. Le père de ton beau-père était un philanthrope qui a consacré beaucoup de son temps et de son argent à faire le bien. Bien que non-juif et d'origine allemande, ou peut-être justement pour cette raison, il a versé des sommes importantes à l'assemblée juive après la guerre et de nombreux Juifs purent travailler dans son usine. Son fils, ton beau-père, était tout l'opposé de son père, un noceur qui ne s'intéressait qu'à lui-même, mais savait fort bien jouer la comédie pour donner le change et paraître un homme intègre. Il cachait si bien son antisémitisme, son racisme et son engagement dans le parti national-socialiste de l'époque que personne ne se douta de rien. Ça existe, ce genre de personnes qui, sans avoir suivi des cours de théâtre, sont capables de tromper leur monde. Il suffit de penser à ceux qui ont commis les attentats terroristes du World Trade Center ! Pendant dix ans, ils ont vécu comme des citoyens lambda aux États-Unis sans que personne ne se méfie d'eux. Je ne crois pas que ta mère ait vraiment aimé ton beau-père, en revanche je pense qu'elle a vu en lui la garantie que toi, avec un nom à consonance allemande, tu ne serais jamais soupçonné d'avoir des origines juives. Ton beau-père n'a jamais su que Gertrud était juive. Elle ne le lui a jamais dit, ni à personne d'autre.

— Mais elle te l'a dit !

— Oui, mais uniquement parce qu'elle avait besoin d'aide. Tu imagines bien ce que ta mère a dû ressentir quand elle a découvert que l'homme qu'elle avait épousé était antisémite et nazi ! Mais ta mère était une femme forte, malgré tout. Cette fois-là, elle a décidé de ne pas rester les bras croisés. Si j'ai bien compris, elle est allée trouver le père de ton beau-père, lui a raconté tout ce qu'elle savait et lui a annoncé qu'elle souhaitait demander le divorce. En apprenant que son fils était nazi, il l'aurait mis à la porte et l'aurait rayé de son testament. C'est lui qui a recommandé à Gertrud de prendre contact avec moi pour le divorce, et qui par ailleurs a réglé mes honoraires.

— Quel âge avais-je quand mon père… mon beau-père, je veux dire… est entré dans notre vie ?

— Un an.

— Et quand il a disparu ?

— Trois ou quatre ans, peut-être.

— Mais pourquoi ma mère ne m'a-t-elle jamais dit la vérité ? Je peux comprendre qu'elle ne l'ait pas fait quand j'étais petit, mais plus tard ? Est-ce qu'elle n'aurait pas dû me dire quelque chose ?

— Je ne peux pas répondre. Mais j'ai ici une lettre d'elle qu'elle m'a prié de te lire à haute voix. As-tu le courage de l'entendre maintenant ou préfères-tu attendre un autre jour ?

— Je crois que j'ai attendu suffisamment longtemps. »

Levin se pencha, sortit une feuille du dossier et commença à lire :

Mon fils tant aimé !

Quand tu entendras ceci, je ne serai plus de ce monde et tu auras appris par l'avocat Levin qui je suis réellement… ou plutôt celle qu'un jour j'ai été. Je comprends très bien que tu sois profondément déçu que je ne t'aie jamais dit la vérité. Mais si je me suis tue pendant toutes ces années, c'était pour ton bien, rien que pour ton bien. Je ne veux pas, je n'ai pas la force, d'essayer de te décrire ce que j'ai vu et ce que j'ai dû endurer. Toi qui as commencé à étudier la philosophie pour comprendre l'origine du mal, tu dois avoir déjà lu ça chez Primo Levi, Hannah Arendt et d'autres. Je crois que cela suffit pour que tu comprennes en partie pourquoi j'ai agi comme je l'ai fait. Ou du moins que tu me pardonnes.

Que j'aie pu, après avoir survécu à deux camps d'extermination, donner la vie à un enfant, est la décision la plus courageuse que j'aie jamais prise. Il m'a fallu plusieurs années, après la fin de la guerre, pour surmonter la peur que mon enfant connaisse le même destin que moi, des années pour simplement me convaincre qu'il y avait un avenir qui s'étendait au-delà de quelques jours.

Mais quand tu es venu au monde et que j'ai pris conscience que je pouvais de nouveau aimer un autre être humain, j'ai compris que j'étais contrainte de cacher tes origines, à toi comme à tous les autres. Il ne fallait pas que tu sois juif, que tu sois un bouc émissaire, mais seulement un être humain. La seule pensée qu'on puisse un jour te traiter de sale Juif, que tu sois victime de la haine antisémite ou du racisme des partis d'extrême droite me déchirait le cœur. Si tu avais été l'objet de moqueries, de rejet, de haine et de mépris, je ne suis pas sûre que je l'aurais supporté. Qu'aurait valu mon amour pour toi si je me brisais ? Si je n'avais plus la force de vivre comme tant d'autres avant moi ? Quel était le sens d'un amour qui t'aurait laissé orphelin ?

C'est pourquoi tu t'es appelé Martin. C'est pourquoi tu n'as pas été circoncis. Je sais que les Juifs ne sont pas les seuls à circoncire leurs petits garçons, mais sous le nazisme, un prépuce coupé suffisait à être considéré comme juif.

Aurait-il mieux valu que je te laisse continuer à croire que tu étais Martin Brenner, quelqu'un qui se fond dans la masse dans ton pays natal dont tu parlais la langue comme les autres ? Tu ne devineras jamais à quel point j'étais désespérée de ne pas savoir ce qui était le mieux. Personne, en dehors de l'avocat Levin et d'un rabbin du nom de Golder, ne sait que je suis ou ai été juive, et que donc, selon la tradition juive, indépendamment de ton opinion et de ta croyance, tu es juif. Tous deux m'ont promis de ne jamais le révéler à d'autres que toi et je sais qu'ils tiendront leur promesse. Et si tu le décides, ils emporteront ce secret dans la tombe. Et toi aussi. Tu es libre de choisir ce que tu veux être et qui tu veux être. Le prix que j'ai dû payer pour te dissimuler la vérité a été très élevé : à cause de ça nous n'avons jamais été vraiment proches. Mais j'ai aussi gagné quelque chose : la certitude que tu étais libre.

Levin marqua une pause. Martin qui, jusque-là, avait eu le regard rivé sur la table, leva les yeux et vit l'avocat sortir un mouchoir et s'essuyer les yeux.

« Excuse-moi ! dit-il. Je croyais que j'allais pouvoir lire la lettre avec un peu du courage dont a fait preuve ta mère. Mais je ne peux pas.

— Quand j'ai parcouru hier les papiers de ma mère, dit Martin, j'ai trouvé des reçus de versements qu'elle a effectués pendant toutes ces années à une fondation dont la mission est d'informer sur la Shoah. »

Levin se racla la gorge.

« Oui, je sais. Je préside moi-même cette fondation. Ta mère n'a jamais oublié.

— Est-ce qu'elle croyait en Dieu ? Au Dieu du judaïsme ?

— Beaucoup de Juifs ont cessé de croire en Dieu après la Shoah. Comment Dieu pouvait-il dire que les Juifs étaient le peuple élu et permettre qu'on les extermine ?

Quelques-uns ont essayé de sauver leur foi en soutenant que Dieu avait envoyé aux Juifs l'épreuve ultime pour qu'ils puissent retrouver la Terre promise. Mais peu de ceux qui ont survécu aux camps d'extermination ont conservé leur foi dans le même Dieu qu'avant la Shoah, comme si rien ne s'était passé. Je n'ai jamais parlé de Dieu à Gertrud et elle n'a jamais soulevé la question. Mais j'ai eu l'impression qu'elle se sentait profondément trahie. Dieu l'avait livrée, elle et tous les autres, aux camps d'extermination. J'ai lu beaucoup de témoignages au cours des ans, mais il est rare que les auteurs mentionnent que leurs codétenus ou eux-mêmes aient puisé du réconfort dans la foi. Ils ne priaient pas, n'invoquaient pas Dieu pour implorer son aide. Toutes leurs forces et leur temps passaient à se procurer une paire de chaussures si les leurs étaient usées jusqu'à la corde, à surveiller sa cuiller pour qu'on ne la vole pas, à chiper le bout de pain caché sous l'oreiller de quelqu'un mort pendant la nuit. Prier, croire et espérer, c'était une mauvaise stratégie pour survivre. »

Levin remonta ses lunettes sur son nez.

« N'a-t-elle jamais parlé de Dieu avec toi ? demanda-t-il.

— Pas vraiment. Presque jamais quand j'y repense. Mais je sais que je ne suis pas baptisé. Maria... Gertrud je veux dire... »

Sa voix s'éteignit. C'était difficile d'appeler soudain sa mère par un autre nom. Était-ce seulement juste de le faire ? N'avait-elle pas elle-même choisi son prénom de Maria ?

« ... Gertrud m'a dit qu'elle n'avait pas eu le temps de me baptiser. Je me souviens aussi qu'elle paraissait heureuse que je ne veuille pas faire ma confirmation. Maintenant je sais pourquoi.

— De temps à autre, à de longs intervalles, mais un peu plus souvent depuis que tu étais adulte, elle venait à la synagogue. Elle s'asseyait toujours sur le banc le plus au fond, dans un coin, et elle arrivait toujours déguisée avec une perruque et des verres teintés. Seuls le rabbin et moi savions qui elle était.

— Est-ce que tu crois en Dieu ? demanda Martin.

— Pas toi ?

— Non.

— Bon, je vais lire le reste de la lettre ? »

Martin fit oui de la tête. Il ne faisait pas trop confiance aux mots qui s'échapperaient de ses lèvres.

Quand tu entendras cette lettre lue à haute voix, tu sauras aussi que celui que tu croyais être ton père ne l'était pas. J'espère que tu comprendras pourquoi je l'ai épousé et comment j'ai pu me méprendre à ce point sur son compte. Je ne l'ai jamais aimé, mais j'ai cru qu'il pourrait te donner la sécurité qui était tout ce qui m'importait alors. Quand nous nous sommes rencontrés à l'usine de son père où je travaillais comme secrétaire, il m'a paru un homme gentil et attentionné. Il jouait son rôle à la perfection. Il m'a courtisée, m'a couverte de cadeaux et de fleurs, et m'a assuré qu'il m'aimait. Il m'a respectée, ne m'a jamais forcée. Mais le plus important de tout, c'est qu'il affirmait que cela n'avait aucune importance que tu aies un autre père : tu serais son fils. Il m'a bien sûr demandé qui était ton père biologique, mais je n'ai heureusement jamais pu me résoudre à le révéler. J'ai dit que tu étais le résultat d'une aventure en laissant sous-entendre que j'étais tombée enceinte contre ma volonté, que ton vrai père m'avait violée et que je voulais ne plus jamais entendre parler de lui. Ton beau-père l'a cru.

Je ne lui ai jamais raconté non plus mon histoire, que j'étais une survivante de Bergen-Belsen. Quand il me posait des questions, je lui disais la même chose qu'à toi : que j'étais une enfant réfugiée d'Allemagne. Il y avait de nombreuses raisons pour que je reste sur mes gardes. Je voulais d'abord tout oublier. Parfois je réussissais à refouler si bien mes souvenirs que j'en arrivais à croire que ça ne s'était jamais passé et que j'étais réellement une enfant réfugiée d'Allemagne. Mon père et ma mère venaient à l'origine de familles germanophones qui étaient parties de Vienne pour s'installer à Trieste, de sorte que je pouvais prétendre que l'allemand était ma langue, même si je l'abhorrais. Je me haïssais de mentir, mais quand la terreur m'envahissait, je n'avais pas le choix. D'ailleurs, je suppose que ton beau-père n'aurait jamais compris ce que j'avais vécu si je le lui avais raconté. Je lui faisais confiance pour ne jamais te faire ou nous faire de mal, mais je n'étais pas sûre de sa réaction s'il apprenait que j'étais juive et toi juif. Malheureusement, j'avais raison. Je n'attendis pas longtemps après notre mariage pour me rendre compte qu'il s'était épris de moi en raison de mon physique – j'étais plutôt mignonne quand j'étais jeune – et de ce qu'il appelait mon « côté mystérieux », mais qui n'était qu'un masque puisque je ne pouvais jamais être moi-même. J'étais sa figure de proue, un faire-valoir, un accessoire aux beaux yeux, capable de troubler le regard de ceux dont il voulait exploiter les services. Qu'au début il nous traitât bien, toi et moi, n'était pas la preuve de son amour, mais seulement la crainte du jugement de son père. Il voulait rester dans ses bonnes grâces, pour avoir droit à son argent, rien d'autre. C'était un hypocrite qui ne pensait qu'à son intérêt, un manipulateur qui aurait pu marcher sur des cadavres si son statut ou sa position se voyaient menacés. Dans son âme et son cœur, il était nazi, raciste et antisémite. Tout comme ses semblables, il était dépourvu de courage et de morale.

Mes yeux s'ouvrirent seulement quand tu as eu trois ans. Un jour, j'ai lu dans le journal que le cimetière juif avait été profané et vandalisé. Tous mes souvenirs remontèrent à la surface, ceux que j'avais tout fait, en vain, pour oublier. Pour la première fois depuis que j'avais passé le portail d'Auschwitz, je pleurai. On ne pleure pas dans un camp d'extermination, tu sais. Ton beau-père me demanda pourquoi je pleurais et je lui dis que je ne comprenais pas comment quelqu'un pouvait vandaliser une tombe juive après ce qui s'était passé pendant la guerre. C'est alors qu'il dit avec mépris que les Juifs n'avaient que ce qu'ils méritaient. Si Hitler n'avait pas fait l'erreur d'envahir l'Union soviétique, on aurait eu une Europe sans Juifs.

Tu imagines quel choc ce fut pour moi et en même temps, pas tant que ça. Cela confirmait que j'avais eu raison de ne pas lui révéler que j'étais juive. Mes larmes ont séché instantanément. Je n'ai rien dit, j'ai fait semblant de ne pas avoir entendu ce qu'il avait dit. Un jour qu'il était sorti, j'ai fouillé dans son bureau et j'ai trouvé des pamphlets et écrits antisémites.

Je suis allée trouver mon beau-père et lui ai tout raconté. Il est devenu furieux. Il m'a aidée à payer un avocat qui était monsieur Levin, pour s'occuper du divorce. Pendant des années j'ai eu peur que ton beau-père ne ressurgisse, mais comme tant d'autres antisémites, c'était aussi un lâche, alors il a déménagé dans une autre ville pour éviter de croiser son père. J'ai aperçu ton beau-père un jour qu'il était rentré pour réclamer sa part d'héritage. Il n'y avait pas grand-chose pour lui. Ton grand-père m'avait déjà donné une partie de l'argent, et surtout à toi, pour que je puisse payer la maison dans laquelle nous habitions. Il ne voulait pas que nos noms apparaissent dans le testament pour éviter que son fils ne se venge sur nous. Et il a légué une autre partie de sa fortune à l'Assemblée juive.

Comment ton beau-père a pu être le fils de son père, cela reste un mystère pour moi. Ceux qui font des recherches sur l'ADN ont peut-être la réponse. Comment ai-je pu me méprendre à ce point ? Là non plus, je n'ai pas de réponse. Mais j'en ai souffert toute ma vie. Et toute ma vie j'ai eu honte de m'être montrée aussi naïve et crédule, moi qui, plus que tout autre, aurais dû savoir que rien au fond n'avait changé même si six millions de personnes de mon peuple avaient perdu la vie. Peux-tu me pardonner ?

« Oui, murmura Martin. Sauf que c'est trop tard.

— Il n'est jamais trop tard pour pardonner », dit Levin d'une voix rauque.

Martin croisa le regard de Levin.

« Ta mère t'a donné le plus beau cadeau qu'un parent puisse donner à un enfant : la liberté de choisir toi-même qui tu veux être. Et la liberté de lui pardonner.

— Mais pourquoi seulement maintenant ?

— Qu'aurais-tu fait si tu avais appris la vérité quand tu étais jeune ? Est-ce que ta vie n'aurait pas été bien différente ?

— Comment le saurais-je ? »

Martin secoua la tête comme si cela l'aidait à mettre de l'ordre dans ses idées et ses sentiments.

« Est-ce que mon père biologique est encore en vie ? demanda-t-il encore une fois. Je voudrais au moins savoir s'il est en vie.

— Tu en es sûr ? »

Pour la première fois depuis qu'il était entré dans le bureau de l'avocat, Martin pensa à Cristina et encore plus à Sara. Qu'arriverait-il à Sara si du jour au lendemain il mettait sa vie à elle sens dessus dessous ?

« Non, dit-il. Pas vraiment. »

Il se leva.

« C'était tout ?

— Presque tout. »

Levin sortit un document de la chemise et le poussa sur la table. Martin prit la feuille. C'était un relevé de compte au nom de Sara.

« C'est quoi ? demanda-t-il.

— C'est ce que le père de votre beau-père vous a légué par testament à vous ou à vos enfants, avant de mourir. Selon ses instructions, Sara aura accès à la moitié de la somme le jour où elle quittera la maison, et l'autre moitié le jour où elle fondera une famille.

— Et si elle choisit de vivre seule ?

— Alors la moitié de l'argent ira à la fondation que votre mère soutient.

— Mais comment expliquer cela à ma fille ? C'est une grosse somme.

— L'argent a été placé dans une banque au nom de ta mère. Le cadeau vient donc d'elle. »

Levin prit appui sur le fauteuil pour se relever, il fit le tour de la table et lui tendit la main.

« Si jamais tu as besoin d'aide juridique ou de soutien, tu peux toujours compter sur moi. »

Martin serra la main tendue.

« Ceci, poursuivit Levin, a été la tâche la plus difficile que j'aie eue à accomplir. Mais je me rends bien compte que ce n'est pas comparable à ce que tu as dû traverser. »

Soudain Martin éprouva de la compassion envers Levin, même si le contraire eût été plus logique.

« Ça va aller, dit Martin. Finalement ça ne change rien à tout ce qui m'entoure. J'ai vécu ma vie jusqu'ici sans avoir besoin de souffrir ce que toi ou ma mère avez souffert à cause de vos origines. Et c'est réellement un grand soulagement de ne plus avoir à refouler que mon père était nazi et antisémite. Je te remercie d'avoir fait ce que tu as pu pour me communiquer ces informations avec le plus grand tact possible. »

Sans savoir ce qu'il faisait ni pourquoi il le faisait, il avança d'un pas et prit Levin dans ses bras.

« Je te prie de m'excuser, dit-il en relâchant son étreinte. Je tiens à te remercier d'être resté l'ami de ma mère. Le seul.

— Je n'étais pas le seul. Le rabbin Golder et le père de ton beau-père étaient aussi ses amis. Et je crois qu'elle le savait. »

Levin alla à son bureau et appuya sur un bouton.

L'instant d'après, le secrétaire surgit.

« Si tu veux bien raccompagner monsieur Brenner… »

Le secrétaire hocha la tête et tint la porte pour le laisser passer. Quand Martin se retourna sur le seuil, il vit Levin profondément affalé dans son fauteuil. Il pleurait.

6.

Martin posa les mains sur le volant, mais resta assis en laissant tourner le moteur.

Il fallut qu'on tape sur le pare-brise pour qu'il revienne à la vie. Un gardien de parking le regardait à travers la vitre.

Martin la baissa.

« Vous attendez quelqu'un ? » demanda l'homme.

Martin le regarda sans comprendre.

« Vous avez payé jusqu'à quatre heures et il est maintenant quatre heures et quart. »

Martin jeta un œil sur le tableau de bord.

« J'ai dû perdre la notion du temps et de l'espace, dit-il.

— Tout le monde dit ça.

— Ah bon ?

— Ils trouvent une excuse bidon, je veux dire. C'est bon pour cette fois. Mais faut pas que ça se reproduise.

— Une fois suffit. C'est plus qu'assez. »

En s'éloignant du centre-ville, il dut rassembler toute son attention pour surveiller l'ensemble des voitures, cyclistes et piétons qui semblaient surgir au moment où il s'y attendait le moins. Ce n'est qu'après avoir laissé le plus gros de la circulation derrière lui, qu'il put commencer à penser à ce qu'il venait d'apprendre et à l'attitude qu'il allait adopter par rapport à ça. Que devait-il dire à Cristina ? Devait-il lui raconter ce qu'il avait appris ? Naturellement qu'il allait le faire. Mais quand et comment ? Et Sara ? Elle n'avait rien à voir avec ça. Pourquoi devait-il chambouler sa vie ? De quel droit ?

Il s'apprêtait à tourner à droite quand il aperçut un cycliste dans le rétroviseur. Celui-ci lui jeta un regard furieux en passant en trombe. Martin vérifia encore une fois que personne d'encore plus râleur ne fonce sur la piste cyclable. Au moment où il tournait le volant, son regard tomba sur le paquet posé sur le siège passager. Le nouveau téléphone portable de Sara. Pour l'heure, cet objet était plus important que les histoires du passé. Rien ne devait compromettre le bonheur de sa fille, s'il pouvait l'empêcher. Et c'était le cas, si seulement il se comportait comme d'habitude et ne laissait rien paraître.

Aussi descendit-il jusqu'à la plage, gara la voiture et se promena au bord de l'eau. Il avait appris que son père n'était pas son père, mais qu'est-ce que cela signifiait ? Au fond, rien d'autre qu'un soulagement. Il avait enfin eu une explication pour le voile qui avait toujours existé entre lui et sa mère, pour le non-dit qui donc avait été la marque de sa sollicitude et de son amour. C'était triste qu'il n'ait pas pu en être autrement mais cela signifiait aussi qu'il n'avait plus besoin d'avoir mauvaise conscience pour n'avoir pas eu vraiment de chagrin à la mort et à l'enterrement de sa mère. En même temps, ce chagrin qu'il aurait éprouvé, voire qu'il aurait dû éprouver, se rappelait à lui à présent comme une pointe fichée dans la poitrine. Qu'il fût techniquement parlant un Juif ne le préoccupait pas. Il était et restait celui qu'il avait été, Martin Brenner, un homme d'une cinquantaine d'années relativement heureux, marié à une femme qu'il aimait et père d'une enfant confiante qu'il aimait encore plus, bien que d'une manière différente, évidemment. Seul demeurait ce chagrin d'avoir compris trop tard que sa mère aurait mérité un amour sans réserve. Et il n'avait pas besoin de le cacher.

Et son père biologique ? Était-il censé désirer savoir qui c'était et le rencontrer, s'il était en vie ? Cela améliorerait-il quoi que ce soit ? Peut-être, mais ça pouvait tout autant avoir l'effet contraire. Que se passerait-il s'il racontait à Sara qu'elle avait peut-être un grand-père inconnu en vie qui ne voulait pas qu'on connaisse son identité, et lui expliquer pourquoi ? Non, Martin n'avait pas le droit de lui faire porter le poids d'une histoire qu'elle n'avait pas partagée, pas avant qu'elle ne soit en âge de faire ses propres choix. Mais quand serait-ce ? Quand lui-même serait en mesure de le faire ? L'était-il actuellement ?

Il se pencha en avant, plongea ses mains dans l'eau et s'aspergea le visage. De nouveau dans la voiture, il se regarda dans le rétroviseur. D'après ce qu'il pouvait en juger, il était à peu près comme d'habitude. Le blanc des yeux était blanc : il n'avait pas pleuré. N'aurait-il pas dû le faire ? Mais non, il n'était pas du genre à pleurer sur son sort, ses chagrins et ses souffrances – ce n'était pas ce qui manquait dans le monde. Lui pleurait sur le bonheur des hommes, qui était si rare, si on peut appeler ça pleurer.

Sara ne répondit pas quand il l'appela dans le vestibule. Il frappa à sa porte, d'abord doucement puis plus fort. À la fin, il entrouvrit la porte. Sara était à son bureau avec ses écouteurs. Il redit son prénom à haute voix.

Sara tourna la tête, un peu indécise, comme si elle avait entendu un bruit étranger sans savoir ce que c'était, ni d'où ça venait.

« Salut, papa ! » s'écria-t-elle, une fois qu'elle eut retiré ses écouteurs et l'aperçut.

Il s'approcha d'elle et l'embrassa sur la joue.

« Tu sais bien que ce n'est pas bon pour tes oreilles d'écouter de la musique si fort, dit-il.

— Si j'avais un iPhone, répliqua Sara, ce serait moins dangereux. On ne peut pas monter le son aussi fort que sur un ordi.

— Tu as des devoirs à faire pour demain ? demanda Martin en changeant volontairement de sujet.

— On a seulement quelques pages à lire en histoire.

— Sur quoi ?

— Sur Hitler et la Seconde Guerre mondiale.

— Déjà ? »

Il entendit que sa voix n'avait pas une intonation naturelle. Sara le regarda, surprise.

« Je croyais que vous commenciez par le commencement et avanciez progressivement, dit-il paralysé par l'émotion.

— On travaille par thèmes, tu le sais bien !

— Et c'est quoi votre thème maintenant ? »

Il redouta soudain la réponse.

« La guerre. »

C'était toujours mieux que l'Holocauste, même s'il savait qu'un jour ou l'autre Sara aurait à se confronter à la cruauté la plus extrême et au mal absolu.

« Je commence à préparer le repas. Nous mangerons dans une heure quand maman sera rentrée. »

« Tu as l'air ravagé ! dit Cristina en entrant dans la cuisine.

— Enfin ! répondit Martin avec un sourire forcé. J'ai travaillé dur pour perdre mon air angélique.

— Il est arrivé quelque chose au travail ?

— Rien de particulier si ce n'est qu'on me rappelle sans arrêt que je n'ai plus de mère. Tout le monde a tenu à m'exprimer ses condoléances et a fait semblant d'être triste pour moi.

— Ah, je peux te faire confiance là-dessus ?

— Tu peux toujours me faire confiance. Par exemple, j'ai préparé une bonne sauce pour les spaghettis et je n'ai pas oublié d'acheter le téléphone portable pour Sara. Est-ce que tout ça ne mérite pas un baiser ? »

Cristina se pencha vers lui et l'embrassa tendrement.

Il sortit son portable et envoya un SMS à Sara pour lui dire que le repas était prêt. Il fallait vivre avec son temps ! Quand Sara arriva tout de suite après, Martin avait déjà posé les assiettes sur la table.

À peine assise, Sara s'écria :

« Maman ! Maintenant Maggie a aussi eu un iPhone. Il n'y a que moi qui ai un vieux téléphone pourri à touches !

— Est-ce que tout le monde a un iPhone ? demanda Cristina en regardant Sara droit dans les yeux.

— Presque tout le monde », reconnut-elle.

Pendant le repas, ils essayèrent de faire parler Sara de sa journée à l'école, mais ils n'eurent droit qu'à des réponses monosyllabiques, « oui » et « bien ». Comme d'habitude, elle fut la première à finir son assiette et demanda à quitter la table.

« Pas aujourd'hui, dit Martin.

— Pourquoi ? D'habitude j'ai toujours le droit, du moment que je débarrasse mon assiette.

— Aujourd'hui est un jour spécial », dit Martin d'une voix qu'il ne réussit pas à contrôler tout à fait.

L'image de l'avocat Levin, enfoncé derrière son bureau, en train de pleurer, lui avait traversé l'esprit.

Cristina et Sara le regardèrent étonnées.

« Tu es fatigué, dit Cristina.

— C'est normal, intervint Sara en adressant un regard plein de reproches à sa mère, que papa soit triste parce que grand-mère n'est plus là. »

Martin lui en fut reconnaissant.

« Tu as raison, dit-il à Sara. Mais si ma voix a un peu déraillé, c'est parce que je pensais à la tête que tu vas faire dans quelques minutes.

— Pourquoi tu dis ça ? Eh, réponds-moi !

— D'abord nous allons manger, ta mère et moi. »

Tous les deux prirent encore quelques bouchées, avant de se rendre à l'évidence : ils avaient l'esprit ailleurs.

« Attends un instant », dit-il à Sara.

Il sortit dans le vestibule et revint aussitôt.

« Tiens, c'est un cadeau de maman et de moi ! dit-il en lui tendant le paquet.

— Un cadeau ? Mais mon anniversaire n'est pas avant plusieurs semaines.

— Pour maman et moi, c'est tous les jours notre anniversaire parce que nous avons une fille aussi formidable que toi. »

Martin s'en voulut de tout ce sentimentalisme, mais il était trop tard pour retirer ce qu'il avait dit. D'ailleurs, il en pensait chaque mot.

« C'est quoi ?

— Ouvre, tu verras bien. »

Malgré sa curiosité, Sara prit le temps de dénouer le ruban de soie. Elle souleva doucement le papier sur un côté pour voir si elle pouvait deviner ce qui était à l'intérieur. Martin aussi avait fait ça quand il avait son âge. Lui aussi avait fait tout son possible pour prolonger la joie de l'attente, même si cela lui en coûtait. D'où cela lui venait-il ?

Le visage de Sara resta tendu quand elle souleva lentement la pointe du papier de l'autre côté.

« Mais… balbutia-t-elle en regardant en premier lieu Martin puis Cristina.

— Mais quoi donc ? » demanda Martin.

Sara arracha ce qui restait de papier et se retrouva soudain avec la boîte blanche. Elle souleva prudemment le couvercle comme si elle n'osait pas en croire ses yeux. Mais une fois qu'elle eut pris le téléphone, l'eut tenu dans sa main un moment et reposé sur la table, elle laissa enfin exploser sa joie.

« Je crois que je vais mourir, s'écria-t-elle avec un sourire qui allait jusqu'aux oreilles.

— Ce serait dommage, dit Martin. Maintenant que tu as un iPhone. »

Elle bondit de sa chaise et leur donna à chacun un gros baiser sur la joue.

Martin regarda Cristina qui avait, elle aussi, un grand sourire aux lèvres.

Au même instant, il prit conscience que rien n'était plus important que le bonheur de Sara. Un jour, elle apprendrait qui avait été sa grand-mère paternelle, mais pas avant d'être assez adulte pour digérer la nouvelle.

Et Cristina ? Que devait-il lui dire ? Tout, naturellement. Mais, tout bien considéré, rien ne pressait. Au fond, rien n'avait changé.

7.

La première chose que fit Martin en se réveillant le lendemain matin fut d'apposer un léger baiser sur le front de Cristina avant d'enfiler sa robe de chambre et de sortir de la pièce en traînant les pieds. En passant devant la chambre de Sara pour aller à la salle de bains, il jeta un coup d'œil par la porte. Elle dormait profondément, comme à son habitude. Ils avaient eu de la chance : Sara n'avait jamais fait de cauchemars la nuit. Il avait beau s'être juré de ne jamais considérer sa fille comme un objet d'étude, c'était difficile de ne pas se demander pourquoi elle était devenue la personne qu'elle était. Ne fût-ce que parce que des connaissances ou de lointains parents ne cessaient de s'exclamer avec ravissement qu'elle ressemblait tellement à l'un ou à l'autre. Combien de fois n'avait-il pas entendu de sa belle-mère que Sara ressemblait à sa grand-mère, voire à son arrière-grand-mère maternelle ! En revanche, personne dans la famille de Cristina n'avait jamais mentionné que Sara présentait aussi des ressemblances avec la famille de Martin. Dans une interprétation bienveillante, cela pouvait passer pour de la délicatesse : ils ne voulaient pas lui rappeler qu'en dehors de sa mère, il n'avait pas de famille. D'un côté, il ne les avait jamais entendus dire que Sara ressemblait à sa grand-mère paternelle.

Martin l'avait déjà remarqué : quand on disait que c'était de famille, cela faisait presque toujours référence à sa propre branche de la famille ; rarement à celle de l'autre dans le couple. De tout temps, bien avant Darwin et la génétique, il était communément admis que le sang était plus épais que l'eau. Lui-même, qui pourtant était bien placé pour penser autrement, ne pouvait s'ôter de l'idée que la parenté génétique créait des liens et des sentiments, comme la tendresse presque douloureuse qu'il pouvait ressentir vis-à-vis de Sara en la voyant si abandonnée et confiante dans son lit. Aurait-il éprouvé des sentiments aussi forts si elle n'avait pas été de sa chair et de son sang, si elle avait été adoptée ou eu un autre père biologique sans qu'il l'eût su ? Les parents, pour la plupart, et tous les parents adoptifs, répondaient sans hésiter que les enfants venus de l'extérieur étaient autant aimés que les enfants sortis de votre ventre, parfois même plus. Ils avaient peut-être raison. Beaucoup de parents adoptifs déversaient sur leurs protégés un trop-plein d'amour pour montrer que les liens du sang n'étaient pas aussi forts qu'on le disait… mais peu se hasardaient à demander aux parents adoptifs s'ils n'auraient pas préféré avoir des enfants à eux, s'ils avaient eu le choix.

Il faut dire que personne ne savait dans quelle mesure la parenté biologique influençait nos sentiments. De nombreux pères avaient rejeté leurs enfants illégitimes ou adoptifs qui avaient quitté avec ingratitude le foyer et cessé d'aimer leurs parents adoptifs en apprenant la vérité sur leur origine. Mais il existait aussi des parents biologiques qui abusaient sexuellement de leurs enfants, des enfants biologiques qui haïssaient leurs parents, et même des mères qui ne voulaient rien savoir de leurs enfants. L'histoire était truffée de récits sur des fils ayant frappé leurs pères à mort pour accéder au pouvoir, de frères qui avaient fait la même chose pour les mêmes raisons. Environ cinq pour cent des tests de paternité du laboratoire montraient que l'enfant avait un autre père que celui qu'ils croyaient, que Mademoiselle Julie de Strindberg n'était pas seulement une créature sortie de l'imagination d'un écrivain misogyne. Qu'auraient été ses sentiments envers Sara s'il avait appris qu'elle était l'enfant d'une aventure d'un soir, si Cristina avait été infidèle et lui avait menti pendant toutes ces années ? Il espérait, non, il était sûr qu'il aurait continué à aimer Sara, mais ses sentiments auraient-ils été les mêmes qu'avant ?

Il se glissa dans la chambre de Sara et déposa un baiser furtif sur son front. À moitié endormie, elle murmura : « Papa…

— Dors mon ange », dit-il en lui caressant les cheveux.

Il la vit esquisser un sourire avant de se retourner et se rendormir. Près de son oreille se trouvait son nouveau portable. Il le posa sur la table de nuit.

Suivit le rituel de la salle de bains. Mais au moment de se raser il vit dans le miroir deux yeux qui le dévisageaient.

Son nez n'était certes pas des plus discrets, il est vrai (ce que Sara n'avait pas manqué de lui faire remarquer quand elle était plus jeune), du moins n'était-il pas crochu. Il avait la peau plus mate que la majorité de son entourage, mais sans comparaison avec celle des immigrants arabes par exemple. Ses cheveux étaient noirs et ses yeux bruns, mais il était loin d'être le seul dans ce cas. Ses lèvres étaient... oui, comment les décrire ? Charnues peut-être ou douces à embrasser, comme disait Cristina. Il avait les pommettes hautes : c'était sans doute cela qui rendait son visage anguleux. Ceux de ses camarades de classe qui ne l'aimaient pas l'avaient surnommé « tête de nœud » jusqu'à ce que le rugby fasse gonfler ses muscles et modèle ses traits. En un peu plus de cinquante ans, on lui avait seulement demandé de rares fois quel était son pays d'origine. Comme toujours, il répondait qu'ils avaient tous un jour été des immigrants. Quoi qu'il en soit, il n'existait pas de physionomie juive si ce n'est dans les caricatures antisémites. C'était bien pour ça que les nazis avaient forcé les Juifs à se faire recenser et à porter une étoile jaune : comment les reconnaître sinon ?

Dans sa voiture, sur le trajet vers le laboratoire, il pensa à Maria, ou à Gertrud, aux épreuves qu'elle avait traversées, à son courage et sa force de volonté, à tout ce qu'elle avait sacrifié et manqué à cause de lui, mais aussi à sa maîtrise de soi pour garder secrètes ses origines et son histoire. Le sacrifice de Maria pour qu'il puisse choisir qui il voulait être n'était-il pas d'ailleurs un argument contre la suprématie des gènes ? Ou était-ce au contraire une preuve de la force de son amour inné pour lui, au point de chercher avant tout à protéger sa descendance, au prix du mensonge ? Était-ce par amour que les mères et les pères envoyaient leurs enfants d'Iran ou d'Afghanistan vers un avenir incertain ? Mais l'amour ne se réduisait-il pas dans ce cas à une question de biologie : l'essence même de l'amour n'était pas « d'aimer » ses enfants, mais de les mettre au monde et d'assurer leur survie ?

Maria avait payé le prix fort pour qu'il puisse choisir qui il voulait être. Mais cela avait-il vraiment été un choix de sa part ou plutôt la conséquence de l'effroi et de la terreur ? Et si elle avait pu choisir librement, n'aurait-elle pas préféré rester à Trieste, juive, avec ses parents et toute sa famille, n'aurait-elle pas sauvé les siens ? Dans ce cas, il n'aurait jamais existé et ses questions auraient été absurdes.

Le hall et les couloirs étaient déserts quand il entra dans le laboratoire. La première heure de travail, avant que tout le monde n'arrive, était la meilleure de la journée. Rien ne le dérangeait et son cerveau bouillonnait d'idées. C'est là qu'il travaillait le mieux, une tasse de café fumante à la main.

Il saisit son manuscrit sur le bureau. Plus de deux cents feuillets, ce n'était pas rien. Combien lui en restait-il à écrire ? Peut-être tout autant. Il regarda un des manuels américains aux allures de grosses briques, devenu l'ouvrage de référence dans les universités du monde entier. S'il menait à bien son projet, peut-être n'aurait-il plus besoin de travailler à plein temps : il pourrait se contenter de réviser son livre tous les trois ans et vivre sur ses droits d'auteur.

Sauf qu'il ne voulait pas se contenter de recenser les recherches d'autrui : il nourrissait aussi l'ambition de contribuer personnellement à l'avancée des connaissances en formulant des hypothèses audacieuses mais fondées. Il voulait que les lecteurs comprennent les implications philosophiques et éthiques qui se cachaient derrière la question de l'héritage génétique ou du milieu. En résumé, il espérait formuler ce qu'il qualifiait non pas de génétique, mais de gène-éthique : *gene ethics*.

Des pédophiles, par exemple, affirmaient être nés avec une forte attirance sexuelle pour les petits enfants. Si cela était prouvé, il n'y aurait qu'une seule façon de les empêcher de passer à l'acte, si on ne voulait pas les enfermer à vie : transformer leurs gènes, les castrer ou leur faire prendre de force des hormones. Mais au nom de quelle morale devait-on intervenir ? Qui prendrait la décision ?

Martin ne pensait pas se soustraire aux questions les plus controversées par lâcheté ou pour éviter de se heurter aux représentants d'une morale obsolète. Le principe de précaution devait bien entendu s'appliquer tant qu'on ne pouvait pas montrer avec une grande probabilité que tel comportement était déterminé génétiquement, qu'expérimenter une manipulation génétique des blocages ou sur des bases aussi fluctuantes était bien trop risqué. Jusqu'ici, il s'était contenté d'afficher une certaine neutralité vis-à-vis des diverses théories exposées dans son livre, sans s'impliquer personnellement. Jetant un coup d'œil sur son sommaire, il tomba sur le chapitre concernant la génétique et l'ethnicité, et se rendit compte que la suite ne serait pas si facile à écrire.

Une des études qu'il avait pensé présenter venait d'une équipe de recherches en Angleterre, qui démontrait qu'il n'existait pas de différences génétiques entre Israéliens et Palestiniens. Dès la publication de ce rapport, les intellectuels juifs et musulmans avaient fait pression sur le recteur de l'université pour faire retirer l'étude, et elle le fut. Ce n'était pas un hasard si à la fois son laboratoire et ses concurrents expliquaient sur leur site internet qu'à partir d'une analyse d'ADN ils pouvaient déterminer si une personne avait des ascendances juives ou pas. Rien n'indiquait que la dernière découverte y change quoi que ce soit ; c'était même le contraire.

Mais qu'est-ce que cela impliquait d'être juif ? De quoi était constitué le « kit » qui avait fait tenir les Juifs pendant des millénaires, en dépit des persécutions et des massacres, en dépit de l'absence d'un État-nation avant l'époque moderne et d'une armée pour défendre leur identité, de l'absence d'une langue commune et malgré le fait que, comme toutes les autres religions, ils s'étaient querellés sans fin pour savoir quelle était la juste doctrine ? Indépendamment de ce qu'il avait pu apprendre personnellement de Levin et du destin de sa mère, c'était une question qui, sur le plan existentiel, éthique et idéologique, avait une charge explosive. S'il était en mesure de montrer avec grande probabilité qu'en tout cas la judaïté n'était pas une question de génétique ou d'héritage biologique, il pourrait être sûr que son livre susciterait la curiosité.

Il créa un nouveau dossier pour un chapitre à part sur les Juifs et la génétique, et un autre pour la bibliographie sur ce même sujet. Il avait très envie de laisser tout le reste de côté et de s'y atteler immédiatement, mais il devait d'une part ne pas négliger son travail en cours et d'autre part penser à ce qu'il dirait à Cristina. Et quand. Leur amour s'était construit sur la franchise et la confiance, à la fois spirituelle et corporelle. Maintenant que Martin avait compris qu'il avait vécu toute sa vie *avec*, sinon *sur* un mensonge, il tenait plus que jamais à ne pas faire la même chose. Cela étant, il fallait qu'ils aient du temps pour parler de tout ça posément. Que sa mère et son père biologiques, c'est-à-dire les grands-parents paternels de Sara, soient d'origine juive, ce n'était pas le genre de chose qu'on annonçait lors d'une pause-café. Et certainement pas avec la personne qu'on aimait. Et certainement pas quand, comme Martin, on savait assez peu de choses sur ce que cela impliquait.

Aucune bonne occasion pour parler avec Cristina ne se présenta dans les jours qui suivirent. Tous les deux étaient débordés dans leurs jobs respectifs, avec du travail devant l'ordinateur à boucler le soir. Sara aussi avait besoin qu'ils lui consacrent un peu de temps. À l'heure de se coucher, s'il leur restait un peu d'énergie, ils faisaient l'amour.

Comme les jours passaient, il lui traversa l'esprit que rien ne l'obligeait au fond à dire quoi que ce soit. De temps en temps il pensait à sa mère qu'il aurait aimé connaître telle qu'elle était réellement, dont il aurait voulu écouter les récits, fussent-ils douloureux, et en savoir plus sur son père biologique et sa famille du côté maternel, à supposer qu'il y eût encore quelqu'un en vie.

Un jour Martin acheta des romans du prix Nobel de littérature Patrick Modiano qu'il lut à ses moments perdus. Avant le décès de Gertrud, Martin n'aurait sans doute pas prêté attention aux indices sur les origines juives de Modiano. À présent, c'était comme si les allusions étaient notées en caractères gras et en majuscules. Dans un des romans, le narrateur et le personnage principal arrivent dans un hôtel : « Les valises, je les ai poussées moi-même au fond de la salle de bains, sans les ouvrir car il faut être prêt à partir d'un instant à l'autre et considérer chaque chambre où l'on échoue comme un refuge provisoire. »

Les souvenirs et les accès de chagrin allaient et venaient, tantôt comme des éclairs, tantôt comme des images à haute résolution. Mais elles s'évanouissaient aussi vite qu'elles étaient venues, noyées dans le travail ou en jouant avec Sara qui, en tout cas, ne paraissait pas trop affectée par la mort de sa grand-mère.

8.

Un peu plus d'une semaine après l'enterrement, Martin reçut un coup de téléphone de l'agent immobilier qui lui annonça qu'il avait fait visiter la maison à deux acheteurs sérieux. Quand Martin exprima son étonnement que les choses soient allées si vite – la maison était loin d'être en parfait état –, l'agent immobilier expliqua que la situation et la superficie étaient idéales pour une famille avec enfants et que le quartier était par ailleurs très prisé. Ou que ce l'était devenu, depuis que les antennes paraboliques avaient disparu.

« Là, je ne suis pas sûr de vous suivre, dit Martin.

— C'est très simple. Plus il y a d'antennes paraboliques, plus il y a d'immigrés et plus le prix des maisons est bas. La question que je voudrais vous poser, c'est si je dois proposer la maison au plus offrant ou si on attend encore un peu.

— Non, je tiens à vendre le plus rapidement possible, mais ce doit être des personnes qui méritent de vivre dans la maison de ma mère.

— La pratique courante veut que le mérite se détermine en fonction du portefeuille. Celui qui propose le plus est d'habitude celui qui est le mieux placé.

— Quelle assurance a-t-on ? Les désirs et les rêves des gens sont rarement en corrélation avec leur pouvoir d'achat.

— Mais je suis convaincu qu'on pourrait faire grimper un peu le prix.

— C'est fort possible, mais cela ne m'intéresse pas. »

Quelques jours plus tard, Martin rencontra les premiers acquéreurs potentiels : un couple apparemment aisé avec deux enfants bien élevés. Autour d'une tasse de café dans la cuisine, Martin expliqua qu'il ne voulait pas vendre la maison à n'importe qui et qu'il devait pour cette raison poser quelques questions, s'ils n'y voyaient pas d'objection. Le mari et la femme échangèrent un regard inquiet : ils ne s'étaient visiblement pas attendu à ça.

Il commença à se renseigner sur leurs orientations politiques qui s'avérèrent être au centre, même si c'était assez flou. Ils n'étaient pas spécialement religieux, mais croyaient en une sorte de Dieu et étaient protestants. À la question de savoir quel regard ils portaient sur les immigrants et les réfugiés, ils répondirent de manière évasive, histoire de ne pas se mouiller. Que pensaient-ils du mariage homosexuel ? Ils se défilèrent aussi à cette question, mais Martin comprit qu'ils ne trouvaient pas que normal des homosexuels puissent élever des enfants ensemble. Ce n'était pas naturel, dirent-ils. Avaient-ils déjà versé de l'argent à Amnesty, la Croix-Rouge ou ce genre d'organisations ? Oui, de manière exceptionnelle, répondit la femme. Ils auraient bien aimé en faire plus, évidemment, mais cela n'avait pas toujours été suivi d'effet.

Martin demanda quelle serait leur réaction si leur fille revenait à la maison avec un musulman dont elle serait tombée amoureuse et qu'elle voudrait épouser à condition de se convertir à l'islam.

« Nous n'aimerions pas cela, dit l'homme sur un ton résolu en regardant sa femme qui hocha légèrement la tête.

— Et si c'était un Juif ? »

D'où lui venait cette question ?

« Un Juif ? répéta la femme étonnée.

— Je n'ai rien contre les Juifs, s'empressa de préciser son mari. Mais qui se ressemble s'assemble. »

Martin mit un terme à l'entretien peu après. L'idée n'était pas de leur faire subir un interrogatoire, mais de s'assurer que ceux qui reprendraient la maison de sa mère ne soient pas des racistes ou des extrémistes de droite à tendance fasciste. Il lui devait au moins ça, à sa mère. Il venait seulement de se rendre compte que les antisémites devaient figurer au sommet de la liste des acquéreurs indésirables.

Plus tard le même jour, Martin rencontra le couple suivant, eux aussi avec deux enfants, elle assistante sociale et lui professeur. Ils ne se défilèrent pas à ses questions et répondirent clairement, comme s'ils s'y étaient préparés, et exprimèrent des avis que Martin partageait en grande partie. Sauf quand il demanda comment réagirait leur couple si un de leurs enfants voulait se marier avec un musulman.

« Ce serait malencontreux, dit l'homme.

— Nous ne pouvons pas interdire à nos enfants de tomber amoureux d'un musulman, précisa la femme, mais nous ferions tout pour les en dissuader.

— Pourquoi donc ? demanda Martin. Chacun devrait pouvoir se marier comme bon lui semble, non ?

— Ce n'est pas si simple, dit l'homme en jetant un regard à sa femme avant d'ajouter : nous sommes juifs. »

Martin crut percevoir une sorte d'inquiétude dans leur regard. C'étaient eux maintenant qui essayaient de deviner ses pensées, et non l'inverse. Un bref instant, Martin fut tenté de dire que lui aussi était juif, en quelque sorte.

« Je comprends, se contenta-t-il de dire.

— Quoi exactement ? demanda l'homme, sur ses gardes.

— Que ce ne serait pas si facile de laisser votre fille se convertir à l'islam pour qu'elle puisse épouser l'homme qu'elle aime. Car je suppose que lui ne se convertirait pas au judaïsme.

— L'exemple est assez hypothétique, dit l'homme. J'ai du mal à croire que beaucoup de musulmans auraient le courage de se convertir au judaïsme pour se marier à une Juive.

— Je vous demande pardon, dit Martin. Vous n'êtes pas venus ici pour discuter de questions religieuses mais pour acheter une maison. Est-ce que vous la voulez ? »

Le couple échangea un regard étonné avant de tourner la tête vers Martin.

« C'est notre souhait le plus cher, répondit la femme au nom du couple. Cela fait presque un an que nous cherchons une maison et nous commençons à désespérer. Celle-ci nous conviendrait parfaitement. Elle est dans le centre, dans un quartier calme, et pas très loin de la synagogue.

— Alors elle est à vous, dit Martin.

— Mais le prix ? s'inquiéta l'homme. L'agent immobilier a dit qu'elle reviendrait au plus offrant.

— Je lui ai fait savoir que c'est moi qui décide qui pourra acquérir la maison et que le prix est celui affiché au départ.

— Je n'ose y croire », dit la femme en laissant un sourire illuminer son visage tandis qu'elle cherchait et serrait la main de son époux.

Martin prit son téléphone portable, appela l'agent immobilier et lui annonça que la maison était vendue à monsieur et madame Klein. Il leur serra chacun la main et leur laissa sa carte de visite.

« Si jamais vous aviez des questions à poser à propos de quelque chose que vous n'auriez pas vu lors de la visite, et que vous vouliez revoir la maison, l'agent immobilier a tous les documents et un double des clés. »

Sur le chemin du retour, Martin sifflotait dans la voiture. Il appela Cristina avec son portable.

« *Have I told you lately that I love you ?* » dit-il en citant Van Morrison avant de lui raconter que la maison était vendue.

« Enfin tu as la voix de mon mari adoré, dit-elle. Il était temps.

— Qu'est-ce que tu veux dire ?

— Je ne suis ni aveugle ni sourde. Tu n'as pas été toi-même depuis la mort de ta mère.

— Maintenant je vais tourner la page. Promis.

— Il faut tenir ce qu'on promet, comme dirait Sara.

— Ou le pape !

— Le pape ?

— J'ai lu l'autre jour dans le journal que le pape avait enjoint aux hommes politiques de tenir leurs promesses vis-à-vis de leurs électeurs. N'est-ce pas incroyable que même le pape doive leur rappeler quelque chose qui est une évidence pour une enfant de onze ans ? »

9.

À peine deux semaines après que Martin eut rencontré la famille Klein, l'agent immobilier lui téléphona pour lui dire que tout était prêt pour la signature. La visite n'avait pas révélé de vices cachés et l'acheteur avait obtenu sans difficulté son prêt bancaire.

Dès le lendemain après-midi, Martin se rendit chez l'agent immobilier. Monsieur et madame Klein étaient déjà sur place. Ils saluèrent Martin et lui exprimèrent leur gratitude pour avoir bien voulu leur vendre la maison. Après la signature du contrat, la remise des clés et l'information communiquée à la banque, monsieur Klein sortit une bouteille de champagne de son sac. Martin téléphona à Cristina pour lui demander si elle pouvait passer le prendre sur le chemin du retour.

Quand Cristina arriva, la bouteille de champagne était vide. Martin l'embrassa sous les yeux du couple Klein et de l'agent immobilier, et la présenta comme sa femme bien-aimée.

« Le champagne a dû monter à la tête de mon mari ! » dit Cristina.

« Voilà une bonne chose de faite, dit Martin en se laissant tomber sur le siège à côté de Cristina. La vie va redevenir normale. Si ce n'est que nous sommes devenus presque des gens aisés.

— La maison ne devait pas valoir tant que ça.

— Il n'y a pas que la maison.

— Ah bon ?

— Ma mère a aussi laissé une somme pour Sara. »

Martin montra du doigt une place de parking un peu plus loin.

« Tu peux t'arrêter là un instant ? »

Cristina freina et gara la voiture. Martin sortit un relevé de compte que Levin lui avait remis et le tendit à Cristina.

Elle le regarda plusieurs fois avant de s'écrier :

« Mais c'est de la folie !

— Je sais que ça paraît incroyable, mais c'est la réalité. Sara pourra à la fois financer ses études et s'acheter un appartement. D'après le testament, elle aura la moitié quand elle commencera ses études et la moitié quand elle se mariera et aura des enfants.

— Le testament ? Tu ne m'en as pas parlé.

— Je ne l'ai su que l'autre jour quand un avocat m'a appelé.

— Mais d'où vient tout cet argent ? Ta mère a travaillé comme secrétaire toute sa vie. Et sa famille est morte pendant la guerre, n'est-ce pas ?

— Son grand-père… » commença Martin.

Il avait du mal à prononcer le mot. Cristina le regarda étonnée. Il dut prendre sur lui pour continuer.

« Son grand-père a confié l'argent à ma mère avant de mourir.

— Je ne sais trop quoi dire.

— Il y a beaucoup de choses qui sont difficiles à croire même si elles sont vraies.

— Pas question évidemment d'en parler à Sara. Elle est assez gâtée comme ça.

— Nous n'avons pas besoin de préciser le montant. Mais je trouve que ce serait bien qu'elle sache que sa grand-mère a pensé à elle.

— Mais elle n'a que onze ans.

— Bientôt douze.

— Je trouve que nous devrions attendre qu'elle ait quinze ans.

— Quatorze ans me paraît un bon compromis. »

Il prit la main de Cristina et la serra fort.

« Je t'aime, dit-il.

— Et toi tu as trop lu Charlie Brown. Dès qu'Elisabeth est fâchée contre lui, il bondit pour lui donner un bon baiser sur la bouche. »

Martin se pencha aussitôt et embrassa Cristina.

« Ce soir, nous irons au restaurant fêter ça, dit-il. Je t'invite.

— Je croyais que nous partagions toutes les dépenses ?

— Pas ce soir ! »

Quand Sara apprit qu'ils mangeraient au restaurant, elle demanda aussitôt si elle pouvait venir avec une copine.

Martin et Cristina échangèrent un regard.

« Est-ce qu'on ne pourrait pas être juste tous les trois ? demanda-t-il. Pour une fois. Nous avons quelque chose à fêter.

— Quoi donc ?

— C'est un secret.

— Ok, dit Sara en essayant de ne pas faire la tête. Mais dans ce cas, je veux une pizza.

— Tu veux toujours avoir le dernier mot ? » demanda Martin.

Sara ne répondit pas.

Une heure plus tard, ils étaient attablés dans une pizzeria. Sara voulait sa *calzone* habituelle, Cristina prit des *spaghetti al ragù* et il commanda des *penne all'arrabiata.* Comme boisson, ils choisirent un Primitivo di Salento.

« Je veux savoir le secret, dit Sara dès qu'ils eurent commandé.

— Attendons d'être servis », dit Cristina.

Si Cristina tenait tant à laisser Sara sur des charbons ardents, c'était par crainte de céder à tous ses caprices. C'était là un des rares points de désaccord entre Martin et Cristina : elle voyait l'éducation davantage comme une stratégie dûment réfléchie tandis que lui suivait le plus souvent son instinct. Cristina voulait qu'ils se mettent d'accord sur ce qui serait autorisé ou pas avant de parler à Sara. Lui préférait que Sara remarque que ses parents n'étaient pas toujours du même avis. Pourquoi lui faire croire que les adultes pensaient toujours la même chose ? Il fallait lui laisser un peu de marge pour qu'elle puisse donner son opinion et choisir par elle-même, fût-ce au prix d'être tantôt du côté de sa mère, tantôt du côté de son père.

À peine la nourriture était-elle arrivée sur la table que Sara revint à la charge à propos du secret.

« Nous avons vendu la maison de grand-mère », annonça Martin.

Sara, la mine déçue, regarda son père et sa mère.

« Mais ce n'est pas un secret !

— Que croyais-tu que c'était ? demanda Martin.

— Vous avez dit que je ne pouvais pas venir avec une copine parce que nous allions fêter quelque chose de spécial », se plaignit Sara.

Martin se rendit compte, une fois n'est pas coutume, à quel point il perdait ses moyens quand Sara était déçue ou triste. Cristina avait raison en disant que leur fille était trop gâtée. Elle n'était pas *trop* gâtée, juste un peu. Mais il devait admettre qu'elle l'aurait été si Cristina ne mettait pas le holà.

Il prit un stylo, déchira un bout de la serviette en papier, le cacha avec sa main et écrivit : *Cheval ? Oui, bof ou non ? En unique cadeau d'anniversaire ?* Il poussa le bout de papier vers Cristina.

Sara faisait de l'équitation depuis l'âge de neuf ans et elle avait toujours rêvé d'avoir un cheval, mais jusqu'ici Cristina avait toujours dit non, même si ça ne revenait pas tellement plus cher d'avoir son propre cheval plutôt que de louer un poney à l'école d'équitation.

« Qu'est-ce que vous fabriquez ? dit Sara. Moi aussi je veux participer. »

Cristina parcourut le message de Martin, lui lança un regard de reproche et secoua la tête.

« Dites-moi ce que c'est ! » lança Sara d'une voix impérieuse.

Cristina finit par acquiescer, fût-ce à contrecœur.

« Si tu pouvais réaliser ton vœu le plus cher, demanda Martin, qu'est-ce que ce serait ?

— Un cheval à moi ! répondit Sara aussitôt.

— Alors on dit ça.

— On dit quoi ?

— Que tu auras un cheval à toi en cadeau d'anniversaire. »

Il y eut un grand silence de l'autre côté de la table. Sara regarda à tour de rôle Martin, puis Cristina et encore Martin qui hocha la tête.

« C'est vrai ? C'est pas une blague ?

— Ce n'est pas notre genre de te mentir », dit Martin.

La mine très grave, Sara se leva, fit le tour de la table et donna à son père et à sa mère, dans cet ordre, un gros baiser sur la joue.

« Je crois que je vais mourir ! lâcha-t-elle. Vous êtes fous.

— Non, dit Cristina en esquissant enfin un sourire, mais ton père a une araignée au plafond.

— Une araignée où ça ?

— C'est juste une expression pour dire que quelqu'un n'a pas toute sa tête.

— Je n'oublierai jamais cette journée ! s'écria Sara.

— Le cadeau vient aussi de ta grand-mère, dit Martin. C'est parce que nous avons vendu sa maison que nous avons les moyens de t'acheter un cheval.

— Merci grand-mère ! » dit Sara.

Le reste du repas se passa à discuter de questions pratiques : comment trouver un cheval ? Qui parlerait avec le responsable du centre équestre pour avoir un box ? etc.

« Pardon ! dit Martin quand Sara s'éclipsa pour aller aux toilettes.

— Tu n'as jamais pu dire non à ta fille, dit Cristina. Tu la pourris. Tu l'aimes trop. Plus que moi.

— Primo on ne peut jamais trop aimer quelqu'un. Deuxio l'amour n'est pas une compétition. Plus il y a d'amour, mieux c'est. Moi, c'est ainsi que je vois les choses. Pas toi ?

— Que veux-tu que je réponde à ça ? »

Elle aurait besoin de temps pour lui pardonner de ne pas en avoir parlé avec elle d'abord. Mais c'était un prix qu'elle était prête à payer pour avoir vu la joie incommensurable de Sara.

Le week-end fut placé sous le signe du cheval. Martin et Sara passèrent tout le samedi devant l'ordinateur pour éplucher les petites annonces de chevaux. Cristina vint les voir de temps en temps et faisait un commentaire, mais elle avait plutôt peur des chevaux et ne donnait un avis que sur leur côté mignon ou pas. Lui-même n'avait que de vagues idées sur ce que devait coûter un bon cheval, à un prix raisonnable, mais il s'avéra que Sara savait ce qu'elle faisait. Elle balançait des termes sur les races et les catégories de concours, savait tout sur l'équipement qu'il fallait prévoir avec l'achat, et elle connaissait même certains chevaux qu'elle avait vus lors de différentes compétitions. Déjà dans l'après-midi, ils avaient identifié un certain nombre de candidats, appelé les vendeurs et pris rendez-vous pour le lendemain.

Le dimanche, tout alla très vite. Sara aurait préféré avoir un jeune cheval qui aurait pu se développer durant les quatre années qui lui restaient à monter un poney. Mais au lieu de ça, elle tomba amoureuse d'un hongre plus âgé, moucheté de blanc qui répondait au nom de Murphy. C'était un cheval qui avait fait un peu de tout.

Il n'était clairement pas le meilleur cheval dressé du monde, mais il sautait par-dessus les obstacles sans avoir besoin qu'on l'éperonne ou le cravache.

Le même après-midi, Sara avait un sourire jusqu'aux oreilles et grattait son cheval à elle entre les oreilles et l'embrassait sur le museau. Le compte en banque de Martin s'était allégé mais il était presque aussi content que Sara. Il n'y avait rien de tel que de la voir heureuse.

Chaque jour après l'école, qu'il fasse beau ou qu'il pleuve, avec le vent de face ou dans le dos, Sara alla à vélo au centre équestre, le sourire aux lèvres. C'était contagieux et Martin avait envie de participer à cette ivresse de bonheur, même sans être sur un cheval. Une ou plusieurs fois par semaine, il l'accompagnait pour porter des selles et des seaux d'eau. Sara aimait qu'il l'aide et la regarde monter, mais elle était surtout fière de lui montrer qu'elle en savait beaucoup plus long que son père sur les chevaux et comment il fallait s'en occuper.

Quand, au travail, il mentionna Sara et son cheval, il découvrit que la plupart de ses collègues féminines avaient été des cavalières dans leur jeunesse et que cela avait été les plus belles années de leur vie. L'une d'elles, Suzanne, raconta qu'elle n'avait jamais pardonné à ses parents de ne pas l'avoir laissée avoir son propre cheval. Martin rapporta cette histoire à Cristina qui ne lui avait toujours pas pardonné. Elle avait accepté le cheval, c'était difficile de faire autrement quand elle voyait le bonheur de Sara, mais pas qu'il l'ait mise devant le *fait accompli.*

Au fil des jours, Martin pensa de plus en plus rarement à ce que Levin lui avait révélé. De temps en temps le désir de savoir qui était son père biologique se manifestait mais il se disait, l'instant d'après, qu'il n'en sortirait rien de bon si, contre toute attente, il parvenait à retrouver sa trace. À la télévision, il y avait un programme pour aider les gens à retrouver leurs pères, mères ou proches disparus. En début d'émission, on affirmait qu'on était obligés de savoir d'où on venait pour savoir qui on était. Comment pouvait-on en être sûr ?

Lors des premiers reportages, Martin était resté scotché à l'écran et avait eu les larmes aux yeux en assistant aux retrouvailles où les pleurs se mêlaient aux rires : une fille qui retrouvait son artiste de père aux États-Unis, un fils qui découvrait sa mère en Corée, un autre qui nouait le contact avec une flopée de demi-sœurs et frères. Mais le dernier lui avait laissé un goût amer dans la bouche : c'était un jeune homme qui, outre sa mère, retrouvait sa famille de romanichels en Roumanie, lesquels vivaient dans un tel dénuement qu'ils n'avaient même pas un toit au-dessus de leurs têtes et subsistaient en fouillant dans les ordures d'une décharge. Comment finissait cette histoire ?

Martin avait vécu un peu plus de cinquante ans sans père. Pourquoi aurait-il eu besoin d'en avoir un maintenant ? Surtout quand Sara paraissait plus heureuse que jamais.

10.

Il fallut attendre quelques semaines après l'arrivée du cheval au sein de la famille pour que la vie reprenne son cours normal, si ce n'est que désormais c'était souvent Sara qui rentrait la dernière à la maison, juste pour le dîner qu'elle avalait à la va-vite, pour avoir le temps de faire ses devoirs avant de se coucher. Cristina et Martin avaient conclu un accord de paix où il s'engageait à lui parler avant de faire à Sara d'autres cadeaux somptueux ou de lui offrir un équipement coûteux pour son cheval. Ils fêtèrent ça en faisant dormir Sara chez les grands-parents maternels tandis qu'eux-mêmes se retrouvèrent à l'hôtel où ils s'aimèrent jusqu'à épuisement.

Quand Martin se réveilla le lendemain matin avec Cristina nue à son côté, il se sentit plus apaisé et plus fort, ce qui ne lui était pas arrivé depuis longtemps. Il l'embrassa sur les paupières pour la réveiller et la contempla longuement.

« Qu'est-ce que tu regardes ? demanda-t-elle.

— La plus belle femme du monde. Celle qui m'a donné la meilleure fille du monde.

— Rien que ça !

— Tu sais bien que je suis un scientifique. Et comme tel, très pointilleux sur la vérité. Mais je suis aussi un homme et un père heureux. »

Ce bonheur, qui avait été si difficile à capturer, Martin n'avait pas l'intention de le risquer en racontant des histoires du passé. Pas encore en tout cas.

Quand ils rentrèrent en fin de matinée, Sara était déjà passée et ressortie. Pour une fois, elle avait écrit un petit mot au lieu d'envoyer un SMS pour dire qu'elle était au centre équestre. Puis ce fut au tour de Cristina de partir : elle avait rendez-vous avec deux amies pour le déjeuner, ensuite elles iraient faire un peu de shopping.

Martin se fit du café et s'assit à la table en bois dans la cour intérieure. Il tourna le dos au soleil de la fin septembre qui, bien que bas dans le ciel, tentait de donner l'illusion que c'était encore le plein été. Mais il suffisait d'un coup de vent pour que la peau frissonne, signe de l'automne.

Depuis que sa mère était morte ou plus exactement depuis qu'il avait appris la vérité sur elle, Martin n'avait pas eu un moment pour souffler. En plus du travail au laboratoire et des tâches habituelles à la maison, il y avait eu la vente de la maison et l'acquisition du cheval qui lui avaient pris le peu d'énergie qui lui restait. Il était grand temps de tourner ses pensées de nouveau vers l'avenir, comme il l'avait toujours fait. Pourtant, lui qui avait l'habitude d'envisager toutes sortes d'éventualités parvint à la conclusion que rien de dramatique n'allait leur arriver, à Cristina ou Sara, séparément ou ensemble, dans un avenir proche.

Cristina avait son poste comme médecin accoucheur et aimait son travail. Sara était si occupée par l'équitation et l'école qu'il n'y avait pas lieu de s'inquiéter pour elle pendant un bon moment. Quant à lui, il se plaisait dans ce qu'il faisait, sauf le côté administratif qui, malgré toutes les promesses de simplification, ne faisait que se complexifier et lui prendre du temps. Le laboratoire s'en sortait bien avec la concurrence et les missions s'enchaînaient à un rythme régulier. Les derniers temps, leur chiffre d'affaires avait augmenté. L'intérêt des gens pour leurs origines n'avait pas diminué, au contraire. Les articles sur les maladies génétiquement déterminées qui paraissaient régulièrement semblaient encourager les gens à tenter de savoir s'ils faisaient partie de la population à risque pour le cancer ou l'infarctus. Toujours plus de femmes demandaient des analyses pour savoir si elles portaient un gène favorisant une certaine forme de cancer du sein, ce qui pouvait dès lors être évité par une ablation préventive de la poitrine. Les compagnies d'assurances n'avaient pas encore exigé d'analyse d'ADN avant d'accepter un nouvel assuré, comme cela se faisait parfois à certains endroits des États-Unis, mais ce n'était probablement qu'une question de temps avant que ce soit aussi le cas en Europe.

Seule ombre au tableau : des charlatans avaient commencé à vendre des tests d'ADN à des entreprises en affirmant que c'était une méthode sûre pour déterminer s'il fallait embaucher telle ou telle personne. Pourtant aucune analyse génétique ne pourra jamais démontrer si quelqu'un est un bon collaborateur, fait preuve de créativité, de loyauté ou de dynamisme, comme le prétend la publicité. Martin espérait que son entreprise ne céderait pas aux sirènes de l'argent facile avec ce genre de mensonges, car dans ce cas il devrait se trouver un autre employeur. Mais jusqu'ici, le propriétaire de l'entreprise n'avait jamais hésité : l'idée de base était que personne ne puisse émettre le moindre doute sur la fiabilité de leurs analyses. C'était une des raisons pour lesquelles la police recourait à leurs services, quand le laboratoire de la police scientifique et technique déclarait forfait. Et c'était pour cette même raison que Martin avait postulé ici en son temps.

Quoi d'autre ? La pensée qu'il était d'origine juive et que son père n'était pas celui qu'il avait cru se perdait dans le labyrinthe de ses synapses. Si sa mère lui avait raconté son histoire quand il avait vingt ans, il aurait sans doute réagi différemment, mais maintenant qu'il avait la cinquantaine, il ne voyait aucune raison majeure de laisser le passé empiéter ou hypothéquer son avenir. Et encore moins celui de Sara et de Cristina.

D'ailleurs il avait la sensation que la mort de sa mère avait rétréci son avenir. Pour la première fois de sa vie, il avait été frappé par l'idée que son temps sur terre était compté et qu'il manquerait de temps pour réaliser ses rêves et ses projets. Il allait devoir choisir et le faire judicieusement. Que pouvait-il apporter au monde qui en vaille la peine ? La réponse tombait d'elle-même : achever l'écriture de son livre sur l'héritage génétique, le milieu et le libre arbitre, qu'il avait laissé de côté – pour ne pas dire repoussé – ces derniers temps.

Il finit sa tasse de café et monta vite dans son bureau. Il sortit le dossier avec son manuscrit à moitié achevé et le posa sur sa table. Allez, au travail !

Martin était en pleine lecture d'un article sur le blocage génétique quand son portable bipa. C'était un SMS de Sara. « *Y a un oncle ici qui veut te parler !* » lut-il.

Sara avait dû rentrer du centre équestre sans qu'il l'entende. Un oncle ? Martin n'attendait aucune visite et il ne voulait pas en avoir non plus. Mais il répondit qu'il descendait et ajouta un smiley.

Une fois en bas, il vit Sara attablée dehors avec un homme d'un certain âge entièrement habillé en blanc.

« Papa, papa ! s'écria Sara quand elle l'aperçut. Regarde ce que j'ai reçu ! »

Elle tendit la main et lui montra un collier composé d'une chaîne en argent et d'une pierre rouge-brun de la taille d'une noisette, taillé en cabochon.

« Oh c'est ravissant ! dit-il en regardant étonné l'homme plus âgé qui s'était levé.

— C'est une sardoine, précisa l'homme à Sara avant de se tourner vers Martin et de lui tendre la main. Raul Golder. Je suis rabbin à…

— Je sais, le coupa Martin à l'intention de Sara. Mais pas tout le monde. Chaque chose en son temps, vous pouvez certainement comprendre. »

Golder regarda lui aussi Sara qui essayait d'attacher le collier.

« Attends, je vais t'aider, dit-il en faisant le tour de la table.

— Je peux y arriver toute seule, insista Sara mais elle abandonna vite.

— Le fermoir est un peu difficile, dit Golder comme pour s'excuser. C'est un bijou ancien.

— Et vous l'avez donné, comme ça, à ma fille ? »

La voix de Martin était soudain presque agressive.

« Non, ce n'est pas tout à fait ça. Comme je l'ai expliqué à Sara, je connaissais sa grand-mère, votre mère. Ce bijou lui appartenait autrefois. C'est pourquoi j'ai trouvé que ce serait bien que Sara puisse l'avoir à présent. Vous n'y voyez pas d'inconvénient, j'espère ? »

Il posa les bras sur les épaules de Sara et la fit se tourner.

« Il est joli, n'est-ce pas ? demanda-t-il à Sara.

— Oui, mais je dois me regarder dans la glace. »

Sur ces entrefaites, elle disparut dans la maison.

« Je suis désolé de vous avoir mis dans cette situation, dit Golder. Ce n'était pas du tout mon intention.

— C'était *quoi*, votre intention ?

— D'exprimer mes profondes et très sincères condoléances. Rien d'autre. Et de transmettre le bijou de Gertrud à sa petite-fille qui, plus que tout autre, mérite de le porter.

— Dans cette maison, ma mère continue de s'appeler Maria. Et je vous serais reconnaissant de ne rien raconter de son histoire à Sara. Ou, pour être plus explicite, si jamais vous y faites la moindre allusion, je vous ferai sortir d'ici immédiatement.

— Je comprends et je le respecte.

— Sara l'apprendra en temps voulu, mais elle n'est encore qu'une enfant.

— Et vous-même ?

— L'avocat Levin m'a raconté tout ce que j'avais besoin de savoir.

— À vous entendre, c'est tout simple.

— Pourquoi ne le serait-ce pas ? Je n'ai pas l'intention de mettre ma famille sens dessus dessous uniquement parce que j'ai appris que ma mère était juive.

— Je ne suis pas venu ici pour changer votre vie, dit-il d'une voix rauque. J'ai voulu accompagner votre mère pour son dernier voyage, mais j'ai compris qu'elle ne voulait pas avoir d'autres présences lors de ses funérailles que vous-même et votre famille. Alors je suis venu ici à la place pour vous témoigner, à elle et à vous, mon respect. Gertrud était une femme remarquable.

— Maria, corrigea Martin d'une voix ferme quand il vit Sara revenir vers eux. Elle s'appelait Maria.

— Pour moi, elle sera toujours Gertrud.

— C'est possible mais dans ce cas, gardez ça pour vous. Est-ce que vous ne lui aviez pas promis, Levin et vous, de ne jamais révéler à quiconque qui elle était et d'où elle venait ?

— Si, dit Golder, c'est ce que je lui avais promis.

— Et on tient ce qu'on a promis, intervint Sara qui avait entendu la dernière phrase. Qu'est-ce que l'oncle a promis ?

— J'ai promis à ta grand-mère de garder un œil sur toi pour que tu ne fasses pas de bêtises.

— Grand-mère était gentille, dit Sara avec une pointe de tristesse, mais moi je ne fais pas de bêtises. Ou alors c'est papa ?

— Les quelques-unes que je fais restent en tout cas gérables pour ta mère et moi. »

Il lança un coup d'œil à Golder qui acquiesça légèrement.

« Eh bien, dit le rabbin avec gentillesse, tu aimes le collier ? »

Sara tourna si vite sur elle-même que le collier eut du mal à la suivre.

« Il est super beau. Je vais y faire attention puisqu'il appartenait à grand-mère. »

Soudain elle s'arrêta net, sa joie disparut et son regard alla de Martin à Golder.

« Mais… commença-t-elle.

— Mais quoi ? demanda Martin.

— Vous avez le même nez ! dit-elle.

— On ne dit pas ce genre de choses à des inconnus ! la rabroua Martin.

— Mais c'est vrai !

— Et tu sais, toi, à qui tu ressembles ? » dit Golder en souriant.

Sara secoua la tête.

« À une princesse !

— Alors tu seras le roi et papa sera mon prince. »

Elle fit quelques pas en avant et passa ses bras autour de la taille de Martin. Il n'aimait pas la tournure qu'avait prise la conversation mais essayait de faire bonne figure.

« Et grand-mère sera la reine, annonça Sara de manière inattendue. Car j'ai reçu son collier.

— Oui, dit-il en lui caressant les cheveux, grand-mère était une vraie reine. »

Raide, une main posée sur la table, Golder laissait les larmes couler sur ses joues.

« Je suis désolé, dit-il en s'adressant à Sara. J'aimais beaucoup ta grand-mère. C'était vraiment une amie proche. Mais il vaut mieux que je m'en aille maintenant. Ne t'en fais pas pour un vieux bonhomme qui verse une larme. »

Sara se dégagea de Martin et embrassa Golder sur la joue.

« Il ne faut pas que tu pleures, dit-elle. Grand-mère disait qu'elle n'avait pas peur de mourir. N'est-ce pas, papa ? C'est bien ce qu'elle disait ? »

Martin hocha la tête.

Golder embrassa à son tour Sara avant de retirer doucement ses bras qu'elle lui avait passés autour de la taille et il s'essuya le visage avec la manche de sa veste.

« Je le sais, dit-il. Elle était très courageuse, ta grand-mère. »

Il se tourna vers Martin et lui tendit la main.

« Je vous remercie d'avoir pu rester bavarder un moment, même si je suis arrivé à l'improviste. J'espère que nous aurons l'occasion de nous revoir. »

Il sortit une carte de visite de sa poche et la lui tendit.

« Si jamais je peux vous aider en quoi que ce soit, faites-moi signe.

— Ça va aller, mais merci quand même. Et encore merci pour avoir soutenu ma mère quand elle en avait besoin.

— Si seulement vous saviez… » commença Golder en regardant Sara avec tendresse.

Martin et Sara le regardèrent s'éloigner dans la rue, sur ses jambes raides.

Quand Cristina rentra à la maison, elle eut aussitôt droit à l'histoire du « gentil oncle » qui lui avait donné le collier que Sara montra fièrement à sa mère.

« Tu sais bien ce que nous t'avons dit à propos des gentils vieux messieurs qui donnent des cadeaux ? dit Cristina un peu inquiète.

— Ce n'était pas un affreux vieux monsieur, répondit Sara révoltée. Il connaissait grand-mère. Il m'a faite princesse et papa est mon prince. »

Les mots se bousculaient dans sa bouche. Martin raconta de manière plus cohérente ce qui s'était passé, disant que Golder avait apparemment connu Maria quand ils étaient jeunes, mais omit volontairement de dire que Golder était rabbin dans la communauté juive.

« Alors ton père est ton prince ? » demanda Cristina.

Sara fit signe que oui.

« Dans ce cas, nous allons nous battre pour l'avoir.

— Maman ! dit Sara en regardant sa mère toute déboussolée. C'était pour rire. Je ne suis pas une vraie princesse.

— Vous êtes toutes les deux mes princesses, glissa Martin.

— Est-ce que je peux voir le bijou ? » demanda Cristina.

Sara défit le collier et le lui tendit.

« On voit que c'est un bijou ancien. Aujourd'hui ça ne se fait pas, ce genre-là.

— Il appartenait à ma mère », expliqua Martin.

Cristina regarda la plaque sur l'envers du collier.

« Mais il y a marqué un autre nom, dit-elle. Gertrud Zander. Qui était-ce ? »

Martin tendit la main et Cristina lui donna le bijou. Il fit semblant de lire le texte, le temps de trouver ce qu'il allait dire. Il jeta un coup d'œil à Sara qui ne perdait pas une miette de la conversation.

« Je ne sais pas », dit-il enfin.

Martin fit semblant de relire le texte.

« Mais Maria travaillait dans un hôpital avant de quitter l'Allemagne. »

Il espérait que Cristina en tire la conclusion que Maria avait reçu ce bijou d'une patiente. Il avait déjà menti une fois de trop.

« Tu me rends mon bijou ? demanda Sara.

— Bien sûr », dit Martin en s'exécutant.

Sara disparut dans sa chambre.

« À quoi tu penses ? demanda Cristina.

— À tout l'amour que j'ai pour toi.

— Je ne te crois pas.

— Qu'est-ce que tu veux dire ? »

Sa voix n'était pas très assurée.

« Je connais l'expression de tes yeux quand tu te souviens que tu m'aimes. »

11.

Martin se redressa d'un coup sur son lit. Il avait des sueurs froides et du mal à respirer. Il lui fallut quelques secondes pour comprendre qu'il était éveillé et se trouvait dans sa chambre à coucher, à côté de Cristina paisiblement endormie.

Il fit pivoter ses jambes sur le bord du lit et s'appuya sur ses bras pour reprendre sa respiration. Avait-il pris froid ? Mais son nez ne coulait pas et il ne sentait rien dans la gorge.

Il avait dû faire un cauchemar. De quoi avait-il rêvé ? Il lui restait seulement le désagréable souvenir qu'il fuyait. Mais quoi ?

Son réveil indiquait six heures passées de quelques minutes. Essayer de se rendormir ? Cela n'en valait pas la peine. Il enfila sa robe de chambre, fit le tour du lit et déposa un léger baiser sur le front de Cristina.

Un quart d'heure plus tard, il prenait son petit déjeuner avec une tasse de café et le journal de la veille. Dubitatif, il lut la rubrique :

Le conseil municipal accuse le parti du Rassemblement d'avoir infiltré l'assemblée juive.

Vraiment ? Ce parti avait toujours été antisémite et l'était encore, même si pour l'heure ils avaient reporté leur haine sur les musulmans. Le conseil municipal tentait-il d'attirer des voix parmi les immigrés musulmans ? Ou bien voulait-il discréditer le parti du Rassemblement en faisant un amalgame avec les Juifs ? Dans les deux cas, c'était nauséabond.

Le journal avait interviewé un membre du parti du Rassemblement qui affirmait que le conseil municipal comprenait la plaisanterie. L'objet de la controverse : un membre du parti avait surgi lors d'un débat sur l'islam organisé par l'assemblée juive. Ce qui n'empêchait pas, ajoutait cette personne, que le parti du Rassemblement et les Juifs aient un intérêt commun à stopper l'invasion musulmane : ce n'est pas quelque chose dont ils se cachaient.

Martin tourna la page. La première chose qu'il vit fut une photo de Raul Golder. Naturellement, le journal avait demandé au rabbin de commenter les faits. Golder démentit lui aussi l'affirmation du conseil municipal tout en veillant à prendre ses distances avec le parti du Rassemblement.

Martin avait du mal à détacher son regard de Golder. Il avait déjà vu ces yeux chez quelqu'un. Dans la salle de bains, il trouva qui c'était : sa mère. Même quand elle souriait, riait ou était fâchée, il y avait toujours eu de la tristesse dans son regard. Le même que celui de Golder. Était-il lui aussi un survivant ?

Martin étala la mousse sur son visage et commença à se raser, exactement comme il l'avait fait des milliers de fois auparavant dans sa vie sans jamais prêter vraiment attention au visage qui apparaissait dans la glace au fur et à mesure que la mousse à raser disparaissait. Pour la deuxième fois en peu de temps, depuis la mort de sa mère, il s'arrêta et considéra son reflet, sauf que ce qu'il voyait n'était pas seulement lui-même, mais aussi Golder, son nez en tout cas, dont Sara avait dit avec un peu d'effronterie qu'il ressemblait au sien. Ces stéréotypes étaient si sournois que même Martin tombait dans le panneau. C'était absurde. Ce qui ne l'empêcha pas de se demander si Golder pouvait être son père. Il en avait l'âge, mais comment Maria… Gertrud… aurait-elle pu vivre avec la certitude que le père de son fils, l'homme qu'elle avait aimé, habitait et exerçait ses activités à proximité ? Le rencontrer à la synagogue, s'il était vrai, comme l'avait dit Levin, qu'elle s'y rendait de temps à autre ? Comment aurait-elle pu exiger de Golder la promesse de ne jamais révéler son identité à son propre fils ? C'était peu probable. En revanche, il ne fallait peut-être pas exclure que Golder fût ou ait été de la famille du père de Martin. Un frère, par exemple.

Martin alla sous la douche et essaya de se laver de toutes ces pensées. Mais son rêve de la nuit lui revint tout à coup en mémoire. Il avait erré sur un terrain boueux couvert de milliers de cadavres. Cependant ces derniers étaient de plus en plus nombreux et, à la fin, ils étaient si collés les uns contre les autres qu'il n'y avait plus de place où poser le pied. Il n'eut d'autre solution pour avancer que de marcher sur les corps morts. Il fit un premier pas et sentit son pied s'enfoncer dans un corps. Pour ne pas perdre l'équilibre, il baissa les yeux et vit un visage au regard implorant. Le visage était celui de Raul Golder. Mais le corps était le sien.

« Bonjour ! »

Martin mit un instant avant de comprendre qu'il était dans le hall d'accueil du laboratoire. Depuis combien de temps se tenait-il là ? Comment était-il arrivé ? Il avait dû se mettre en pilotage automatique depuis qu'il s'était assis dans la voiture.

« Tu étais vraiment perdu dans tes pensées, dit Yvonne avec une pointe d'inquiétude dans la voix.

— Je ne suis même pas sûr que c'étaient les miennes... »

Oui, il n'en était pas sûr du tout.

Il resta un moment devant la machine à café avant d'appuyer sur le bouton espresso. Il prit la tasse et se dirigea vers son casier où l'attendait une lettre molletonnée qui lui était adressée. Il alla dans son bureau et ferma la porte. L'enveloppe contenait deux livres, *The Invention of the Jewish People* de Schlomo Sand et une anthologie intitulée *Bounderies of Jewish Identity.*

Martin vérifia la date sur la facture jointe. Il avait passé sa commande une semaine avant la mort de sa mère. Ce n'étaient que deux ouvrages parmi d'autres dont il avait cru avoir besoin pour écrire le chapitre sur la génétique et les origines. Cela n'avait rien à voir avec Gertrud, Golder ou Levin. Levin ! Ah, ça lui revenait ! C'était Levin qui lui avait raconté l'histoire d'un prisonnier dans un camp de concentration qui littéralement marchait sur les cadavres pour économiser quelques minuscules calories. Pas étonnant qu'il ait fait un cauchemar.

À la pause café, Martin lança une idée qui lui avait trotté dans la tête pendant un moment : l'entreprise devrait offrir à ses clients conseils et soutien quand ces derniers recevaient le résultat de leur analyse génétique. Cela leur donnerait un avantage par rapport à leurs concurrents. Le fait est qu'il savait très peu de choses sur les motivations de leurs clients et encore moins sur leurs réactions quand ils recevaient à domicile, de manière sèche et concise, le résultat. Comment réagissait un homme à qui on apprenait qu'il n'était pas le père de ses enfants ? Que devenait la vie d'une personne qui lisait qu'elle avait de plus fortes chances que la moyenne de développer certaines formes de cancer ? Comment réagissait un enfant qui comprenait que son père n'était pas son père ? Comme lui-même ! Il se garda naturellement d'énoncer à haute voix cette dernière remarque.

Peder du service client leva un doigt :

« Je n'aurais rien contre avoir quelqu'un à mes côtés pour m'aider. Pas plus tard qu'hier, j'ai eu un client furieux au téléphone qui refusait de comprendre qu'on ne puisse pas lui dire s'il était juif ou pas.

— Il n'a pas lu ce que nous avons écrit sur le site ? demanda Frank d'une voix accusatrice.

— Si, répondit Peder, mais il voulait que je lui explique pourquoi il était mis dans le même lot que les Arabes et les autres sémites. Comment la police pouvait-elle identifier tel ou tel individu grâce à son ADN si nous ne pouvions même pas dire s'il était juif ? Il était vraiment insistant. »

Peder regarda Martin comme s'il s'était attendu à une réponse de sa part.

« J'ai vérifié les sites de nos concurrents, poursuivit Peder. Dna-worldwide explique dès sa page d'accueil qu'il n'est pas possible de déterminer si quelqu'un est juif ou pas. Je suggère qu'on fasse quelque chose de semblable au lieu de discuter en long et en large.

— Pourquoi faudrait-il traiter les Juifs à part ? lâcha Frank dans un soupir. Dans ce cas, pourquoi pas aussi les Basques, les Catalans, les Roms ou les Samis ?

— Avec trois millénaires de persécution et de pogroms sur le dos, il n'y a rien d'étonnant à ce que les Juifs s'intéressent à leurs origines ! » répliqua Samuel sèchement.

Martin s'apprêtait à intervenir pour éviter que la discussion ne dérape, mais Frank le devança :

« Si j'étais juif, mais je ne le suis pas – encore heureux –, je serais au contraire content de ne pas être obligé de savoir que j'étais juif.

— Sur ce point, nous sommes d'accord », dit Samuel.

Frank parut surpris.

« Comment ça ? Tu n'es pas juif ?

— Disons de confession judaïque plutôt que juif. Mais ça suffit pour juger que ce serait bien de ne pas être obligé de compter quelqu'un comme toi parmi mes semblables.

— Nous sommes un laboratoire de recherche, intervint Martin. Cela signifie que tous nos clients doivent être traités avec respect, quels qu'ils soient. Le jour où nous aurons une réclamation ou des questions venant de Basques ou de Roms, nous les traiterons à ce moment-là. »

Après la rencontre, Samuel vint le voir pour le remercier.

« De quoi ?

— De ne pas avoir laissé Frank continuer sur sa lancée. Il est à la fois islamophobe et antisémite.

— Et toi ?

— Que veux-tu dire ?

— Qu'est-ce que tu penses de l'islam, par exemple ?

— Je suis juif.

— Qu'est-ce que ça vient faire là-dedans ? »

Martin comprit à l'expression du visage de Samuel que ce dernier ne s'était pas attendu à cette question. Martin aurait bien aimé dire quelque chose de plus conciliant, mais pour l'heure il avait eu sa dose de Juifs et de judaïté.

« Actuellement, dit Samuel après un moment, il est avéré que ce sont surtout les musulmans radicaux qui attisent l'antisémitisme.

— On n'a pas besoin d'être juif, rétorqua Martin, pour prendre ses distances avec l'antisémitisme. Un point de départ commode est de reconnaître qu'aucun peuple n'est supérieur à un autre, que ce soit sur le plan génétique ou par une origine divine, et que nous sommes avant tout des êtres humains.

— Tu sais bien qu'aucun peuple n'a eu autant à souffrir que le mien.

— Mais est-ce que cela donne des droits et des privilèges particuliers ? Ce qui compte, c'est le bonheur de chacun, la souffrance de chacun, pas du peuple en son entier. Malheureusement, il n'existe aucune preuve qu'on devient plus humain simplement parce qu'on a dû endurer de grandes souffrances. Il faut protéger et défendre les victimes, parce qu'on en a fait des victimes, mais seulement pour cette raison.

— Si tu avais été juif, tu n'aurais pas pu dire ça.

— Comment peux-tu être si sûr que je ne suis pas juif ?

— Mais tu ne l'es pas !

— Qui te dit que je n'ai pas de très lointains ancêtres juifs ? Ou que ton arbre généalogique juif ne s'est pas interrompu à un moment donné ? Ce doit être ton choix de continuer à être juif, non ? Même les Juifs ont un libre arbitre, il me semble. »

Martin savait qu'il avait blessé Samuel, mais il était trop tard pour les regrets et trop tôt pour cracher le morceau.

Une fois retourné dans son bureau, il s'assit dans son fauteuil et ferma les yeux. Le conseil municipal n'aurait-il pas pu choisir un autre jour pour faire une déclaration aussi idiote, le libraire attendre quelques semaines pour lui envoyer les livres sur les Juifs, le client juif se retenir de laisser exploser sa frustration et Frank choisir un autre jour pour exprimer ses préjugés ?

En temps normal, Martin se serait contenté de remarquer le communiqué du conseil municipal et il aurait pris acte des commentaires de Frank sans que ça perturbe sa journée. Le client râleur n'aurait été qu'un parmi d'autres et les livres, de simples documents de recherche. Sa réaction était symptomatique des conséquences d'une perception sélective et d'une focalisation excessive : perte de sang-froid et vision biaisée de la réalité.

Plusieurs années auparavant, il avait lu un article de philosophie du langage traitant de ce qu'on appelle la tentation référentielle du langage, un mécanisme inhérent au langage qui nous fait croire que chaque substantif ou nom propre a un équivalent en dehors du langage. Puisque les mots de « démons » et d'« anges » existaient, on pouvait être sûr que certaines personnes croyaient en leur existence. C'était ce mécanisme qui faisait que les gens croyaient aux fantômes. Ou à Dieu. Ou au complot mondial judéo-bolchévique. Plus on parlait de quelque chose, plus les gens se mettaient à croire que ce dont on parlait existait vraiment. Comme si la langue elle-même induisait les gens en erreur, leur faisant croire que la fumée était nécessairement le signe d'un feu. Martin n'avait pas l'intention de tomber dans le panneau. Il y avait des feux qui brûlaient sans fumée, des fumées qui restaient dans l'air alors que le feu était éteint, de la fumée si fine qu'on ne pouvait pas être sûr que c'était de la fumée et des brumes qui flottaient au-dessus de la mer provoquées par le froid et non par la chaleur.

C'est la raison pour laquelle, concluait l'auteur, les hommes avaient recours à la science, dont le devoir était de déterminer ce qui existait réellement et de trouver des mots et des chiffres à même de décrire précisément cela et pas autre chose. La difficulté n'était pas de croire, mais de savoir. L'homme était un être croyant, et même crédule, et non un être de certitude.

La mère de Martin s'était niée et avait vécu masquée toute une vie pour lui donner la liberté de choisir qui il voulait être. Toute son existence, elle avait donné le change, fait semblant d'être une autre. Elle avait dû être constamment sur ses gardes. Elle n'avait jamais pu se permettre d'être tout à fait elle-même, n'avait jamais pu complètement se détendre. Elle était devenue une solitaire. Pour lui.

Mais Maria… Gertrud… était morte. Au fond, ce que son fils pensait et choisissait n'y changerait rien. Il ne devait rien à sa mère maintenant, en revanche il avait des devoirs envers lui-même, envers ses convictions, envers tout ce en quoi il avait cru et lutté depuis qu'il avait commencé à réfléchir sur la condition humaine. Y renoncer, c'était non seulement se trahir mais aussi nier cette marge de liberté, entre héritage génétique et environnement, qu'il avait préservée toute sa vie d'adulte contre les détracteurs et à qui il réglerait ses comptes dans le livre. En principe, il pouvait s'affirmer libre de ne pas se laisser affecter par le fait d'être né de mère et de père juifs. Mais la liberté n'est pas l'indifférence. Un libre choix supposait au moins qu'on connaisse les deux termes de l'alternative. Il n'était pas du ressort de la science de dire aux gens ce qu'ils devraient choisir, elle pouvait tout au plus leur permettre de faire ce choix en toute connaissance de cause, en leur montrant une image juste de la réalité.

Martin se rendit compte qu'il ne pouvait pas faire comme si rien n'avait changé, car quelque chose avait changé. Pas uniquement sa relation avec Cristina et Sara, mais aussi le regard qu'il portait sur Frank et Samuel, pour des raisons opposées, et ses réactions quand il lisait ou entendait des choses sur les Juifs et la judaïté. Il avait déjà menti à ses proches plus d'une fois, cela ne pouvait pas continuer.

Une chose était sûre : avec à la fois une mère et un père juifs, nul besoin de s'interroger pour savoir s'il *pouvait* être juif, s'il avait le droit de revendiquer sa judaïté, car qui mettrait en question ce droit ? Personne. En tout cas pas ceux qui étaient déjà juifs et voulaient l'être. Et quel non-Juif protesterait s'il se disait juif ? Personne. C'était bien pour ça que le choix lui incombait seul. Laisser ce choix au bon vouloir, à la mauvaise volonté, au scepticisme, à la peur ou à l'indifférence d'autrui revenait à renoncer à être cet homme indépendant et doué de raison qu'il tentait d'être et qu'il avait forgé seul.

12.

Comme d'habitude, quand Martin se lançait dans un nouveau projet, il procédait avec méthode. Autant dire qu'il mettait de l'ordre dans ses papiers, exactement comme sa mère. Il établissait un plan. D'abord il commencerait par la génétique, puis se pencherait sur la religion et finirait par la culture et l'identité juives.

Il sortit les articles et ouvrages qu'il avait déjà rassemblés sur les gènes, l'ethnicité et les origines. Ensuite il fit un tour à la bibliothèque du laboratoire et prit ce qu'il trouva sur le sujet. Cela forma une nouvelle grande pile, même si la plupart des articles et livres dataient de quelques années. Dans certains domaines, la recherche allait si vite qu'elle n'avait même pas le temps d'être publiée sous forme papier : le temps de rédiger et d'imprimer un article, le résultat pouvait déjà être obsolète.

Martin avait rempli le chariot de livres et d'articles quand il aperçut deux boîtes d'archives sur une des étagères du bas. Celles-ci contenaient des articles sur la recherche d'un gène juif spécifique. Il soupçonna Samuel d'en avoir été à l'origine, mais cela pouvait tout aussi bien être Frank, pour des raisons opposées.

En revenant à son bureau, il passa devant celui de Samuel et frappa doucement sur le chambranle de la porte. Samuel leva les yeux de son livre, croisa le regard de Martin et se fendit d'un sourire.

« Entre ! » dit-il.

L'échange quelques jours avant avait visiblement laissé des traces.

« C'est quoi, tout ça ? » demanda Samuel en montrant le chariot.

Martin prit une des boîtes d'archives et la posa sur le bureau de Samuel.

« J'ai cherché des articles sur les gènes et l'ethnicité, et j'ai trouvé une série d'études sur les Juifs et la génétique, soigneusement rangés dans les rayons, mais pas au bon endroit.

— Je suis le coupable, mais ce sont des photocopies. Les originaux sont à l'endroit où ils ont été répertoriés.

— Et c'était quoi, le but ?

— Il y a quelques semaines, j'ai lu un article sur un Juif ukrainien qui avait émigré en Israël mais s'était vu refuser la nationalité étant donné que ni sa mère ni sa grand-mère maternelle n'étaient juives et que lui-même était athée. En Ukraine, personne n'avait contesté qu'il fût juif. La tombe familiale avait été vandalisée, les fenêtres de sa boutique avaient été brisées et lui-même avait subi des brimades. Désespéré, il ne savait plus qui il était, ni où il devait aller. Il avait contacté plusieurs entreprises dans notre branche pour avoir la confirmation qu'il était juif, mais n'avait essuyé que des refus.

— Et toi, qu'est-ce que tu en penses ?

— En tant que chercheur, je laisse l'idée d'une judaïté génétique au stade de l'hypothèse. En tant qu'homme, je suis partagé.

— Tu ne doutes quand même pas que tu es juif ?

— Non, je ne parlais pas de moi. Je n'ai pas de problèmes avec ma judaïté assez diluée et à moitié séculaire, sauf quand je rends visite de temps en temps à ma famille, religieuse, qui n'a pas vraiment vu d'un bon œil que je me marie et aie des enfants avec une femme protestante. Ils me considèrent comme un renégat, à défaut d'être un traître. Je n'ai malgré tout jamais abjuré ma judaïté ou pensé à me convertir. Si je ne veux pas exclure qu'il y ait une possibilité pour identifier des gènes "juifs", c'est parce que je pense à cet Ukrainien et à d'autres dans la même situation qui sont considérés juifs mais qui se voient néanmoins refuser ce statut.

— Ça ne suffit pas qu'il se dise à lui-même qu'il est juif ?

— *Lui* n'en doute pas. Son problème est que les non-Juifs le croient mais pas ceux qu'il considère comme les siens, ceux dont il aimerait faire partie. Dans la diaspora, surtout aux États-Unis, il aurait été accepté comme Juif par les réformés. Mais il se trouve qu'il vit en Israël. Pour lui, ce serait une bénédiction si on pouvait prouver qu'il était juif.

— Es-tu sûr que ce serait une bénédiction ? Même si, contre toute attente, on parvenait à trouver un ou une combinaison de gènes présents seulement chez les Juifs, cela ne dirait rien sur le genre d'hommes que sont les Juifs, s'ils sont plus intelligents, plus gentils ou plus bêtes que tous les autres. En outre, ce serait du pain bénit pour ceux qui les haïssent car ça confirmerait ce qu'ils ont toujours soutenu, à savoir que la seule façon de se débarrasser des Juifs est de les exterminer. Sans compter que cela donnerait aux antisémites un moyen d'identifier qui serait juif ou pas. »

Martin sentit ses mâchoires se contracter, comme toujours lorsqu'il s'entendait parler avec une voix qui n'était pas tout à fait la sienne.

« S'agissant de la question des liens du sang comme critère d'identité, poursuivit-il, je vois que les eugénistes nazis sont dans le même bateau que de nombreux Juifs et pas mal d'autres. Les nazis ont interdit le mariage interracial entre les soi-disant Aryens et les Juifs. Si j'ai bien compris, les rabbins d'Israël ne veulent pas reconnaître le mariage entre Juifs et musulmans. Quelle est la différence ?

— Je n'ai pas l'intention de défendre la politique d'Israël. Mais ce pays est notre assurance-vie. Les Juifs d'Israël luttent pour leur existence afin que nous, de la diaspora, ayons un lieu où nous enfuir si l'Histoire devait se répéter, comme tant de fois dans le passé. Je sais bien que tu ne serais jamais un agresseur ou un spectateur mais que tu ferais ton possible pour nous protéger, moi et les miens, si la situation l'exigeait. Mais en tant que juif, je ne peux jamais tout à fait faire confiance aux chrétiens ou aux musulmans. Il faut que j'aie une solution de repli. Et pour l'instant, c'est Israël qui la représente.

— T'es-tu jamais demandé *pourquoi* tu peux me faire confiance ? Tu peux me faire confiance parce que tu es celui que tu es, et non pas parce que tu es juif.

— Et si tu apprenais demain que tu es juif, je suis sûr que tu ne dirais pas la même chose.

— Comment réagirais-tu si tu apprenais demain que je suis en vérité juif ? Est-ce que ça changerait ta manière de me regarder ?

— Je crois que je me sentirais un peu moins seul, un peu plus en sécurité.

— Je dois avouer que j'ai du mal à comprendre. Tu aurais pourtant en face de toi exactement la même personne qu'avant.

— Au premier regard, oui. Mais tu aurais tôt fait de découvrir, comme les Juifs à toute époque, que l'on n'est pas juif impunément, qu'on le veuille ou non.

— On verra bien ! » laissa échapper Martin.

Il se pencha et récupéra la boîte d'archives.

« Je te les emprunte un moment, si tu n'y vois pas d'inconvénient. Je pense prendre les Juifs comme exemple dans le chapitre sur les gènes et les origines.

— Tu t'aventures sur un terrain miné.

— C'est ce que je cherche. »

13.

Il fallut quelques semaines à Martin pour passer en revue sa dernière moisson d'articles sur la recherche génétique concernant les origines. Cela faisait un moment qu'il ne s'était pas tenu à jour : croulant sous les tâches au quotidien, il n'avait pas vraiment trouvé le temps jusqu'ici. Mais il ne découvrit aucune avancée majeure. Les articles paraissaient en un flot continu et, ici ou là, des groupes de chercheurs clamaient avoir identifié quelles combinaisons de gènes étaient à l'origine de telle ou telle forme de cancer ou de maladies orphelines. Mais dès qu'on y regardait de plus près, le doute s'instaurait et leur ton triomphant n'était qu'un moyen de s'assurer une continuité dans le financement. Immanquablement, l'article se terminait par une discrète allusion quant à la nécessité d'approfondir les recherches avant de pouvoir tirer des conclusions fiables et qu'il faudrait un certain nombre d'années avant que ces connaissances puissent déboucher sur un traitement ou sur un médicament. Et comme si cela ne suffisait pas, il s'agissait de probabilités de dix ou vingt pour cent au-dessus ou en dessous de la moyenne, à quelques exceptions près. Le nombre de gènes identifiés et les combinaisons de gènes connus avec certitude pour générer une certaine maladie, physique ou psychique, étaient infinitésimaux.

Parcourir ces articles ne fit que conforter l'impression première de Martin depuis le début du séquençage du génome humain. Pendant ce travail, des chercheurs ivres de victoire avaient fait miroiter des miracles et des révolutions. Bientôt le rébus humain serait résolu ! Des maladies héréditaires seraient éradiquées en un clin d'œil ! La question de l'héritage génétique et de l'environnement appartiendrait dans un avenir proche aux livres d'histoire ! Sans parler de la liberté dont disposait l'homme de choisir sa vie ! Cette illusion-là ne serait bientôt plus qu'un souvenir ! On se gardait bien de le clamer trop fort. À l'exception de Richard Dawkins qui, dans une interview, avait laissé échapper qu'il avait *le sentiment* d'avoir un libre arbitre, bien qu'*en réalité* ce n'était pas le cas. Comme tant d'autres généticiens et biologistes, Dawkins évitait de répondre à la question : pourquoi tant de personnes avaient-elles cette sensation illusoire de liberté, une sensation si forte que certains étaient prêts à sacrifier leur vie pour la défendre ?

Mais que s'était-il passé ? Au lieu des cent mille gènes escomptés, on en avait trouvé vingt mille. Il n'y avait tout bonnement pas assez de gènes pour tenir toutes les promesses sur les explications génétiques concernant les particularités de chaque homme, en bien comme en mal. La vérité était que seulement 99,9 pour cent des trois milliards de nucléotides qui composaient le génome humain, l'ADN, étaient identiques pour tous les hommes, sans que les différences relevées dans le dixième restant ne soient autre chose que précisément des différences qui n'expliquaient en rien pourquoi cet homme-là était un homme. Le résultat de l'analyse ADN ressemblait à un code-barres où chaque trait n'avait d'autre signification que d'être un… trait. Procéder à une analyse ADN dans les machines du laboratoire revenait simplement à lire un code-barres sur une brique de lait : ce qui en ressortait c'était qu'on distinguait cette brique des autres et, éventuellement, s'il y avait d'autres briques qui ressemblaient à la première, mais le code ne disait rien sur ce qui se trouvait dans la brique, sur le lait proprement dit. Grâce à une analyse ADN, on pouvait identifier certains individus avec une grande certitude, mais l'analyse n'apportait aucune information sur le genre de personne qu'était cet homme, pas plus qu'une empreinte digitale ne révélait des particularités de l'être humain à qui appartenait cette empreinte.

S'agissant de la génétique des origines, le travail continuait pour décrire au mieux l'expansion de l'*Homo sapiens* sur la terre, depuis l'Afrique, mais la base des conclusions avancées était la même qu'auparavant : un calcul quantitatif du nombre de mutations qui avait eu lieu depuis que l'homme avait quitté son berceau quelque part dans ce qui était aujourd'hui l'Éthiopie. Moins il y avait de mutations et de différences quantitatives dans le code-barres génétique, plus le temps s'était écoulé depuis la séparation originelle. La grossière répartition entre groupes ethniques avec laquelle on travaillait ne correspondait en rien aux qualités des individus, qu'elles soient physiologiques ou psychologiques. La science pouvait montrer qu'à un moment donné de l'Histoire, des groupes humains avaient emprunté des chemins différents et même à quel moment ils s'étaient séparés les uns des autres. On pouvait suivre la progression de l'*Homo sapiens* qui avait fini par peupler toute la terre, mais on ne pouvait rien dire sur le changement des individus. Un point, c'est tout.

On ne pouvait naturellement pas exclure, comme Samuel l'affirmait peut-être, qu'un jour prochain on pourrait constater que le patrimoine génétique des Juifs israéliens par exemple, sur un point ou plusieurs, se différenciait de celui de leurs voisins arabes, parmi lesquels les Palestiniens, du moins aussi longtemps qu'on évitait – ou interdisait aux gens – de se reproduire hors de leur groupe ethnique. Mais les quelque cinq millénaires écoulés depuis que les Juifs étaient devenus un peuple n'étaient pas suffisants pour que leur patrimoine génétique puisse se transformer assez pour que cela apparaisse dans leur code-barres.

Martin ne donnait pas cher de la recherche menée pour essayer d'identifier ce qu'on appelait idéologiquement « le gène juif », avant tout en Israël et aux États-Unis, et presque exclusivement par des chercheurs juifs. Une nouvelle étude montrait que les femmes juives avaient plus de risques de contracter un cancer du sein. Toutefois non seulement ce résultat n'était guère pertinent quant à la question de l'appartenance ethnique, mais il soulevait plus de questions qu'il ne proposait de réponses. Comment avait-on choisi ces femmes ? Les femmes juives étaient-elles le seul groupe de femmes à avoir une probabilité élevée d'avoir un cancer du sein ? Comment pouvait-on être sûr que ce risque élevé d'avoir un cancer du sein avait des origines génétiques ? Il n'y avait rien à ce sujet.

Une autre étude laissait sous-entendre que les Juifs du monde entier avaient des liens de parenté plus étroits entre eux que d'autres groupes ethniques. La conclusion n'avait rien de surprenant ou d'inattendu, étant donné que beaucoup de Juifs continuaient à être contre les mariages mixtes. Mais aussi tout simplement parce que ceux qui avaient été testés étaient des Juifs qui avaient préservé leur judaïté. Ceux qui s'étaient mariés en dehors de leur communauté ou qui avaient des ancêtres très lointains ne faisaient pas partie du groupe test. De nouveau c'était un raisonnement circulaire : tous étaient de « race pure » ou « orthodoxes », avec des liens de parenté entre eux et l'étude ne tenait absolument pas compte des autres.

Par ailleurs il fallait se demander par quels gènes, nucléotides ou mitochondries, ils étaient de même famille. Aussi bien leur ADN que leur ARN étaient constitués de milliers de gènes et de combinaisons de gènes dotés d'aucune fonction du tout, étant simplement les restes de mutations qui n'avaient mené nulle part. Si c'était parmi ceux-là qu'on trouvait des marqueurs indiquant une parenté entre des groupes humains, cela n'avait aucune pertinence, du moins pour prendre position et décider si l'on voulait appartenir à tel ou à tel autre groupe ethnique.

La même chose valait pour les gènes qui réglaient la physiologie et l'anatomie, que cela concerne la couleur de la peau, la forme du nez ou la taille. Les Tutsis semblaient avoir une disposition génétique à être en moyenne plus grands que les Hutus, mais en quoi cela avait-il à faire avec le génocide au Rwanda ? Il ne viendrait à l'idée de personne d'expliquer l'antisémitisme et l'extermination des

Juifs par les nazis en avançant comme argument que les nazis avaient des liens de parenté sur le plan génétique ou que les Allemands étaient dotés d'un gène particulier qui leur donnait une propension au génocide ? S'il fallait malgré tout trouver du sens à parler de gènes ethniques, Juifs y compris, ce devait être des gènes qui jouent un rôle pour que l'homme soit ce qu'il est. Par ailleurs, aucune différence génétique entre divers groupes ethniques ne justifiait que tel ou tel groupe doive être traité de manière particulière, sur le plan éthique ou idéologique. Les femmes étaient génétiquement différentes des hommes, même si ces différences étaient le plus souvent exagérées, mais cela ne pouvait en rien constituer un argument pour qu'elles bénéficient d'un traitement différent des hommes… surtout pas *de la part* des hommes, mais pas non plus entre elles. Faire de la valeur d'un homme une question de lien génétique n'était pas seulement une supercherie scientifique, c'était aussi anti-éthique.

On pouvait naturellement objecter que l'histoire des hommes baignait dans le sang des vendettas, entre familles, clans, tribus, groupes ethniques, religions, pays, nations et à présent États, que le racisme semblait avoir existé de tout temps et dans toutes les sociétés, et que cela pouvait être inscrit dans les gènes. D'un autre côté, l'Histoire montrait aussi qu'il existait une force qui tirait de l'autre côté, le tabou contre l'inceste et la consanguinité, le besoin d'avoir du sang frais dans les familles et les clans par le mariage, l'enlèvement des femmes et les viols ; oui, même l'amour poussait l'être humain au mariage mixte. Historiquement et peut-être aussi génétiquement, l'homme semblait tiraillé entre d'une part le désir d'être lui-même et de répandre ses gènes parmi ses semblables consanguins, et d'autre part la prise de conscience que toute reproduction viable exigeait un mélange des gènes.

La vérité était que les généticiens ne pouvaient guère prédire quoi que ce soit à partir du génome, si ce n'est un nombre de maladies spécifiques. Une étude avait montré que les garçons héritaient environ dix pour cent du patrimoine génétique de leur mère et que c'était le contraire pour les filles. On avait spéculé que dans ce mélange tordu des genres il devait y avoir un quelconque avantage pour l'évolution. Mais cette déclaration enfonçait des portes ouvertes : tout le darwinisme reposait justement sur l'hypothèse que les espèces qui survivaient le faisaient grâce à des qualités leur donnant un avantage sur le plan de l'évolution. Mais en quoi consistait-il ? Quels capacités et traits de caractère étaient hérités des pères respectifs des mères ? Personne ne le savait.

Combien de temps durait un tel avantage sur le plan de l'évolution ? Malgré leur avantage sur ce plan-là pendant des millénaires, les dinosaures se sont éteints. L'homme avait conquis la terre grâce à son avantage évolutionnel. Mais un jour peut-être, il s'éteindra lui-même dans une guerre nucléaire, se contaminera à mort ou disparaîtra à cause de la surpopulation. Ce qui à une époque se présentait comme un avantage pouvait en peu de temps se révéler le contraire. La pilule ou l'avortement étaient-ils un avantage ou un désavantage ? Était-ce faire preuve d'intelligence, comme stratégie de survie, que d'investir tant de moyens pour remédier à des maladies mortelles ? Les cyniques diraient non. Les humanistes diraient que le comportement humain et altruiste profite à toute l'espèce. Mais qui avait raison ? Personne ne le savait.

Martin avait lu un livre, *Mon beau génome* de Lone Frank, une journaliste scientifique danoise, qui avait tenté de donner une image synthétique de la génétique. L'auteure s'était fait faire un test ADN et apprit ainsi qu'elle avait un risque non négligeable de contracter un cancer du sein, environ huit pour cent de plus que la moyenne. Mais cela ne la renseignait pas sur la manière de *choisir* de gérer cette information, pas plus que la génétique ne peut deviner la réaction d'un père, découvrant qu'il n'est pas le père biologique de son enfant, ou celle d'un Juif apprenant qu'on ne peut pas attester de liens génétiques avec d'autres Juifs et encore moins ce que cette parenté, dans ce cas, *signifiait*.

Bref, une explication historique, quelle qu'en fût sa nature, ne pouvait pas aider Martin à répondre à cette question : voulait-il oui ou non continuer à être l'homme qu'il avait été ? La pensée même qu'on resterait à jamais celui qu'on était devenu manquait de fondement scientifique. Assassin un jour, assassin toujours ! Migrant un jour, migrant toujours ! Juif ou musulman un jour, Juif ou musulman toujours ! Mais non, c'était priver l'homme de ce qui peut-être, au fond, le différenciait de l'animal : le « libre arbitre ». L'auteur n'interdisait pas le droit de s'affirmer juif, musulman, sami ou basque, mais il défendrait toujours, en privé comme en public, comme dans son livre, le droit pour un musulman de se convertir en juif ou chrétien, pour un Suédois de devenir sami, pour un Basque ou un Catalan de devenir espagnol, pour un Juif de ne plus être juif, si tel était leur désir. Et à titre personnel, il revendiquait ce droit. N'était-ce pas là un témoignage de son respect pour la liberté que sa mère, au prix d'immenses sacrifices, lui avait donnée ?

La conclusion de Martin était claire : il n'existait pas de connaissance génétique à même de désigner un peuple comme les Juifs, ou tout autre peuple d'ailleurs, et aucune analyse ADN ne pouvait prédire les traits de caractère, l'intelligence ou la physionomie d'un groupe ethnique. Voilà tout. Ainsi, son choix d'être juif ou non n'avait rien à voir avec la génétique. Mais il *ne pouvait pas naturellement choisir* son génome. On était tout bonnement condamné à être celui qu'on était, et la seule façon d'être un autre aurait été de modifier ses gènes, de se livrer à une manipulation génétique.

14.

Ce jour-là, avant de rentrer chez lui, Martin passa au bureau de Samuel.

« C'est bon, dit-il. J'ai terminé de parcourir les dernières recherches portant sur une éventuelle combinaison de gènes à partir desquels on pourrait distinguer un Juif d'un non-Juif. Ça n'existe pas, que ce soit du côté maternel ou paternel. »

Martin continua sur sa lancée avant que Samuel ait pu objecter quoi que ce soit.

« Je sais à peu près ce que tu vas me dire : la génétique n'en est qu'à ses balbutiements et l'on ne peut pas exclure qu'un jour on sera capable de déterminer les frontières sur le plan génétique entre différents groupes ethniques. Théoriquement tu as raison. Mais cela suppose que l'on réussisse à empêcher que des individus se reproduisent en dehors de leurs frontières ethniques. Être et rester juif est un choix à la charge de l'individu, pas une contrainte génétique.

— Comment peux-tu en être si sûr ?

— Qui décide qui a le droit d'être juif ? En Israël, si j'ai bien compris, l'État a délégué cette mission aux rabbins. Mais dans la diaspora ? Les Juifs réformés ont décidé qu'on peut être juif avec seulement un père juif. De leur côté, les orthodoxes affirment qu'on ne peut être juif que par la mère. Supposons un instant qu'à un moment de l'Histoire Dieu ait vraiment manipulé le patrimoine génétique pour créer des gènes juifs spécifiques. En a-t-il aussi profité pour modifier les gènes des Juifs qui se sont convertis au christianisme ? A-t-il bloqué leurs gènes juifs ? Les a-t-il remplacés par d'autres ? Il était juif, malgré tout. Il y avait aussi des hommes et des peuples avant Abraham, oui, même avant Adam et Ève. La question est donc d'où viendraient ces éventuels gènes juifs ? Ont-ils surgi lors d'une mutation aléatoire chez Moïse ou Abraham ?

— Les voies du Seigneur sont impénétrables, dit-on, alors qui me dit qu'il ne s'est pas amusé à modifier des gènes. Quand on est tout-puissant, qu'est-ce qui vous en empêche ? »

Samuel esquissa un faible sourire.

« Depuis, poursuivit Martin, la question est de savoir pourquoi Dieu a choisi de faire transmettre le code génétique juif par les femmes, à ses mitochondries. Quand cette décision a-t-elle été prise et par *qui* ? Quelle femme a été la femme juive originelle ? Pourquoi le chromosome Y de l'homme n'aurait-il pas plutôt été porteur de la judaïté ?

— Je ne sais pas. Mais j'ai aussi une question dont j'aimerais bien avoir la réponse. Pourquoi t'intéresses-tu soudain autant aux Juifs et à la judaïté ?

— Premièrement, comme je te l'ai déjà expliqué, parce que j'ai l'intention de prendre les Juifs comme exemple dans mon chapitre sur les gènes et l'ethnicité. Deuxièmement, votre querelle, entre Frank et toi, m'a fait prendre conscience que nous avons un problème de cohérence dans notre labo. Les questions de politique sont de ma responsabilité.

— Et troisièmement ? »

Martin dut faire un effort pour ne pas croiser le regard de Samuel.

« Ça ne suffit pas avec deux ?

— Il doit aussi s'agir d'autre chose. Tu parais seulement ne pas en avoir conscience.

— Ce qui n'est visiblement pas ton cas !

— On a parfois besoin d'aide pour se voir comme les autres nous voient.

— Sur ce point, nous différons. Jusqu'à preuve du contraire, je te fais confiance pour être celui que tu affirmes être. Ou pour le dire en d'autres termes, je te laisserai toujours te prévaloir de savoir qui tu es.

— Est-ce que cela concerne aussi ma judaïté ?

— Je n'ai jamais douté que tu parles sérieusement quand tu te déclares juif. Il ne me viendrait jamais à l'esprit d'essayer de te faire devenir un autre que celui que tu veux être. En revanche, je dis stop quand tu affirmes que tu ne pourrais pas être quelqu'un d'autre. Parfois j'ai comme l'impression que tu préférerais ne pas avoir à prendre position comme Juif ou non-Juif. Tu aurais préféré que la judaïté fût irréfutable, établie dans les gènes.

— C'est quand même un peu bizarre, tu ne trouves pas, qu'en tant que généticien, tu nies l'importance qu'exercent nos gènes dans nos vies ?

— De quelle importance tu parles ? Sur quels points ? Sans compter qu'il y a des années-lumière entre les gènes et les comportements, les généticiens oublient qu'aucun être humain ne peut vivre ou survivre seul. Nous sommes des animaux grégaires. Autrement dit, une détermination génétique ne peut pas partir d'un individu isolé, mais doit se baser sur ce qui se passe quand différentes combinaisons de gènes s'attirent ou se repoussent. Et c'est beaucoup trop complexe pour être étudié scientifiquement.

— On dirait que tu mènes une croisade contre la génétique. Tu es sûr d'avoir choisi le bon métier ?

— L'autocritique ne fait jamais de mal. Mais je ne pense pas clamer ça publiquement et scier la branche sur laquelle nous sommes assis. »

Sauf qu'après avoir dit ça, Martin s'aperçut que c'était précisément ce qu'il ferait, le jour où son livre sortirait.

15.

Martin feuilletait ses notes datant de l'époque où il prenait des cours en philosophie des religions à l'université. Quel âge avait-il alors ? Vingt-deux ans peut-être. Il n'avait jamais rouvert ses cahiers depuis. L'occasion ne s'était pas présentée. La foi en un dieu ou en Dieu était un chapitre clos, un chapitre du livre de sa vie qui n'avait jamais été écrit ni même envisagé. La voix passive était dans ce contexte la forme d'expression appropriée. Quand quelquefois, de manière tout à fait inattendue, on lui avait posé la question s'il croyait en Dieu, il avait trouvé commode de répondre que Dieu ne lui avait jamais fait signe ou ne s'était pas rappelé à son souvenir, ou encore, pour varier, qu'il n'avait pas eu l'occasion de vouloir croire en Dieu. Le manque d'intérêt avait été pour ainsi dire réciproque.

Pourquoi avait-il ressenti en ce temps-là le besoin d'en apprendre davantage sur la religion ? Non pas qu'il portât un désir secret de croire en quelque chose de surnaturel. Mais si l'on avait pu mesurer l'étendue du mot et son empreinte à travers l'Histoire, le terme de « dieu », y compris sa forme au pluriel, était l'un des termes les plus couronnés de succès au monde. Quels concurrents avait-il ? L'amour ? Trop de cultures faisaient leur possible pour réprimer l'amour, surtout dans sa forme passionnelle, celle qui créait le chaos, faisait couler le sang et entrait facilement en conflit avec la morale imposée par la société. Les juifs orthodoxes, les musulmans fidèles au Coran, les nationaux-socialistes, les idéologues de castes hindous et les racistes en général mettaient tous la pureté de la race avant l'amour. Pas même l'amour des parents envers leurs propres enfants n'avait été immuable à toutes les époques. Ainsi en Europe, jusqu'à la fin du XVIIIe siècle, il importait davantage de mettre au monde des enfants que de les aimer : la quantité passait devant la qualité. Et la liberté alors ? L'histoire de ce mot était aussi courte que déprimante. L'égalité ? Même topo. La justice ? Le mot existait depuis longtemps, mais combien de fois était-il prononcé, invoqué, respecté ?

Il ne restait donc plus que la mort qui pouvait provoquer une rivalité entre les dieux à qui serait le plus populaire. Mais en réalité, ils se conditionnaient mutuellement : la crainte de la mort et l'espoir d'une vie dans l'au-delà étaient la meilleure arme des dieux dans leur combat pour gagner les âmes des hommes. Pour un biologiste de base, le message d'amour n'était lui aussi qu'un facteur de la même équation. Ce n'était pas un hasard si toutes les religions érigeaient des règles pour le mariage et la reproduction : faire naître des enfants était une manière de maîtriser sa propre finitude. Une tentative de se survivre.

Et le Dieu des Juifs ? Était-il – ou elle, pourquoi pas ? – un meilleur dieu que les autres sur le marché de la foi ?

La question était doublement absurde. La foi en Dieu n'était pas une question de comparaison entre les avantages et inconvénients de l'une ou l'autre religion. Lui-même ne croyait pas en Dieu, alors pourquoi devrait-il consacrer du temps à se plonger dans le judaïsme ? La réponse était aussi contradictoire et troublante que tout ce qui concernait l'identité juive. Pour être reconnu comme juif, si l'on n'avait *pas* une mère juive, il fallait s'être converti au judaïsme, ce qui équivalait à un processus long et complexe, orchestré et ratifié par les rabbins. Martin, en revanche, qui ne croyait pas en Dieu, qui n'était pas circoncis, qui avait vécu plus de la moitié de sa vie sans être juif, pouvait l'être le plus simplement du monde. Il lui suffisait de déclarer au monde extérieur qu'il l'était puisque sa mère avait été juive. Et les juifs orthodoxes l'accepteraient aussi comme juif, quand bien même ils le considéreraient comme un spécimen moralement douteux.

Martin avait lu des livres d'écrivains juifs aussi bien que non-juifs. Les réflexions qu'il s'était faites à l'époque où il étudiait la philosophie des religions ressurgirent, quasiment inchangées, bien que le mobile fût maintenant tout autre. À cette époque, deux questions le préoccupaient. La première : comment se faisait-il que les religions continuent à perdurer dans le monde entier, qu'elles n'aient pas été éradiquées par les athées génocidaires les plus cruels de l'Histoire, les jacobins, les nazis, les staliniens ou les communistes du régime de Pol Pot ? Qu'est-ce qui faisait que l'homme fût si crédule, alors que bien des domaines dans lesquels il croyait – les pseudo-religions, les extraterrestres, l'astrologie, la scientologie, la télépathie, la magie occulte – allaient à l'encontre de la raison, étaient un tissu de contradictions et de paradoxes, allant même parfois jusqu'à nier la vie ? Que la langue induisait les gens à croire que ce que le substantif ou le nom propre désignait existait réellement, était une chose ; c'en était une autre d'expliquer pourquoi certains croyaient et d'autres pas. Et en quoi croyaient ceux qui avaient la foi.

Une autre question était d'ordre éthique. La religion et la foi tenaient-elles vraiment en échec l'inhumanité de l'homme, comme l'affirmaient les croyants ? L'homme avait-il besoin de la religion comme fondement de la morale, ce que même un athée comme George Orwell avait affirmé ? Était-ce une coïncidence si deux des pires meurtriers de masse de l'Histoire – les nazis et les staliniens – avaient été athées ? D'un autre côté, il ne fallait pas oublier que les Espagnols et les Américains avaient exterminé des millions d'Indiens au nom de Dieu. Ou que les Hutus du Rwanda étaient des catholiques.

Martin n'avait pas vraiment obtenu ni trouvé de réponses pendant ses études. La question la plus importante de toutes n'avait jamais été abordée : comment se mettait-on à croire quand on ne croyait pas ? La pensée de Blaise Pascal selon laquelle on devait se comporter en croyant, aller à l'église, prier et lire la Bible, pour trouver la foi, paraissait à Martin de la pure autosuggestion. Ici ou là, il était tombé sur quelques récits à propos d'incroyants qui brusquement, sans prévenir, se sentaient touchés par la grâce et se mettaient à croire en Dieu, à l'instar du boxeur George Foreman.

D'une part ce genre d'expérience était plutôt d'ordre mystique, en tout cas, une expérience privée susceptible d'être seulement racontée et non défendue avec des arguments objectifs, d'autre part Martin n'avait jamais entendu parler de quelqu'un qui se serait mis à croire en Dieu sans avoir jamais entendu parler de lui. Si Dieu existait, il devait bien pouvoir se manifester à un Indien animiste dans la jungle amazonienne, à un moine bouddhiste de la Mongolie intérieure ou à l'un des centaines de millions d'adorateurs de divinités et de païens qui avaient vécu avant l'écriture de la Bible, sans prêtres, imans ou rabbins. Mais cela ne s'était jamais produit, pas plus que des saints catholiques n'avaient été intégrés à d'autres religions ou n'avaient réalisé de miracles parmi les protestants ou les Hindous. En vérité, la révélation, la conversion et la rédemption se produisaient toujours horizontalement, et non verticalement. On commençait à croire en Dieu plutôt qu'en toute autre divinité, parce qu'autour de vous d'autres hommes avaient cette croyance. Et non parce que Dieu avait pris personnellement contact avec vous.

Si, pendant toutes ces années, Martin avait fait partie du peuple élu à son insu, pourquoi Dieu ne s'était-il pas manifesté à lui, ne lui avait-il pas fait signe, ne lui avait pas envoyé un SMS ou un courriel spirituels ? Ce ne devait pas être bien difficile pour un être tout-puissant de hacker son cœur et son cerveau ! La simple vérité était que si sa mère n'avait jamais écrit sa lettre ou ne s'était pas confiée à ces messieurs Golder et Levin, Martin n'aurait jamais eu à envisager la possibilité d'être juif ou de désirer le devenir. Seul l'amour aurait pu lui donner l'occasion de réfléchir à sa relation avec Jahve, s'il était tombé amoureux d'une Juive. Tous les fondamentalistes religieux et les monothéistes ne le savaient que trop : c'est bien pour ça qu'ils essayaient à tout prix de contrôler l'amour. Mais c'est pour la même raison qu'il pensait que l'amour était une force plus grande que la religion et la foi, et que pour rien au monde il ne se convertirait, afin de continuer à vivre pleinement son amour.

Au fond c'était absurde que *lui* puisse choisir d'appartenir au peuple élu de Dieu, tandis que d'autres, comme l'Ukrainien dont Samuel avait parlé, n'étaient pas reconnus comme juifs, bien que ce fût leur souhait le plus cher.

Norman Solomon affirmait dans son livre *Judaism* qu'une des pierres angulaires de la foi juive était le libre arbitre. Mais libre de choisir quoi, de faire quoi ? D'aimer et de se marier avec la personne qu'on voulait ? D'interpréter la Bible et le Talmud à sa guise ? De ne pas croire dans le Dieu d'Abraham ? De se convertir à l'islam, au christianisme ou à l'hindouisme ? De ne pas être juif ? De choisir soi-même ce en quoi et en qui l'on voulait croire ?

Les livres qu'avait lus Martin ne soufflaient mot de tout cela.

Il restait que Martin ne croyait pas en Dieu, avec minuscule ou majuscule, et qu'il n'avait pas eu la moindre occasion, le moindre désir ou besoin de se mettre à croire. Voilà, c'était dit.

Quelques jours après que Martin eut laissé pour ainsi dire Dieu et la religion dans ses papiers, il reçut un coup de téléphone de monsieur Klein pour lui dire qu'ils avaient trouvé une *mezouzah* derrière le papier peint de l'entrée.

« C'est quoi ? demanda Martin.

— Une capsule avec un parchemin où sont recopiés à la main quelques passages du cinquième livre du Pentateuque. C'est la tradition dans les familles juives de clouer une *mezouzah* au chambranle de la porte pour rappeler la présence de Dieu et son message.

— Et vous en avez retrouvé une derrière le papier peint ?

— Nous voulions changer le papier et avons trouvé la capsule dans un petit creux dans le mur, comme si quelqu'un avait voulu la dissimuler aux regards extérieurs, tout en voulant la garder. À un moment ou à un autre, des Juifs ont dû habiter dans cette maison. Nous aurions bien aimé savoir qui c'était. Nous avons vérifié dans les registres de propriété et d'après ce que nous avons trouvé, la maison n'a eu que deux propriétaires, votre mère et la famille qui l'a fait construire, mais ce n'étaient pas des Juifs. C'est un mystère.

— Il y a beaucoup de choses ici au monde qui ne s'expliquent pas.

— Nous avons aussi demandé à la synagogue, mais là-bas personne n'a pu nous aider. »

Avaient-ils parlé avec le rabbin ? Golder avait promis à Gertrud de ne pas dévoiler sa véritable identité, mais pouvait-il lui faire confiance ?

« Je suis désolé, dit Martin, mais je ne peux pas vous aider.

— Nous allons poursuivre nos recherches. Merci quand même. »

Combien de fois sa mère avait-elle dû mentir pour ne pas trahir qui elle était ? Avait-elle souffert de se faire passer pour une autre et surveiller chaque mot qu'elle disait ? Ou son but, protéger son fils, s'était-il à ce point imposé de lui-même que cela en justifiait les moyens ? Lui-même avait toujours mis un point d'honneur à ne jamais paraître pour ce qu'il n'était pas. Et voilà qu'à présent un mensonge en entraînait un autre. Tôt ou tard, Cristina et Sara se douteraient qu'il leur cachait quelque chose. Chaque mensonge, chaque secret, même les plus bienveillants, étaient au fond une forme d'autorité, une sorte d'agression : ils ôtaient aux autres la possibilité de prendre position par rapport à ce que le secret dissimulait. Ceux qui soutenaient qu'« on ne souffre pas de ce qu'on ignore » s'octroyaient le droit de juger à la place d'autrui ce qui était bien ou mal. C'était un abus de pouvoir. En fin de compte, Maria s'en était rendue coupable, à ses dépens. Et il s'en rendait coupable à son tour vis-à-vis de Sara et Cristina. Cela ne pouvait pas continuer !

16.

Comme à son habitude, en rentrant chez lui, Martin passa d'abord voir Sara dans sa chambre. Pour une fois, elle n'avait pas ses écouteurs sur la tête, son ordinateur était éteint et elle lisait à son bureau. Quand elle leva les yeux, Martin vit aussitôt qu'elle n'était pas aussi gaie que les autres jours. Le visage de Sara était un livre ouvert. Sur ce point en tout cas, ils se ressemblaient : elle aussi avait du mal à garder un masque et faire comme si de rien n'était.

« Que lis-tu ? demanda-t-il.

— *Le Journal d'Anne Frank.*

— Ah, pourquoi ? fut tout ce qu'il trouva à dire.

— On doit le lire pour l'école. »

Elle le regarda d'un air implorant.

« Papa… », balbutia-t-elle.

Martin s'inquiéta de ce qui allait suivre.

« Qu'y a-t-il, mon trésor ? »

Sara inspira profondément avant de poursuivre :

« Pourquoi il y a des gens méchants ?

— Je ne sais pas. Personne ne sait. Mais il y a aussi beaucoup de gens gentils. Il ne faut jamais l'oublier.

— Anne était gentille. Pourquoi elle était obligée de se cacher ?

— Elle était juive.

— Je le sais. Mais pourquoi est-ce que les Allemands haïssaient les Juifs ?

— Il n'y avait pas que les Allemands. Il y a partout des gens qui haïssent les Juifs, les antisémites comme on les appelle.

— Grand-mère était allemande, n'est-ce pas ? Est-ce qu'elle haïssait aussi les Juifs quand elle était jeune ?

— Non ! »

Sara tressaillit et le regarda effrayée.

« Grand-mère était une des plus gentilles personnes que j'aie jamais connue », s'empressa-t-il de déclarer, submergé par la tendresse et gêné d'avoir haussé la voix, ce qu'il ne faisait jamais et encore moins avec Sara. « Elle ne haïssait pas les Juifs. Elle les aidait. Tous les Allemands ne haïssaient pas les Juifs. »

Martin hésita avant de poursuivre :

« Je crois que c'est pour cela que tu as reçu ce pendentif que tu as autour du cou. Le vieil homme qui te l'a donné est juif. C'est un rabbin, le nom que les Juifs donnent à leurs prêtres, à la synagogue, qui est leur église. »

Martin vit mille questions se bousculer dans la tête de Sara. Pas étonnant. Comment expliquer l'antisémitisme à un enfant ? La Shoah ?

« Tu en es arrivée où dans le livre ?

— J'ai lu le premier chapitre.

— Si tu veux, je peux lire la suite à haute voix. »

Sara fit oui de la tête.

Pendant les semaines qui suivirent, Martin lut à haute voix *Le Journal d'Anne Frank* à Sara, quelques pages seulement dans la semaine, un ou plusieurs chapitres le week-end. Lui-même n'avait encore jamais lu le livre. En y repensant, il ne se souvenait pas qu'ils aient jamais parlé de la Shoah à l'école, en tout cas pas avant le lycée. Ces années-là, les camps d'extermination et les chambres à gaz n'occupaient pas une place majeure dans les livres d'histoire ou pendant les cours. Pourtant le livre de Primo Levi *Si c'est un homme* avait été publié plusieurs années auparavant et traduit en de nombreuses langues, ce qui rendait la tâche plus difficile pour ceux qui continuaient à nier, refouler ou voulaient simplement passer sous silence l'extermination des Juifs. Le procès contre Adolf Eichmann qui commença en 1961 et se termina par l'exécution capitale du bourreau avait été suivi par une foule de gens, à commencer par Hannah Arendt. Pour la première fois, le monde entier pouvait voir et entendre les témoignages des survivants. Beaucoup prirent conscience que les nazis avaient aussi été des hommes, oui c'étaient des hommes – pas des monstres, pas des crétins, pas des psychopathes – qui avaient commis le pire crime de l'histoire de l'humanité, qu'il n'y avait en principe aucune limite au mal que les hommes pouvaient se faire entre eux. Les nazis avaient perdu la guerre, mais ils semblaient avoir gagné la bataille sur la foi en la bonté de l'homme.

Malgré cela, il avait fallu que Martin étudie à l'université pour qu'il comprenne en profondeur ce que signifiait la Shoah. À cette époque, sa colère et sa soif de connaissances étaient tournées vers les agresseurs et les bourreaux, et non vers les victimes et les condamnés à mort. Non vers les Juifs. Non vers les Roms ou les handicapés. *Qui* les nazis avaient érigé en objet de haine lui avait paru moins important. Affirmer autre chose serait revenu à dire selon lui que les victimes portaient une part de responsabilité dans ce qui leur était arrivé, que les Juifs, précisément les Juifs, à cause de leur religion, de leur culture et de leurs traditions, incitaient pour ainsi dire à la persécution, qu'il y avait un mobile, pas aux pogroms et aux chambres à gaz, mais que les Juifs précisément avaient été persécutés et haïs plus que tout autre groupe ethnique dans l'Histoire. Pour un humaniste radical à tendance anarchiste comme Martin, ce genre de pensée l'avait amené sur une pente dangereuse. Aussi avait-il refusé net, alors, de placer la souffrance des Juifs devant celle des Arméniens, des prétendus ennemis du parti ou des Indiens. Mais une victime en valait-elle une autre ? Était-ce aussi simple ?

Pas pour Sara en tout cas. Elle ne posait aucune question sur les groupes ethniques, les religions ou les prétendues races. Elle souffrait avec Anne Frank, pas avec les Juifs. Mais plus ils avançaient dans le livre, plus Sara émettait des interrogations qui ne concernaient plus directement Anne. Vers la fin du livre, Sara reprit une question qu'elle avait déjà posée une fois :

« Pourquoi est-ce que les Allemands haïssaient les Juifs ? demanda Sara. Anne Frank était juste une fille ordinaire. Sa mère paraît un peu coincée mais son père est super. Presque comme toi !

— Qu'a dit ta professeure à l'école ?

— Elle a parlé d'Hitler et des nazis. Elle a dit qu'Hitler et beaucoup d'autres haïssaient les Juifs et qu'il avait besoin de quelqu'un sur qui rejeter la faute pour tout ce qui allait mal en Allemagne.

— Tu te rappelles Magdalena dans l'autre classe, celle qui a dû changer d'école parce qu'elle était harcelée par des filles de CM2 ? »

Sara hocha la tête.

« Pourquoi c'est tombé sur elle ? Pourquoi est-ce qu'il y a seulement eu ces quatre filles et que personne d'autre ne s'est ligué avec elles contre Magda ? Est-ce qu'elle n'était pas aussi qu'une fille ordinaire ?

— Si, encore qu'elle était un peu bizarre.

— Comment ça ?

— Elle préférait rester dans son coin. Un peu comme Luna dans *Harry Potter*.

— Mais ce n'est quand même pas une raison pour se faire harceler ? »

Sara fit non de la tête.

« Les Juifs aussi étaient un peu bizarres et beaucoup d'entre eux ont vécu dans leur coin, non pas qu'ils l'aient toujours voulu mais le plus souvent parce qu'on les y a obligés. Les Juifs ne sont pas l'unique peuple à avoir été un peu différent. Cela ne suffit pas pour expliquer qu'ils se soient fait persécuter plus que les autres au cours de l'Histoire. Pour leur part, beaucoup de Juifs diraient sans doute que ça a commencé quand un pays du nom de Babylone a conquis le pays des Juifs, la Judée, qui est aujourd'hui Israël, et a envoyé la plupart des Juifs à Babylone, quasiment en esclavage. Ensuite cela a continué quand les Romains à leur tour se sont emparés de la Judée et en ont fait une partie de l'Empire romain. Mais les Juifs ne sont pas, loin de là, le seul peuple que les Babyloniens et les Romains aient annexé à leurs empires. Les Juifs n'étaient pas plus mal traités que d'autres à cette époque. D'un point de vue religieux, les

Romains étaient assez tolérants. Ce furent en réalité les chrétiens, ceux qui croyaient que Jésus était le fils de Dieu, qui ont commencé les persécutions des Juifs. »

Sara parut perplexe, ce qui n'avait rien d'étonnant. Elle ne croyait peut-être pas en Dieu, mais elle avait grandi dans un espace où résonnait la morale chrétienne. Avait-elle aussi entendu parler à l'école des horreurs perpétrées au nom de Dieu par les chrétiens ? Qu'ils avaient tué sans hésitation les Indiens de l'Amérique du Nord et du Sud sous prétexte qu'ils étaient païens ? Qu'avec bonne conscience – n'avaient-ils pas Dieu de leur côté ? – ils avaient traité leurs esclaves d'Afrique comme de la marchandise ? Que la Belgique, avec son roi en première ligne, avait massacré des centaines de milliers d'hommes au Congo ? Ce n'était que des putains de païens ! Que les Blancs de l'apartheid en Afrique du Sud avaient été chrétiens ? De même que les Hutus au Rwanda, eux qui avaient décimé les Tutsis avec leurs machettes ? Est-ce que sa professeure en avait parlé ? Comment Martin pouvait-il expliquer plusieurs millénaires d'histoire complexe, contradictoire et horrible à une adolescente de douze ans sans simplifier et généraliser ?

« Qu'est-ce que les Romains et les autres là, les Babyloniens ou je ne sais plus comment ils s'appelaient, ont à faire avec Anne Frank ? demanda Sara. Elle n'a rien fait.

— Le point de départ, c'est que deux religions ont rivalisé pour presque le même Dieu. Encore aujourd'hui, les chrétiens et les Juifs ont une grande partie de la Bible en commun, l'Ancien Testament, même si les Juifs accordent le plus d'importance au Pentateuque, au début de la Bible. Mais ce fut Jésus qui fut à l'origine du conflit. Les chrétiens, qui étaient aussi des Juifs pour la plupart, croyaient vraiment que Jésus était le fils de Dieu, ce qui n'était pas le cas des autres Juifs et surtout de leurs prêtres. Cela n'arrangea pas les choses que Jésus critique l'ordre des prêtres juifs. Les chrétiens devinrent en tout cas de plus en plus nombreux car se rallièrent à eux beaucoup de ceux qui jusqu'alors croyaient en plusieurs dieux, comme par exemple les Romains et les Grecs. »

Martin comprit au visage de Sara que ses exposés sur l'Histoire ne l'intéressaient que moyennement. À juste titre ! Car que valaient ces considérations historiques quand on s'appelait Anne Frank ou Sara ?

« Les chrétiens sortirent victorieux de la bataille, poursuivit-il sans grande conviction. Ils réussirent à faire que l'Empire romain reconnaisse le christianisme comme religion officielle. Les chrétiens imposèrent de plus en plus de règles et d'interdictions aux Juifs : ils n'eurent pas le droit d'habiter où ils voulaient, de faire n'importe quel métier, de posséder de la terre, de se marier avec des chrétiens, autrement dit de ne pas tomber amoureux de qui ils voulaient. Les Juifs furent cantonnés à certaines zones appelées des ghettos, d'abord en Italie, puis en Espagne, en France et dans d'autres pays. Mais les choses se gâtèrent vraiment pour les Juifs lors des croisades au Moyen Âge. Vous en avez parlé en cours d'histoire ? »

Sara fit de nouveau non avec la tête. Martin comprit que presque tout ce qu'il lui racontait entrait par une oreille pour en ressortir par l'autre. Il avait envie de lui expliquer que l'antisémitisme, après une période de relative tolérance envers les Juifs, avait ressurgi au XIXe siècle mais en s'appuyant sur la biologie raciale et sur le nationalisme, pour atteindre son paroxysme avec les nazis. Mais à quoi bon ?

« Je suis désolé, dit-il à Sara, je ne peux pas vraiment expliquer pourquoi les nazis ont voulu faire disparaître les Juifs et Anne Frank de la surface de cette terre. Ou pourquoi tant de gens dans d'autres pays ont été et restent antisémites – le nom donné à ceux qui haïssent les Juifs uniquement parce qu'ils sont juifs.

— Ça ne fait rien », glissa Sara, en avance sur son âge.

Martin lut les dernières pages.

« Est-ce que tu sais ce qu'il s'est passé après ? demanda-t-il une fois le livre refermé.

— Oui, répondit Sara à voix basse. Elle s'est retrouvée dans un camp de concentration et elle n'est jamais revenue. »

Ce n'était pas un hasard si Sara lui avait demandé ce soir-là que ce soit lui qui la mette au lit. Avant le décès de sa mère, quand Cristina et lui couchaient Sara à tour de rôle, il s'était presque toujours endormi en même temps qu'elle, parfois même avant. Tout avait paru si simple, si évident. Ses petits soucis du quotidien s'étaient envolés. Mais à présent, Sara, Anne Frank, les camps de concentration, la cruauté des hommes et les Juifs, tout ça tournait dans sa tête et l'empêchait de dormir. Comment pourrait-il jamais raconter à Sara que son père était ou allait devenir juif ? Qu'à une autre époque – et qui sait si ça ne se renouvellerait pas dans un futur –, il aurait fait partie de ceux que l'on déportait et qu'il ne serait jamais revenu ? Qu'elle, sa fille adorée, aurait fini dans l'Allemagne nazie sans l'ombre d'un doute dans une chambre à gaz ? Comme Anne Frank.

Est-ce que Maria... Gertrud... n'aurait pas simplement pu emporter son secret dans la tombe ? Et le laisser dans l'ignorance ?

17.

Le lendemain, Martin vint faire une surprise à Sara au centre équestre. Elle parut heureuse de l'avoir à proximité, ne fût-ce que pour porter la selle, remplir le seau d'eau et nettoyer le box. Il n'avait cure que sa fille crâne devant les autres filles en montrant qu'elle pouvait traiter son père comme un palefrenier. En vérité, il n'était pas peu fier de voir sa fille manier d'une main sûre cheval et harnais. *Le Journal d'Anne Frank* ne semblait pas avoir entaché sa bonne humeur, en tout cas pas de manière notable. Mais qu'est-ce qui affectait une adolescente de douze ans ? Que savait-il de ses angoisses, de ses inquiétudes et de ses doutes ? Si seulement il se souvenait de l'époque où lui-même avait cet âge-là ! Peut-être ainsi aurait-il mieux compris ce qu'elle pensait et ressentait.

Martin regarda Sara monter à cheval, d'abord s'échauffer dans le manège, avant de finir par un tour sur la piste. Malheureusement le centre équestre de Sara s'était spécialisé dans le concours complet d'équitation, le plus dangereux des sports équestres. Les obstacles qu'elle sautait n'étaient pas encore très hauts mais ils étaient fixes, sous forme de troncs d'arbres, de murs de terre ou d'espaliers en bois. Si elle faisait une erreur sur la piste, c'était le cheval qui tombait, pas une barre ou deux. Il avait en vain tenté de la convaincre de miser plutôt sur le dressage ou le saut d'obstacles. Mais elle soutenait que ceux qui s'entraînaient au concours complet d'équitation étaient plus soudés : on s'entraidait, on se soutenait. D'autre part c'était beaucoup plus excitant, selon elle, de se lancer en plein galop dans la nature. Au risque de se rompre les os ! pensa Martin en son for intérieur.

« Et si nous rentrions par un autre chemin que d'habitude ? demanda-t-il.

— Je suis fatiguée, papa.

— Un autre chemin ne veut pas nécessairement dire un chemin plus long. Il peut aussi être plus court et plus rapide.

— Fais comme tu veux. »

Il n'y avait pas tellement d'alternatives, mais une fois sur la départementale, il tourna à droite pour arriver en ville par le nord et non par le sud, un détour conséquent mais en tout cas plus court que si Sara était rentrée à vélo ou en bus. Après quelques minutes à tourner dans des petites rues, ils virent le gros bloc en béton de l'hôpital central surgir sur leur droite. De là, il connaissait le chemin les yeux fermés.

« Regarde ! dit-il quelques minutes plus tard en pointant son doigt. C'est là où j'allais à l'école quand j'avais ton âge. »

Sara jeta un regard distrait au bâtiment en brique rouge et Martin ralentit. Quelques vagues souvenirs lui traversèrent l'esprit, mais aucun souvenir de classe, juste des souvenirs isolés d'incidents dans la cour. L'un d'eux était resté tout particulièrement ancré dans sa mémoire. Il se revoyait avec un garçon qui faisait une tête de plus que lui, de la classe au-dessus. L'autre… Martin ne se rappelait plus son nom… c'était un sale gamin sadique qui ne manquait jamais une occasion pour donner un coup de pied ou un coup de poing aux élèves un peu bizarres et solitaires. Cette fois-là, le tortionnaire s'en était pris en ricanant à un camarade de classe de Martin qui n'avait jamais fait de mal à une mouche. Sans réfléchir, Martin s'était interposé. Le tortionnaire était d'abord resté bouche bée avant de jeter un regard triomphant à ses admirateurs lèche-bottes qui se délectaient devant la brutalité de leur leader. Il commença à foutre une baffe à Martin, puis une autre et encore une autre. Martin n'avait pas pensé rendre coup pour coup, mais bientôt la colère le submergea. À la fin, quand son adversaire tourna la tête pour sourire à ses admirateurs, cette colère explosa et se traduisit par un coup de poing en plein dans son nez au moment même où l'autre retournait la tête dans l'autre sens. On entendit un craquement quand le nez se cassa. Suivi d'un bref silence. Puis vint le cri de douleur et le sang se mit à jaillir. La terreur de l'école, le harceleur, le caïd et le héros s'était métamorphosé en une victime qui mettait genou à terre. Le souffle coupé, frappés d'effroi, les disciples conduisirent leur meneur de jeu à l'infirmerie. Les camarades de classe de Martin l'avaient tous entouré, lui tapaient maladroitement sur l'épaule, imitant un geste d'adulte qu'ils ne maîtrisaient pas encore tout à fait. Ils cherchaient le contact, le touchaient comme si son courage était contagieux. Ce n'était encore jamais arrivé qu'un élève d'une classe inférieure défie un élève plus âgé et remporte le combat. Martin n'avait pas le sentiment d'être un vainqueur, plutôt un perdant. Au début, il y avait eu un grand vide en lui. Qu'avait-il fait ? Il avait honte. Chaque fois qu'il avait repensé à cette bagarre, il avait éprouvé la même chose. Ni alors ni plus tard il n'avait ressenti la moindre joie ou sentiment de triomphe, rien que de la honte et de l'humiliation. Il n'avait pas honte de sa colère, mais que sa rage ait pris le dessus sans qu'il puisse se maîtriser.

De tous les professeurs à l'école, il ne s'en souvenait que d'un seul, un prof de maths en troisième qui avait fait comprendre à Martin et peut-être à quelques autres qu'il ne fallait pas tricher avec la vie : « Si on prend les mesures d'une armoire, il ne faut pas oublier de mesurer aussi le côté arrière, même si on ne le voit pas. » Comment se faisait-il que Martin ait complètement oublié les autres professeurs, les noms de ses camarades de classe et ce qu'ils avaient fait pendant les cours, alors qu'il revoyait si souvent la scène où il cassait la figure au caïd de l'école ? Chaque fois que l'événement repassait sur l'écran souvenir de son cerveau, c'était en qualité haute définition, 3D et Dolby, le volume poussé à fond, impossible de se défendre contre ça. Il revoyait ses camarades de classe se presser autour de lui après, lui donner des tapes dans le dos, exactement comme l'avaient fait les disciples avec leur héros quelques minutes plus tôt. Martin s'était dégagé et enfui. Sur son chemin il était passé devant David, le solitaire malmené qui avait été à l'origine de tout. David le fixait, son visage rayonnait comme s'il se trouvait dans un nouveau monde merveilleux, loin du réel désespéré qu'il connaissait. Ils restaient un court instant face à face. Puis David tendait les bras, il voulait serrer Martin contre lui, le remercier. Mais Martin ne voulait pas de sa gratitude, pas plus de la sienne que de quelqu'un d'autre. Il n'avait qu'une envie : déguerpir au plus vite et se cacher. L'avait-il fait ? Comment le savoir, puisque le film s'arrêtait d'habitude à cet instant-là, avec les bras tendus de David.

Mais maintenant, pour la première fois, le film continua à se dérouler. La bande-son grésillait et les images étaient floues, mais il n'y avait aucun doute que c'était bien le même film. Martin s'entendit demander pourquoi l'autre s'en était pris à David, mais avant d'entendre la réponse, il savait ce qui allait suivre : « Il m'a traité de sale Juif ! »

« Papa ! »

Instinctivement, Martin freina à mort et la voiture s'arrêta net. Il tourna la tête et vit le regard effrayé de Sara.

« Tu n'as pas vu que c'était rouge ? »

Quand le feu passa au vert, il s'appliqua pour lever doucement le pied de l'embrayage. Il avait vraiment failli brûler le feu. Surtout ne pas penser à ce qui aurait pu arriver ! Sauf qu'il fit exactement le contraire et eut très peur après coup. Que sa mémoire ait des défaillances, il en avait l'habitude, mais pas sa conscience.

Il se rangea sur le côté et se gara.

« Pourquoi on s'arrête ici ? demanda Sara. Je veux rentrer à la maison. »

Que lui dire ? Un peu plus loin se trouvait un café-tabac.

« Tu as envie d'une glace ? demanda-t-il à Sara. J'ai besoin de boire quelque chose.

— Bon, d'accord. »

Quelques minutes plus tard, de nouveau dans la voiture, Sara mangeait une glace tandis que lui buvait une eau minérale.

« Ah, je me sens mieux, dit-il. Je devais être déshydraté après tout le dur travail dans le centre équestre.

— Hein ?

— Oui, un manque de liquide. Ça ne leur arrive jamais, aux chevaux ?

— Si. »

Au feu suivant, il prit de nouveau à gauche, mais cette fois, il savait ce qu'il faisait. Il connaissait ce quartier comme sa poche, c'était là qu'il avait grandi. Depuis que Gertrud s'en était allée, il n'avait pas voulu remettre le pied dans ce coin, près de sa maison d'enfance. La nostalgie n'avait jamais été son fort. Pourtant quelque chose l'avait poussé à faire le détour pour passer devant la maison. Comme s'il avait voulu vérifier que ses souvenirs ne le trompaient pas, que l'épilogue du film enfoui dans sa mémoire montrait ce qui s'était réellement passé, que ce n'était pas le fruit de son imagination ou une falsification de l'histoire.

« Pourquoi tu t'arrêtes encore ? demanda Sara avec une pointe d'irritation dans la voix.

— Tu ne vois pas où nous sommes ? »

Il pointa son doigt.

« C'est la maison de ta grand-mère. »

Sara fit un effort pour regarder la villa repeinte en blanc.

« Je voulais seulement voir à quoi elle ressemblait maintenant », dit Martin pour se justifier.

Dabbe, tel était le surnom du petit garçon victime de harcèlement qu'il avait défendu en se battant. Mais c'est seulement maintenant, quarante-trois ans plus tard, qu'il se rappelait ce que le tortionnaire avait crié avant de commencer à le bourrer de coups de pied : *Dehors les Juifs ! On veut pas de Juifs dans cette école !*

« Papa ! Ça va, tu as assez regardé ? Je veux rentrer à la maison. »

Martin tourna la clé de contact et la voiture démarra. Mais quelques pâtés de maisons plus loin, ils tombèrent sur un barrage de police et un policier leur fit signe de tourner à gauche. Martin s'arrêta et baissa sa vitre pour demander ce qui se passait.

« Il y a eu un attentat contre la synagogue ! » expliqua le policier avec fébrilité en leur faisant signe de s'éloigner.

Martin appuya sur l'accélérateur et fit un démarrage en trombe.

« Qu'est-ce qu'il a dit ? demanda Sara.

— Quelque chose à propos d'un incendie. On est obligés de prendre un autre itinéraire. »

Il la rassura du regard.

« Je suis désolé, mais cette fois ce n'est pas ma faute. Est-ce que tu peux appeler maman pour la prévenir que nous serons un peu en retard pour le dîner ? »

Sara prit son portable et tapa un SMS.

« Tu sais quoi, papa ?

— Non, quoi donc ?

— T'es vieux jeu.

— Pourquoi tu dis ça ?

— Parce que tu utilises le téléphone pour parler. Nous, on écrit des SMS ou on se parle par WhatsApp.

— Attends un peu ! répliqua-t-il. Tu verras qu'un jour tu seras aussi vieux jeu que moi. »

Quand Martin et Sara arrivèrent enfin, Cristina et le repas les attendaient dans la cuisine. Sara se jeta sur les spaghettis et fila ensuite dans sa chambre.

« Pourquoi arrivez-vous si tard ? demanda Cristina avec une pointe de reproche dans la voix.

— Je voulais juste prendre un autre chemin pour rentrer, tu sais, comme on faisait avec Sara quand elle était plus petite. Mais ce n'était pas une bonne idée. Pas aujourd'hui. »

Il lui parla de l'attentat contre la synagogue et laissa libre cours à sa colère.

« Toi et tes détours ! dit Cristina. Tu ne peux t'en prendre qu'à toi-même.

— Comment ça ?

— Pas la peine d'élever la voix. Je ne suis pas sourde.

— Excuse-moi ! dit Martin confus. Ce n'est pas après toi que j'en ai.

— Peut-être, mais c'est quand même devant moi que tu as haussé le ton ! »

Une fois Sara endormie, il souhaita bonne nuit à Cristina et lui expliqua qu'il était obligé de veiller un peu pour lire des comptes rendus pour le lendemain, encore un mensonge qui s'ajoutait à la série. Il faudrait bientôt qu'il y mette fin !

Dans son bureau, il alluma la radio et mit ses écouteurs pour ne pas qu'on l'entende de la chambre à coucher à l'étage en dessous. Il voulait avoir des précisions sur l'attentat. Par bonheur, la synagogue était déserte quand on avait jeté un cocktail Molotov à l'intérieur et mis le feu à des bancs en bois. L'incendie avait été rapidement maîtrisé sans qu'il y eût trop de dégâts. Mais le gardien qui avait tenté d'arrêter l'agresseur avait été abattu. D'après son nom, Ahmed Kalib, ce gardien était d'origine arabe, voire un musulman.

18.

Sur le chemin du laboratoire, Martin acheta plusieurs quotidiens. Il but un espresso à son bistro habituel près de la gare et lut les articles sur l'attentat. Il n'y trouva pas grand-chose de nouveau par rapport à ce qu'il avait entendu la veille à la radio. L'auteur n'avait été ni interpellé ni identifié. Aucun groupe n'avait revendiqué l'action. Mais au fond y avait-il vraiment une importance à savoir qui était derrière ça ? Qu'un individu meure, que sa conscience s'éteigne pour de bon, qu'il ait perdu la seule vie qu'il lui fût donné de vivre, était aux yeux des fanatiques insignifiant.

Il replia les journaux, paya et regagna sa voiture. Un quart d'heure plus tard, il était au laboratoire. La première chose qu'il fit fut de frapper à la porte de Samuel. Martin vit immédiatement que ce dernier avait mal dormi : il avait le regard éteint, le blanc des yeux injecté de rouge, et de profonds cernes.

« Ça ne s'arrêtera donc jamais ? » furent les premiers mots de Samuel quand Martin referma la porte derrière lui et s'assit.

Martin aurait aimé prendre Samuel dans ses bras, mais le contact physique entre eux n'avait jamais été au-delà de se serrer la main.

« Je suis désolé, dit Martin. Si jamais ça peut te consoler. »

Samuel parut ne pas l'avoir entendu car il poursuivit :

« Ce monde-ci ne sera content que lorsqu'on aura été rayés du globe.

— Qu'est-ce que tu en sais ? dit Martin d'un ton plus acerbe qu'il n'aurait voulu.

« Si j'avais été toi, ajouta-t-il d'une voix plus amicale, j'aurais été sacrément furax plutôt que de sortir des prédictions sur ce qu'il est impossible de savoir.

— Sauf que tu n'es pas moi. Et je *suis* furax. Mais *aussi* triste et inquiet.

— Qu'est-ce qui t'inquiète ? Tu ne vas pas à la synagogue. Tu ne portes pas la kippa et tu ne te balades pas dans la rue avec ton pénis circoncis à l'air, que je sache.

— T'es gentil mais je crois malheureusement que tu ne comprends pas ce que ça signifie d'être juif, sur le plan émotionnel, je veux dire.

— Pourquoi un non-Juif, avec de la bonne volonté et une capacité d'empathie ne pourrait pas comprendre ce que ça signifie d'être juif ? Ne pourrait-on pas aussi bien affirmer l'inverse, qu'un Juif, par principe, ne pourrait jamais comprendre ce que ça signifie de ne pas être juif ? Pas plus qu'on ne pourra se mettre à la place des femmes ? Et inversement ?

— Comment tu as réagi, *toi*, en apprenant la nouvelle de l'attentat ?

— J'ai été furieux. Mais je n'ai pas pu le montrer. »

Martin raconta comment il s'était heurté au barrage de police avec Sara dans la voiture.

« J'aurais réagi de la même façon si quelqu'un avait lancé une bombe incendiaire dans un asile de réfugiés ou dans une mosquée.

— Ah bon ? Excuse-moi, mais parfois c'est à croire que tu as une dent contre les Juifs, contre nous autres Juifs. Comme si tu nous reprochais quelque chose. »

C'était peut-être la première fois que Martin entendait Samuel parler si clairement des Juifs en disant *les siens.*

« Et donc *à moi* aussi.

— L'autre jour, tu m'as dit que tu étais sûr que je te voulais du bien.

— L'un n'empêche pas l'autre. Mais tu n'as pas vraiment été toi-même depuis le décès de ta mère.

— On est toujours soi-même, même si on fait semblant d'être quelqu'un d'autre, non ? Encore que tu aies peut-être raison. Sauf que ça n'a pas tant à faire avec ma mère qu'avec ce que j'ai lu ces derniers temps. Je ne peux nier qu'il y a pas mal de choses qui m'énervent dans le judaïsme. J'ai en horreur l'antisémitisme, tu le sais bien, mais ce n'est pas toujours si simple de prendre votre défense.

— Que veux-tu que je te dise ? Que je ne veux plus être juif ? Ou que je trouve qu'on devrait supprimer le judaïsme ? Est-ce que tu peux m'expliquer pourquoi c'est toujours à nous, les Juifs, de justifier notre identité ? Pourquoi pas les Italiens, les Chinois, les Basques, les Corses, les Palestiniens ou les Arabes ? Pourquoi aurions-nous un traitement à part ?

— Si je me souviens bien, c'était exactement les paroles de Frank quand vous vous êtes querellés. Tu as alors fait référence à toute la souffrance que vous avez dû endurer.

— Pour essayer de leur faire comprendre, à lui et aux autres, que ce n'est pas étonnant si, précisément, les Juifs se sentent différents avec leur histoire faite d'une suite de persécutions, de pogroms et avec la Shoah.

— Et je comprends ça très bien. Mais si on laisse de côté l'Histoire, autant que faire se peut, se demander si les Juifs méritent un traitement particulier est une question pertinente, même pour les Juifs. Est-ce que les Juifs ne donnent pas du grain à moudre à l'antisémitisme en se proclamant le peuple élu ? Il n'y a pas si longtemps, le ministre israélien des Affaires étrangères a déclaré qu'Israël a un droit historique sur la Cisjordanie parce que c'est marqué dans la Bible. Ce genre d'affirmations m'exaspère.

— Il faut faire la différence entre l'État d'Israël et être un Juif de la diaspora.

— Mais en quoi consiste cette différence ? Tiens, j'aimerais bien le savoir.

— Et moi j'aimerais bien savoir pourquoi tout à coup c'est devenu si important pour toi de comprendre ce qui fait que quelqu'un est juif. Tu es déjà convaincu que cela n'a aucun sens de chercher un gène juif, alors le problème est évacué, non ?

— Ces dernières semaines, j'ai lu à haute voix *Le Journal d'Anne Frank* à Sara. Ensuite j'ai essayé de lui expliquer pourquoi, à travers l'Histoire, les Juifs ont été précisément les persécutés et assassinés de tous les peuples et j'ai lamentablement échoué. Je me suis senti tout à fait incompétent. Qu'as-tu dit à tes enfants ? Eux aussi ont dû lire Anne Frank et poser des questions ? On leur a parlé de la Shoah à l'école ?

— Certainement, mais nous n'en avons pas parlé.

— Et pourquoi ?

— Pour de multiples raisons et parmi elles sans doute certaines dont je n'ai pas conscience… ou que je préfère ignorer. Mais une chose est sûre : nous n'élevons pas nos filles en tant que Juives. Si un jour elles veulent se dire juives et vivre en tant que telles, libre à elles. Mais cela m'étonnerait fort.

— Tu ne m'as pas dit que tu étais juif, que tu le veuilles ou non ?

— Mais pas mes filles. Je suis le dernier Juif de ma branche. Pas seulement parce que je me suis marié avec une non-Juive, mais aussi parce que ni Lisa ni moi ne croyons en Dieu. Nos enfants n'ont pas fait leur bat mitzvah.

— Et malgré cela, tu persistes à te dire juif ?

— Je *suis* juif.

— D'autres se sont convertis avant toi.

— Comment veux-tu qu'un athée convaincu se convertisse ? Et est-ce que les convertis devenaient croyants ? Presque jamais. Les Juifs considéraient les convertis comme des traîtres et les chrétiens les regardaient comme des cinquièmes colonnes potentielles. Ils étaient obligés de vivre deux vies : une publique et une cachée. Ce n'est pas une existence facile que d'avoir une double vie comme tant de Juifs ont été contraints de le faire, simplement pour survivre. »

Si seulement Samuel pouvait savoir à quel point Martin connaissait ça. Il faillit lui parler de sa mère mais se ravisa et demanda plutôt :

« Mais n'est-ce pas ce que tu fais toi aussi plus ou moins, en n'en parlant pas avec tes filles ?

— Si tu as trouvé difficile de parler de la Shoah avec Sara, tu imagines la difficulté quand on est soi-même juif ? Il semble qu'il soit plus facile de nos jours d'aborder la question de l'Holocauste. Après la guerre et beaucoup d'années après, il n'y avait presque personne qui voulait parler ou entendre parler des horreurs et de la terreur. Les survivants faisaient tout ce qu'ils pouvaient pour refouler et oublier afin de trouver la force de continuer à vivre. Ceux qui malgré tout avaient la volonté de raconter étaient morts de peur à l'idée de ne pas être crus ou de ne pas réussir à décrire leurs souffrances, leurs douleurs et la réalité des atrocités. À la fin de *Être sans destin*, Imre Kertész décrit le retour du personnage principal à Budapest et la réaction des gens quand il commence à raconter ce qu'il a vécu au camp à ceux qui ont échappé à la déportation. À la fin de son récit, une voix s'élève pour dire que ça n'a pas non plus été facile pour eux au pays – et c'étaient des Juifs ! On imagine ce qu'ils devaient ressentir de ne pas être crus ou pris au sérieux, si même des Juifs ne pouvaient ou ne voulaient pas comprendre ce que signifiait avoir été un *Häftling* dans un camp d'extermination, eux qui avaient vu les nazis rassembler les Juifs et les envoyer loin de Budapest dans des convois à bestiaux. Beaucoup des survivants éprouvaient de la honte aussi et de la culpabilité d'avoir survécu quand tant d'autres étaient morts. Les assassins, les nazis et les renégats, les collaborateurs et ceux qui étaient restés passifs sans intervenir n'avaient nulle envie de voir leurs crimes étalés au grand jour. Les Russes avaient perdu vingt millions d'hommes et de femmes pendant la guerre ; ils pleuraient leurs morts et devaient reconstruire leur pays rasé. Les Alliés, qui avaient laissé des millions de morts sur les champs de bataille, voulaient fêter la fin de la guerre et passer à autre chose. Le but des procès de Nuremberg n'était pas de juger et punir les responsables de la Shoah mais simplement de la guerre. Ni les Français ni les Polonais n'avaient envie de laver leur linge sale, l'antisémitisme, en public. Ensuite cela a été la guerre froide et le monde a eu autre chose à faire. Résultat des courses ? Le silence. Pendant des décennies.

— Qu'est-ce qu'on t'a personnellement raconté ?

— Dans ma famille, on ne mentionnait jamais le terme de Shoah, du moins pas en ma présence. On voulait me protéger. Ce n'est pas comme aujourd'hui où l'on a des journées commémoratives et des voyages d'étude à Auschwitz pour les scolaires. Il n'y a pas longtemps, j'ai vu dans un journal une publicité sur toute une page pour des voyages à Cracovie et Auschwitz, avec trois photos des monuments historiques de Cracovie, et une de la gare d'Auschwitz, comme si c'étaient des destinations touristiques comparables !

— Et ta propre famille ? demanda Martin.

— Mes grands-parents, des deux côtés, indépendamment les uns des autres, ont envoyé au début de la guerre leurs enfants à des parents dans le sud de la France. C'est comme s'ils avaient pressenti ce qui allait se passer, peut-être parce qu'ils avaient du sang espagnol et des marranes dans notre lignée.

— Des marranes ?

— C'est le nom donné aux Juifs qui se sont convertis au christianisme sous le règne du roi Ferdinand et de la reine Isabelle d'Espagne pour éviter d'être expulsés. Ensuite ils ont été obligés de cacher qu'ils étaient juifs et de pratiquer en cachette leur religion et leurs traditions. Certains y ont vu la première séparation entre la religion et la société, l'individu et la collectivité, la religion comme affaire privée et une affaire de l'État, ce qui était peut-être le cas. Toujours est-il que c'est dans le sud de la France que mon père et ma mère se sont rencontrés. De leurs parents respectifs, seul mon grand-père maternel a survécu. Tous ont été déportés, mais il a été le seul à revenir des camps. C'était alors un homme brisé. Il a utilisé ses dernières forces à faire que ma mère devienne adulte. Il est mort d'épuisement quelques mois après que ma mère eut épousé mon père. Je ne sais pas comment mon père a réussi à être un homme normal et bon avec deux parents assassinés, mais je pense que c'est beaucoup grâce à ma mère. Je me suis parfois demandé s'ils s'aimaient vraiment ou s'ils avaient seulement, encore que ce n'est pas rien, grandi en même temps et étaient devenus dépendants l'un de l'autre.

« Avec un tel contexte, ce n'est pas étonnant que la Shoah ne soit jamais évoquée à la maison. De façon paradoxale, cela explique aussi pourquoi j'ai été élevé dans le strict respect des traditions, avec la circoncision, ma bar mitzvah, le Shabbat, Yom Kippour, la nourriture kasher, la synagogue, la lecture de la Torah et du Talmud, et mille autres rites, petits et grands. Renoncer à son judaïsme après ce qui était arrivé aurait signifié laisser Hitler et sa clique gagner, malgré la défaite de la guerre. Cela aurait été trahir les millions de personnes qui sont mortes dans les chambres à gaz et ont été réduites en cendres dans les fours crématoires. Pour beaucoup de survivants, ce fut un impératif moral de mettre au monde le plus grand nombre d'enfants juifs possible et de les élever dans la tradition juive.

« Ma mère et mon père avaient reçu une éducation strictement juive, pourtant ils n'ont jamais voulu me forcer à prendre le pli orthodoxe et à tomber dans ce piège, du moment que je sauvegardais les apparences vis-à-vis de nos autres parents juifs. J'aurais dans tous les cas été circoncis, car c'est profondément ancré dans la tradition juive, tout comme dans la tradition musulmane d'ailleurs, et mon entrée dans la vie adulte, ma bar mitzvah, devait aussi se faire dans les règles de l'art. On n'avait jamais de viande de porc à la maison, mais mes parents ne surveillaient pas ce que je mangeais quand j'étais dehors avec mes amis. On ne me sermonnait pas sur ce qu'un Juif avait le droit de faire ou pas. Quand je suis tombé amoureux d'une protestante, ils n'ont manifesté ni déception ni tristesse. Mes parents pensaient que l'éducation consiste principalement à montrer le bon exemple. Mais si je hasardais une hypothèse, ils m'ont laissé choisir ma vie car après la Shoah, ils n'étaient plus aussi persuadés que l'essentiel dans la vie était d'être juif. Ou plus simple encore : ils avaient peur de ne plus être aimés de leur fils unique s'ils s'opposaient à son amour pour une femme, s'ils essayaient de le forcer à être quelqu'un d'autre. Après la Shoah… »

Samuel ne termina pas sa phrase. C'était comme s'il se rendait compte qu'il s'apprêtait à faire à Martin des révélations très intimes et enfouies sur sa vie émotionnelle. Au cours des années, ils avaient discuté de tout ce qu'il y a entre le ciel et la terre, rivalisé d'intelligence et de savoir, confronté leurs hypothèses sur les hommes et le monde, et mis leurs convictions mutuelles à rude épreuve. Dans certains domaines, ils en savaient plus long l'un sur l'autre que leurs épouses respectives. Mais, curieusement, ils n'avaient jamais parlé sérieusement de la famille proche et de leurs parents plus éloignés, sinon entre deux portes. C'était la première fois que Samuel abordait le sujet. Il cligna plusieurs fois des yeux avant de poursuivre :

« Après la Shoah, il n'y avait pour ceux qui avaient survécu aux camps ou qui avaient perdu leurs plus proches qu'une seule chose capable de donner du sens à leur vie : l'amour. Pas Dieu, pas la politique, pas les armées, pas les murs ou les clôtures qui avaient été le moyen condamné à mort d'Israël pour se défendre. C'est quand même ironique que le pays où les Juifs devaient pouvoir vivre en sécurité est un des pays où il a été le plus dangereux d'être juif. La seule chose qui pouvait rendre supportable le souvenir de la Shoah était l'amour d'un proche. Mes parents se sont aimés si fort, même si ce n'était pas de l'amour au sens conventionnel du terme, que ça pouvait paraître ridicule ou grandiose, effrayant ou magnifique, c'est selon. Ils étaient inséparables. Tu as lu la lettre d'André Gorz à sa femme Dorine ? »

Martin secoua la tête. Il n'avait pas envie d'interrompre Samuel.

« Toute la lettre n'est qu'une longue déclaration d'amour que Gorz écrivit à sa femme de quatre-vingt-deux ans qui était gravement malade. Deux ans plus tard, on a trouvé les corps sans vie du couple allongés dans le lit l'un à côté de l'autre. Ils avaient achevé leurs vies ensemble. Je n'ose pas penser à ce qui arrivera le jour, qui n'est pas si éloigné, où l'un de mes parents disparaîtra… »

De nouveau, Samuel s'interrompit.

« Pourquoi je te raconte tout ça maintenant ? À cause de l'attentat d'hier ? Parce que tu as commencé à écrire sur les Juifs dans ton livre ? Ce que je veux dire, c'est que mes parents auraient préféré me voir épouser une femme juive qui aurait pu mettre au monde des enfants juifs. Leur amour inconditionnel pour moi, leur fils unique, a tenu le choc. Mes parents et moi, je crois, avons passé un pacte secret, au nom de l'amour. Je suis resté juif, sans l'afficher. En revanche, j'ai fait tout ce qu'un bon Juif doit faire quand nous rencontrions notre famille assez orthodoxe. Est-ce de l'hypocrisie ? Peut-être, mais c'est une hypocrisie avec laquelle je peux vivre. Ce que je veux dire, c'est qu'on ne devient pas juif ou catholique ou musulman parce qu'il y a de bonnes raisons de l'être, de le devenir ou de vouloir le devenir. Je crois que tu te facilites la tâche dans ton livre. Tu peux exposer toutes les preuves imaginables pour montrer que la génétique et les liens du sang n'ont rien à voir avec l'identité et l'ethnicité, les gens ne t'écouteront pas.

— Je me facilite la tâche ? N'est-ce pas toi qui m'as mis en garde en disant que je m'aventurais sur un terrain miné ?

— La mise en garde tient toujours. J'insiste vraiment sur le fait qu'il est incroyablement difficile d'avoir une discussion rationnelle sur ce genre de questions. Choisir une identité n'est pas un choix rationnel. Il est facile pour toi en tant que non-Juif de soutenir que nous autres Juifs sommes libres de choisir si nous voulons être juifs ou pas. Mais de quelle liberté parle-t-on pour mes parents quand trois de leurs parents ont été gazés à Auschwitz ? Il faut que tu comprennes que cela n'a pas été évident pour la génération qui a survécu aux camps de raconter à leurs enfants ce qu'ils avaient enduré. Ne rien dire du tout a plutôt été la règle que l'exception. Jusqu'à parfois ne même pas dire qu'ils étaient juifs.

— Jusque-là ? »

Martin prit conscience que, forcément, il ne devait pas être le seul à s'être retrouvé dans cette situation.

« Est-ce qu'on a écrit sur les personnes qui apprennent tard dans leur vie qu'ils ont des origines juives ? demanda Martin. Ce serait intéressant de connaître leurs réactions et leurs pensées. »

Martin réussit à soutenir le regard de Samuel sans ciller.

« Il y a quelques années, j'ai lu un livre écrit par une Polonaise qui avait appris à l'âge de dix-neuf ans que sa mère était juive, et donc qu'elle l'était aussi.

— Comment s'appelait l'auteur ?

— Si je me rappelle bien, Agata quelque chose. Et le livre portait un titre avec une histoire de famille. Je ne suis pas très bon pour me souvenir des noms. »

Martin se leva.

« Excuse-moi si j'ai paru un peu énervé, dit-il. Ce n'était pas personnel.

— Je sais.

— Il y a des circonstances atténuantes. »

Martin lut sur le visage de Samuel qu'il en avait dit trop ou pas assez. À quoi pensait Samuel ? Que Martin était tombé amoureux d'une autre femme, d'une Juive par exemple ?

Trouver sur l'ordinateur le livre dont lui avait parlé Samuel fut l'affaire de quelques minutes : *Une histoire familiale de la peur.* L'auteur s'appelait bien Agata, elle était polonaise, avec Tuszyńska comme nom de famille. Il le commanda aussitôt, en livraison express.

Sur le chemin du retour, il passa devant la synagogue. La rue était toujours barrée et gardée par des policiers lourdement armés. Martin gara la voiture et alla à pied jusqu'au barrage où une centaine de personnes s'étaient rassemblées, certaines mues par une curiosité malsaine comme toujours, d'autres pour montrer leur soutien et leur solidarité. Juste derrière le périmètre de sécurité se trouvait un tas de fleurs, en souvenir du gardien qui avait trouvé la mort dans l'attentat. Elles resteraient là à faner jusqu'à la prochaine bombe ou salve de kalachnikov.

19.

Quelques jours plus tard, avec le courrier du vendredi, arriva le livre d'Agata Tuszyńska. Une phrase d'accroche sur la couverture laissait entendre que Paul Auster l'avait visiblement lu et aimé. Martin aurait préféré s'enfermer dans sa chambre pour lire, cependant les vendredis soir avaient toujours été sacrés dans leur famille, comme dans les familles juives – mais il ne s'en était jamais rendu compte. Encore que leurs vendredis soir n'avaient rien de religieux ; c'était au contraire une règle instaurée par Cristina et qu'elle tenait de sa famille. Le dîner du vendredi avait toujours été le moment où tout le monde se retrouve, où l'on devait se rendre disponible et confirmer qu'on faisait partie de la famille. Ni Sara ni lui-même ne tenaient à ce que chaque dîner devienne un moment de retrouvailles obligées, chacun pour des raisons différentes. Aussi le compromis trouvé avait-il été finalement de réserver le dîner et la soirée du vendredi soir à la famille : ce devait être un « temps qualitatif », concept que Martin trouvait tout aussi détestable que celui de loisir, car dans ce cas-là que devenait le reste du temps ? Du temps-poubelle, du temps-contrainte ? Par ailleurs,

Martin trouvait qu'on se voyait suffisamment quand on vivait sous le même toit, sans avoir besoin de s'imposer un moment particulier pour être ensemble… mais il ne l'avait jamais dit tout haut à Cristina. Sara s'était faite à ce rituel du vendredi, sauf quand elle recevait la visite de copines, ce qui arrivait assez souvent, particulièrement le vendredi – comme par hasard, pensait Martin. Alors ses amies et elle avalaient le repas en un temps record avant de se retirer dans la chambre de Sara, au lieu de se lover dans le canapé avec Martin et Cristina pour voir le film qu'elle avait pourtant choisi elle-même avec eux.

Mais ce soir-là, ils n'avaient la visite de personne. Martin comprit qu'il devrait attendre un peu avant de se plonger dans le livre d'Agata Tuszyńska. Il était certes curieux de le découvrir, mais soudain cela n'avait plus la même urgence. Il avait la sensation d'avoir déjà la réponse à la question s'il voulait devenir ou se faire juif. Restait à savoir comment, où et quand, et surtout si oui ou non, il allait raconter la vérité sur sa mère. Et à qui ? La réponse à cette question n'allait pas du tout de soi, mais Agata Tuszyńska avait dû se la poser et y répondre puisqu'elle avait non seulement écrit un livre mais également décidé de le publier.

« Qu'est-ce qu'on regarde comme film ? demanda Martin.

— *Sound of music* », répondit Sara.

Martin soupira intérieurement, mais n'en laissa rien paraître. Du moins il l'espérait.

« C'est le genre de trucs qui te plaît, non ? » ajouta Sara sur un ton ironique d'enfant précoce qui le cherchait.

La Mélodie du bonheur était le film préféré de Sara. Combien de fois n'avaient-ils pas vu Julie Andrews sautiller et fredonner ses chansons ? Beaucoup trop aux yeux de Martin, et Sara le savait bien.

Il faisait bonne figure. Cela faisait partie de son rôle de parent : l'enfant n'avait pas à réfréner ses sentiments, alors que les parents devaient cacher les leurs. C'était chaque vendredi le même scénario. Sortir le paquet de bonbons pour Sara, les plaids, une bonne bouteille de vin avec une planche de fromages pour lui et Cristina.

Comme d'habitude, Sara chanta avec la bande-son du film et lui mit son cerveau en mode veille. Tout était comme ça devait être dans une famille soudée, en paix et harmonieuse comme la leur. Mais à peine se disait-il cela que le messager Rolf, dans son pantalon en cuir tyrolien, arrivait au château avec un premier télégramme. Comment Martin avait-il pu oublier que cette romance au château se passait dans le contexte des croix gammées de Hitler et du bruit des bottes des nazis ? Il avait vu le film plusieurs fois avec Sara sans jamais être submergé par la moindre émotion, mais pas cette fois-ci. La dernière scène, quand le capitaine Trapp, ses sept enfants et son épouse qui chante, Maria, l'ancienne aspirante nonne, l'ancienne gouvernante, s'enfuient dans les montagnes pour se mettre en sécurité en Suisse, le fit bouillir intérieurement. C'était Hollywood dans ce qu'il y avait de pire : pas un mot, pas une image, à peine une allusion aux centaines de milliers de Juifs autrichiens qui seraient bientôt envoyés dans les camps de concentration et qui déjà avaient commencé à craindre pour leurs vies. *Sound of music* équivalait au fond à un *Judenfrei* !

Quand Cristina revint après avoir couché Sara, Martin laissa éclater son indignation.

« Mais c'est un film familial, répondit Cristina. On ne peut exiger d'évoquer sans arrêt la Shoah. Et Sara adore le film tel qu'il est.

— Bien sûr qu'on ne doit pas évoquer la Shoah dans chaque film, mais il se trouve que *Sound of music* se déroule précisément à cette époque-là, avec les nazis comme le mal incarné. Alors c'est éthiquement incorrect de laisser le film se terminer par un *happy end* pour une poignée d'individus qui, comme par hasard, sont blancs et chrétiens.

— Je ne trouve pas », dit Cristina.

Le débat était donc clos, selon elle. Mais pas pour lui. Visiblement il ne pouvait même plus regarder un film sans penser aux Juifs, à sa mère, à l'antisémitisme et à tout ce que cela impliquait, au rabbin Golder, abattu, qui s'était retrouvé seul devant sa synagogue noircie après l'incendie. Martin avait envie de disparaître dans son bureau pour lire le livre d'Agata Tuszyńska, mais le sacro-saint vendredi soir comportait aussi un moment réservé aux jeux des corps. Certes, Cristina et lui faisaient aussi l'amour d'autres jours et à d'autres heures, mais le moment d'intimité du vendredi soir était souvent le salaire minimum requis par leurs corps. Pourtant ce soir-là, les caresses imaginatives de Cristina n'eurent pas l'effet escompté.

« Je suis désolé, dit Martin, mais ça ne sert visiblement à rien de s'entêter.

— Tu es sûr que tu vas bien ? s'enquit Cristina en prenant sa voix de médecin.

— Je crois que je suis seulement fatigué. »

Il l'embrassa avec un immense élan de tendresse.

« Je t'aime. Toujours. Après toutes ces années.
— T'as intérêt ! »

Le lendemain matin, Martin se réveilla tôt. Il se prépara un thermos de café et réchauffa deux croissants. Dans l'escalier, juste au-dessus du palier de leur chambre à coucher, il tourna le panonceau qu'il avait subtilisé dans un hôtel : *Do not disturb !* Cristina et Sara respectaient d'ordinaire l'injonction. En revanche personne ne donnait jamais suite à la demande imprimée sur l'autre côté, pourtant affichée le plus souvent : *Please make up my room !*

Martin n'eut besoin que de quelques heures pour lire le livre de Tuszyńska. Il avait toujours lu vite, en restant concentré, et cela lui avait rendu bien des services dans la vie. Particulièrement en gain de temps. Ce qui n'était pas le cas de nombre de ses collègues à la formation scientifique qui avaient du mal à aller jusqu'au bout de textes narratifs. Sa seule interruption de la matinée fut un SMS de Sara qui l'informait qu'elle passerait la journée à l'école d'équitation, pour se préparer au concours organisé par le club dimanche.

Agata Tuszyńska avait dix-neuf ans quand sa mère lui raconta pour la première fois qu'étant elle-même juive, sa fille l'était aussi, même si son père était polonais. La révélation ne semblait guère avoir chamboulé la vie d'Agata, du moins au début. D'après ce qu'elle écrivait, il lui fallut dix ans pour se faire à cette idée, et d'autres années encore avant de se décider à raconter l'histoire de sa mère et de sa famille. Née en 1959, Agata apprit donc la vérité sur les origines de sa mère en 1978. Le livre parut la première fois en 2005, après qu'Agata eut travaillé pendant quatre ans à ce projet. Autrement dit, il s'écoula deux décennies avant qu'Agata ne soit prête à révéler au monde non seulement le secret de sa mère mais aussi le sien. Quand avait-elle commencé à interroger sa mère, son père polonais et sa famille juive ? Cela n'était pas précisé, pas plus que la première fois où elle avait raconté à des personnes de l'extérieur qu'elle avait une mère juive et par conséquent qu'elle-même était une sorte de Juive. Elle ne semblait pas tout à fait sûre d'en être une, même après la rédaction du livre. Avec ses cheveux blonds et ses yeux bleus hérités de son père, elle n'avait aucun mal à passer pour ce qu'elle avait toujours cru être. Pourquoi avait-elle alors choisi de raconter son histoire et celle de sa famille ? C'était à cette question que Martin voulait avoir une réponse.

Mais là aussi, silence radio. Ou plutôt cette seule déclaration : « Les raisons pour lesquelles, pendant les années qui ont suivi, j'ai habilement masqué cela en moi, refusant de prendre conscience de ma seconde moitié, restent pour moi obscures. J'ai continué de vivre comme avant, comme si je ne savais rien. »

La majeure partie du livre traite des membres juifs de la famille d'Agata à l'époque de la guerre et jusqu'à aujourd'hui, ceux qui ont survécu aux camps et ceux qui y sont morts. Agata décrit comment sa mère et sa grand-mère ont quitté le ghetto de Varsovie et se sont cachées plusieurs années jusqu'à la fin de la guerre. Elle retrace la carrière de son père polonais, un célèbre journaliste sportif, et expose son sentiment de culpabilité quand ce dernier l'abandonne alors qu'elle a huit ans. Comme beaucoup d'enfants, elle croit que c'est en partie de sa faute si ses parents divorcent et qu'elle n'est pas digne de leur amour. Au cours de l'écriture de son livre, elle découvre que c'est sa mère qui est tombée amoureuse d'un autre homme : outre ses origines, sa mère a donc caché encore autre chose à sa fille. Chapitre après chapitre, Agata sort sa famille juive de la clandestinité, un par un, abordant la haine des Juifs, les déportations, la peur permanente pendant la guerre, la vie après la Shoah dans la Pologne communiste et toujours antisémite – plus de deux millions de Juifs furent assassinés en Pologne – quand ils reviennent chez eux après la guerre pour revendiquer leurs maisons, dont ils ont été expropriés, et leurs biens confisqués.

Ce sont des histoires tragiques qui tour à tour attristaient ou révoltaient Martin, comme toujours quand il lisait des témoignages de la Shoah. Sauf que maintenant ce n'était plus la compassion avec les victimes ou la haine envers les bourreaux qui l'occupaient. Une seule question l'obsédait : pourquoi Agata avait-elle choisi de raconter la vérité, d'abord à ses proches, puis – ce qui était autrement important – d'en parler *publiquement*, c'est-à-dire de publier son livre. Malgré tout, écrire un livre et choisir de le publier ne revenait pas au même. Bien que ce ne fût pas dit nommément, Martin devina qu'un des motifs d'Agata avait été de contribuer au combat contre l'oubli et l'antisémitisme. Mais aussi par crainte que l'Histoire ne se répète, comme si Agata avait repris à son compte la terreur de sa mère. À la fin de son livre, on pouvait lire : « Je n'ai plus peur. Je sais qui je suis. » Et : « Dans cette multiplicité d'adresses, j'en ai choisi une. L'adresse polonaise.

« Comment est-ce possible après tout ça ? Comment est-ce possible, après les épreuves vécues par ma famille juive ?

« Tant que je les ai gardées pour moi, enfermées au secret, j'en ai eu peur. Avec ce que je sais de moi-même, je n'ai plus à fuir. Nul ne me bannira de nulle part. Nul n'est en mesure de me bannir car je sais qui je suis. »

Martin ne parvint à suivre ce raisonnement qu'à moitié. Sa famille n'avait-elle pas eu peur pendant la guerre alors qu'ils savaient qui ils étaient ? Et lui-même, devait-il avoir peur que ce qui était arrivé à sa mère, à la famille de Samuel, lui arrive aussi un jour ? N'était-ce pas contradictoire qu'Agata cesse d'avoir peur quand elle révèle la vérité sur ses origines ? Cela n'aurait-il pas dû être le contraire ? S'il ne racontait à personne que sa mère avait été juive, et à condition que Golder et Levin tiennent leurs promesses envers Gertrud, ni lui ni sa famille ne risquaient d'être « renvoyés », pour reprendre le terme d'Agata. Cette dernière n'avait donc plus peur « car elle savait qui elle était ». Mais quand le sait-on ? Et veut-on rester celui qu'on est devenu ? Agata écrit : « Ce livre n'a pas de fin puisque l'Histoire se poursuit. Il n'a pas non plus de fin parce que je ne veux pas faire le choix d'un héritage unique. Les deux – le polonais et le juif – vivent en moi. Tous deux me font ce que je suis. Même s'ils s'opposent et s'accusent l'un l'autre – j'appartiens aux deux. Et que cela reste ainsi. »

« Qu'il en soit ainsi » ! Pourquoi donc ? Et pourquoi Agata s'exprime-t-elle comme si elle était victime malgré elle de sa double identité ?

Ce livre soulevait plus de questions qu'il n'apportait de réponses. Ainsi, ses origines juives et polonaises sont-elles des unités de mesure comparables ? Le côté juif renvoie à un mélange de religion et de traditions ; le côté polonais à l'appartenance à une nation. D'ailleurs Agata écrit toujours « Juive polonaise », jamais « Polonaise juive », comme il est l'usage avec les autres nationalités des juifs. On est Juif français, jamais un Français juif, Juif hollandais, jamais un Hollandais juif. Est-ce un hasard ?

Agata n'évoque guère la religion et la foi, mais peut-on vraiment être en même temps juif et catholique ? Combien d'exemples y a-t-il de parents qui font baptiser et circoncire leurs fils, qui fêtent Noël et Yom Kippour, qui considèrent Jésus à la fois comme le fils de Dieu et comme un imposteur, qui mangent parfois de la viande de porc et d'autres fois s'y refusent ? Peut-être n'est-ce pas tout à fait impossible, du moins sur la longueur d'une vie. Mais en même temps ? Difficile. Agata a-t-elle des enfants ? Pas un mot à ce sujet.

Deuxième point : même si Agata écrit que son histoire n'a pas de fin, la pensée sous-jacente à tout le livre est que l'identité d'un homme est définie par une époque, un lieu et des ancêtres dont on tire ses origines, par le point de départ et non par le but, par celui qu'on est devenu et non par celui qu'on veut être et tend à être, par l'endroit qu'on quitte et non l'endroit vers lequel on se dirige. « Nous sommes un souvenir », écrit en toutes lettres Agata, « nous sommes ce dont nous nous souvenons. » La manière d'Agata de considérer son identité est rétrospective, ce qui était étranger à Martin. Il ne pensait à lui qu'au futur, jamais au passé.

Et troisième point, Agata semble attirée, fascinée par le judaïsme ; on ne trouve aucune critique concernant son côté juif, seulement de la peur et de la honte. « Pour être égal aux autres, écrit-elle, il faut oublier le Juif en soi. » À New York où elle habite depuis de longues années, elle fréquente les cercles juifs, lit la Kabbale et la Torah, suit des cours d'hébreu, achète la nourriture dans des magasins juifs. Elle le fait, dit-elle, dans une sorte d'ivresse pour se préparer à « des éventualités auxquelles elle ne s'attendait pas ». Mais tout ça en cachette, sans dire ce qui la pousse à le faire, ni qui elle est.

Parmi ce cercle de Juifs, elle rencontre un homme d'un certain âge originaire de Lódz, Adam Kaufman, qui lui annonce de but en blanc qu'ils sont de la même famille. Aux yeux de Kaufman, elle est juive sans l'ombre d'un doute. Agata se sent « démasquée contre sa volonté ». Mais n'est-ce pas ce qu'elle veut, tout au fond d'elle-même ?

Malgré cela, il lui faut beaucoup d'années avant de pouvoir se dire « juive », ou du moins « aussi » juive. Elle tourne et retourne le concept d'identité dans tous les sens : « Être juif, se sentir juif, ce que c'est, ce que cela signifie. (...) Quels sont les signes d'appartenance ? Peut-on se libérer de la mémoire de l'Holocauste, est-ce permis ? Comment vivre en s'identifiant aux victimes ? »

Des questions encore et encore, mais toujours aussi peu de réponses, en tout cas aucune qui pût être utile à Martin. Car il y avait autre chose qu'Agata mentionne en passant, sans le moindre commentaire : son compagnon et l'amour de sa vie, Henryk Dasko, est lui aussi Juif polonais, un des nombreux Juifs à avoir quitté la Pologne à cause de la vague antisémite qui balaya le pays dès 1955. Bien que quatre-vingt-dix pour cent des Juifs polonais aient été assassinés ou aient trouvé la mort à la guerre, le régime communiste les rendit responsables du mécontentement qui grondait parmi une large couche de la population contre la dictature du parti. Les Juifs perdirent leurs emplois, furent expulsés du parti, démis de leurs responsabilités. Cette fois-là, il n'y eut pas de pogroms, mais on exhorta les Juifs à émigrer. Le bloc de l'Est communiste qui sinon n'autorisait pas ses citoyens à voyager où ils voulaient, distribuait à tour de bras des visas de sortie à tous les Juifs polonais qui souhaitaient quitter le pays. Aller simple ! Car au moment même où ils passaient la frontière, ils cessaient d'avoir la nationalité polonaise. Parmi les dix pour cent de Juifs polonais à avoir survécu à la Shoah, la majorité quitta le pays après 1968. La Pologne fut dans la pratique *Judenfrei.* Avec les bons souvenirs du régime !

Mais comment se fait-il qu'Agata soit tombée amoureuse d'un Juif polonais ? Est-ce une simple coïncidence ou la marque d'une préférence pour son côté juif ? Et les enfants d'Agata et de Henryk, s'ils en ont, que seraient-ils avec deux parents juifs, sinon juifs ? Comme si Agata était au pied du mur, du mur juif.

Tout cela était très étranger à Martin. Ou sans pertinence pour lui. Il n'avait pas le moindre désir d'apprendre l'hébreu, d'étudier la Torah, le Talmud ou la Kabbale, d'aller à la synagogue, d'arrêter de manger du porc, de fréquenter des cercles juifs, de manger de la nourriture kasher ou de se faire des amis juifs, en dehors de Samuel qui était un ami, pas un ami juif.

Pourtant, ici ou là, certaines remarques l'interpellaient. Par exemple quand Agata se demande : « Mes parents.

Pourquoi restent-ils constamment, pour moi, derrière la vitre ? » Lui-même avait toujours eu l'impression de voir sa mère derrière une sorte de voile, de brume. La paroi de verre chez Agata et le voile qu'il percevait en lui signifient la même chose : le non-dit, le caché, ce qu'on a mis de côté. Que ni lui ni Agata n'aient jamais connu une vraie proximité ou l'appartenance à une communauté, ou même l'amour, lui envers sa mère, elle envers sa mère et son père, a été le prix que les parents durent payer pour leur silence. Le mobile était le même : leurs mères s'étaient tues pour les protéger. « Elle s'était tue, écrit Agata sur sa mère, pour élever un mur, comme elle dit, entre moi et tout le mal que je pouvais rencontrer dans ce pays en raison de son origine. Je m'efforce de comprendre que c'était la plus grande preuve d'amour d'une mère pour son enfant. » Cependant, à la différence de Martin, Agata semble mettre en doute cette explication. Existe-t-il, en effet, plus grande preuve d'amour que de donner à ses enfants la liberté, y compris la liberté de refuser l'amour de ses parents, si c'était nécessaire pour survivre ?

Pendant son enfance et son adolescence, Agata ne comprend pas pourquoi sa mère est si fière de ses cheveux blonds et de ses yeux bleus. « Ma mère souhaitait avoir une petite fille polonaise », écrit Agata. Mais cela ne pouvait pas être vrai ! Pourquoi la mère d'Agata a-t-elle finalement raconté la vérité à sa fille ? Cela non plus n'était pas vraiment expliqué dans le livre. Au contraire. Agata écrit que la vague antijuive de 67 confirmait que sa mère avait eu raison de ne pas raconter à sa fille ni à personne d'autre que celle-ci était juive. Mais pourquoi la mère s'est-elle ravisée onze ans plus tard ? Qu'est-ce qui avait changé alors ? Agata a en tout cas été baptisée. Pas Martin, mais il n'avait pas non plus été circoncis. Qu'aurait fait Halina, la mère d'Agata, si elle avait eu un garçon ? L'aurait-elle fait circoncire ? Le silence et le souhait de protéger ses enfants unissaient Gertrud et Halina. Et la peur ? Martin avait vu passer un voile noir dans les yeux de Gertrud, quand les souvenirs la submergeaient, mais rarement la peur. Gertrud avait-elle aussi réussi à ne pas la laisser paraître ? Agata se sent trahie par ses parents et surtout par sa mère, pour ne pas lui avoir dit plus tôt qui elle était. Martin était reconnaissant à la sienne de lui avoir laissé, de manière altruiste, choisir sa vie et son identité. S'il éprouvait parfois un regret qu'elle ne lui ait pas parlé plus tôt, c'était pour *elle*, pour qu'au moins elle ait pu, à un moment de sa vie, être pleinement elle-même.

Martin aurait pu reposer le livre s'il n'y avait pas eu une certaine photographie, l'une de celles qui introduisaient chaque chapitre sur les différents membres de sa famille. Celle-ci représentait Marian Marsynski, un cousin de la mère d'Agata qui avait survécu à la Shoah dans un monastère pour orphelins. En vérité, il n'était pas orphelin. Sa mère, Bronka, avait survécu de façon miraculeuse, mais perdu toute sa famille : sa mère, sa grand-mère maternelle, sa jeune sœur, ses tantes, oncles, grands-oncles, grands-tantes, cousins et son époux, le père de Marian, tous déportés, tous assassinés. Marian fut élevé en chrétien dans un monastère et avait ensuite utilisé le christianisme comme un bouclier et une armure pour se protéger contre la haine.

La photographie paraît avoir été prise après la guerre quand Marian a onze ou douze ans, l'âge de Sara maintenant. Marian est assis par terre. À son côté se tient un grand chien, de race indéterminée, les oreilles basses. Marian a passé ses bras autour du chien et tente de sourire face à l'objectif. Mais ce n'est qu'une ébauche de sourire, que dément la gravité et la tristesse du regard où on ne décèle pas l'ombre d'une joie ou d'un espoir. Ce qui touchait le plus Martin, c'est que le chien avait exactement la même expression dans les yeux que Marian : chagrin et tristesse. Comme si tous deux ne croyaient pas en l'existence d'un bonheur ici-bas. Avait-on jamais eu une pensée pour tous ces chiens et chats adorés qui, eux aussi, ont été abandonnés quand leurs maîtres, maîtresses ou camarades de jeu avaient été envoyés dans les chambres à gaz ? Martin pensa à Sara et à son cheval, au manque qu'ils ressentiraient s'ils devaient être séparés. Cette photo de Marian et de son chien résuma la tragédie et les souffrances du peuple juif pour Martin. C'était un peuple qui essayait de sourire, de garder espoir en une vie et un monde meilleurs, mais qui intérieurement pensait que c'était sans issue. Le sourire esquissé de Marian rappela à Martin autre chose qu'il avait lu récemment, dans un des livres d'auteurs juifs qu'il avait rassemblés. Il chercha dans sa mémoire. N'était-ce pas chez Albert Cohen ? Il prit *Le Livre de ma mère*, le feuilleta en consultant les passages notés dans la marge et retrouva la phrase qu'il cherchait : « Souris pour te forcer à feindre de vivre », écrivait Cohen. C'était exactement ça et rien d'autre, qu'exprimaient Marian et son chien sur la photo.

Il y avait là de quoi pleurer et éprouver de la compassion, qu'on soit juif ou non. Mais cela ne suffisait pas pour que Martin veuille devenir juif.

20.

Le lendemain, un dimanche, Sara s'apprêtait pour la première fois à participer à un concours avec son cheval à elle. C'était un concours organisé par son école d'équitation et son club hippique, mais des cavaliers venant de loin s'étaient inscrits et ce concours était reconnu par la Fédération nationale. Le résultat comptait par conséquent pour le classement national des cavaliers. On pouvait difficilement faire plus important pour Sara. Elle avait passé tout le samedi au centre équestre pour préparer le concours et comme si ça ne suffisait pas, elle s'était levée à huit heures et était repartie là-bas à vélo pour brosser le cheval et tresser sa crinière.

Quand Martin arriva une demi-heure avant le premier départ de Sara, l'épreuve de dressage, elle était déjà sur le cheval, le dos droit, concentrée, élégante dans sa chemise de concours d'un blanc impeccable. En apercevant son père, elle se fendit d'un sourire, caressa le cheval et se dirigea ensuite vers la piste de dressage. Martin la suivit. À ses yeux, Sara était une parfaite cavalière et il applaudit à tout rompre quand, son programme terminé, elle salua les juges. Quand il lui demanda comment ça s'était passé, elle répondit « bof » et énuméra quelques fautes qu'elle avait commises. Avec satisfaction, il avait noté que sa fille était réaliste : elle ne se fixait pas des objectifs inatteignables.

Au saut d'obstacles tout de suite après, Sara ne fit pas une seule erreur et tout son visage souriait quand elle quitta la piste. Martin l'aida à desseller, alla chercher de l'eau pour le cheval et le tint pendant que Sara s'occupait des guêtres de l'animal. En attendant l'épreuve de cross, Martin ne vit pas beaucoup sa fille. Ou plus exactement il la suivit des yeux quand ses amies et elle discutaient autour d'une table, regardaient leurs courses respectives et commentaient les listes des résultats. Sara ne venait le trouver que si elle avait besoin d'une pièce pour s'acheter quelque chose à boire ou à manger, ou pour le prier d'envoyer un SMS à maman à l'hôpital pour lui raconter comment ça s'était passé. Martin échangea quelques mots avec d'autres parents qu'il avait déjà croisés au centre, mais de quoi d'autre pouvaient-ils parler ici sinon d'équitation et de chevaux ? Malgré cela, il ne lui déplaisait pas d'être inactif ; c'était si rare. Si seulement il n'avait pas eu cette boule au ventre au fur et à mesure que l'épreuve de cross approchait.

À l'échauffement, Sara et le cheval avaient sauté avec facilité les haies. Mais ils étaient alors reposés. Qu'en serait-il en fin de parcours, après cinq minutes en plein galop ? Mieux valait ne pas y penser. Sauf qu'il y songeait naturellement quand Sara s'élança de la boîte de départ et disparut dans le bois. Il se hâta de rejoindre la ligne d'arrivée où il compta les secondes tandis qu'il voyait les cavaliers arriver les uns après les autres. Soudain Sara surgit derrière un bosquet. Il la vit franchir l'avant-dernière haie avant de prendre de la vitesse vers le dernier obstacle, le gué. Tout paraissait aller bien jusqu'à quelques mètres seulement avant l'obstacle où le cheval sembla se demander ce qui brillait derrière la haie. Sara le rappela à l'ordre et le fit sauter, mais il retomba un peu de travers de sorte que Sara glissa en avant sur le cou du cheval. Un frisson parcourut l'assistance et Martin crut que son cœur allait cesser de battre. Mais Sara se cramponna au cheval et passa la ligne d'arrivée, les bras serrés autour de son encolure, sous les applaudissements.

Martin se précipita à sa rencontre. La cavalière et sa monture étaient en sueur, toutefois Sara était radieuse. Elle avait réussi son premier concours complet et serait placée. Il l'avait souvent vue heureuse, ce qui correspondait à sa nature, mais rarement autant qu'en ce moment. Elle descendit de la selle qu'elle retira aussitôt et tendit à Martin.

« Comment ça s'est passé ? demanda-t-il.

— Un refus sur la quatrième, répondit-elle d'un air enjoué, mais c'était de ma faute. Je suis arrivée en biais. La seconde fois ça s'est bien passé. J'ai le meilleur cheval du monde. »

Elle prit le mors qu'elle lança à Martin avant de faire le tour du cheval pendant dix bonnes minutes pour qu'il se calme.

Martin était plein d'admiration pour ces cavalières et pas seulement pour Sara qui ne pensaient pas qu'à leur petite personne et prenaient soin de ces grandes bêtes puissantes. Ceux qui soutenaient que les filles ne savaient pas se montrer responsables auraient été bien avisés de venir ici pour se rendre compte *de visu* de leurs préjugés !

Lors de la remise des prix, il s'avéra que Sara était arrivée deuxième dans sa classe de poney. Pour son premier concours ! En récompense de sa performance, elle et le cheval reçurent une rosette et une couverture. Avant de rentrer, Sara voulut s'assurer qu'il allait bien dans son box. Elle nettoya l'abreuvoir bien qu'il fût déjà propre, remit de l'avoine et une couche de paille fraîche. Mais surtout elle le câlina, l'embrassa sur le museau, passa les bras autour de son cou et caressa sa crinière. Martin prit quelques photos de Sara et du cheval qui tous deux posèrent devant l'objectif comme s'ils sentaient que ce moment méritait d'être immortalisé.

Tard ce même soir, une fois que Sara fut couchée et que Cristina était retournée à l'hôpital pour une garde de nuit, il remonta dans son bureau. Il sortit son appareil photo et fit défiler les clichés qu'il avait pris. La simple vue de Sara sur et près de son cheval le mit de bonne humeur. Et quand la dernière photo apparut sur l'écran, où à la fois Sara et l'animal regardaient droit l'objectif, Martin fut ému. Dans les yeux de Sara et du cheval, il n'y avait aucune peur, aucun désir impossible, rien qu'une confiance sincère et apaisée ; là, il n'y avait nul besoin de consolation.

Martin reprit le livre d'Agata et l'ouvrit à la page de la photographie de Marian et de son chien aux yeux tristes. Il posa le livre ouvert à côté de l'écran de son appareil photo. Deux enfants et deux animaux qui tous auraient dû avoir le même droit à la joie dans cette vie, la seule qu'on leur avait donnée et la seule qu'ils avaient. Marian n'avait pas choisi de naître et de grandir en tant que Juif. Malgré cela, il en avait payé le prix et avait souffert. C'était un scandale ! Et son chien triste ? Les animaux domestiques n'étaient qu'une note de bas de page dans l'industrie du massacre de la Shoah, mais qu'étaient devenus les chiens, les chats et les lapins des Juifs ? Dans son livre sur la langue du Troisième Reich, Klemperer écrivait que les chats ayant appartenu à des Juifs étaient qualifiés de *artvergessen*, des animaux d'une espèce oubliée, qui devaient être bannis. C'était aussi absurde que la première loi antijuive interdisant aux Juifs d'utiliser les piscines et les bains publics.

Il n'avait pas besoin d'être juif pour combattre le racisme et l'antisémitisme. Il n'avait pas besoin d'être juif pour condamner la Shoah ou d'autres génocides. Il n'avait pas besoin d'être juif pour être ému aux larmes par la photo de Marian et de son chien.

Le lendemain matin, Martin fut réveillé par le grincement de la porte du garage. Il descendit dans la cuisine et prépara le petit déjeuner, comme il le faisait toujours quand Cristina rentrait d'une garde, avant qu'elle aille se coucher et que lui aille au travail, après s'être assuré que Sara était partie à l'école. Mais ce matin-là, Cristina avait les yeux injectés de sang et de gros cernes.

« Une nuit compliquée ? demanda Martin.

— Cela aurait difficilement pu être pire », répondit Cristina d'une voix éteinte.

Martin savait ce que cela signifiait : un accouchement s'était mal passé, voire avait fini en tragédie. Il espérait naturellement qu'il n'y ait rien que les médecins, infirmières ou sages-femmes auraient pu faire autrement, que le chagrin d'un enfant mort-né ou d'une mère décédée n'était pas chargé de sentiment de culpabilité. Ce genre de choses affectait terriblement Cristina. Durant les années de vie commune, il était arrivé trois fois que son service perde un nouveau-né ; deux fois cela s'était produit lors d'une garde de Cristina. Dans un cas, elle avait dû se mettre deux semaines en arrêt-maladie avant d'avoir la force de reprendre le travail.

Cristina était une femme courageuse et sûre d'elle à maints égards. Sa tête allait bien, mais sa psyché était comme un câble en acier inoxydable : aucun signe d'usure ou de faiblesse ne se voyait jusqu'à ce qu'un jour le câble se rompe d'un coup. Lui-même était davantage comme de l'acier galvanisé : on voyait tout de suite les signes de rouille, un bout qui partait, puis un autre, et on comprenait qu'il était temps de prendre des mesures avant qu'il ne soit trop tard. Jamais il n'avait éprouvé un tel sentiment d'impuissance que cette fois-là, quand Cristina était restée couchée presque toute la journée à regarder le mur, sans dire un mot. La gestion des tâches domestiques, ça il savait faire, mais il était nul pour consoler. Pourquoi certains avaient-ils le pouvoir de réconforter et d'autres beaucoup moins, voire pas du tout ?

« Va te coucher ! » lança-t-il à Cristina qui se contenta d'acquiescer, plus fatiguée que désespérée.

Il prit plutôt son petit déjeuner avec Sara qui n'arrêta pas de parler, encore tout excitée du concours hippique de la veille. Elles n'étaient pas nombreuses à faire de l'équitation dans son école, mais une chose était sûre : elles ne parleraient que de ça toute la journée.

Dans la voiture sur le trajet du labo, il sifflota. Cela faisait longtemps qu'il ne l'avait pas fait et c'était bon signe, même si la mélodie qu'il siffla venait de *Sound of music*.

Mais sa bonne humeur disparut instantanément quand il vit Frank dans le couloir devant son bureau, comme s'il attendait Martin. Frank faisait en règle générale toujours la gueule, mais ce jour-là il paraissait avoir une bonne raison d'être dans cet état.

« Bon, qu'est-ce que tu as sur le cœur ? demanda Martin de manière ironique.

— Je veux protester !

— Contre quoi ?

— Contre le fait que Samuel fait de la propagande politique sur le lieu de travail.

— Ça ne ressemble pas à Samuel.

— Normal, tu es toujours du côté des Jui… »

Frank s'interrompit. Il avait dû se rendre compte qu'il avait failli dire un mot de trop. Il restait donc une ultime barrière qui faisaient que ceux qui haïssaient les Juifs, les homosexuels, les musulmans et qui méprisaient les femmes faisaient attention à leurs paroles. Tant que le mot raciste restait un vilain mot, il y avait de l'espoir. Mais il fallait se montrer vigilant. Frank dut se rendre compte qu'il se tenait devant son chef qui pouvait le virer du jour au lendemain s'il le fallait.

« Parle à Samuel ! dit-il. Je voulais juste te dire ça.

— Je le ferai. D'ici là, j'espère que ce n'est pas trop te demander que de retourner au travail. »

Frank s'en alla, comme un chien penaud, mais un chien qui n'attend qu'une occasion pour mordre de nouveau.

Martin dirigea ses pas vers le bureau de Samuel. Comme d'habitude, la porte était ouverte, à la différence de celle de Frank, presque toujours fermée.

« Frank affirme que tu fais de la propagande politique au boulot, commença Martin.

— Tout ce que j'ai fait, c'est mettre une affiche dans le vestiaire sur la marche de la kippa, vendredi. C'est tout.

— La marche de la kippa ?

— Le centre communautaire organise une marche à travers la ville pour protester contre les attaques antisémites qui ont culminé avec l'attentat contre la synagogue. Et pour saluer la mémoire du gardien qui est mort dans l'attentat. Tous sont les bienvenus à participer, indépendamment de leur religion et de leur couleur politique.

— Mais pourquoi appeler ça une marche de la kippa ?

— Pour avoir le droit de porter des symboles religieux dans l'espace public sans se faire agresser. Un rabbin doit pouvoir marcher dans la rue avec sa kippa et être autant en sécurité qu'un prêtre avec son col de prêtre.

— Est-ce vraiment si évident ?

— Que veux-tu dire ?

— Je ne suis pas persuadé que c'est un droit, ou une bonne idée, de marcher et de parler à tout un chacun de sa croyance. Pratiquer sa religion, oui, mais pas afficher forcément sa foi. Tu imagines, si on se baladait tous avec des pancartes sur la poitrine et le dos pour dire qui nous sommes et en qui nous croyons, catholiques, juifs, bouddhistes ou musulmans ? Ou pourquoi pas ne pas dire notre inclination sexuelle, tant qu'on y est, avec des T-shirts où il y aurait marqué en toutes lettres qu'on est homo ou hétéro ?

— C'est possible, mais cette discussion nous emmènerait trop loin. Que penses-tu faire de mon affiche ?

— Je ne pense naturellement rien en faire du tout.

— Tant mieux. Mais j'ai encore une question.

— Je t'écoute.

— Est-ce que tu comptes participer à la manifestation ? »

La question prit Martin au dépourvu.

« Je n'ai participé qu'à une seule manifestation dans toute ma vie et je ne me rappelle même plus contre quoi ou pour quoi c'était. Mais dès que les manifestants commencent à scander leurs slogans en chœur, je suis pris de panique et je m'enfuis. Je n'ai pas confiance dans les rassemblements populaires. Quand bien même le but est louable.

— Vendredi il n'y aura pas de slogans, je peux te le garantir. Ce sera une manifestation silencieuse.

— Je vais y réfléchir. »

En retournant à son bureau, Martin tomba encore sur Frank, qui visiblement l'avait surveillé, même s'il voulait que leur rencontre ait l'air fortuite. Martin hésita à passer devant lui sans rien dire, mais se taire n'avait jamais été son point fort.

« J'ai parlé à Samuel, dit-il, et je lui ai rappelé que la propagande politique n'a rien à faire entre les murs du laboratoire. »

Frank eut un petit sourire.

« Mais informer d'une manifestation contre le racisme et l'antisémitisme n'entre pas dans ce cas de figure. »

Le sourire disparut aussi vite qu'il était venu.

« D'ailleurs j'attends de toi que tu y participes. Cela aurait été du meilleur effet.

— Je… ! » commença Frank sans aller au bout de sa phrase.

En France, sous l'occupation allemande, les autorités reçurent spontanément plus d'un million de lettres dans lesquelles de simples et honnêtes citoyens dénonçaient leurs voisins et connaissances comme étant juifs. Frank n'aurait pas hésité un quart de seconde pour dénoncer qui que ce soit, du moment qu'il aurait pu en tirer un avantage. Dans l'Allemagne nazie, il aurait été un soldat du parti zélé. Martin n'aurait pas été le moins du monde étonné d'apprendre que Frank était de ceux qui répandaient des horreurs et de la haine sur Internet.

C'est cela qui convainquit Martin de participer à la marche de la kippa, même s'il lui en coûtait beaucoup. Il ne pouvait s'empêcher de penser qu'y prendre part était une sorte d'aveu, comme s'il avait une responsabilité particulière à défendre précisément les Juifs. Mais ce n'était pas le cas et il pensait bien le montrer.

Sur la place du centre-ville, peu de monde s'était rassemblé, sur un million de personnes habitant dans un rayon d'une demi-heure de train. La plupart des hommes, à en juger par les kippas, étaient des Juifs, même si peut-être d'autres comme lui-même ne s'affichaient pas comme tels.

Martin rejoignit le rassemblement informel. Beaucoup semblaient se connaître car ils se saluaient à droite et à gauche. Martin chercha Samuel mais son regard tomba sur Golder. À ses côtés, Martin reconnut un ministre du gouvernement et un homme du conseil municipal que l'on pouvait soupçonner de vouloir redorer son blason après ses déclarations douteuses sur les Juifs de la ville.

Martin finit par apercevoir Samuel et se fraya un chemin jusqu'à lui. Le visage de Samuel s'éclaira.

« Alors tu es venu ! Ça me touche vraiment.

— Ce n'est pas pour toi que je le fais. Mais je ne suis pas venu les mains vides. »

Samuel le regarda sans comprendre.

La manifestation commença dans le silence. Quelques centaines de personnes se rangèrent les unes derrière les autres. Martin fit quelques pas de côté pour se retrouver sur le bord du cortège. Samuel le suivit. Une vingtaine de policiers dont quatre à cheval avaient pris des positions stratégiques pour encadrer le défilé. Aucune contre-manifestation n'avait été annoncée, à ce que Martin savait, mais il y avait beaucoup d'immigrés palestiniens en ville qui ne faisaient pas la différence entre Juifs et Israéliens, soit quinze millions de Juifs dans le monde, y compris ceux qui s'opposaient à la guerre dans la bande de Gaza, à l'occupation de la Cisjordanie et aux colonies. Des affrontements n'étaient pas à exclure.

Au bout de quelques minutes, Martin sortit une kippa, la mit un peu de travers sur sa tête et la fixa à ses cheveux avec l'épingle qui allait avec. Puis il enfila le gilet vert fluo acheté la veille.

Samuel mit un moment à se rendre compte de la transformation de Martin. D'abord il écarquilla les yeux en voyant la kippa de Martin.

« Toi avec une kippa ? s'exclama-t-il. Je ne l'aurais jamais cru ! Mais pourquoi le gilet ? Tu crains de ne pas être assez visible et de te faire piétiner ou quoi ? »

Martin tourna le buste pour que Samuel puisse lire le texte. I AM NOT A JEW, était-il écrit dessus.

« Ce n'est pas toujours facile d'être ton ami, dit Samuel.

— Quel aurait été l'intérêt de témoigner de ma solidarité si personne ne comprend que je ne suis pas juif ? Comme ça au moins les gens qui regardent comprennent que je participe au cortège même si *je ne suis pas* juif.

— Je ne suis pas sûr que tout le monde va apprécier ton geste. »

Très rapidement, il y eut des murmures autour de Samuel et Martin, d'abord de derrière, puis sur le côté et enfin devant, quand quelqu'un se retourna et vit la kippa et le gilet de Martin. Ici et là, celui-ci vit des regards réprobateurs ou critiques, mais la plupart semblaient surtout déboussolés. Que signifie ceci ? Quel était le message ?

Même les spectateurs sur les trottoirs remarquèrent Martin : il était la seule tache de couleur dans une masse habillée de gris et de noir. « Pourquoi est-ce qu'il a un gilet fluo ? » entendit-il une petite fille demander à son père. « Il est grand, lui ! » Martin aurait bien aimé savoir comment les parents expliquaient à leur enfant pourquoi les gens manifestaient.

Un flash crépita à proximité de Martin, l'obligeant à cligner plusieurs fois des yeux. Un photographe de presse avait pris une photo. C'était une éventualité que Martin n'avait pas envisagée. Et dire que les moralistes, les utilitaristes affirmaient avec le plus grand sérieux que les actions des hommes devaient être jugées à l'aune de leurs conséquences, comme si on pouvait prévoir les suites de tel ou tel acte, comme si on était seul au monde !

La manifestation se déroula dans le calme et la dignité. Aucun groupe néonazi ne vint montrer ses crânes rasés et ses tatouages. Même eux devaient comprendre que ce serait un suicide politique de laisser libre cours à leur antisémitisme sous les phares des médias. Les partisans du parti du Rassemblement eux non plus ne se montrèrent pas. Ils devaient être chez eux, le pouce levé pour l'auteur de l'attentat et le meurtrier qui serait un musulman, pas un Blanc européen et chrétien. Une fois avec Breivik, ça suffisait largement !

Quand le cortège arriva à la synagogue, il y eut une minute de silence en l'honneur du gardien assassiné. Ce fut tout. Pas de discours, pas de fleurs. Ensuite les gens restèrent à discuter entre eux, par petits groupes. Il était parfois question de Martin, à en juger par les regards. Ce dernier allait suggérer à Samuel d'aller prendre une bière quelque part quand il sentit une main serrer son bras, avec fermeté. Il se retourna et rencontra le regard de Golder, encore plus dur, mais aussi attristé.

« Tu ne pouvais pas témoigner un peu plus de respect un jour comme celui-ci ? dit-il.

— Mais c'est précisément ce que j'ai fait, répondit Martin en retirant son gilet. Je voulais que les gens comprennent qu'on n'a pas besoin d'être juif pour protester contre ceux qui haïssent les Juifs.

— Mais c'est un mensonge ! s'emporta Golder. Gertrud…

— Cela n'a rien à voir avec elle », l'interrompit Martin.

Le regard étonné de Samuel alla de l'un à l'autre.

« Vous vous connaissez ? demanda Samuel.

— Se connaître, le mot est un peu exagéré, dit Martin. Gertrud était une proche amie de Maria, ma mère. Il faut respecter chaque souvenir, n'est-ce pas, Golder ?

— Oui, tout à fait, répondit Golder.

— D'ailleurs, je suis persuadé que Gertrud aurait aimé que je prenne position et ne reste pas juste à regarder. »

Les lèvres du vieil homme tremblaient, il se dégageait tout à coup de lui une vulnérabilité, loin de la silhouette imposante qui avait marché à la tête du cortège. Martin fut le premier surpris de voir qu'il posait la main sur l'épaule de Golder.

« Quand le sentiment de révolte après l'attentat se sera calmé, dit-il, j'aimerais bien discuter un moment avec toi. J'ai quelques questions que j'aimerais bien te poser. Si tu es d'accord, bien sûr. »

Golder tourna la tête et fixa la main de Martin comme si c'était la première fois qu'une main se posait sur *son* épaule. Il s'éclaircit la voix.

« Tu es le bienvenu quand tu veux. Ma proposition tient toujours. »

Martin retira sa main de l'épaule du rabbin et il prit le bras de Samuel.

« Viens, on va prendre une bière. Je t'invite.

— Alors ta mère avait des amis juifs, dit Samuel une fois qu'ils se furent un peu éloignés. Tu ne me l'as jamais raconté.

— Pas plus que tu n'avais parlé avant de tes parents et de ta famille orthodoxe. Tu ne passes pas ton temps à crier sur les toits si tes amis et connaissances sont juifs ou non-juifs.

— Mais ce n'est pas pareil !

— Ah bon, pourquoi ? »

21.

Le lendemain matin, quand Martin ouvrit les journaux, il se vit en photo avec la kippa et le gilet fluo. Le photographe avait veillé à ce que le texte sur la poitrine soit bien visible. Lorsque Cristina descendit pour le petit déjeuner, il lui montra la photo.

« Il n'en faut pas beaucoup pour se faire remarquer ! lança-t-il avec un sourire pour minimiser l'affaire. Ma photo est plus grande que celle du ministre et du conseil municipal. »

Cependant Cristina ne vit pas les choses sous cet angle, elle ne trouva rien de drôle à cette disproportion et trouva qu'il avait fait de la provocation inutile.

« Mais tu ne vois pas pourquoi j'ai fait ça ? » insista-t-il.

Non, elle ne voyait pas. Pas même quand il expliqua qu'il avait voulu par son action empêcher que cette manifestation soit réduite à une affaire purement juive.

« Pourtant c'est bien ce que c'est », répliqua Cristina qui s'enveloppa dans sa robe de chambre et disparut dans la salle de bains.

Lui non plus ne trouva plus son initiative très drôle quand un journaliste d'un quotidien national téléphona sur son portable pour demander une interview. Il était prêt à s'expliquer, mais pas avant d'être sûr de connaître la position de Cristina. Il envoya balader le journaliste.

Il resta là à réfléchir, son portable à la main : Cristina n'était ni antisémite, ni raciste, ni hostile aux étrangers. Il savait, de toutes les histoires qu'elle avait racontées de l'hôpital et des accouchements, qu'elle traitait tout le monde de la même façon, avec le même dévouement, indépendamment de la couleur de peau, de la religion ou de l'ethnicité. En revanche, elle avait toujours été du côté des Palestiniens dans leur conflit avec Israël. Même si Martin avait un avis plus nuancé, les rares fois où ils en avaient discuté, cela n'avait jamais été un problème entre eux. Mais maintenant ? Comment réagirait-elle s'il déclarait publiquement être juif ou *ne pas* être juif ? Il ne devait pas commettre d'injustice, ne pas exagérer. Mais ne devait-elle pas montrer de la compréhension pour les raisons qui l'avaient poussé à participer à la manifestation plutôt que de venir avec des reproches ?

« C'était qui ? demanda Cristina en revenant de la salle de bains.

— Un journaliste qui voulait me poser quelques questions.

— Qui sème le vent récolte la tempête.

— Je n'ai pas pour habitude de rejeter la faute sur autrui.

— Tu n'aurais pas dû laisser ton nom et ton numéro de téléphone.

— Mais je ne l'ai pas fait ! »

Il ouvrit le journal et pointa le doigt sur la photo.

« Regarde toi-même. Il n'y a pas mon nom de marqué et je ne parle à aucun journaliste dans le cadre de la manifestation.

— Mais tu as forcément parlé à quelqu'un ? Comment le journaliste aurait-il su sinon que c'était toi sur l'image ? »

Toute la question était là ! Que Samuel ait donné son nom et son numéro de téléphone sans l'en informer était exclu. Et Golder ? Quel intérêt aurait-il eu à ce que Martin s'exprime devant les médias ? Ce pouvait naturellement être Frank qui avait certainement vu la photo de Martin dans le journal et commencé à lancer des rumeurs comme quoi Martin s'était lié à la mafia juive.

D'autres journalistes l'appelèrent dans le courant de la matinée dont certains se montrèrent insistants. À la fin, las d'être harcelé, Martin éteignit son portable et dit à Cristina qu'il allait au centre équestre pour aider Sara à nettoyer le box.

Sara fut surprise et heureuse de le voir. Il eut même droit à un baiser quand aucune des copines ne la voyait. Il faut dire qu'il apportait un agrandissement encadré du portrait qu'il avait pris d'elle et du cheval. Ensuite elle sortit le cheval et laissa Martin ramasser le crottin. Cette fois, il ne se contenta pas d'enlever les excréments mais enleva toute la vieille paille et le vieux foin, soit l'équivalent de dix-huit brouettes en tout. L'odeur d'ammoniaque qui émanait de la vieille pisse de cheval lui donnait mal à la tête, mais ça ainsi que les efforts physiques permettaient aussi à son cerveau de faire une pause nécessaire ; exactement ce qu'il souhaitait.

Malgré lui, Martin dut admettre qu'il était content que Cristina soit de garde de nuit. Il commanda une pizza pour Sara et lui-même qu'ils mangèrent en parlant de chevaux. Ensuite ils s'assirent dans le salon et regardèrent d'un œil distrait la télévision, pas vraiment son occupation préférée. Il laissa la télécommande à Sara qui zappa sans trouver quelque chose d'intéressant, jusqu'à ce qu'une personne qu'elle connaissait bien apparût sur l'écran, portant une kippa et un gilet fluo.

« Mais c'est toi, papa ! s'exclama Sara comme il s'y attendait.

— On dirait bien, en effet. »

Il ne pouvait pas nier que c'était lui. Alors il fut obligé d'essayer d'expliquer ce qu'il faisait là-bas et pourquoi. Il dit qu'il se trouvait malheureusement encore des idiots qui pensaient que tout ce qui allait de travers dans ce monde était de la faute des Juifs ; que la manifestation avait été un moyen de protester contre ceux qui haïssaient les Juifs. Sara se contenta de ses explications. Ou plutôt : elle trouva que c'était *cool* et *nice* de voir son père à la télé. Peu importait au fond pourquoi il était là. Il avait envie de croire que Sara serait quelqu'un qui suivrait sa propre voie, mais il lui fallait bien admettre qu'elle était aussi un enfant de son temps ; il importait alors davantage d'être *cool* et *nice* que d'être soi-même en se fichant de ce que les autres pensaient.

La dernière chose qu'il fit avant d'aller se coucher fut de recharger son téléphone portable. Il songea un instant à le rallumer pour voir si quelqu'un avait appelé, mais à quoi bon ?

22.

La journée du lendemain débuta comme un dimanche matin parfaitement ordinaire. Leur famille à trois têtes se retrouva autour de la table du petit déjeuner. Sara pensait aller voir son cheval et rester là-bas toute la journée ; Cristina buvait une tasse de thé avant de s'effondrer sur son lit après encore une nuit difficile. Lors de certaines gardes, on pouvait trouver le temps de dormir quelques heures, mais cette nuit ils avaient travaillé non stop. À peine un nouvel être humain était venu au monde qu'un autre pointait déjà le bout de son nez. Au-delà de son amour pour Cristina, qui était presque constant, il l'admirait. C'était facile d'être calme et sûr de soi quand on avait un travail comme celui de Martin, mais chez Cristina c'était au quotidien une question de vie ou de mort. Certes, une mauvaise analyse d'ADN pouvait avoir des conséquences graves, au pire, mener à un divorce, envoyer des innocents en prison ou laisser des meurtriers en liberté, malgré tout ce n'était pas de sa responsabilité directe ou de celle du laboratoire. S'il considérait un peu plus souvent Cristina sous cet éclairage, sous cet angle, il prendrait les négligences et les erreurs qu'elle commettait pour ce qu'elles étaient : des bagatelles.

Il attendit que Sara soit partie à vélo et que Cristina soit couchée avant de se retirer dans son bureau. Il chercha sur Internet d'autres témoignages de personnes qui, comme lui et Agata Tuszyńska, avaient appris à l'âge adulte qu'ils avaient des origines juives. Très rapidement, il en trouva trois de plus. L'une d'elles, une certaine Karin Lützen, avait écrit un livre avec pour titre *Le Secret de ma maman. Sur les traces d'une histoire d'immigrés juifs* qu'il pouvait télécharger directement comme livre numérique ; pour les deux autres ouvrages, il passa commande.

Il était trois heures de l'après-midi quand Martin eut achevé le livre de Lützen qu'il avait lu d'un trait, à peine interrompu par quelques notes, ici ou là. Immédiatement, il s'en sentit plus proche que du livre de Tuszińska. L'auteure, professeure d'histoire dans le secondaire, apprend après la mort de sa mère que celle-ci était juive. Mais à la différence de lui, Karin et une de ses sœurs apprennent la vérité presque par hasard, en rendant visite à Arlette, la meilleure amie de leur mère, à Paris, quelques années après sa mort. Elles savent qu'Arlette est une rescapée d'Auschwitz, mais ce n'était pas un sujet abordé ouvertement dans la famille, et Arlette elle-même n'en parlait pas. Il aura fallu attendre qu'elle soit, des années plus tard, si indignée et horrifiée par les déclarations de Le Pen qualifiant les chambres à gaz de « détail de l'Histoire » pour qu'Arlette ressente que c'était son devoir de faire le tour des écoles pour parler de la Shoah. On ne sait pas de quoi ont parlé les sœurs et Arlette durant cette visite, sauf que celle-ci, tout à coup, a lancé comme si c'était une évidence : « Vous savez bien qu'elle était juive ! »

À la fin du livre, Lützen écrit : « Mais je n'ai pas eu et n'aurai jamais de réponse claire quant aux motifs qu'elle et certainement aussi ses parents ont eus pour passer sous silence leur origine. »

Mais au fond, ce n'était pas vraiment ça qui intéressait Martin – il ne savait que trop bien pourquoi sa mère avait gardé le silence et le prix qu'elle et lui-même avaient dû payer –, pas plus que la réaction de Lützen en découvrant ses nouvelles racines, même s'il se sentait plus d'affinités avec son attitude distancée et critique que celle plus positive de Tuszyńska qui lui paraissait jouer avec le feu. Lützen du moins s'interroge pour savoir si un Juif qui nie sa judéité ou se convertit doit être ou non considéré comme un traître.

Il était déjà cinq heures de l'après-midi quand Martin se recula dans son fauteuil et frotta ses yeux fatigués après avoir pris note des points les plus importants dans le livre de Lützen. Il fallait maintenant retourner au temps présent et à son petit bout de réalité dont allumer son portable faisait partie. Sara pouvait l'avoir appelé.

Effectivement, elle l'avait fait, un quart d'heure avant. Ensuite il y avait aussi deux appels de Samuel. Qu'est-ce qu'il lui voulait ?

Martin commença par Sara qui voulait savoir s'il pouvait venir la chercher en voiture une heure plus tard. Elle était fatiguée et préférait éviter de faire le trajet à vélo. Bien sûr qu'il viendrait.

Puis il rappela Samuel et lui demanda pourquoi il avait cherché à le joindre.

« Je voulais juste te prévenir, au cas où tu ne l'aurais pas vue.

— Vu quoi ?

— Ta photo dans le journal avec ton gilet fluo et ta kippa sur la tête est devenue virale. Elle a déjà été partagée des milliers de fois. Et pas toujours avec les meilleures intentions.

— Est-ce que mon nom est mentionné aussi ?

— Pas encore. Mais attends-toi à ce que ça circule avec le temps. Tu verras toi-même demain au laboratoire. Certains t'en feront sûrement la remarque…

— Je vais me blinder. Merci d'avoir appelé ! »

23.

Le lendemain, Martin prit garde de se rendre au travail plus tôt que d'habitude. Il ne s'attendait pas à avoir trop de problèmes à cause de la photo parue dans le journal, si ce n'est quelques regards obliques ou étonnés, ici et là, du moins de Frank, mais il avait envie de disposer de quelques heures pour lui avant que le Martin devenu viral rencontre ses collaborateurs.

Il se prit un double espresso à la machine à café, s'installa dans son fauteuil de lecture et sortit son manuscrit qu'il avait négligé ces dernières semaines, bien trop occupé à lire sur les Juifs et la judéité. Pour un maigre résultat, strictement parlant.

Il relut le chapitre sur les gènes et l'origine, et arrivé à la fin fut relativement satisfait. Tout n'était pas mal du tout, la formulation claire et précise, truffé de documents annexes et de références à d'autres études. Il lui restait à écrire les études de cas qui devaient clore chaque chapitre et déboucher sur une discussion sur les choix de vie qu'on pouvait et, dans quelques cas, devait faire compte tenu de certaines données connues. Il avait déjà quasiment établi la liste des études de cas retenus, mais hésitait encore pour certains. Fallait-il faire suivre le chapitre sur les gènes et la sexualité d'une discussion sur le viol, l'homosexualité ou la pédophilie ? Dans le chapitre consacré à l'amour, il avait le choix entre l'infidélité et l'amour entre personnes d'un certain âge. D'un point de vue théorique, l'amour entre personnes d'un certain âge était plus intéressant à étudier puisque plusieurs biologistes inspirés affirmaient que l'amour était un kit qui devait assurer à la descendance le maximum de chances de survie. Mais comment expliquer alors, génétiquement, que même les seniors tombent parfois amoureux ? Car dans le chapitre sur l'origine de l'ethnicité, la question à débattre ne faisait aucun doute : c'était celle du jeune Juif.

Il mit le manuscrit de côté avec un sentiment de frustration. Mais le soi-disant devoir, autrement dit ce qu'il était obligé de faire pour mériter son salaire, l'appelait.

Il commença par parcourir le courrier de la veille. Ce matin, seule une lettre était intéressante, adressée non pas au chef de laboratoire Martin Brenner, mais au chercheur du même nom. La lettre s'avéra contenir une invitation à participer à un colloque interdisciplinaire à Montréal intitulée « Génétique, identité et éthique », qui aurait lieu six mois plus tard. Selon la présentation, il serait question des implications éthiques, politiques et idéologiques des dernières recherches en génétique sur l'origine et l'ethnicité. Martin n'avait jamais couru les colloques : rester des heures à écouter des chercheurs lire à haute voix leur communication et répéter ce qu'il pouvait déjà lire sur leur *PowerPoint* lui paraissait une perte de temps, exception faite des quelques échanges d'idées lors des pauses café et des repas. Leurs textes seraient publiés plus tard et pourraient alors être analysés à tête reposée. Sauf qu'il ne put dire non à cette conférence-là.

Une heure plus tard, il avait envoyé un mail aux organisateurs pour s'inscrire et communiquer le titre provisoire de sa conférence qui naturellement serait le même que le chapitre sur les gènes et les origines dans son livre. Quand il se leva pour assister à la réunion rituelle du lundi, il avait repris du poil de la bête : enfin il aurait la possibilité d'exposer sa recherche devant un public qualifié qui pourrait lui opposer une critique constructive sans laquelle aucune avancée dans la recherche ne pouvait se faire.

Sur le chemin vers la salle de réunion, il se demanda si quelqu'un parlerait ou ferait une allusion à la marche de la kippa. Dès qu'il eut franchi le seuil de ce qui leur servait à la fois de vestiaire et de lieu de réunion, il sentit aussitôt que tout n'était pas comme d'habitude. Il se versa une tasse de café et s'assit sur une des chaises libres avec tous les regards braqués sur lui. Il y avait quelque chose dans l'air, mais quoi ?

« Qu'y a-t-il ? demanda-t-il. Vous avez perdu votre langue ? »

Ils avaient toujours pu parler librement autour de la table, ce qu'il jugeait être un signe de bonne santé. Son regard passa de l'un à l'autre. Certains l'évitèrent en baissant les yeux, notamment Frank qui parut mal à l'aise. Martin chercha à croiser le regard de Samuel, pour avoir une piste, mais son visage restait impénétrable.

Martin supposa que l'ambiance plombée avait à voir avec la marche de la kippa, mais dans ce cas, il n'y avait pas seulement sa photo dans le journal qui leur posait problème. Ce devait être plus grave que ça, à en juger par leurs mines. Mais quoi ? Des menaces de néonazis ? D'antisémites ?

Ses spéculations furent interrompues par Hanna qui se leva et se mit à applaudir, rapidement imitée par les autres autour de la table.

« Quelqu'un aurait-il l'amabilité d'expliquer à une pauvre âme la raison de ces applaudissements ? demanda Martin.

— Tu ne devines pas ? »

C'était Samuel. Il regarda autour de lui avec une expression sur le visage du genre « je vous l'avais bien dit ! ».

« Non, dit Martin, je ne vois pas. »

Hanna émit un son et avant que Martin comprenne ce qu'il se passe, tout le monde entonna *Happy Birthday to you*. À la fin de la chanson, Hanna se pencha et prit un bouquet de fleurs et un paquet qu'elle tendit à Martin.

« C'est ton anniversaire aujourd'hui, dit-elle. Ça a l'air de te surprendre.

— Oui, reconnut Martin. Je l'avais oublié. Et j'ai l'habitude de vouloir l'oublier. Je vous remercie pour votre attention, mais je n'ai jamais compris l'intérêt des anniversaires, surtout le mien. Est-ce que quelqu'un sait d'ailleurs si l'on fête les anniversaires chez tous les peuples et dans toutes les cultures ? Auquel cas, ce serait une question de disposition génétique et quelque chose sur quoi nous devrions nous pencher.

— N'essaie pas de te défiler ! dit Hanna.

— Tu m'as bien eu ! » dit Martin en s'adressant à Samuel tout sourire, comme tous ceux autour de la table. « Vous m'avez bien eu !

— C'était pour la bonne cause », dit Hanna.

Elle déplia un papier : c'était le moment du discours et Martin gigota sur sa chaise. En tant que chef et chercheur, les fonctions qu'il remplissait, il n'avait aucun mal à accepter la critique ou les louanges. Mais pas sur lui-même… cela lui donnait l'impression d'être un escroc.

Hanna se lança dans une harangue sur ses qualités comme chef. L'idée de base visiblement tournait autour du fait qu'il était fiable et impartial : tout le monde savait à quoi s'en tenir avec lui. Si seulement ils savaient ! Et Samuel le premier ! Martin tourna la tête et fit semblant de regarder par-dessus son épaule.

« C'est de moi que tu parles ? » demanda-t-il pour atténuer les compliments.

Heureusement, Hanna en avait presque terminé. Elle acheva par les « hourra ! » que tous répétèrent plusieurs fois comme il se doit. Martin se leva pour remercier mais les premiers mots qui s'échappèrent de sa bouche furent :

« Putain si j'avais su ! »

Il venait de se rendre compte que Cristina et Sara avaient certainement pensé lui faire une surprise au petit déjeuner et au lieu de ça, il était parti au boulot avant qu'elles se réveillent en ne leur laissant qu'un petit mot. Il voulut s'expliquer mais vit que ses collègues imitaient sa mine stupéfaite. Ils sourirent tous ensemble.

Ensuite ils passèrent aux affaires courantes où il n'y avait rien de particulier à signaler. Il envisagea de dire quelques mots à propos de la marche de la kippa pour tendre la perche à Frank, mais changea d'avis. À quoi bon ?

D'autres messages de félicitations arrivèrent dans le courant de la journée, surtout sur sa page Facebook. Mais il reçut aussi, ce qui le surprit, un coup de téléphone de la maison mère à New York. C'était le *big boss*, Isaac Rosenbaum, qui tenait à le féliciter. Martin avait déjà eu par le passé quelques contacts avec lui, mais c'était la première fois qu'il remarqua que Rosenbaum était un nom à consonance juive.

Rosenbaum en profita pour remercier Martin de son engagement dans l'entreprise.

« Depuis votre arrivée il y a six ans, le chiffre d'affaires est en constante augmentation dans votre laboratoire. Avant tout, nous apprécions que vous réussissiez à faire de nous le laboratoire préféré de la police scientifique, quand eux-mêmes ne peuvent mener à bien leurs missions. Cela nous donne une crédibilité et rend nos concurrents malades d'envie. Sachez que si vous avez d'autres bonnes idées, nous sommes preneurs. »

Martin sauta sur l'occasion et lui fit part de sa dernière idée : l'entreprise devrait offrir, contre rémunération, un conseil aux clients, non pas seulement pour interpréter les résultats – ce que faisaient déjà d'autres firmes – mais pour gérer l'impact psychologique quand ceux-ci découvraient un risque élevé de maladie, ou à la lecture d'un test de paternité qui ouvrait des abîmes. En bonus, un tel service impliquait de collecter plus de données sur leur clientèle, permettant ainsi un marketing plus ciblé. Rosenbaum invita aussitôt Martin à venir les voir pour discuter du développement de l'entreprise.

Martin le remercia. Il crut la conversation terminée mais se trompait.

« Je n'ai pas tout à fait fini, continua Rosenbaum. J'ai devant moi sur mon bureau une photo qui représente un homme avec une kippa et une veste fluo avec le texte *I am not a Jew.* J'aurais bien aimé connaître les raisons qui vous ont poussé à faire ce *statement.* Car je suppose qu'il y avait un message derrière cela ? »

Martin raconta qu'il avait voulu montrer sa solidarité avec un de ses employés juifs et en même temps souligner que le combat contre l'antisémitisme n'était pas seulement l'affaire des Juifs. Pour finir, il mentionna aussi Frank et son antisémitisme qui créait une mauvaise ambiance au laboratoire.

« C'est à peu près comme je voyais la situation, dit Rosenbaum quand Martin se tut. Je veux juste que vous sachiez qu'il y a quelques actionnaires juifs influents au conseil d'administration, dont un ou deux insistent pour que nous fassions des recherches sur le patrimoine génétique juif. Certes, je suis moi-même juif, comme vous l'avez peut-être deviné, mais je leur ai expliqué que nos analyses doivent être strictement scientifiques. Le moindre soupçon de partialité idéologique aurait un effet destructeur pour notre crédibilité. Mais cela signifie aussi que nous qui représentons l'entreprise devons nous montrer prudents dans nos prises de position en public concernant ce genre de questions. Vous comprenez, je pense, ce que j'entends par là.

— Il n'est pas dans mes habitudes de participer à des manifestations mais je n'ai pas pu dire non quand un de nos collègues juifs m'a prié de venir, en particulier quand notre propre collaborateur antisémite l'accusait de répandre de la propagande juive.

— Virez-le ! fusa la réponse de Rosenbaum.

— Il fera des histoires, ira voir les syndicats et m'accusera de discrimination en raison de ses opinions. C'est bien le genre de type.

— Donnez-lui un préavis de six mois. S'il vous cause des problèmes nous réglerons ça dans nos bureaux ici. Nous avons de bons avocats ; il faut ça dans ce pays si l'on veut survivre. Disons que vous n'avez pas seulement ma bénédiction mais que c'est un ordre. Un antisémite peut nuire beaucoup plus à l'entreprise et au laboratoire qu'un chef de laboratoire avec une kippa et une veste fluo. »

Fin de la conversation avec une décision : Frank devait prendre la porte. Il serait furieux, bien entendu, même s'il ne le montrerait pas nécessairement. C'était dans la nature des racistes de courber l'échine. Être raciste, ce n'était pas seulement haïr d'autres prétendues races, c'était affirmer aussi qu'on faisait soi-même partie d'une race, qu'on n'était pas un individu indépendant.

Le reste de la journée se traîna. Après le déjeuner, à défaut de mieux, il s'installa pour lire *After Long Silence*, un troisième livre qu'il avait trouvé sur d'autres personnes qui avaient découvert leurs origines juives tard dans leur vie. Cette fois, il s'agissait de deux sœurs, Helen et Lara Fremont, qui apprennent par hasard que leurs grands-parents maternels ont été gazés à Auschwitz et que donc leurs parents et elles-mêmes sont juifs. Mais à la différence d'Agata Tuszyńska et de Karin Lützen, les deux parents des sœurs sont alors en vie.

Helen Fremont, la narratrice, est âgée de trente-deux ans quand elle rencontre par hasard une femme qui lui apprend qu'elle est juive. Helen proteste : elle était catholique, une Polonaise catholique, mais malgré ses protestations, la femme sème le doute dans son esprit. Helen aborde la question avec sa mère qui réfute l'idée que leur famille puisse avoir des origines juives. Mais la confirmation arrive quelque temps après par un rabbin qui apporte à sa sœur Lara des preuves irréfutables de la judéité des parents.

La première réaction de Helen est « une étrange euphorie », puis viennent d'autres sentiments. Helen écrit qu'elle a « vécu [sa] vie ayant une vision imparfaite, trébuchant dans l'obscurité et [se] cognant à des objets dont [elle] avait ignoré la présence ». Elle est « paralysée par l'ampleur du secret – de sa persistance, de son entêtement ». Elle pense que ses parents ont peut-être voulu la protéger au cas où l'Histoire se répéterait ou simplement lui épargner les récits des souffrances qu'eux-mêmes ont endurées dans le camp de concentration. Malgré cela, Helen est « heureuse » d'avoir appris la vérité. Elle écrit : « J'étais obligée d'admettre que je désirais être juive – même si c'était simplement parce que cela faisait *sens.* »

Chez Helen, il n'y a pas les réticences ou les doutes qui tiraillent Tuszyńska, ni d'interrogation sur la judéité en tant que telle, comme chez Lützen. Helen semble accepter sans problème l'idée qu'elle est juive de la tête aux pieds, sans se demander ce que cela *implique* d'être juive. Comment pouvait-elle prendre aussi légèrement une question aussi grave ?

After Long Silence laissa à Martin un goût amer. C'était comme si Helen Fremont et en partie sa sœur instruisaient un procès contre leur mère, la soumettaient à un interrogatoire de l'Inquisition pour la forcer à admettre son crime qui avait consisté à cacher à ses filles et aux autres qu'elle était juive. Il y avait quelque chose d'intraitable dans la colère des sœurs au sujet du silence de leur mère. Elles ne manifestent pas la moindre indulgence pour les craintes de leur mère et son besoin d'oublier, pour trouver la force de vivre. Si Tuszyńska et Lützen expriment leur impression d'avoir été trompées, les sœurs Fremont accusent leur mère de trahison. Elles semblent trouver que c'était leur droit de connaître la vérité et que celui-ci prime sur les sentiments et les raisons de leur mère. Qu'elle s'effondre quand ses filles la pressent d'avouer, c'est de sa faute, pas de la leur.

Martin se demanda ce qu'il aurait fait s'il avait appris la vérité du vivant de sa mère. Il était convaincu qu'il ne l'aurait pas interrogée comme un inquisiteur et ne se serait pas non plus mué en détective pour apporter les preuves de ce que sa mère voulait taire. Aurait-il eu vraiment la curiosité de savoir ce qu'il en était ? Peut-être, mais peut-être pas.

Mais pourquoi ? Quelles étaient ses raisons pour croire que, trente ans plus tôt, cela ne lui aurait fait ni chaud ni froid ? Qu'il n'aurait pas jugé important de savoir si sa mère était juive ou d'une autre religion ? Une chose était de croire, une autre était d'avoir des raisons de croire que l'on agirait… ou aurait agi… d'une manière ou d'une autre. Il chercha des indices dans ses souvenirs, mais son cerveau n'était pas un ordinateur avec un moteur de recherches où il suffisait d'entrer un mot-clé pour obtenir des réponses en quelques secondes.

Comme toujours, c'était après avoir laissé tomber que le nom ou le mot qu'on avait sur la langue revenait. Il fallait ne plus s'entêter et lâcher prise et alors surgissait de l'inconscient ce qu'on cherchait. Comme cette fois-ci.

Quel âge pouvait avoir Martin ? Vingt-cinq ans peut-être. Il avait réussi à obtenir une bourse pour étudier l'éthique à Oxford, mais avait préféré s'installer à Londres. Il se demandait si ses études n'avaient pas été un prétexte pour partir ; c'était à cette époque qu'il avait commencé à douter des capacités de la philosophie moderne à orienter le monde dans la bonne voie. Le coup de grâce était venu d'une conférence d'un philosophe en vue qui avait écrit un livre sur le sens de la vie, parce que selon ses propres dires il s'était senti démuni quand un bon ami déprimé était venu le voir pour lui demander conseil et réconfort. Le philosophe, tout philosophe qu'il était, s'était rendu compte qu'avec sa philosophie analytique il ne pouvait en rien venir en aide à son ami. Ce livre devait être la réponse du philosophe à l'appel au secours de son ami. Et qu'est-ce que c'était devenu ? Un exposé d'analyse conceptuelle de *l'interprétation* qu'on pouvait donner de la question sur le sens de la vie ! La conclusion fut que la question sur le sens de la vie n'était pas *une* mais *sept* questions de nature différente, selon la définition du mot « vie » et du mot « sens ». Ce fut une piètre consolation pour l'ami, car le philosophe ne se risqua même pas à tenter de répondre aux questions.

Martin continua à assister aux cours magistraux, mais il avait perdu la foi dans la capacité de la philosophie à rendre l'homme plus humain. Au lieu de lire des ouvrages sur la théorie des valeurs, il passa beaucoup de temps dans les cafés et les pubs à étudier l'anthropologie, la recherche cognitive, l'ethnologie, la psychologie, la sociologie et la génétique. Il avait soif de faits, pas de théorie ni d'idéologie. Il demanda à avoir un entretien avec un des professeurs de philosophie qu'il aimait et estimait, un homme assez jeune qui ne cachait pas son insatisfaction à voir la philosophie se contenter d'*analyser* des problématiques sans essayer d'y *répondre*. Quand Martin lui fit part de ses doutes concernant la poursuite de ses études en philosophie en vue d'un doctorat, il reçut le conseil d'emporter ce qu'il avait appris d'une analyse rigoureuse et logique et de devenir le cheval de Troie de la philosophie dans un autre domaine. Ce fut le cas et Martin avait été infiniment reconnaissant pour ce conseil.

Cependant il comprit rapidement qu'il ne suffisait pas de se montrer éclectique dans ses lectures et ses études, même avec tout ce que Londres avait à offrir. Il avait aussi besoin d'amour ou de ce qui s'en approche, d'une tendresse corporelle. Ses yeux commencèrent à se détacher des pages des livres et le poussèrent à aller dans son café habituel où ils s'attardaient sur une femme aux longs cheveux noir corbeau qui passait souvent en début de soirée avec quelques amis et croisait furtivement son regard.

Quelques semaines plus tard, ils sortirent ensemble. Elle s'appelait Rebecca Black et elle était folle de lui, apparemment. Il aurait bien voulu l'aimer autant, mais n'y arrivait pas. Après quelques mois, Rebecca le présenta à sa famille. La mère était malade. Elle avait été opérée d'un cancer de la gorge et parlait de manière rauque par un trou dans le cou. Le père était journaliste et correspondant à l'étranger pour *The Statesman* et *Evening Standard.*

Par deux fois, il avait été nommé le journaliste de l'année, bien qu'il vidât une bouteille de gin par jour pour envoyer ses articles à temps. La mère était, paraît-il, une princesse hongroise. Le père en revanche était le fils d'un Juif russe qui s'était enfui à l'arrivée des bolchéviques en 1917 et qui, comme beaucoup d'autres, avait pris un nom britannique pour effacer toute trace derrière lui.

Martin ne se rappelait pas quand, où, comment et de qui il tenait cette histoire. Du père lui-même ? De Rebecca ? Probablement d'elle. Il revit la soirée où il flottait dans l'air que Rebecca et lui allaient être un couple, puisqu'ils étaient déjà amants. Était-ce ce soir-là que Rebecca lui avait dit qu'elle était juive, parce qu'elle voulait connaître sa réaction ?

Mais à ce stade, il aurait mis sa main au feu que le souvenir ne le trompait pas. Que Rebecca fût juive, en plus d'être un mélange de russe, hongroise et britannique, par ailleurs élevée par une *nanny* parlant espagnol, il s'en souciait comme d'une guigne, que ce soit de manière générale ou dans sa relation à elle.

Pourquoi aurait-il réagi différemment trente ans plus tôt s'il avait su que sa mère était juive ? Pourquoi se serait-il senti attiré par la judéité comme Agata Tuszyńska, trompé comme Karin Lützen ou trahi comme les sœurs Fremont ? Il considérait chaque être humain en soi, pour ce que *cet être-là* était précisément. Il en avait été ainsi avec Rebecca. Comme il en avait été avec David dans la cour de l'école.

Un autre fragment de souvenir se fraya un chemin dans la conscience de Martin. En classe de sixième, il était tombé amoureux d'une fille aux cheveux en bataille et aux vêtements élimés, qui restait toujours dans son coin. Elle avait beau être silencieuse, sa présence était si forte qu'on ne pouvait s'empêcher de la regarder. S'appelait-elle Isabell ou Inna ? Qu'avait-elle de si particulier ? Un mot qu'il avait dû déjà entendre à cette époque sans y faire attention et mémoriser inconsciemment, tout comme la judéité de Rebecca et de David, résonnait soudain sous son crâne. Ce mot, c'était « romanichel », craché comme une insulte. De qui ? Il faut croire qu'il ne s'intéressait pas à ce qu'Isabell ou Inna était aux yeux des autres.

Il entrevit un schéma chez lui, une attitude naturelle, de ne pas juger d'après ce qu'affirmaient les autres, ni même ce que les gens disaient d'eux-mêmes, mais de s'en tenir à son jugement personnel. Cela valait pour toutes les personnes qui avaient croisé sa route : il n'écoutait pas le point de vue d'autrui. D'où lui venait ce trait de caractère ? Cela pouvait-il être dans ses gènes ? Certains auraient ainsi tendance à généraliser tandis que d'autres verraient davantage l'individu ? Mais on pouvait aussi y voir l'influence de sa mère qui, tôt, l'aurait mis en garde contre le phénomène de groupe, de troupeau, disant que l'homme qui était un jour un citoyen honnête et attentionné pouvait se révéler en groupe un tueur de masse et un bourreau.

Un autre souvenir remonta à la surface. Il avait changé d'école en troisième. Le premier jour, lors de la grande récréation, tous les garçons de la classe l'entourèrent et voulurent qu'il se batte contre le plus costaud de la classe. Il n'y avait aucune haine dans l'air, il s'agissait plutôt d'un rite d'initiation : il allait être intégré au troupeau et on devait savoir où le placer dans la hiérarchie. Il refusa.

Mais qu'avait-il refusé ? Pas le combat proprement dit, en tout cas. Son refus, il s'en rendait compte maintenant, avait porté sur autre chose : il ne voulait pas laisser ses camarades de classe décider qui il devait être, ni ce qu'il devait faire, ni où était sa place dans la hiérarchie. Certes, l'homme est un animal grégaire et personne ne survivrait tout seul. Les rares exemples d'enfants contraints de grandir isolés du monde extérieur – les enfants sauvages comme on les appelait – se révélaient être à peine des êtres humains. De tels enfants, comme Helen Keller, parlaient de leur enfance comme d'une brume permanente. Des prisonniers tenus à l'isolement pendant des années attestaient qu'ils ne savaient plus qui ils étaient et qu'ils ne se sentaient plus des êtres humains.

Mais au sein de chaque troupeau, il se trouvait des individus qui se tenaient en marge : d'autres, des ermites et des aventuriers, qui quittaient volontairement le troupeau, parfois pour en changer, parfois pour d'autres raisons. Si cela se produisait chez les animaux, pourquoi en serait-il autrement chez les hommes ?

Il regarda l'heure. Il était temps de rentrer pour fêter son anniversaire à la maison. Il espérait qu'il n'y aurait que Cristina et Sara, mais il y avait toujours le risque que Cristina invite des membres de sa famille… ou plutôt qu'elle ne sache pas dire non s'ils avaient demandé s'ils pouvaient venir. Un jour, il avait calculé le nombre d'anniversaires où Cristina, Sara et lui avaient été conviés en un an. Avec la famille de Cristina, leurs amis et connaissances à tous les deux, y compris Sara et ses camarades de classe, cela faisait un total de trente et un ! Il regrettait que Cristina eût tant de mal à dire non. En revanche il avait plus de mal à accepter qu'elle *lui* fasse la tête, quand il déclinait l'invitation.

La maison était silencieuse quand il accrocha ses vêtements dans l'entrée.

« Hé, y a quelqu'un ? » cria-t-il sans obtenir de réponse.

Il se doutait qu'une surprise l'attendait, ce qui ne l'empêcha pas de sursauter quand Sara et Cristina soudain surgirent de nulle part pour se jeter à son cou.

« Bon anniversaire, papa ! » s'écria Sara.

Martin regarda par-dessus l'épaule de Cristina pour voir si d'autres membres de la famille venaient.

« Ne t'inquiète pas, dit Cristina. Il n'y a que la famille proche. »

Sara le prit par la main et l'entraîna dans le couloir vers la porte arrière.

« Où allons-nous ? demanda-t-il.

— Voir quelqu'un d'autre qui veut te féliciter ! »

Sara ouvrit doucement la porte et laissa Martin passer le premier. Sur la pelouse derrière la maison, Murphy, le cheval de Sara, mangeait une botte de foin. Quand Martin s'avança de quelques pas, le cheval leva la tête et hennit. Il se retourna, mais Sara n'était pas encore sortie. C'était donc bien à son intention que le cheval avait henni ! Il se sentit tout ému. Tout de suite après, Sara arriva avec un cadeau qu'elle lui tendit.

« C'est de ma part et de Murphy. Il voulait aussi participer à ton anniversaire. Sans toi, Murphy et moi on ne se serait jamais rencontrés.

— Et sans ta grand-mère ! dit Martin en essayant de ne pas avoir la voix qui tremble. Et maman. »

Il gratta le cheval derrière les oreilles.

« Tu es sûre que Murphy peut passer la nuit ici ? demanda-t-il à Sara. Il ne va pas avoir froid ?

— Mais non. Il a tout ce qu'il lui faut. Tôt demain matin, je le ramènerai au centre.

— Et l'école ?

— J'ai eu une journée de libre. »

Il interrogea Cristina du regard.

« Sara n'a pas manqué un jour de classe depuis le début de l'année », expliqua-t-elle.

Sara le ramena à la salle de séjour où la table était dressée pour le repas d'anniversaire. La nourriture avalée, ce fut l'heure d'ouvrir les cadeaux. Il commença avec celui de Sara et du cheval. C'était un sweat-shirt avec le texte « Le meilleur papa du monde ! ». Martin eut du mal à contenir ses sentiments et recourut à la seule arme à sa disposition : l'ironie.

Quand tout fut terminé, Sara au lit, la vaisselle lavée et que Cristina fut allée se coucher, il monta à son bureau et contempla longuement les deux photos qu'il avait encadrées et posées sur sa table de travail : Sara et Murphy au centre équestre, Marian et le chien dans le livre de Tuszyńska. Les larmes ne tardèrent pas à rouler sur ses joues. Pourquoi pleurait-il ? Pourquoi était-il devenu un type si sentimental et émotif ?

24.

Quelques semaines plus tard, Martin reçut la réponse – positive – suite à son inscription au colloque au Canada. Mais on lui proposait aussi d'être l'un des *keynote speakers* qui tiendraient leur conférence en introduction aux débats et aux discussions qui s'ensuivraient. Il ne s'était pas attendu à cette offre. Certes, il avait publié plusieurs articles au cours de l'année dans des revues réputées, mais il y avait beaucoup de chercheurs dans son domaine qui méritaient ce rôle plus que lui. Peut-être que c'était le titre de sa conférence qui avait plu aux organisateurs.

Martin remercia et accepta aussitôt la proposition. Être un *keynote speaker* exigeait davantage de lui que de se fondre dans la masse, mais c'était aussi un honneur. Son texte de toute façon était quasiment prêt.

Quand la liste des participants lui parvint quelques semaines plus tard, il fut un peu dubitatif. Les organisateurs avaient convoqué un vrai guêpier d'éminents chercheurs et intellectuels de différentes disciplines. Si les généticiens à qui il croyait s'adresser ne formeraient à tout casser qu'un tiers du public, ils étaient en revanche parmi les plus avancés au monde. Les autres étaient des philosophes, des historiens, des psychologues, des anthropologues, des juristes et des chercheurs en sciences cognitives. Et comme si ça ne suffisait pas, on avait invité un rabbin, un iman et un évêque, ce dernier étant aussi théologien. La plupart de ces noms, à part ceux des généticiens, ne lui disaient absolument rien. Plus Martin découvrait sur Internet qui étaient ces participants, plus il fut convaincu qu'on avait volontairement invité des personnes de bords et d'avis opposés pour que les débats soient électriques. Mais lui, où se situait-il dans tout ça ? Un chercheur parmi ses contacts professionnels avait-il recommandé son nom ? L'université de Montréal et le Conseil de recherches du Canada étaient les principaux organisateurs du colloque, mais ils s'étaient aussi adjoint le soutien de nombreux sponsors. L'un d'eux était sa propre entreprise. C'était peut-être de cette façon que son nom avait été évoqué, par Rosenbaum en personne, qui sait ? En tout cas, sa position dans l'entreprise était plus forte qu'il ne le pensait. Ou souhaitait.

Non pas que la raison de cette proposition ait la moindre importance. Il finirait bien par le savoir. L'essentiel était que la motivation de Martin pour aborder la question de l'identité et de la culture juives s'en trouve renforcée. À partir de maintenant et jusqu'au colloque, il ne s'agirait pas seulement de ses choix personnels, mais de tous ceux confrontés à une alternative où ils devaient choisir qui ils voulaient être et à quel groupe – si tant est que cela les tentait – ils voulaient appartenir.

Combien de temps avait-il devant lui ? Selon l'invitation, il n'avait pas besoin d'envoyer le texte de son intervention à l'avance. On lui demandait seulement un *abstract* à remettre aux organisateurs deux mois avant. Autrement dit, il avait six mois pour écrire sa conférence. Compte tenu de tout ce qu'il avait déjà fait, c'était largement suffisant. Mais quelques heures plus tard, en triant ses articles, ses notes et ses livres, il prit conscience que la date butoir de ce colloque pouvait être une sorte de garde-fou, une circonstance qui lui permettrait de mettre un terme à ses ruminations sur sa potentielle judéité.

Mais combien de livres devrait-il lire, combien de temps devrait-il réfléchir avant de pouvoir se dire qu'il avait fait tout ce qui lui incombait pour comprendre ce que signifiait d'être juif et pour savoir en quoi consistait son choix ou son rejet ? Ses recherches bibliographiques lui avaient déjà donné un ordre de grandeur : des centaines de milliers de pages avaient dû être écrites sur l'histoire, la religion, la culture et l'identité juives, sans parler de l'Holocauste, par des Juifs et des non-Juifs. Que devait-il choisir de lire ? Quelles sources étaient fiables ? Lesquelles étaient partiales ? Cela pouvait prendre des années rien que pour s'attaquer à ce corpus volumineux, même en se limitant aux langues qu'il pouvait lire, une poignée, et aux œuvres qui étaient traduites. Comment déterminait-on le moment où l'on voyait la réalité de manière suffisamment claire pour ne pas avoir peur des fantômes, ne pas être victime d'égarement ou de préjugés ? Mais en tout dernier lieu, n'était-on pas guidé par ses émotions ?

C'était peut-être tout à fait arbitraire de laisser ce colloque mettre un terme à ses réflexions, mais il n'était pas prêt à différer cette décision pendant des décennies, voire des années, comme Agata Tuszyńska et Karin Lützen.

Il y avait autre chose à faire que consacrer sa courte vie à savoir à quel groupe ethnique, si tant est qu'on avait envie d'en choisir un, cela valait la peine d'appartenir.

Les mois suivants, Martin continua de lire des ouvrages et des articles qu'il n'avait pas encore analysés. Parmi les auteurs se trouvaient à la fois des Juifs et des non-Juifs, des croyants et des athéistes, des catholiques et des théologiens juifs, des historiens et des philosophes, des rabbins et des sociologues.

En revanche, il ne lut presque rien sur la Shoah. Le lot de départ qui avait cimenté les Juifs pendant plus de trois millénaires, malgré les persécutions, les exodes et les pogroms, n'avait en soi rien à voir avec la Shoah.

C'était même là le point faible de l'argumentation de Sartre dans son essai *Réflexions sur la question juive*. La thèse de Sartre était que l'antisémitisme était ce qui était constitutif d'un Juif. « Si le Juif n'existait pas, écrivait-il, l'antisémite l'inventerait. » Et à un autre endroit : « C'est parce qu'on ne l'accueille jamais comme un homme, mais toujours et partout comme le Juif, que le Juif est inassimilable. »

Mais Sartre n'était pas assez tordu, comme l'avaient affirmé certains exégètes, pour croire qu'il n'y aurait pas eu de religion ou de tradition juives sans l'antisémitisme. Ce qu'il voulait dire, c'était que les Juifs en tant qu'*objets de haine* étaient déterminés par l'antisémitisme, et peut-être aussi qu'il n'était pas certain que la judéité aurait survécu à la longue s'il n'y avait pas eu l'antisémitisme.

D'après ce que Martin comprenait en lisant les pavés de Küng et Johnson sur l'histoire des Juifs, Sartre n'avait pas tort. Avant que le christianisme n'ait pris le dessus sur le judaïsme, il était relativement aisé, semble-t-il, de se convertir d'une religion à l'autre. Il était aussi clair que plus les Juifs étaient persécutés et haïs, plus l'appartenance juive se radicalisait.

Il n'y avait là rien d'étonnant. Chaque fois qu'un groupe minoritaire doté d'une forte identité voit son existence menacée, on resserre les rangs. On rend l'intégration au groupe de gens venus de l'extérieur plus difficile et on essaie d'empêcher que les leurs quittent le groupe. On essaie d'empêcher les mariages mixtes ou de les interdire. On encense la naissance d'enfants. Samuel avait certainement raison dans le fait qu'après la Shoah de nombreux Juifs pensaient qu'ils avaient un devoir de rester juifs, de se marier avec des Juifs et de mettre au monde des enfants juifs, pour sauver leur peuple de l'extinction. Il ne fallait pas laisser Hitler remporter la victoire avec son idéologie raciste, quand bien même il avait perdu la guerre.

Mais en quoi ça le concernait, lui, Martin Brenner ? En vérité, le livre de Sartre en disait davantage sur l'antisémitisme que sur les Juifs, même si Sartre avait raison d'affirmer que l'antisémitisme, de façon paradoxale, certifiait la conception partagée par beaucoup de Juifs qu'ils n'étaient pas un peuple parmi d'autres, mais sinon *le* peuple élu, *un* peuple élu.

Mais élu parmi qui ? Dans les études consacrées au peuple juif, qu'elles soient ou non écrites par des Juifs, c'était comme si une grande partie de l'humanité au fond n'existait pas : les milliards d'êtres humains et les milliers de groupes ethniques qui vivaient et avaient vécu en Asie, en Afrique ou en Amérique du Sud. Quand certains, un rabbin comme André Neher ou un intellectuel juif laïc comme Edgar Morin, soutenaient que le judaïsme avait une forte universalité, que Dieu avait laissé les dix Commandements aux Juifs pas seulement pour les Juifs mais pour que ceux-ci soient les fers de lance de Dieu et des hommes dans le combat visant à rendre l'humanité plus humaine, cela sonnait aux oreilles de Martin comme une construction *a posteriori.* Personne ne pouvait nier que les Juifs, du moins pendant les deux derniers millénaires, avaient été principalement un peuple paisible, mais on pouvait difficilement affirmer qu'ils avaient combattu jusqu'ici pour les libertés et les droits d'*autres* groupes ethniques, que ce soit dans la diaspora ou en Israël.

Il était vrai bien sûr qu'il n'y avait pas un mot dans les Commandements pour dire que cela ne valait que pour les Juifs ou pour les relations des Juifs avec des non-Juifs, et que pour cette raison on pouvait les interpréter comme ayant une portée universelle ; les Commandements avaient malgré tout été aussi adoptés par les chrétiens. Mais à quoi cela lui servait-il, puisqu'il ne croyait pas en Dieu ? Et pourquoi, s'il existait ou avait existé, à l'époque de Moïse, Dieu aurait-il choisi uniquement les Juifs pour leur tenir ce discours ?

Dans *L'Holocauste est terminé. Nous devons nous relever de ses cendres*, Avraham Burg, autrefois porte-parole de la Knesset, écrit que la Bible et plus tard des sources ordonnent aux Juifs de traiter avec égard les non-Juifs. Burg cite la Bible : « Tu ne maltraiteras point l'étranger, et tu ne l'opprimeras point ; car vous avez été étrangers dans le pays d'Égypte. » Effectivement, on peut le dire.

Mais Burg ajoute que « enfreindre le commandement de traiter les étrangers parmi nous avec équité et égard est tout aussi grave qu'enfreindre l'interdiction de manger du porc ». Et d'un coup, l'argument retombe au ras du sol, c'est-à-dire, si l'on n'était pas croyant et pensait, comme Martin, que l'interdiction de manger de la viande de porc, à la fois dans les traditions juive et musulmane, devenait plutôt ridicule. Comme non-Juif, on ne pouvait pas se référer à la Bible pour motiver sa décision morale. Et les croyants ne pouvaient pas se référer à la Bible comme argument pour une morale qui devait être comprise par les non-croyants.

Mais que resterait-il de la judéité, à part un ensemble de traditions et d'habitudes qui n'étaient ni plus ni moins louable que celles d'autres groupes ethniques, si l'on enlevait ce qui venait d'autres religions ? Les règles de la casherout, définissant ce qu'on avait ou non le droit de manger, avaient leurs origines dans la Bible. De même que la circoncision. Les phylactères, les jours de fête, la bar mitzvah, le Shabbat, le peuple élu, les rites d'enterrement et les châles de prière viennent de la Torah – qui veut dire « instruction » –, donc de l'Ancien Testament et en particulier du Pentateuque.

Mais pourquoi ne devait-on pas manger de la viande de porc ? Pourquoi tous les garçons juifs devaient-ils se faire circoncire ? Pour les croyants, la circoncision était un signe du lien particulier de Dieu avec le peuple élu. Mais pourquoi les Juifs *incroyants* faisaient-ils circoncire leurs fils ?

La Torah ne donne aucune réponse à des questions de ce genre. Elle ne contient aucune indication explicite quant aux injonctions données aux Juifs pour l'éternité. Toutes les règles et normes auxquels les Juifs orthodoxes doivent se soumettre sont en réalité des interprétations et des extrapolations à partir de la Bible faites par des rabbins sophistes qui, à leur tour, les codifient dans le Talmud. Pour les orthodoxes et encore plus pour les ultra-orthodoxes, c'est une évidence qu'il faut se soumettre à ces injonctions, y compris celle concernant le rôle subordonné de la femme dans l'assemblée – ce qui constituait pour Martin déjà un argument de poids contre la judéité orthodoxe. Pour lui, la position de la femme était un indicateur pour juger de la valeur d'une religion, d'une idéologie ou d'un point de vue politique. Cela ne concernait pas, bien sûr, uniquement le judaïsme, mais tout autant l'islam et le catholicisme, même si les catholiques en général ne voulaient pas admettre que leur loyauté vis-à-vis de l'Église fût souvent une déclaration du bout des lèvres.

On – Martin – pouvait peut-être voir une circonstance atténuante dans le fait que la judéité fût transmise par les femmes et non par les hommes, même si les réformés aux États-Unis étaient arrivés – mais comment ? – à la conclusion que même l'enfant d'un père juif était juif. Martin éprouvait de profondes et fortes réticences contre toute idée selon laquelle l'appartenance à un groupe d'hommes se voyait définie par les liens du sang, c'est-à-dire de manière génétique. Car cela ôtait à l'homme la liberté de choisir qui il voulait être, avec qui il voulait être lié, qui il voulait aimer et qui il voulait avoir comme ami.

Shlomo Sand soutient mordicus dans *Comment le peuple juif fut inventé* que d'une part la judéité ne peut se baser sur des gènes et des liens du sang et d'autre part – ce qui apparaît peut-être encore plus une provocation aux yeux de certains – qu'il n'y a pas lieu de parler de judéité du tout si on n'est pas croyant. Martin partageait son opinion, mais Sand oubliait une chose importante : les Juifs assimilés, non-croyants, se percevaient comme Juifs et ils *voulaient* être juifs, comme Samuel, même s'ils n'étaient pas reconnus comme des Juifs à part entière par les Juifs orthodoxes et ultra-orthodoxes. Beaucoup de ces laïcs faisaient pourtant circoncire leurs petits garçons et maintenaient les traditions juives lors des fêtes, des mariages et des enterrements.

Avraham Burg partage l'avis de Sand sur les liens du sang et sur la mythification de la Shoah comme fondements de l'identité juive. Il écrit : « Tant que persiste le lien entre la nationalité israélienne et les lois de Nuremberg, c'est aussi Hitler qui en réalité détermine qui est juif. La définition d'un Juif dans la loi du retour – un Juif est une personne née de mère juive ou qui s'est convertie et n'appartient pas à une autre religion – est problématique et devrait être mise au rebut avec la conception démodée de la nation. Israël doit se libérer à la fois de la définition de Nuremberg – selon laquelle un Juif est quelqu'un avec du sang juif qui coule dans ses veines depuis quatre générations – et de la politique et pratique actuelles qui ne reconnaissent que ceux qui sont convertis selon les règles orthodoxes les plus strictes. »

À l'instar de Sand, Burg conclut que l'interdiction et la réticence à l'égard des mariages mixtes devrait disparaître. Dans un débat avec un éminent professeur dans une des plus grandes universités d'Israël, Burg demande si le professeur préférerait que son fils se marie avec une femme non-juive ou un homme juif qui serait gay. « Je préfère un homosexuel juif à une fiancée non-juive », répond le professeur.

Cette phrase rappela à Martin quelque chose qu'il avait lu. Il feuilleta les livres de sa bibliothèque l'un après l'autre et finit par trouver ce qu'il cherchait dans *Je ne reviendrai jamais* de Georg Klein. Klein raconte s'être retrouvé un jour à table avec l'épouse du ministre de la Santé israélien qui était en visite d'État. Klein lui demande pourquoi on devait à tout prix s'en tenir aux vieilles lois. La femme du ministre de la Santé répond : « Si ma fille rentre à la maison et me dit qu'elle veut se marier avec un Juif athée qui ne vit pas selon les lois religieuses, je serai très triste, mais elle sera toujours ma fille. Mais si elle rentre à la maison et me dit qu'elle veut épouser un non-Juif, elle ne sera plus ma fille. Nous la considérerons comme morte et nous ne voudrons plus jamais avoir de contact avec elle. »

Chaque fois que Martin lisait ce genre de déclaration, son estomac se nouait. Peu importait que ce fussent des Juifs, des musulmans, des Roms, des Hindous… ou des homophobes. Rien, aucun Dieu, aucune morale, aucune coutume, aucun code d'honneur ne pouvait justifier qu'on empêche les hommes d'aimer, de vivre et de faire des enfants avec qui ils voulaient, si c'était ce qu'ils souhaitaient. Rien ne pouvait justifier que des personnes qui s'aiment soient rejetées, ostracisées, fouettées, voire assassinées… parfois par leurs propres parents ou frères et sœurs.

Avraham Burg se montrait en tout cas cohérent avec la distance qu'il prenait vis-à-vis de toute forme d'éthique fondée sur les gènes. « Pour moi, écrit-il, c'est important que la personne qu'épouse mon enfant soit une bonne personne dotée d'un sens moral. Peu m'importe qu'elle soit juive ou non-juive, homosexuelle ou hétérosexuelle. Mon critère est la bonté et la morale, pas l'origine ou l'orientation sexuelle de la personne. » Et plus loin : « Chaque homme mauvais, aussi s'il est d'origine juive, est mon adversaire et je grimperai sur les barricades pour lutter contre lui jusqu'à la fin. Un judaïsme automatique sans autocritique ou obligations morales est pour moi une abominable théorie raciste. Depuis la Shoah, il n'existe pas de judaïsme génétique, mais seulement un judaïsme éthique qui vous engage. »

Dans son livre *L'Esprit du judaïsme*, Bernard-Henri Lévy aborde ces mêmes questions. « L'esprit du judaïsme, écrit-il, c'est le Livre et les livres. » À la question s'il croit en Dieu, Bernard-Henri Lévy répond que « cela signifie que les Juifs sont venus au monde moins pour croire que pour étudier ; non pour adorer mais pour comprendre » et que « la plus haute tâche à laquelle les convoquent les livres saints n'est ni de brûler d'amour ni de s'extasier devant l'infini, mais de savoir et d'enseigner ». Il va même jusqu'à dire que croire pour un Juif est une faute : la foi est le signe du christianisme, non du judaïsme. Un Juif, même un Juif séculaire comme lui-même, a le devoir d'interpréter et de débattre tout le temps de la signification des textes, de questionner sans arrêt les anciennes vérités et interprétations. La Torah est multiple et doit le rester. Un Juif ne pourrait jamais être fidèle à la lettre. La Loi qui joue un si grand rôle dans le judaïsme doit toujours être ouverte à la négociation. Bernard-Henri Lévy ne se défile pas et reconnaît qu'il existe des Juifs orthodoxes et ultra-orthodoxes qui revendiquent posséder la seule interprétation correcte de la Torah, mais il affirme que la réelle opposition ne se situe pas entre Juifs séculaires et Juifs religieux mais entre « les Juifs qui pensent et les Juifs qui ne pensent pas ».

C'étaient de bien belles paroles, mais nul besoin d'être juif pour partager les opinions de Burg et ses espoirs en un monde meilleur. Nul besoin d'être juif pour vouloir le bien des hommes, de tous les hommes, quels qu'ils soient. Nul besoin d'avoir lu la Bible et les dix Commandements comme fondement éthique pour faire tout son possible afin que les hommes, tous les hommes, vivent une vie digne. Nelson Mandela, tout comme Gandhi, n'évoquait pas la Bible.

Il était sans doute vrai, comme l'affirmait Bernard-Henri Lévy, que les Juifs plus que d'autres peuples plaçaient les études et les livres très haut. Cela facilitait certainement les choses de grandir dans une culture de livres, de dialogue critique et d'exigence de formation si l'on voulait donner du sens à sa vie, en tant que chercheur, intellectuel ou artiste, mais les Juifs étaient loin d'être les seuls à avoir laissé leur empreinte dans le domaine de la connaissance ou de la beauté.

C'était peut-être aussi une affirmation correcte, comme Bernard-Henri Lévy le soutenait en des termes bien choisis, que le Talmud était une source inépuisable de connaissances sur la condition de l'homme ici sur terre. Mais il ne disait pas un mot sur la raison qui pousse un homme à consacrer toute sa vie à l'étude du Talmud plutôt qu'à la science, la littérature ou la philosophie. Il ne posait *pas* la question pourquoi un Juif laïque, ou un Juif potentiel comme Martin, devait chercher la vérité dans le commentaire, fût-il millénaire, fût-il sage et profond, d'un texte religieux comme la Bible, aux dépens de toutes les autres sources de vérité, et avant tout aux dépens de la science. Martin n'avait jamais mis son nez dans le Talmud et il n'avait pas l'intention de le fairc non plus.

Edgar Morin, qui semblait plaider pour une double identité pour les Juifs assimilés, à la fois Juifs et non-Juifs, mais sans hiérarchie, n'avait pas tort de rappeler que les orphelins, les bâtards, les marginaux, parmi lesquels les homosexuels et les Juifs, avaient une motivation plus forte pour développer les capacités créatives qui sommeillaient chez tout être humain. Mais personne ne *choisissait* d'être homosexuel ou orphelin dans l'espoir que cela libère son énergie créatrice ! Nul besoin d'être juif pour combattre l'antisémitisme. On pouvait défendre le droit d'Israël à continuer d'exister sans être soi-même juif. On pouvait comprendre pourquoi tant de rescapés de la Shoah avaient risqué leur vie juste après la guerre pour se rendre en Palestine dans l'espoir d'y trouver un État libre, puisque aucun pays en Europe ne voulait d'eux. Ceux qui critiquaient Israël aujourd'hui oubliaient ou refusaient d'admettre que des milliers de Juifs rentrés chez eux furent assassinés en Pologne *après* la fin de la Seconde Guerre mondiale. Même si certains Juifs affirmaient le contraire, on pouvait en tant que non-Juif être solidaire avec les victimes de l'Holocauste. On pouvait ressentir de la compassion. Martin n'avait pas besoin d'être juif pour pleurer devant la photographie de Marian et de son chien.

Quelques semaines avant qu'il soit temps de monter dans l'avion qui l'emmènerait à Montréal, Martin tira enfin un trait avec bonne conscience : il n'y avait aucune raison, objective ou sentimentale, de vouloir être juif. Certes, il avait hésité, en se représentant ce que sa mère avait dû endurer dans le camp de concentration et la comédie qu'elle avait dû jouer toute sa vie pour le protéger, oh comme il aurait aimé qu'elle eût échappé à la vie qu'elle avait eue. Chaque fois qu'il avait lu qu'il y avait eu un nouvel attentat contre une synagogue, une autre profanation de tombes, des menaces de mort contre des journalistes juifs ou une manifestation antisémite, il avait été tenté, dans un mouvement de rage, de clamer haut et fort sa judéité rien que pour faire de la résistance et témoigner sa solidarité.

Mais ces moments ne duraient jamais bien longtemps. D'autres sentiments surgissaient, tout aussi forts, et surtout son refus d'être condamné à devenir ce qu'on était par les liens du sang, de la religion ou de l'éducation.

Avant son départ, il ne lui restait plus que deux choses à faire. La première était de congédier Frank et la seconde de rencontrer Golder. Il aurait dû s'acquitter de la première tâche depuis belle lurette, mais il avait régné une telle paix et harmonie à la maison ces derniers mois qu'il n'avait pas voulu prendre le risque de tout gâcher en prenant à bras le corps le conflit avec Frank. Toutefois cela ne pouvait durer plus longtemps.

Depuis que Martin avait participé à la marche de la kippa, Frank avait pour ainsi dire cessé de le saluer, sauf quand il y était absolument contraint, par exemple quand ils se croisaient seuls dans le couloir. Frank recevait les instructions et les décisions de Martin avec une mine renfrognée, il n'osait pas agir autrement, mais son attitude négative au travail rejaillissait sur ses collègues qui venaient s'en plaindre auprès de Martin. Dès que Frank faisait son entrée dans la cuisine ou dans une réunion, l'atmosphère changeait du tout au tout et devenait tendue.

Mais après la marche de la kippa, Samuel et Martin avaient reçu des mails anonymes dans leurs messageries, où on les accusait de comploter avec la mafia juive ou d'être de « sales Juifs », des traîtres à leur patrie et d'autres charmantes dénominations. Martin avait fait appel à un expert en informatique qui avait réussi à tracer la provenance des mails : un café internet en ville. Autant dire qu'il y avait peu de chances d'identifier leur expéditeur. Sauf que la personne avait eu l'imprudence d'envoyer un des mails haineux de son propre ordinateur au laboratoire, plus exactement du bureau de Frank ! Avec ça, Martin avait le motif officiel pour signifier à Frank son congé.

Et Golder ? Pourquoi le rencontrer ? Pour plusieurs raisons, dont certaines inconscientes, mais avant le colloque, Martin voulait soumettre ses conclusions à quelqu'un d'autre qui connaissait l'enjeu des questions et qui savait qui était Martin.

Il envoya un mail à Golder pour lui demander s'il avait le temps de le voir prochainement. La réponse de Golder arriva pour ainsi dire par retour de courrier. Martin proposa un rendez-vous une semaine plus tard. Il avait besoin de quelques jours pour préparer les questions qu'il voulait poser. De nouveau la réponse arriva sans attendre, avec une note sous forme d'un mot de passe que Martin devait dire dans l'interphone ; c'était, malheureusement, une mesure de sécurité supplémentaire après l'attentat contre la synagogue.

Par contre, pas besoin de mot de passe pour faire venir Frank.

25.

Martin envoya un mail à Frank pour le convoquer sur-le-champ dans son bureau. Quelques minutes après, l'air offensé comme d'habitude, celui-ci apparut sur le pas de la porte. Martin lui fit signe de s'asseoir mais le fit attendre quelques minutes, faisant semblant de parcourir quelques documents. Enfin il leva les yeux et poussa vers lui les tirages des mails haineux que Samuel et lui avaient reçus.

« Est-ce que tu reconnais ceci ? » demanda-t-il.

Frank prit à contrecœur les papiers et les feuilleta trop vite pour pouvoir lire quoi que ce soit.

« C'est quoi ? demanda-t-il. Pourquoi tu me montres ça ?

— Je suis curieux de savoir ce que tu penses de leur contenu.

— Ce que j'en pense, moi ? »

Frank regarda de nouveau les feuilles. Il s'appliqua pour avoir l'air de ne les avoir jamais vus auparavant. Martin lui avait facilité les choses en enlevant le nom de l'expéditeur et du destinataire ainsi que son adresse mail.

« Ma question est, dit Martin : trouves-tu acceptable d'envoyer ce type de mail ? »

Frank gigota sur sa chaise. Martin savait que Frank était suffisamment intelligent pour savoir ce qu'il devait répondre. Cela étant, il n'avait pas envie de passer pour un lâche qui n'assume pas ses opinions.

« On a la liberté d'expression dans ce pays, non ? finit par dire Frank en esquissant un sourire.

— Absolument ! Même s'il y a des restrictions à cette liberté, par exemple la calomnie et l'incitation à la haine raciale. Sauf que je ne t'interroge pas sur la Loi, mais sur ce que tu en penses personnellement. »

Frank sembla réfléchir à la meilleure réponse à donner.

« Pour être plus explicite, ajouta Martin, je me demande si tu pourrais écrire ce genre de mail.

— Je ne suis pas raciste.

— Si tu le dis. Alors tu as certainement plusieurs amis juifs et musulmans.

— Non, pas vraiment. »

Frank avait répondu avec une forme de satisfaction dans la voix.

« Je ne demande pas si tu es raciste, mais si toi, tu pourrais être tenté d'écrire des mails antisémites. »

Le regard de Frank se fit vague.

« C'est un interrogatoire ou quoi ?

— Tu n'as toujours pas répondu à ma question. »

Frank se leva.

« Je n'ai pas à justifier devant toi mes opinions et mes jugements. Je fais mon boulot aussi bien qu'un autre. »

Frank tourna le dos pour s'en aller.

« Je n'ai pas terminé, reprit Martin. Tu devrais aussi jeter un coup d'œil à ce mail-ci. »

Il lui tendit le tirage du mail que Frank avait eu la bêtise d'envoyer de son ordinateur de travail.

« Ça te dit quelque chose ? »

Frank jeta un œil sur le mail, puis le froissa pour en faire une boule qu'il laissa tomber par terre.

« Je ne sais pas de quoi tu veux parler, dit-il.

— Mais moi je sais. Ce mail a été envoyé de ton ordinateur ici au labo. Les autres proviennent d'un café internet où tu t'es rendu régulièrement. Nous avons des témoins pour ça.

— Ce n'était pas moi, balbutia Frank, soudain tétanisé.

— Tu pourras toujours essayer de le prouver au tribunal, si tu crois que ça peut marcher.

— Au tribunal ?

— Oui, tu m'as bien entendu. À partir de cet instant tu es renvoyé de *DNA-Ancestry.* Voici ta lettre de licenciement. Comme tu peux le voir, l'entreprise se montre généreuse envers toi et te donne des indemnités de licenciement. Tu peux remercier le P.-D.G. qui en a été informé et qui a accepté le licenciement. Si ça ne dépendait que de moi, tu n'aurais rien reçu du tout. Tu peux aller chercher tes affaires dans ton bureau et après je ne veux plus te voir ici.

— Et je n'ai pas une attestation de travail ?

— Je peux écrire mon jugement personnel, si tu veux, et soussigner sur l'honneur que tu es raciste, antisémite et t'amuses à envoyer des mails haineux de manière anonyme quand ça te chante. Quelque chose dans ce style. »

Frank fit un pas en avant. Il serra les poings et leva un bras. Martin s'attendit à recevoir un coup qui ne vint pas. Frank tourna les talons et se dirigea vers la porte. Il allait la refermer violemment mais s'arrêta et lança d'un ton rageur :

« Je ne suis pas idiot. C'est la mafia juive, Rosenbaum, Samuel et les autres qui sont derrière. Mais tu vas voir qu'ils vont s'en mordre les doigts, eux et toute la clique, toi y compris.

— C'est une menace ? »

Frank claqua la porte.

26.

Une semaine plus tard, un vendredi, Martin prit son après-midi et se rendit au bureau de l'assemblée juive, à un pâté de maisons de la synagogue. Si le numéro de la rue fut facile à trouver, ce fut une autre paire de manches pour savoir sur quel bouton d'interphone appuyer. À côté de la porte se trouvaient les noms de plusieurs entreprises mais rien qui indiquât les bureaux de l'assemblée juive. Il devait y avoir des mesures de sécurité que Golder avait oublié de mentionner. Martin appuya sur le seul bouton où il n'y avait que des initiales. Aussitôt, une voix de femme aimable lui demanda de décliner son identité et de dire qui il cherchait. Ce qu'il fit en ajoutant le mot de passe qu'il avait reçu. « Troisième étage », dit la femme avant de déverrouiller la porte.

Quand il arriva là-haut, une femme attendait sur le palier. Elle le fit entrer et se présenta comme Dorotea, la secrétaire permanente du rabbin Golder.

« Permanente ? demanda Martin.

— Jusqu'à ce que la mort nous sépare.

— Cela est un peu grandiloquent. »

Dorotea sourit.

« Pour le rabbin Golder, la mort n'est pas une chose très sérieuse, en tout cas pas la sienne. »

Elle fit signe à Martin de la suivre dans un couloir, s'arrêta devant une porte tout au fond et frappa.

« Entrez ! »

Dorotea ouvrit la porte et laissa passer Martin.

« Martin Brenner ! » annonça-t-elle d'une voix douce et bienveillante.

Golder se leva avec une certaine difficulté derrière son gigantesque bureau couvert de livres et de monceaux de papiers.

« Merci ! dit-il en s'adressant à Dorotea. Mais je n'ai pas besoin de présentations, j'ai déjà eu le plaisir de rencontrer monsieur Brenner. Je connaissais sa mère. Tu te souviens de Maria, qui venait de temps à autre à la synagogue et qui s'asseyait toujours tout au fond ? »

Dorotea fit signe que oui.

« C'était la mère de Martin, expliqua Golder. Une femme admirable. Elle n'appartenait pas à la communauté mais elle était une des Justes. Elle a aidé les Juifs qui revenaient des camps de concentration à la fin de la guerre. »

Mais c'était un mensonge éhonté ! Comment Golder pouvait-il mentir à sa plus proche collaboratrice avec autant d'aplomb ?

« Du café ? demanda Golder.

— Oui, volontiers. Merci. »

Golder demanda à Dorotea si elle voulait bien avoir la gentillesse de leur préparer deux tasses de café.

Dès qu'elle eut disparu, c'était comme si un ressort se cassait chez Golder : il s'effondra dans son fauteuil, posa les coudes sur le bureau et appuya son visage contre ses mains.

« Excuse-moi, dit-il à Martin. Mes forces ne me permettent de donner le change qu'un bref instant. Car c'est ma tâche désormais de veiller à ce que les membres de la communauté ne perdent pas espoir. Ce n'est pas facile d'être juif en ce moment. »

Il lui indiqua la chaise devant le bureau.

« Est-ce que cela a jamais été facile ? demanda Martin en s'asseyant.

— Facile, non, sans doute jamais, mais un peu plus, par moments.

— Et pas maintenant ?

— Rien n'est allé de soi après la guerre. Il n'y a pas si longtemps, j'ai vu un documentaire à la télévision où un journaliste avait interviewé des enfants de survivants. Quelque chose m'a frappé : chaque parent avait surmonté l'épreuve et élevé ses enfants différemment. L'un de ces enfants, à présent un homme adulte, racontait que sa mère, après trois ans à Auschwitz, s'était montrée si froide, si insensible, que tout son amour pour elle avait fondu. Deux sœurs en revanche, les larmes aux yeux, parlaient de leur mère comme de la plus gentille, la plus affectueuse personne au monde, qui faisait tout ce qu'elle pouvait pour aider les autres. Toute sa vie, elle avait exprimé sa gratitude d'être en vie, pour son mari, ses enfants et ses petits-enfants. Certains baissaient les bras après la guerre et se laissaient mourir, d'autres se rendaient en Palestine pour construire un État libre pour les Juifs. Certains cessaient de croire en Dieu et donc aux liens privilégiés des Juifs avec Dieu et devenaient des antisémites enragés, comme d'autres convertis avant eux. D'autres au contraire voyaient leur foi renforcée ou pensaient que leur premier devoir était de montrer que Hitler et les nazis avaient échoué.

« La seule chose qu'on puisse affirmer avec certitude c'est qu'aucun Juif n'est sorti indemne de l'Holocauste. Tu te demandes peut-être pourquoi je te raconte ça. C'est pour deux raisons : la première montre que les Juifs sont des êtres humains comme tous les autres, avec leurs forces et leurs faiblesses, leur courage et leur lâcheté, leurs convictions et leurs doutes, leurs vérités et leur foi, leurs espoirs et leurs craintes. Je suis conscient que certains Juifs interprètent l'idée du peuple élu comme la preuve que le peuple juif, d'une certaine manière, est supérieur aux autres peuples : plus intelligent, plus créatif ou simplement plus résistant que d'autres. Ce n'est pas mon cas. Je ne suis pas juif parce que moralement ou sur un autre plan je suis meilleur que d'autres êtres humains.

« La seconde raison, c'est qu'il ne m'appartient pas de juger, que ce soit Gertrud ou quiconque d'autre. Je peux être furieux et indigné comme tous les autres… je n'étais par exemple pas spécialement heureux de ta petite mise en scène lors de la marche de la kippa. Mais je refuse de m'abaisser à haïr, à mépriser ou nourrir un sentiment de vengeance. J'abhorre le nazisme et l'antisémitisme, mais jamais les individus, pas même mes bourreaux à Auschwitz. »

Golder se tut quelques instants.

« Comment va la famille ? demanda-t-il quand le silence se fit pesant. Cristina ? Sara ?

— Tout va bien ! Cristina travaille trop, c'est tout. Ce n'est pas une sinécure d'être femme médecin accoucheuse. Et Sara n'a pas une minute à elle, entre son cheval et l'école, dans cet ordre. »

Golder chercha parmi ses documents et sortit le tirage d'une photographie qu'il posa sur la table devant Martin : la photo représentait Sara et Murphy lors d'une compétition équestre. Comment Golder se l'était-il procurée ?

« Ne fais pas cette tête-là ! s'écria Golder en souriant. Même un très vieil homme qui passe ses jours à lire la Torah et le Talmud sait utiliser Internet.

— Mais pourquoi ? osa demander Martin.

— Parce que j'ai promis à Gertrud de veiller sur toi et ta fille. »

Il leva un doigt en l'air.

« Ne crois pas que je vous espionne. Ce n'est pas ça. Mais Gertrud est venue me trouver quelques années avant sa mort et elle m'a prié de me tenir à votre disposition si nécessaire. Si je suis venu vous rendre visite à l'improviste, c'était pour dire cela. Elle m'a choisi en quelque sorte pour être le parrain de Sara. J'en étais fier… même si cela n'a pas eu l'heur de plaire autant au père de Sara. »

Golder sourit de nouveau, comme pour souligner qu'il n'en avait pas pris ombrage.

« Je te l'ai déjà dit, reprit-il comme s'il comprenait que son sourire ne suffisait pas, et je te le redis : Gertrud était une femme remarquable. Elle avait bon cœur ; je ne dis pas un cœur en or, car l'or c'est la cupidité. Je regrette qu'elle n'ait pas osé assumer sa judéité aux yeux du monde, mais je peux concevoir son choix après ce qu'elle a enduré. Si tu n'avais pas été dans son ventre, elle serait sans doute restée juive, mais même là je n'en suis pas sûr.

— Gertrud m'a laissé une lettre… commença Martin.

— Je sais. J'en ai aussi reçu une copie, au cas où il arriverait quelque chose à l'avocat Levin. À nos âges, on ne sait jamais combien de temps il nous reste. D'ailleurs qu'est-ce que l'avenir, à supposer que cela ait été quelque chose un jour ? »

Martin eut la désagréable impression que Golder en savait plus sur lui qu'il n'aurait dû. Le rabbin aurait-il deviné pourquoi Martin avait voulu le rencontrer ? À peine avait-il formulé cette pensée qu'il entendit Golder dire :

« Et maintenant tu es venu me trouver pour savoir ce que ça signifie d'être juif ? Si tu dois vivre ta vie en cachette, comme Gertrud, ou si tu dois accepter qui tu es et d'où tu viens, faire une sorte de *coming out* comme on dit aujourd'hui, non ?

— Pas exactement, corrigea Martin. Je ne suis pas juif, je ne veux pas l'être et je ne le serai pas.

— Pourquoi t'adresser à moi, alors ?

— Au cours de cette année, j'ai lu tout ce que j'ai pu trouver sur l'histoire, la religion et l'identité juives, pour savoir ce que je ne voulais pas être. C'était la moindre des choses, dans le respect de ma mère. Je ne dirais pas que j'en sais beaucoup plus. C'est même le contraire. Plus je lisais, moins je parvenais à saisir ce qui unissait ceux qui se qualifient de Juifs, c'est-à-dire le plus petit dénominateur commun, des ultra-orthodoxes aux réformés et aux assimilés. Avant de tirer un trait sur tout ça, j'ai quelques questions auxquelles j'aimerais avoir des réponses.

— Je ne suis pas sûr de pouvoir y répondre. Je serais même tenté de dire que les questions les plus difficiles et les plus cruciales sont celles auxquelles nous ne pouvons répondre. Elles sont *teyku*, c'est-à-dire, dans le Talmud, des questions qui n'ont pas de réponse, des dilemmes qui n'ont pas de solution. Par où veux-tu commencer ?

— Si j'ai bien compris, Moïse passe pour être, sinon le premier Juif, du moins celui qui a fondé le judaïsme comme religion et alliance avec Dieu.

— C'est exact, même s'il existait des Juifs avant cela. Selon certaines interprétations de la Torah, Adam et Ève sont considérés comme étant les premiers Juifs.

— Mais dans ce cas, comment se fait-il que la judéité ne se transmette que par les femmes ? Qui était la Juive originelle ? J'ai épluché les livres sans rien trouver à ce sujet. D'ailleurs les femmes semblent curieusement absentes de l'histoire juive, à part dans la Bible, ici et là.

— Il n'est pas tout à fait exact que la judéité ne se transmette que par les femmes. Aux États-Unis, les réformés reconnaissent aussi les pères. Mais il est vrai qu'il suffit d'avoir une mère juive pour être juif. Pourquoi ? C'est sans doute simplement parce qu'à la différence des hommes, les femmes peuvent être sûres que l'enfant est bien le leur.

— Tu dis "simplement" ? Nous savons que chaque descendant est un mélange des gènes de l'homme et de la femme. Imagine que la femme ait couché avec plusieurs hommes dont certains n'étaient pas juifs, à peu près au même moment ? Ou qu'elle ait été violée par plusieurs hommes ? Et qu'en est-il de l'adoption ? Si des parents juifs adoptent un enfant, qu'est-ce qu'est l'enfant alors ?

— Tout cela a été longuement discuté par les rabbins et les théologiens juifs avec des avis divergents. Disons que la plupart affirment que l'élément déterminant est que l'ovule fécondé vienne de la mère et que ce soit la mère qui porte le fœtus. Déjà dans le Talmud…

— Excusez-moi de vous interrompre, mais ce n'est pas le fondement religieux qui m'intéresse, qu'il vienne des textes, des rabbins ou des théologiens juifs. Il existe des raisons objectives pour ne pas manger trop de viande, surtout de la viande rouge, mais il n'y a aucune raison, autre que de la sophistique religieuse, pour bannir la viande de porc. Interdire aux Juifs de manger des fruits de mer est de la pure idiotie. Pour beaucoup de gens dans le monde, les moules et les huîtres sont leur seul moyen de subsistance. Levinas a écrit dans une lettre à Maurice Blanchot que le Juif représente l'introduction de la religion dans le monde et que, pour un Juif, il était impossible de penser le monde sans religion. On ne saurait le dire plus clairement. Mais si je devais un jour accepter d'avoir une identité juive, il faudrait que l'argument soit détaché des liens du sang et de tout héritage religieux. Sauf que je n'ai pas réussi à trouver ce genre d'argument.

— On n'a pas besoin de croire en Dieu pour avoir les dix Commandements, la Torah, la Mishna ou le Talmud comme fondement éthique et inspiration. Aujourd'hui, beaucoup étudient le Talmud sans être croyants.

— Mais pourquoi choisir un texte religieux si on peut choisir ? Si l'on cherche à acquérir des connaissances, mieux vaut consacrer le temps dont on dispose à étudier la science.

— Pourquoi l'un exclurait-il l'autre ?

— Pour répondre à cette question, il faudrait être spécialiste à la fois du Talmud et de la science moderne. Qui peut l'être ? On est obligé de faire un choix. Et moi, je choisis la science qui nous a aidés à mieux voir le monde réel. En attestant par exemple qu'il n'existe pas de gènes juifs spécifiques.

— Nous ne sommes pas les seuls à accorder de l'importance aux liens du sang. Des milliards d'individus font la même chose, même si le mariage entre castes est officiellement autorisé de nos jours. Aujourd'hui seuls les Juifs ultra-orthodoxes, une minorité, interdisent le mariage et l'amour entre un Juif et un non-Juif. Pour presque tous les autres, ce n'est plus une affaire d'État.

— Je veux bien le croire, mais ce n'est pas un argument recevable que d'autres soient aussi intolérants que soi-même. Comment considérez-vous personnellement le mariage entre Juifs et non-Juifs ?

— N'est-ce pas évident ? Je suis juif. Je suis rabbin.

— Ce n'est pas la réponse à ma question. Trouvez-vous que les mariages mixtes doivent être autorisés ou pas ? Est-ce important que les Juifs se marient entre eux et élèvent leurs enfants pour qu'ils soient juifs ?

— À cette dernière question, je réponds oui. Que répondre d'autre ? Je dirais d'abord que je ne veux ni ne peux empêcher des gens de confessions différentes de tomber amoureux. Je peux conseiller, recommander, mettre en garde mais pas interdire. Aucun rabbin n'a ce pouvoir.

— Mais la Loi alors ? L'excommunication ?

— La Loi existe, telle qu'elle est inscrite dans la Torah et le Talmud, mais il n'existe aucune punition pour infraction à la Loi, aucune pénitence. La seule sanction est précisément l'excommunication, mais pour quelqu'un qui a perdu la foi, on ne peut pas vraiment dire que ce soit une punition très sévère. D'ailleurs la sanction ne vaut que localement et ne s'est guère adaptée à l'époque moderne.

— Vous avez des enfants ? »

Martin regretta aussitôt cette question, mais c'était trop tard.

Golder tressaillit et une expression d'effroi se lut sur son visage. Il baissa les yeux. Martin eut le sentiment que le rabbin ne voulait pas ou n'osait pas croiser son regard. Mais peut-être était-ce le fruit de son imagination.

« J'avais un enfant... », commença Golder d'une voix atone.

Martin retint son souffle.

« ... mais ceux qui haïssent les Juifs me l'ont pris.

— Je suis désolé », dit Martin, et il le pensa sincèrement.

Il ne put s'empêcher de penser aux histoires qu'il avait lues sur les enfants, les frères et sœurs, et les parents qui avaient été séparés avant de se retrouver ensuite à l'âge adulte. Récemment, il y avait le cas de la fille d'un célèbre rocker qui ignorait qui était son père. Assistant à l'un de ses concerts, elle avait prétendu qu'au bout d'un moment, en l'écoutant, elle avait eu la certitude que ce musicien était son père. Mais était-ce une construction *a posteriori* ? La mère accompagnait sa fille au concert et peut-être n'avait-elle pas pu s'empêcher de lui envoyer des signaux ? À l'inverse, beaucoup d'enfants adoptés racontaient n'avoir jamais soupçonné que leur père et leur mère n'étaient pas leurs parents biologiques.

Et si jamais Golder était son père, Martin ne comprenait pas pourquoi il lui cacherait la vérité. Pour une promesse faite à Gertrud soixante ans plus tôt ? Non, de toute façon, Martin ne se sentait pas d'affinités particulières avec le rabbin. Juste de la compassion. Il regrettait seulement d'avoir été aussi direct.

« Laissez-moi vous poser une autre question, dit Martin, à laquelle on devrait pouvoir répondre par un simple oui ou non. Trouvez-vous que je suis juif uniquement parce que ma mère l'était ?

— Alors la réponse est oui, sans aucune hésitation. Mais ce n'est pas un point de vue ou un avis. C'est un fait.

— Comment cela peut-il être un fait ?

— Ce que je pense, c'est que cela ne devrait pas être une vérité scientifique, comme celles sur lesquelles vous travaillez, vous autres chercheurs, comme le fait que la Terre tourne autour du Soleil ou que les hommes, d'ailleurs grâce à un Juif, Einstein, sont capables de fabriquer des bombes atomiques ou des centrales nucléaires. Mais quand, depuis des millénaires, les enfants de mères juives sont considérés comme juifs, cela dépasse le point de vue personnel, subjectif. Dans ton monde conceptuel, on pourrait peut-être qualifier ça de vérité anthropologique.

— Dans ce cas, c'est aussi une vérité anthropologique, que le père n'ait aucun rôle, qu'on pourrait même s'en passer pour déterminer la judéité ! Alors si j'ai, ce qui est apparemment le cas, un père juif, cela n'a aucune importance.

— Ton père… »

Mais Martin l'interrompit :

« Même un rabbin comme vous devrait se demander pourquoi il suffit à un enfant d'avoir une mère juive pour être décrété juif. Si l'on pense sérieusement que ce sont les liens du sang, on devrait exiger que *les deux* parents soient juifs. Mais personne, dans tout ce que j'ai lu, ne paraît défendre ce point de vue. Est-ce qu'aucun de ces rabbins et théologiens si cultivés n'a pensé que chaque enfant, sans exception, est un mélange de mère et de père, quelle que soit l'importance que l'on donne au patrimoine génétique ? C'est donc incompréhensible que l'on se contente de la mère pour définir l'appartenance à un peuple. C'est tout aussi incompréhensible quand on pense au rôle traditionnel de la femme dans la communauté juive, en particulier chez les ultra-orthodoxes. Il n'y a pas si longtemps, un rabbin ultra-orthodoxe américain a déclaré que les femmes ne devraient pas avoir le droit d'étudier à l'université ! Comment est-ce compatible ? Parmi tous les noms de rabbins et de penseurs juifs, je n'ai pas trouvé une seule femme.

— Les femmes n'ont pas le beau rôle dans la plupart des religions, malheureusement, je te l'accorde. Mais le monde change, même le judaïsme. Aujourd'hui on trouve par exemple trois femmes rabbins en France. L'une d'elles, Delphine Horvilleur, à Paris, est entourée d'un grand respect tout à fait mérité. Il faut que tu comprennes que le judaïsme, pas plus que l'Islam ou l'Église protestante, n'a de chef spirituel pour décider des orientations et des changements ou encore des critères selon lesquels on doit accepter quelqu'un dans la communauté.

— Je comprends cela, mais en quoi cela m'aide-t-il, moi ou un autre, à prendre position vis-à-vis d'une éventuelle judéité ?

— Pourquoi es-tu si indigné que l'héritage juif soit transmis par les femmes ? demanda Golder. N'y a-t-il pas des infamies bien pires contre lesquelles tu pourrais diriger ta colère, comme le racisme et l'antisémitisme par exemple, ou la pédophilie, le viol, la violence conjugale, les enfants soldats, la guerre, le génocide, le terrorisme… ? La liste est infinie. Nous, les Juifs, nous n'avons jamais essayé d'imposer aux autres notre judéité. Nous avons même tout fait pour qu'il soit difficile d'être juif et de faire partie de notre peuple. Jusqu'à la création d'Israël, nous n'avions pas d'armée, nous n'étions pas une nation, nous n'avions pas même une langue commune. Nous n'avons pas essayé de coloniser d'autres hommes ou pays. Nous avons voulu vivre en paix à notre manière, grandir de l'intérieur, sans essayer de convertir le monde à notre foi ou à notre doctrine. Notre sentiment d'appartenance est fort, malgré toutes les différences qui existent entre les Juifs, si fort que cela a aidé les nazis à mettre en œuvre l'Extermination : quand on arrêtait quelqu'un pour le déporter dans un camp de la mort, les autres membres de la famille l'accompagnaient. Personne n'envisageait de s'enfuir pour sauver sa peau.

— Indigné, disiez-vous, oui, c'est peut-être le mot juste, au fond. Toute généralisation est une sorte de mensonge. Sur ce point, je suis d'accord avec Hannah Arendt : on ne peut pas aimer – ou haïr – un peuple, seulement des individus. Sauf qu'ici la question n'est pas de savoir quelle attitude adopter envers les Juifs dans leur ensemble, mais quelle attitude moi, je dois avoir quand vous, et d'autres, me considérez comme juif, uniquement parce que ma mère était juive. Sans vous préoccuper de qui je suis et qui je veux être, ni des valeurs ou de la morale que je défends. Définir les hommes par la génétique et par le sang est et reste une forme de racisme qui est du pain bénit pour l'antisémitisme. Quelle est la différence, au fond, entre les critères des nazis et ceux d'Israël ou des orthodoxes ?

— Ai-je besoin de répondre à cela ? Les Juifs n'ont pas organisé de génocide. Prendre la vie d'autrui est le pire péché dans la pensée juive. Je me demande si tu as vraiment envie d'entendre mes réponses à tes questions. Tu sembles avoir déjà des opinions bien arrêtées.

— Si, j'ai envie d'entendre ce que vous avez à dire. Ou plutôt, j'ai envie de voir si vous avez des réponses plausibles aux questions déjà posées dans les ouvrages que j'ai lus, par exemple : comment peut-on devenir juif si on ne l'est pas au départ, et qu'on désire le devenir. J'ai lu qu'on peut devenir juif en Israël en se convertissant et que ce sont des rabbins, comme vous, qui se chargent de la conversion, si le candidat leur en semble digne. Mais nulle part je n'ai trouvé de descriptif de la procédure à suivre ou des exigences que vous posez. Une autre de ces questions concerne la Juive primitive. Étant donné que la judéité se transmet par la lignée maternelle, il faut bien qu'il y ait eu une femme qui soit considérée comme la Juive primitive. Qui était-elle ? Comment fut-elle désignée ? Quand ? Et par qui ?

— Nous ne le savons pas.

— Mais est-ce qu'on sait quand a été décrété que la judéité se transmettrait par les mères ?

— Là non plus, il n'existe pas de réponse formelle. La Loi retranscrite dans le Talmud est le résultat de milliers d'interprétations des textes fondateurs faites par les rabbins et d'autres chercheurs. Si tu me demandes quelle est la doctrine correcte, tu auras une réponse, parfois claire, mais le plus souvent, tu auras droit à différentes interprétations et explications. Si tu interroges quelqu'un d'autre, un rabbin réformé ou ultra-orthodoxe, les réponses seront très différentes, parfois contradictoires ou paradoxales. Pour ne pas parler des sionistes. La pensée sioniste a été formulée par des Juifs qui ne croyaient pas en Dieu et pour qui la question religieuse était tout sauf essentielle. Le but était de donner aux Juifs une terre, une nation et une langue commune pour échapper aux persécutions et aux pogroms. De nombreux rabbins et Juifs savants étaient en revanche d'ardents opposants à la pensée sioniste et le sont encore aujourd'hui. C'est la raison pour laquelle les ultra-orthodoxes en Israël refusent de faire leur service militaire. Ils sont donc contre l'État d'Israël mais aussi contre les militants antisionistes. C'est au point que certains ultra-orthodoxes se sont alliés aux Palestiniens antisionistes dans leur opposition à l'État d'Israël. Aussi est-ce une erreur d'identifier les sionistes à des Juifs ou le sionisme au judaïsme, tout comme c'est une erreur quand les représentants de l'État d'Israël accusent, de façon presque automatique, tous ceux qui critiquent Israël d'être antisémites.

« Sais-tu ce que je crois, Martin ? Je crois qu'une des raisons pour lesquelles tant de personnes haïssent les Juifs, c'est parce qu'il y a tellement de manières d'être juif que certaines personnes se considèrent sans hésiter comme juives sans qu'il soit possible de déterminer rationnellement ce qui est exigé pour qu'un Juif soit juif ou veuille être juif. Les musulmans sont détestés à cause de leur croyance en la religion musulmane. Les Arabes et les immigrés arabes, parce qu'on suppose qu'ils sont musulmans. Mais pour quelle raison alors haïr un Juif sécularisé, athée ? Au nom de quoi ? Nous devons nous poser la question de l'origine de la haine. Une des racines de la haine est la jalousie. Les antisémites nous haïssent, oui, mais ils nous envient. Nous avons quelque chose qu'ils n'auront jamais, une appartenance viscérale qui invalide tout questionnement sur "nous" et les autres.

— Vous ne pensez quand même pas que les nazis ont exterminé les Juifs par jalousie ? Ça me semble tiré par les cheveux.

— La philosophie raciale de Hitler était fondée sur l'idée de la supériorité de la race aryenne. Sauf qu'il y avait un hic : les Aryens n'existaient pas. Hitler et ses sbires idéologiques étaient obligés d'inventer et d'essayer de créer une race aryenne, en interdisant les mariages mixtes, en promulguant des preuves raciales, en tuant les handicapés et en créant les *Lebensborn*, un programme pour donner naissance à des Aryens de race pure pour peupler le royaume millénaire. Hitler échoua là où les Juifs avaient réussi et continuent de réussir à rester un peuple pendant plus de trois millénaires. Ce que les Juifs avaient atteint en tant que peuple était précisément ce dont rêvait Hitler avec ses Aryens. La jalousie n'est peut-être pas le mot exact, mais je ne crois pas que Hitler haïssait les Juifs uniquement parce qu'ils étaient juifs, mais parce qu'à travers leur seule existence, ils remettaient en question ses idées sur la supériorité du peuple allemand et aryen. Les Juifs étaient ses concurrents directs. Donc ils devaient disparaître !

— J'admets que cela paraît logique, de manière assez paradoxale. Si les races et les peuples sont déterminés génétiquement, il n'y a aucun moyen de changer les hommes pour qu'ils deviennent autre chose que ce qu'ils sont. Mais le pire, c'est que les Juifs et les nazis, sur ce point, c'est-à-dire sur ce qui détermine le fondement d'un peuple, sont d'accord, à l'exception de personnes telles que Shlomo Sand et Avraham Burg. Même si l'on critique la manière dont Israël a agi à l'égard des Palestiniens, que l'on n'approuve pas leurs colonies, le déplacement de la population et les actes de violence, Israël ne s'est pas rendu coupable de purification ethnique ou de génocide, autant que je sache. Comme État, Israël n'est pas le pire, et de loin ; d'autres États mériteraient une critique plus sévère que celle à quoi Israël a droit. Mais là n'est pas la question. Il s'agit de moi, de ma personne et de ma famille. Comme je n'arrive pas, *de facto*, à me décider si je dois être juif ou non, j'ai besoin de savoir ce que ça implique. Et ce n'est pas facile. Prenons la question de la circoncision, par exemple. Pourquoi, si l'on accepte, disons, que la judéité se transmet par les femmes, les hommes doivent-ils être marqués au fer rouge par la circoncision ? Qu'Ismaël fût circoncis dans la Bible ne peut guère justifier que tous les hommes juifs doivent subir la même chose. D'ailleurs, si je ne me trompe, Ismaël subit l'ablation du prépuce autour de ses treize ans, alors qu'Isaac est circoncis à l'âge de huit jours. Qui a décidé que c'est l'âge d'Isaac et non celui d'Ismaël qui est le bon ? Ne serait-ce pas finalement parce qu'on ne peut pas identifier un Juif à sa physionomie ou à ses gènes que l'on a eu l'idée de la circoncision ? Que c'est au fond une façon d'admettre que le sang ne suffit pas pour être juif ? De la même manière que les nazis avaient inventé l'étoile jaune quand ils avaient compris qu'il n'y avait aucun moyen sûr d'identifier un Juif.

— La circoncision est, comme tu sais, un signe de l'alliance particulière des Juifs avec Dieu.

— Pourquoi alors ne pas marquer les femmes au fer rouge ? Pourquoi le signe de cette alliance avec Dieu doit-il se limiter au prépuce ? On peut légitimement s'interroger sur l'intention de Dieu ici. Ou pour le dire plus crûment : qu'est-ce que la bite de l'homme a de si spécial pour être érigée en symbole d'une alliance sacrée avec Dieu ?

— Tes questions ne sont pas des questions. Ce sont des accusations !

— Je dirais plutôt des questions critiques. Mais vous tous, vous n'avez pas d'autre réponse que ce qui est dans la Torah ou le Talmud. Pourquoi devrais-je, moi qui ne suis pas croyant, tenir compte de ce qui est dans les textes religieux pour choisir mon mode de vie ou mon identité ? Suis-je une personne "à part" simplement parce que je ne crois pas en Yahvé, en Dieu ou en Allah ? Je vous pose la question personnellement. »

Golder parut de nouveau triste mais il restait droit et intransigeant. Martin eut l'impression que cet homme était deux personnes à la fois, chagriné en tant qu'homme et belliqueux en tant que rabbin. Il avait honte de pousser un vieil homme dans ses retranchements mais ne pouvait pas laisser passer ça.

Golder le regarda droit dans les yeux, sans le juger, avec bienveillance.

« Non, dit-il, tu n'es pas un être à part parce que tu ne crois pas en Dieu. Il existe des Justes parmi les non-Juifs.

— Mais pourquoi dans ce cas est-il si important d'être juif ? »

Martin sortit un bloc-notes et le feuilleta jusqu'à une certaine page.

« Je suppose, poursuivit-il, que vous avez lu votre collègue André Neher.

— Oui, bien sûr. Un des plus éminents penseurs du XXe siècle.

— Eh bien, j'ai lu attentivement son livre sur l'identité juive. Mais je ne partage pas votre opinion sur l'acuité de sa pensée. Ainsi il écrit page soixante-dix-sept : "Cette Torah, en effet, n'aurait ni sens ni justification, si elle n'avait pas été proposée à un homme libre. Le libre arbitre humain constitue la source de toute conduite morale." Fin de citation. Cela paraît plein de bon sens, même si on peut se demander comment il peut savoir quelles sont les intentions de Dieu en transmettant la Torah aux Juifs comme représentants de l'homme sur terre. À ma connaissance, il n'est jamais écrit noir sur blanc que la Torah s'adressait à un homme doté d'un libre arbitre. Mais bon, on peut être d'accord sur ce point. Quel serait l'intérêt d'avoir des règles et des principes moraux, si nos actions étaient prédestinées, déterminées, si la morale ne pouvait pas influer sur nos actions ? Neher prétend que la conception juive de la vie est fondée sur le premier chapitre de la Genèse qui, selon lui, insiste fortement sur le fait que Dieu a créé toutes les créatures comme des espèces distinctes. "Chaque espèce, je le cite, a son autonomie, sa particularité, sa valeur : elle doit être respectée dans son intégrité. Les alliages, les mélanges, les accouplements discordants sont autant d'atteintes à l'unicité de l'espèce." Fin de citation. Ensuite Neher cite des passages de la Bible qui lui permettent de conclure : "Point de greffes, point de métissages : la valeur affirmée de chaque espèce en soi." D'ailleurs il ne parle pas ici simplement des animaux mais aussi des plantes. Je suppose qu'il aurait été contre les cultures génétiquement modifiées, même si cela devait sauver la vie à des centaines de milliers de personnes. "Sans doute la race humaine – c'est lui qui utilise le mot race – forme-t-elle en un certain sens un tout, une seule et même grande famille", ce qui ne l'empêche pas d'affirmer, et je le cite encore : "Il n'en est pas moins vrai que, derrière cette unité fondamentale, la race humaine se trouve divisée en espèces qui, à l'échelle de l'homme, s'appellent des peuples." Et arrive la conclusion écrite en italiques : "*Et la division de l'humanité en peuples spécifiques est un des principes essentiels de l'optique juive du monde.*"

« Comment Neher peut-il d'abord écrire que l'homme est libre et ensuite dire l'exact contraire ? Si l'homme était vraiment libre, il pourrait non seulement choisir à quel groupe ethnique appartenir, à quelle religion croire, mais aussi faire ses choix librement sans craindre de sanctions, que ce soit sur cette terre ou dans l'au-delà. Cela ne vaut naturellement pas uniquement pour les Juifs qui ne veulent plus être juifs mais aussi pour les musulmans qui veulent devenir juifs ou pour les chrétiens qui veulent devenir bouddhistes. L'homme, *Homo sapiens sapiens*, existe selon les dernières connaissances depuis environ cent mille ans. Combien de peuples, de groupes humains, de civilisations, de religions, de tribus, de clans et de nations sont nés et ont disparu pendant cette période ? Où sont les Pictes, les Olmèques ou les Aztèques aujourd'hui ? Les Juifs existent depuis trois mille ans. Les Aborigènes, les Inuits et certains Indiens d'Amérique depuis plus longtemps encore. Les Polynésiens et les Japonais – que l'on n'évoque jamais, curieusement, quand on vante la longue vie du peuple juif – ont peut-être préservé une partie de leur culture cinq fois millénaire. Mais tous ces peuples se transformeront, se dissoudront et seront remplacés un jour par d'autres, même le peuple juif. Pourquoi ? D'une part parce que l'Histoire le démontre et d'autre part, ce qui est plus important encore, parce que tous les êtres humains appartiennent à la même espèce. C'est là que le raisonnement de Neher sur les espèces achoppe ou plus exactement est tout à fait erroné ! Il met sur le même plan les différents groupes ethniques et les différentes espèces de plantes et d'animaux. Mais tous les êtres humains appartiennent à une seule et même espèce, puisque tous les hommes, quels qu'ils soient, indépendamment de leur religion, de leur couleur de peau et de leur ethnicité, peuvent s'accoupler et avoir une descendance viable. »

Martin rangea le bloc-notes dans son sac.

« Je vous demande pardon. Ce n'était pas mon intention de vous mettre en difficulté avec tout ce qui m'est étranger dans la foi, la culture et l'identité juives. Je me rends compte que c'était une erreur de venir ici.

— Ce n'est jamais une erreur de parler, même avec ceux qui ne partagent pas vos idées, oui même avec ses ennemis. Seul, dans le silence, l'homme n'est rien, à peine un être humain. C'est ce que nous apprend Martin Buber, non pas parce qu'il est juif mais parce qu'il est un des rares penseurs à avoir compris qu'aucun homme n'est une île, *entire of itself*, pour citer John Donne. Tu devrais lire Buber, si tu ne l'as déjà fait. Ou Václav Havel et Nelson Mandela. Tous deux ont eu le courage de dialoguer avec tout le monde. Havel a parlé des deux camps qui ont surgi parmi les dissidents en Tchécoslovaquie. Le premier arguait qu'on devait travailler uniquement de manière souterraine, sans avoir aucun contact avec les représentants de la dictature du parti, tandis que le second, auquel appartenait Havel, soutenait, comme Mandela, qu'on était obligé de parler avec ses ennemis pour comprendre leur manière de penser ; on devait lire leurs écrits et apprendre leur langage. Mener un dialogue est cependant plus risqué que de se tenir à l'écart. En effet, en se présentant, on se dévoile à l'adversaire qui découvre alors notre manière de penser, nos rêves, nos craintes, les valeurs que l'on défend. Le risque est aussi qu'on s'ouvre au changement : on met à l'épreuve ses propres convictions. Les nazis l'avaient compris, avec leur étrange lucidité. C'est pourquoi ils laissaient les Kapos se charger de la tyrannie quotidienne dans les camps de concentration et qu'ils créèrent un *Judenrat*, un Conseil juif, pour administrer la misère dans les ghettos jusqu'au moment venu de liquider les habitants. Les SS devaient avoir aussi peu de contacts que possible avec la vermine : car il y avait toujours le risque que certains soldats découvrent que les Juifs étaient aussi une sorte d'êtres humains. Je sais ce que tu vas me dire : que le dialogue est seulement possible quand les deux parties sont d'accord pour se parler.

À quoi sert d'instaurer un dialogue quand la réponse sort du canon d'une mitrailleuse ou sous forme de Zyklon B dans une chambre à gaz ? Je ne parle pas de tendre l'autre joue ou de s'imaginer naïvement que la répression, les persécutions et les génocides s'arrêteront un jour si on se contente de parler gentiment aux extrémistes, aux terroristes et aux antisémites. Je parle de gens comme toi et moi : nous avons le devoir de montrer au monde que le dialogue et les compromis sont la seule voie possible pour que ce monde soit humain. Je te témoigne du respect de t'être plongé dans l'histoire, la culture et les traditions juives. Mais si tu ne parles pas à autrui de ce que tu as lu, cela restera lettre morte. N'est-ce pas l'essence même de la connaissance que de se soumettre à la critique ? Par toi-même, dans ta solitude, tu ne pourras jamais comprendre ce que signifie être juif.

— Ce qui revient à dire que je ne peux pas comprendre ce que cela signifie d'être juif puisque je ne le suis pas.

— Pas encore, dit Golder avec un sourire désarmant en se levant de son fauteuil. Ma porte te sera toujours ouverte et à Sara aussi, aussi longtemps que je vivrai. Mais n'attends pas trop, car je ne crois pas qu'il me reste beaucoup de temps sur cette terre. »

Golder prit le bras de Martin et le raccompagna à la porte.

« Si j'ai bien compris, dit Golder la main sur la poignée, tu ne t'intéresses pas particulièrement au football.

— Non, répondit Martin surpris par la question. Mon sport a toujours été le rugby.

— Après la guerre j'ai passé quelques années en Italie. Là-bas c'était presque impossible de ne pas devenir un *tifoso*, un supporter d'une équipe de football. Mes amis et connaissances étaient des *juventini.* Pour eux la seule équipe était la Juventus, quand bien même nous habitions à Livourne, non loin de Turin. Je leur demandais pourquoi ils avaient choisi précisément la Juventus et pas Milan ou Rome. Ou Livourne, qui avait sa propre équipe de foot ! Mais non, il fallait que ce soit la Juventus. L'un d'eux avait un père supporter de la Juventus, un autre avait des amis qui étaient des *juventini.* Il y a quelques années, je suis retourné à Livourne pour retrouver mes vieux amis qui m'avaient accueilli et aidé après Auschwitz et à qui je suis infiniment redevable. Certains malheureusement n'étaient plus de ce monde mais j'ai pu en rencontrer plusieurs. Après quelques jours, ils m'ont entraîné à un match de foot entre Livourne et la Juventus comptant pour le championnat d'Italie. Et, crois-moi ou pas, tous étaient encore des *juventini* qui soutenaient leur équipe, même si elle jouait contre leur ville natale, où ils habitaient depuis des générations, même si la Juventus avait changé de propriétaire et de joueurs jusqu'à être méconnaissable par rapport à leur époque. Comment expliquer une loyauté de ce genre envers une équipe qui, au fond, n'a rien à voir avec son identité, sa foi ou ses origines ? C'est une évidence de dire que nous autres hommes sommes des créatures sociales qui ressentons un profond besoin de nous rassembler en groupes, en clans, en tribus, en partis, en familles, en religions, en nations ou en peuples. Je ne mets pas sur le même plan le choix entre être juif ou pas, et celui de supporter une équipe ou une autre. En revanche j'affirme que tout le monde, toi y compris, doit choisir d'appartenir à un groupe, fût-ce seulement ta famille, ton partenaire ou tes amis.

— Dans ce cas je suis l'exception qui confirme la règle : je ne veux appartenir à personne et je ne veux pas que quelqu'un m'appartienne. J'ai besoin d'amour et d'amitié comme tout le monde ou comme presque tout le monde, mais cela n'a rien à voir avec l'appartenance à un groupe. En rugby je soutiens l'Écosse, la plupart du temps, mais c'est uniquement parce qu'ils n'ont jamais remporté de coupe alors qu'ils ont bien joué ces dernières années. J'ai longtemps soutenu l'Irlande, tant qu'ils ont perdu, mais quand ils ont commencé à gagner, j'ai donné ma voix à une autre équipe. La loyauté doit se gagner en permanence. Elle n'est jamais acquise une fois pour toutes. Même les parents doivent mériter la loyauté de leurs enfants. Cela ne suffit pas de mettre au monde un enfant. Gertrud m'a donné la liberté de choisir qui je voulais être ; elle n'a rien exigé de moi, ni loyauté ni autre chose. Je me rends compte qu'elle a payé le prix fort pour me donner cette liberté. Mais c'était son choix, pas le mien. Malgré tout. »

Golder posa l'autre main sur l'épaule de Martin.

« Je te souhaite bonne chance dans tout ce que tu entreprendras, dit-il d'une voix pleine d'émotion. Comme Juif, comme Juif *in spe*, ou comme non-Juif. La seule chose que je souhaiterais, ce serait qu'un jour tu parles à Sara de sa grand-mère. Pour que Sara aussi ait la possibilité de choisir qui elle veut être. »

Golder ouvrit la porte.

« Je suis content que tu sois venu, dit-il.

— Je vous suis reconnaissant de m'avoir reçu et d'avoir été l'ami de Gertrud », répondit Martin.

Il craignait que ses mots ne dépassent sa pensée.

27.

Martin monta à bord de l'avion pour Montréal avec un sentiment de paix qu'il n'avait pas éprouvé depuis longtemps. Il était satisfait de la conférence qu'il s'apprêtait à donner. Il était satisfait de lui-même. Il avait tiré un trait sur son débat intérieur. La conversation avec Golder avait changé le cours de ses pensées. Cristina et Sara l'avaient accompagné à l'aéroport et avaient agité leurs mains pour lui dire au revoir. Il avait voulu raconter toute l'histoire à Cristina avant de partir mais n'avait pas trouvé de moment adéquat. Ce n'était pas le genre de choses qu'on déballe quand on a un quart d'heure de pause. Cela attendrait son retour du colloque. Rien ne pressait plus d'ailleurs, maintenant qu'il avait pris sa décision et fait le point.

Il était huit heures du soir quand il atterrit, assez fatigué du long voyage et du décalage horaire. Il somnola dans le taxi et finit par s'endormir si profondément que le chauffeur dut le secouer pour le réveiller une fois arrivés à destination. Situé sur une colline, le mont Rolland, un peu en dehors de la ville, l'hôtel ressemblait davantage à un chalet de station de ski. D'après ce que Martin put distinguer dans l'obscurité, il n'y avait aucune habitation à proximité. Pourquoi avoir choisi un lieu aussi isolé ? Il était clair qu'ici on ne pourrait pas s'échapper facilement du colloque. Il alla à la réception pour s'annoncer. Tout de suite après surgit une dame dénommée Gwen qui lui souhaita la bienvenue et lui remit un dossier de colloque.

Une heure plus tard, attablé au bar, il mangeait un hamburger. Tout autour, plusieurs groupes de participants au colloque buvaient de la bière ou du vin et discutaient entre eux. Pendant le repas, il jeta un coup d'œil au dossier contenant le programme et toutes sortes de renseignements utiles. Les participants étaient présentés avec une courte biographie et une photo. Il regarda discrètement autour de lui pour voir s'il pouvait en identifier certains : oui et non. Quatre-vingts pour cent des participants étaient des hommes, comme toujours. Non pas que cela joue le moindre rôle pour lui, c'était plus par principe, car il n'était pas dépendant du beau sexe. Tout ce qui était réseaux ne l'intéressait pas davantage : se faire des relations pour avancer dans sa carrière ou pour aider à la divulgation des résultats de ses recherches. C'était peut-être naïf de sa part, mais il croyait que la vérité gagnait à la longue. Même si parfois cela prenait du temps, la réalité finissait toujours par l'emporter sur les mensonges, les demi-vérités et les spéculations creuses.

Avant d'aller se coucher, il resta un moment sur le balcon à regarder le ciel étoilé. Dans une autre vie, il aurait bien aimé être astronome, chercher d'autres vies intelligentes dans les infinies profondeurs de l'espace, parmi les milliards de galaxies et les trillions d'étoiles. L'ADN était certainement une condition de la vie et aussi de la création d'une conscience curieuse capable de s'interroger sur l'univers, mais qu'était la vie sur Terre dans une perspective de temps et d'espace cosmique ? À peine une étincelle. Les hommes luttaient pour défendre leur identité et leur culture ; les nations luttaient pour conserver leurs frontières. Dans une perspective cosmique tout cela était dérisoire. L'homme était peut-être une créature rare dans l'univers, et pour cette raison même, il devait tout mettre en œuvre pour explorer et acquérir des connaissances sur l'univers. La conscience humaine devait tout faire pour survivre, au lieu de consacrer ses forces à se détruire.

Il retourna dans sa chambre, ouvrit le minibar et se servit un bon verre de whisky qu'il but debout pour anesthésier un peu son cerveau qui souffrait du décalage horaire, mais il lui fallut beaucoup de temps pour s'endormir.

Le lendemain matin, après le petit déjeuner, le colloque commença par un discours de bienvenue de la part des organisateurs qui souhaitaient assister à un débat animé et constructif. Sans détour, ils reconnurent avoir invité des personnes ayant des points de vue scientifiquement et idéologiquement très éloignés, dans l'espoir précisément de rendre ce colloque enrichissant. La science, fut-il affirmé, se fondait à la fois sur l'audace et la prudence : l'audace pour formuler des théories et les hypothèses, la prudence pour laisser la place à la critique.

La première conférence de la journée passait en revue l'historique et la cartographie du génome humain, la concurrence entre les deux principaux groupes de chercheurs et la technique d'analyse utilisée. Rien de cela n'était nouveau. La conférence suivante fut plus explosive ainsi que la discussion qui s'ensuivit où il fut débattu de la pertinence des brevets sur les séquences génomiques ainsi découvertes. Un représentant de l'industrie pharmaceutique affirma le droit de brevet indispensable, comme on pouvait s'y attendre, pour que l'industrie pharmaceutique se risque à investir de grosses sommes dans le développement des médicaments basés sur la génétique. D'autres voix s'élevèrent pour dire qu'on ne pouvait pas déposer un brevet sur la vie elle-même, car l'essence même de la science était de rendre publics les résultats de la recherche. Les sociétés pharmaceutiques devraient rivaliser pour fabriquer des médicaments, et non pour monopoliser et garder secrets les résultats de la recherche fondamentale. Vous imaginez, dit quelqu'un, si Einstein avait fait breveter la théorie de la relativité ou Newton la loi de la gravitation !

Après le déjeuner, ce fut au tour des biologistes de l'évolution d'expliquer comment on pouvait retracer la migration d'*Homo sapiens* d'Afrique et son expansion dans le monde. Là non plus, rien de vraiment nouveau. Il y eut seulement un regain d'attention quand quelqu'un, un créationniste probablement, remit en question le postulat fondamental de la biologie de l'évolution, arguant que les mutations étaient le fruit du hasard et étaient constantes dans leur fréquence. Remettre en cause cet axiome revenait, tel que le soupçonnait Martin, à faire douter que des particules ou des ondes puissent se déplacer plus vite que la vitesse de la lumière, ou de mettre en doute le deuxième principe de la thermodynamique. Mais l'orateur ne présenta aucun argument convaincant pour affirmer que des mutations pouvaient être influencées par l'environnement et ainsi ralentir ou accélérer l'horloge biologique, et encore moins que l'environnement pouvait influer sur tel ou tel gène qui mutait pour donner je ne sais quoi.

Il fallut attendre la dernière conférence de la journée pour que les esprits s'échauffent pour de bon. Un juriste avait été invité à exposer la législation autour des analyses ADN réalisées par les entreprises privées aux États-Unis. Le conférencier raconta qu'on venait d'introduire une loi interdisant aux entreprises privées sans expertise médicale de procéder à des analyses sur les risques génétiques de contracter diverses maladies, en particulier des types de cancer. À l'origine de cette nouvelle loi, il y avait l'histoire d'Angelina Jolie qui avait choisi de subir une double mastectomie préventive en apprenant que les femmes de sa famille avaient quinze pour cent de risques en plus que la moyenne de développer un cancer du sein. Ce qui avait provoqué une ruée de femmes inquiètes dans les laboratoires et les cliniques privées.

Pour une fois, des questions concrètes sur l'éthique de la recherche étaient posées, questions que Martin serait obligé de prendre en compte à son retour au laboratoire. Il avait entendu parler des débats sur une nouvelle loi aux États-Unis mais ne savait pas que celle-ci était déjà entrée en vigueur. Tout comme il ignorait, ce que souligna le conférencier, que la même entreprise qui se voyait maintenant interdite de procéder à des analyses d'ADN médicales, continuait tranquillement son activité au Canada et en Europe. L'impact n'était pas dramatique pour *DNA-Ancestry*, puisque leur travail se concentrait principalement sur les liens de parenté. Les analyses d'ADN médicales représentaient au maximum dix pour cent de leur chiffre d'affaires, une somme non négligeable mais pas déterminante non plus. Aucune information ne leur était pourtant parvenue de la maison mère sur cette nouvelle loi, ni sur son adaptation, le cas échéant, dans les laboratoires en Europe.

La deuxième journée fut plus enrichissante que la première. Les interventions et les débats étaient de nature technique mais concernaient des questions plus intéressantes pour Martin, comme celle du fossé entre l'ADN et les protéines codées par le génome mitochondrial ou plus précisément comment l'ARN, l'acide ribonucléique, choisissait ses séquences d'ADN pour à son tour transmettre l'information de sorte que des protéines spécifiques puissent se créer. Le modèle primitif avec lequel on avait travaillé pendant de nombreuses années – c'est-à-dire l'ADN et donc les gènes directement codés pour les protéines qui formaient les cellules – était dépassé. Le coup de grâce était venu de la découverte que l'ADN ne contenait qu'environ vingt mille gènes et non les cent mille supposés. Comment vingt mille gènes pouvaient-ils suffire à générer des phénomènes aussi complexes que des êtres humains et des animaux ?

Depuis, on avait découvert que l'ARN jouait le rôle central d'une sorte de maillon intermédiaire entre l'ADN et les protéines, mais on ne savait pas encore exactement ce qui se passait quand l'ARN choisissait des parties de l'ADN pour, à son tour, donner des instructions afin de créer des centaines de milliers de différentes protéines. Brendan Frey, le conférencier, dirigeait un groupe de recherche qui avait eu l'idée de faire entrer dans un ordinateur toutes les études réalisées à ce jour sur l'ARN individuel, afin de pouvoir décrypter les règles qui régissent les séquences d'ADN sélectionnées par l'ARN. On avait fait un bout de chemin… avec des souris, ou plus exactement avec quatre types de tissu appartenant à des souris : les nerfs, les muscles, la digestion et l'embryon. La recherche était encore loin de pouvoir prédire quel ARN codait telle ou telle protéine sur les souris. Qu'en serait-il quand on ferait l'expérience sur des hommes ? La complexité ne serait-elle pas si grande qu'elle ne pourrait jamais être décrite avec des algorithmes simples ? Autant dire que les prédictions de l'analyse d'ADN pour savoir quels gènes comprennent les séquences codantes pour quelles protéines, qui à leur tour construisaient une créature vivante, devenaient de plus en plus hasardeuses. Avec les connaissances actuelles, la question du fondement génétique des groupes ethniques, et plus encore de la relation entre certains gènes et traits de personnalité, n'était que pure spéculation.

D'un autre côté, cela ouvrait la porte à l'hypothèse que l'ARN, à la différence de l'ADN, pouvait éventuellement être influencé par l'environnement, et même que des encodages réalisés dans l'ARN pourraient se transmettre d'une génération à une autre. Si cela s'avérait être le cas, cela entraînerait une révolution dans la génétique. Déjà maintenant, certains avaient commencé à dire que des expériences particulièrement traumatiques, par exemple dans les camps d'extermination nazis, pouvaient laisser des traces même chez les enfants des traumatisés, uniquement à travers leur ARN.

De manière assez prévisible, c'est sur ce point que certains participants plus mystiques et religieux intervinrent. Jusqu'ici, ils avaient pour la plupart gardé le silence en fronçant les sourcils. La rhétorique scientifique au niveau cellulaire et moléculaire passait largement au-dessus des créationnistes dépourvus de formation mathématique. Comment auraient-ils pu remettre en question les algorithmes des chercheurs sans avoir la moindre idée des mathématiques ou du protocole d'examen empirique sur lequel étaient fondés les calculs ? Cela n'avait pas empêché certains d'exprimer leur doute en termes assez généraux, sous la forme d'un scepticisme envers la science dans son ensemble.

Mais ce fut le troisième et dernier jour que les passions se déchaînèrent. Dans la matinée, les penseurs religieux eurent la parole et purent exposer leurs idées non seulement sur la religion comme fondement de l'ethnicité, mais aussi comme possible base génétique pour la religion en général. Les chercheurs dans la salle qui étaient de purs biologistes les soumirent à un feu de questions. C'est l'imam qui s'en tira le mieux : il avait apparemment écouté et lu. Il ne fit aucune difficulté pour reconnaître que la génétique ne pouvait rien dire d'essentiel sur l'appartenance ethnique et par conséquent rien non plus sur la foi et la religion. La conclusion n'était pas difficile à deviner : l'Islam accueillait tous ceux qui voulaient se convertir. Le théologien chrétien s'emmêla les pinceaux dans un raisonnement contradictoire : toutes les religions monothéistes, au fond, vénéraient le même Dieu, ce qui indiquait, selon lui, que la foi religieuse, indépendamment de son orientation, avait un fondement génétique. L'argument du théologien était que tous les peuples connus pratiquaient une forme de religion et que la foule des athées se réduisait de jour en jour. En ce cas, il était obligé de reconnaître qu'il manquait aux athées le gène religieux ou que les athées *en réalité* n'étaient pas athées ou encore que l'athéisme était aussi une sorte de foi. C'était là la faiblesse de son raisonnement. De son côté, le rabbin tergiversa sur la possibilité de délimiter des groupes ethniques grâce aux gènes. Lui-même à la fois israélien et rabbin, il avait du mal à remettre en question le critère des liens du sang : n'était-ce pas le fondement de la citoyenneté israélienne ? C'était aussi aux rabbins que l'État d'Israël s'était adressé pour définir les critères de la judéité.

Au cours du déjeuner, Martin remarqua que l'atmosphère s'était tendue. Quand ce fut à son tour de prendre la parole, en avant-dernier orateur, il s'attendit à une salve de critiques. Non pas forcément pour ce qu'il allait dire mais parce que la plupart des participants avaient besoin d'exprimer leur frustration. Ce fut exactement le cas. Quand il aborda le sujet de son étude et mit en cause un fondement éventuellement génétique de la judéité, il vit plusieurs visages faire la grimace ou afficher un sourire condescendant. Il ne fut guère applaudi quand il affirma en conclusion que toute pensée selon laquelle l'identité et l'appartenance ethnique étaient fondées sur la génétique relevait de la pure idéologie et non de la science. D'un point de vue strictement scientifique, concluait-il, le sang n'était pas plus épais que l'eau. C'était, par exemple, tragique que les critères d'Israël pour accorder la pleine citoyenneté soient, sur le principe, les mêmes que ceux utilisés par les nazis pour déterminer qui devait être considéré comme juif ou non.

C'est sans doute ce dernier point qui fit prendre au débat une tournure plus agressive. Parmi les participants, il y avait bien entendu des chercheurs juifs qui ne savaient pas trop sur quel pied danser : prendre le parti de la science ou témoigner leur solidarité avec leur propre peuple persécuté depuis des millénaires ? Martin nota les arguments et invectives qui furent lancés dans la salle. Et malgré son intention de ne pas se laisser entraîner à répondre, il ne put se taire quand un des participants l'accusa nommément d'être antisémite.

« Ce genre d'accusation n'a rien à faire dans un colloque scientifique, répliqua Martin sèchement. Les hypothèses et les faits que j'ai présentés dans mon exposé doivent être jugés sur leur validité et non sur qui je suis ou ce que je représente. »

Il marqua un temps d'arrêt avant d'ajouter :

« Le fait que ma mère soit une rescapée d'Auschwitz par exemple ne rentre pas ici en ligne de compte. »

Il lui fallut un moment pour se rendre compte de ce qu'il venait de dire. Pourquoi cela lui avait-il échappé ? Était-ce parce qu'il se trouvait au Canada, à des milliers de kilomètres de chez lui ? Parce qu'il souffrait encore un peu du décalage horaire ? Parce qu'en principe il avait mis de côté la question de sa judéité, tiré un trait sur le débat qu'il avait mené intérieurement ? Mais maintenant c'était dit !

« Ma mère était juive, lâcha Martin, mais cela ne signifie pas pour autant que je sois juif… ou antisémite ! »

Sur ces mots, il se leva, descendit de l'estrade, quitta la salle, alla au bar et se commanda un whisky.

Plus d'une année de tergiversations et de réflexions, avec des milliers de pages lues, se concluait par un lapsus… Un instant d'inattention ! *A slip of the tongue !*

« Martin Brenner ? »

Il leva les yeux. Devant lui se tenait une femme qu'il avait entrevue au colloque.

« Je me présente : Jude Richards. Je suis journaliste et j'ai été chargée de couvrir ce colloque. Est-ce que je pourrais vous poser quelques questions ?

— Ça dépend. »

Richards parut perplexe.

« Il se trouve, expliqua Martin à voix basse, que je n'ai encore dit à personne que ma mère était juive ; je l'ai seulement appris à sa mort, il n'y a pas très longtemps. Je n'avais pas l'intention d'en parler aujourd'hui, mais cela m'a échappé dans le feu de la conversation. J'aimerais bien que cela ne filtre pas dans les médias avant que j'aie pu en parler avec mes proches.

— La revue pour laquelle j'écris, *Science and Life*, paraît une fois par mois avec une mise sous presse assez longue. On a le temps de contrôler ce qui est publié.

— Ok », dit-il.

Tôt ou tard, son intervention serait rendue publique : les actes du colloque seraient publiés, avec les conférences et les débats qui s'étaient ensuivi. C'était aussi bien qu'il puisse dès maintenant formuler sa position sur ce qui avait été dit.

« Est-ce que ça vous dérange si j'enregistre notre conversation ? »

Sans attendre sa réponse, Richards sortit son dictaphone, le posa sur la table et le mit en marche. Sa première question porta sur le but, selon Martin, de ce colloque. Richards n'avait jamais, dit-elle, assisté à un colloque avec des chercheurs ayant des positions aussi éloignées les uns des autres, que ce soit sur le plan scientifique ou idéologique.

« Je me suis posé la même question, admit Martin, sans arriver à une réponse satisfaisante. C'est une question qu'il faudrait plutôt poser aux organisateurs. Et aux sponsors, entre autres à certaines firmes et entreprises pharmaceutiques qui s'occupent d'analyses ADN.

— Qu'avez-vous personnellement tiré, en tant que généticien, de ce colloque ? En est-il sorti quelque chose de nouveau qui n'avait pas encore été abordé jusqu'ici ? »

Jude Richards semblait très au fait du débat scientifique. Rapidement l'interview se transforma en conversation à bâtons rompus. Martin ne fut pas vraiment surpris qu'elle aborde à la fin la question de sa mère.

« Beaucoup de Juifs affirmeraient que vous êtes juif, puisque votre mère l'était, dit-elle.

— Je sais. Mais c'est leur point de vue. Je me garde le droit de décider moi-même qui je veux être. »

DEUXIÈME PARTIE

Au lendemain de la fin du colloque « Génétique, identité et éthique », Jude Richards était de retour dans son bureau à Toronto avec sur sa table une version papier de l'exposé de Martin et un carnet noirci de notes.

Richards avait plus de vingt ans d'expérience comme journaliste scientifique. Au fil des ans, elle avait assisté à un nombre incalculable de colloques dans les domaines de recherche les plus innovants et participé à des conférences de presse où les chercheurs présentaient leurs découvertes supposées révolutionnaires. Elle avait suivi tous les débats imaginables entre ces hommes de science qui défendaient bec et ongles leurs théories et leurs hypothèses, mais jamais elle n'avait ressenti une atmosphère aussi tendue que lors du colloque à Mont-Rolland. À plusieurs reprises, elle crut même que les participants en viendraient aux mains. Ce ne fut pas le cas, mais les chercheurs avaient montré leur plus mauvais côté. À croire qu'ils *ne voulaient pas* tomber d'accord, que le prestige, leur position et leur influence, voire leur pouvoir, importaient davantage que la connaissance. Si les organisateurs avaient voulu discréditer la recherche et ses équipes, ils n'auraient pas pu faire mieux, à moins qu'il n'y ait eu que des chercheurs dans le public.

Richards relut ses notes de la conférence de Martin et écouta l'interview qu'elle avait réalisée avec lui. Si la première partie de son exposé n'était pas passionnante – une synthèse approfondie de la recherche génétique sur les déterminations de l'origine –, la seconde en revanche était tout autre : Brenner avait pris l'exemple du peuple juif pour discuter les implications éthiques de la recherche génétique. La question qu'il posait était si l'on avait le droit de gagner de l'argent avec la génétique pour identifier le groupe ethnique. Sa réponse était un « non », bien argumenté, net et précis. Jude Richards avait noté plusieurs de ses formules : « Dieu ne joue pas aux dés avec la manipulation génétique », « Génétiquement, le sang n'est pas plus épais que l'eau », « Abraham, le premier Juif, était un homme. Quand et comment son gène juif est-il passé à une femme ? Et à quelle femme ? », « Tous les hommes sont génétiquement apparentés les uns aux autres ; sinon, ils ne seraient pas des hommes ».

La discussion qui suivit l'exposé de Brenner fut houleuse. Quand le modérateur finit par mettre un terme au débat, il se tourna vers Martin pour avoir un dernier commentaire de sa part. Avant qu'il eût le temps de répondre, quelqu'un dans le public cria :

« Antisémite ! »

C'est à ce moment-là que Brenner avait fait exploser sa bombe : il expliqua que sa mère était juive et une rescapée d'Auschwitz. La journaliste avait écrit mot pour mot ce que Martin avait dit : « Mais cela ne signifie pas pour autant que je sois juif. Ou antisémite. »

Richards ouvrit un nouveau document sur son ordinateur qu'elle intitula : « Le Juif qui ne voulait pas être juif ». En quelques heures, elle avait bouclé son article – un mélange de l'interview et un résumé de ce que Martin Brenner avait dit lors de sa conférence – et l'envoya à *Science and Life*.

Quelques heures plus tard, elle reçut une réponse. Le rédacteur en chef lui fit savoir que son article, en lui-même intéressant, avait malheureusement un angle beaucoup trop personnel pour convenir à une revue comme *Science and Life*. C'était la première fois que le magazine refusait un de ses articles. Comme par hasard, elle trouvait que c'était un des meilleurs articles qu'elle eût écrit depuis longtemps ! Et en plus elle avait besoin de l'argent.

Elle relut l'article encore une fois, rectifia quelques petites choses ici et là, enjoliva quelques formulations et renvoya le texte à la rédaction du quotidien *The Globe and Mail*, qui de temps en temps, dans son supplément du dimanche, publiait des articles plus conséquents sur la science. Très vite, le rédacteur en chef la remercia pour un bon article qui déclencherait une polémique. Il en profita pour lui demander si elle voyait un inconvénient à ce qu'il le vende à certains grands groupes de presse aux États-Unis et en Europe en échange de vingt-cinq pour cent sur la vente de l'article. Cela en valait la peine, écrivait-il, surtout avec tout ce qui se passait au Moyen-Orient.

Jude Richards s'empressa d'accepter le marché. En tant que journaliste freelance, elle ne pouvait pas se permettre autre chose.

Elle se rappela trop tard qu'elle avait promis à Martin Brenner de publier l'article beaucoup plus tard. Voilà qui était fâcheux mais elle n'avait fait, somme toute, que répéter ce qu'il avait déclaré en public au colloque. Il devait quand même assumer ce qu'il disait, non ?

Isaac Rosenbaum, le P.-D.G. de l'entreprise mondiale *DNA-Ancestry*, leva les yeux du journal ouvert sur son bureau. Son visage montrait clairement ce qu'il ressentait : de la frustration et du mécontentement, avec une pointe de colère. Martin Brenner, l'un des directeurs de laboratoire les plus prometteurs et inventifs, était juif, ou plus exactement, un Juif qui refusait de l'admettre. Pour Rosenbaum personnellement, Brenner pouvait être ce qui lui chantait. C'était *none of Rosenbaum's business*, mais ça regardait qui alors ? Avant tout, ce n'était pas bon pour le *business* de l'entreprise. Rosenbaum avait déjà prévenu Brenner qu'il avait moyennement apprécié sa provocation lors de la manifestation, six mois plus tôt. Brenner n'avait-il pas compris qu'il ne pouvait pas jouer avec le feu ? Apparemment pas. Mais personne ne devait être jugé sans être entendu.

Rosenbaum regarda sa montre. Dans une heure, Brenner serait ici dans son bureau, de retour du colloque au Canada, comme ils étaient convenus quelques semaines plus tôt. Rosenbaum avait hâte de le rencontrer. Sur son bureau, à côté de la revue, se trouvait un contrat de travail dans lequel Martin Brenner se voyait proposer le poste de chef du développement dans le service de recherches de l'entreprise à Boston, avec une augmentation de salaire qui permettait à une famille de vivre plus que confortablement, même si l'épouse de Brenner, en tant que médecin, trouverait facilement du travail aux États-Unis. Mais maintenant ?

Il avait fait en sorte que Brenner soit invité au colloque pour qu'il voie et apprenne, une sorte d'euphémisme pour l'espionnage industriel légal : se mettre au courant des idées et projets des concurrents. Comment aurait-il pu s'imaginer une seconde que Brenner se laisserait interviewer par Jude Richards et s'exprimerait avec autant de maladresse ? Rosenbaum devait reconnaître que la journaliste était tombée sur une histoire sensationnelle, renforcée par la photo de Brenner lors de la marche de la kippa qu'elle ou le journal avait réussi à dénicher pour illustrer l'article. Si Rosenbaum avait été journaliste et à sa place, il aurait certainement fait la même chose.

Sauf qu'il n'était pas journaliste mais P.-D.G. d'une entreprise dont la réussite était fondée sur la crédibilité : personne – que ce soit des individus privés, des universités, des firmes pharmaceutiques ou des institutions étatiques – ne devait pouvoir remettre en question leur impartialité. Et voilà que Brenner, pour la seconde fois, par son comportement irréfléchi, mettait cela en danger. Une maigre consolation était que le nom de l'entreprise n'était pas mentionné dans l'article ; mais quelqu'un de la concurrence aurait tôt fait de découvrir le lien et exploiterait l'information pour gagner des parts de marché en discréditant la probité de *DNA-Ancestry*.

Par ailleurs, Rosenbaum avait la sensation de s'être fait mener en bateau, pour ne pas dire trahir. D'un point de vue technique, Brenner n'avait pas menti quand ils avaient parlé de la manifestation ; ses arguments pour porter son gilet provocant et la kippa étaient recevables : le combat contre l'antisémitisme ne devait pas être mené que par des Juifs. Mais Brenner lui avait assuré que c'était un événement qui n'aurait pas de suite et sur ce point il n'avait pas tenu sa promesse. Peut-être Rosenbaum aurait-il dû se montrer explicite et lui faire comprendre qu'en tant que P.-D.G. il subissait des pressions de la part de Juifs orthodoxes dont certains étaient des actionnaires minoritaires de l'entreprise qui désiraient qu'on se lance dans un vaste projet de recherches afin de trouver des gènes qui pourraient identifier les Juifs parmi d'autres groupes ethniques, et en particulier de dresser un mur génétique entre les Juifs et les autres peuples sémites, surtout des Palestiniens. Comme si cela devait protéger le peuple juif d'Israël ou de la diaspora contre la haine, les persécutions et les pogroms ! En réalité, c'était exactement le contraire. La petite chance de Rosenbaum était que la majorité des actionnaires se rangeait encore à son avis et que lui-même fût juif, du moins aux États-Unis et en tout cas aux yeux des réformés. Car en Israël ou parmi les orthodoxes américains, sa judéité n'était pas reconnue comme tout à fait valable. Ce manque de réciprocité entre les Juifs était l'une des nombreuses contradictions dans le sentiment d'être juif. Les Juifs réformés et assimilés reconnaissaient tout à fait les orthodoxes et les ultra-orthodoxes comme faisant partie du même peuple, mais l'inverse n'était pas vrai. Brenner était naïf de s'imaginer que lui-même, ou un autre, était maître de sa judéité.

Rosenbaum prit le contrat préparé qui, une fois signé, ferait de Brenner le chef du service de développement. Il le parcourut, jeta de nouveau un coup d'œil à la photo avec Brenner en kippa et gilet fluo, regarda un instant par la fenêtre puis déchira le document. Brenner aurait le droit de rester encore quelque temps dans l'entreprise, il était malgré tout un atout comme directeur de laboratoire, mais il serait tenu loin de la direction générale.

Enfoncé dans le fauteuil, les bras sur son bureau, Raul Golder se tenait la tête entre les mains. Sur l'écran de l'ordinateur devant lui, il y avait une liste de noms avec adresses, numéros de téléphone et e-mails correspondants, par ordre alphabétique. Golder posa une main sur la souris et pointa la flèche sur un carré tout en bas à droite. Après une brève hésitation, il pressa sur le bouton et un chiffre, 997, apparut dans la case vide.

Golder s'enfonça encore plus, à supposer que ce fût possible, dans son fauteuil. Pour la première fois le nombre des membres était passé sous la barre des mille. Pour certains, ils avaient peut-être perdu la foi, s'étaient convertis au christianisme ou s'étaient mariés avec une *gentille* et avaient entamé leur assimilation. Mais dans la plupart des cas, le nombre en chute libre des membres de la communauté se résumait en un mot : la peur. Il ne se passait pas un jour sans qu'il y ait profanation de tombes, croix gammées taguées ici et là, injures antisémites sur les réseaux sociaux, pierres lancées contre les Juifs et les bâtiments leur appartenant, bombes incendiaires, manifestations ouvertement antisémites, déclarations ambiguës de la classe politique, attaques au couteau, assassinats, très souvent sans que la police ne lève le petit doigt. L'attaque contre leur synagogue n'en était qu'une parmi d'autres, mais elle avait rendu la peur plus présente. Golder avait remarqué la différence, quelques jours seulement auparavant, après la réouverture de la synagogue : les enfants étaient restés chez eux. Les grandes fêtes se célébraient de plus en plus chez soi ; même pour Yom Kippour, la synagogue n'avait été qu'à moitié pleine. Golder comprenait les parents. Comment expliquer aux enfants et les mettre dans une atmosphère de fête, quand ils croisaient des gardes en gilets pare-balles armés de mitraillettes, quand ils étaient obligés de décliner leur identité, de subir une fouille et de passer un portique de sécurité avant de pouvoir entrer ? Le porte-parole du Conseil de la communauté avait été jusqu'à enjoindre à tous les membres de ne pas porter publiquement la kippa ou le chapeau. Selon une étude diligentée par l'Organisation juive européenne, plus de soixante-dix pour cent des Juifs européens évitaient d'afficher en public leur appartenance.

Certaines personnes avec lesquelles il avait parlé, en particulier celles ayant de la sympathie pour la gauche, expliquaient que le regain d'antisémitisme était de la faute d'Israël. La lutte acharnée d'Israël contre le Hamas, la colonisation de la Cisjordanie, les bombardements incessants de la bande de Gaza, le traitement de la minorité arabe, le refus de laisser l'aide humanitaire entrer dans la bande de Gaza et le mur augmentaient non seulement l'antisémitisme mais… bien qu'ils ne le dissent pas tout haut, pas encore… le légitimaient. Mais ceux qui haïssaient les Juifs ne faisaient pas, pour la plupart, de distinction entre l'antisémitisme et l'antisionisme : ils ne comprenaient pas qu'il y avait aussi des Juifs antisionistes. Sur ce point, la gauche était aussi raciste que la droite, en mettant tout le monde dans le même panier. Et comme si cela ne suffisait pas, Golder avait remarqué que les politiciens en Israël avaient tendance à faire eux aussi l'amalgame : les non-Juifs antisionistes étaient synonymes d'antisémites.

On avait oublié que de nombreux rabbins, Golder y compris, avaient été des opposants au sionisme, non pas uniquement comme leurs critiques juifs l'affirmaient par peur de perdre leur pouvoir et leur influence – même si ce devait être le cas pour certains –, mais parce que c'était dangereux sur le long terme, pour la religion autant que pour la nation, de mélanger les deux. La théocratie, indépendamment des présages, était mauvaise, pas seulement pour la foi mais aussi pour l'État. Si le Vatican et La Mecque étaient des lieux de rassemblement saints pour les chrétiens et les musulmans, ce n'était ni leur maison ni leur nation. Du point de vue de Golder, protéger la foi dans des frontières qui devaient être défendues par une armée et des armes était une grande erreur. Tôt ou tard, et plus vite qu'on ne le pensait, la foi comme la nation paieraient le prix fort pour leur alliance ratée. Mais n'était-ce pas précisément ce à quoi on assistait avec la montée de l'antisémitisme dès que de nouveaux troubles éclataient en Cisjordanie ou quand Israël répondait avec la violence aux missiles lancés de la bande de Gaza ? Puisque Israël s'était déclaré un État juif, tous les Juifs du monde entier étaient tenus responsables de la politique de ce pays. Quand les Juifs d'autres pays étaient menacés de mort ou victimes d'attentats, les politiciens israéliens leur enjoignaient de déménager en Israël, ne faisant ainsi que renforcer la haine contre les Juifs. C'était un piège, un piège théocratique.

Golder ne se sentait pas vieux, mais infiniment vieux. Ce qu'il était. Il était las de lutter contre l'oubli, le sien et celui des autres. Il était las de se souvenir. Continuer à vivre comme l'un des derniers témoins était devenu un devoir et non un hommage à la vie, comme il avait décrété, après Auschwitz et Treblinka, que ce serait sa mission. « Comme c'est difficile de croire à la vie après ça », avait déclaré le poète Harry Martinson. Comme il est juste de souhaiter la vie après cela. C'est montrer la joie de vivre et le désir de retourner à sa beauté. Comme c'est difficile de vivre avant que la mort ne mette un point final. Comme c'est difficile de se tourner dans la tombe. Comme c'est facile de croire à la vie après cela. »

Comment faisait-on pour donner de l'espoir à autrui quand on en avait si peu pour soi-même ? On faisait semblant. Il avait donné l'illusion d'être sage, fort, plein de réconfort. Il avait dissimulé le gouffre dans son cœur. Mais il n'avait pas été un hypocrite ni un tricheur. Il n'aurait pas vécu sa vie autrement s'il avait eu Gertrud à ses côtés, il aurait continué à consacrer sa vie à leur peuple, à leur Dieu, à la communauté. Il aurait continué à respecter la Loi, à interpréter toujours et encore le Talmud. Mais avec Gertrud et son fils qui n'était pas seulement à elle, il aurait été un homme entier, voire parfois, à certains moments, heureux.

Il souleva le sous-main et l'écarta un peu, comme tant de fois quand la mélancolie le prenait par surprise. Sur la table, il restait deux photos, une de lui-même, souriant, plein d'espoir, à l'orée d'une nouvelle vie, un bras autour de Gertrud et une main sur son ventre proéminent. Les lèvres de Gertrud esquissaient un sourire même s'il ne se reflétait pas tout à fait dans ses yeux. Elle ne croyait plus en la possibilité d'un bonheur. Combien de fois avait-il regardé cette photographie ? Pleuré ? Soupiré ? Espéré que Gertrud un jour ose assumer qui elle était et ait le courage d'aimer, fût-ce au prix de risquer de perdre ce qu'elle y avait de plus précieux au monde ?

En vain. Et maintenant c'était trop tard. Dans cette vie-ci. Mais comment cela se passerait-il dans la prochaine ? Pouvait-il seulement avoir la certitude qu'elle lui ouvrirait les bras une fois au ciel ? Se retrouveraient-ils, parmi les dizaines de milliards d'âmes qui se pressaient là-haut ? Certes, ils avaient l'éternité à leur disposition, mais il avait hâte de la retrouver. Il avait confiance en Dieu qui veillerait à ce qu'ils connaissent enfin le bonheur mérité qu'ils n'avaient pas eu sur terre. Mais comment cela se produirait-il, concrètement ? Il ne s'agissait pas uniquement de Gertrud et de lui-même, mais aussi de sa mère, son père et aussi sa petite sœur qui s'étaient transformés en cendres dans les camps. Comment Dieu les recréait-il à partir d'une matière qui s'était mélangée avec celle de millions d'autres, jusqu'à en être méconnaissable ?

Golder déplaça son regard sur l'autre photo, avec Martin, sa fille Sara et son cheval. Cela faisait quelques mois seulement qu'il avait ce cliché mais il l'avait examiné des centaines de fois depuis que, sur une impulsion, il avait tapé le nom de Sara Brenner sur Google et trouvé une série de photographies prises lors d'un concours d'équitation auquel elle avait participé. Golder se vit debout à côté d'eux, un grand-père aux cheveux blancs, le dos voûté, ému et fier d'une petite-fille qu'il aurait pu avoir mais n'avait jamais eu le droit de posséder, et d'un fils…

Golder fut interrompu par des coups frappés à la porte. Il remit le sous-main en place pour cacher les photographies, redressa le dos et se frotta les yeux. Il était vieux, indéniablement. Et fatigué. Mais il n'avait pas l'intention de le montrer : il n'avait pas le droit de le montrer.

« Entrez ! »

La porte s'ouvrit et Dorotea entra, sa secrétaire irremplaçable, sa trésorière et sa responsable de la communication, tout ça en une seule personne. Il vit qu'elle était agitée. Elle n'avait jamais su cacher ses émotions.

« Qu'y a-t-il ? s'enquit Golder.

— Notre non-Juif à la marche de la kippa fait encore parler de lui ! »

Elle posa un tirage papier d'un article de journal sur le bureau de Golder.

« Cette rubrique me rend malade ! » dit Dorotea.

The Jew who didn't want to be a Jew ! Golder lut rapidement l'article. Quand il eut terminé, il se cala bien dans son fauteuil et adressa un sourire satisfait à Dorotea.

« Tout espoir n'est pas perdu ! » s'exclama-t-il, tandis que son sourire se transformait en un gloussement.

Dorotea le regarda bouche bée.

« Mais…, balbutia-t-elle, perplexe.

— Ce sont d'excellentes nouvelles, dit Golder sur un ton taquin.

— Alors là, je ne comprends pas du tout le rabbin.

— Tout comme Martin Brenner ne se comprend pas lui-même. Comme tant d'autres avant lui, il finira par se rendre compte que ce n'est pas si simple de renier sa judéité. Croyez-moi, un jour il reviendra vers nous !

— Comment le rabbin peut-il le savoir ?

— *Stricto sensu*, je ne peux pas m'avancer concernant l'avenir, si ce n'est que nous allons tous mourir un jour comme ceux avant nous et ceux après nous. Mais dans le cas présent, je suis assez sûr de moi. Où irait sinon monsieur Brenner ? Nous sommes ses seuls vrais amis. »

Avant de rentrer chez lui ce vendredi après-midi, Samuel fit un tour au laboratoire pour contrôler que tout était en ordre, que les lumières étaient éteintes, les instruments débranchés, les portes des bureaux fermées à clé et que l'alarme fonctionnait. Martin rentrerait enfin après le week-end. Quand celui-ci lui avait proposé d'être directeur intérimaire en son absence, il n'avait pas sauté de joie, même s'il s'agissait seulement d'une semaine. Samuel savait qu'il n'avait pas les qualités pour être directeur : beaucoup trop centré sur lui-même et ses doutes, il avait du mal à voir ce qui était le mieux pour le collectif. Il sollicitait son cerveau et son cœur beaucoup trop. Son esprit inquiet ne lui laissait pas de repos mais cela ne voulait pas dire qu'il avait besoin à tout moment d'en faire part à autrui. Et certainement pas un vendredi après-midi, le jour avant Shabbat.

Après s'être assuré que tout était comme il fallait, il s'assit un moment dans son bureau et poussa un soupir de soulagement. Une semaine comme directeur était plus que suffisante. Lundi, Martin serait de retour et tout redeviendrait comme d'habitude. Même lorsqu'ils s'étaient mis à travailler ensemble, la hiérarchie avait été respectée : Martin prenait l'initiative, formulait les principes et les lignes directrices, et les mettait en œuvre, tandis que Samuel servait de caisse de résonance, justifiant auprès des collègues le bien-fondé des décisions et mesures de Martin.

Mais pourquoi Martin était-il un bon directeur (car c'était le cas) ? La première raison était naturellement qu'il ne prenait jamais de décision ou de mesure dans son intérêt propre mais toujours pour le bien de l'entreprise, ce qui impliquait que chacun avait la possibilité de donner le meilleur de lui-même et être apprécié en retour, et pas seulement sur sa feuille de paie. La deuxième raison était son zèle en matière d'équité. Il traitait tout le monde, non pas comme si on était tous pareils mais comme si on était tous aussi importants les uns que les autres, hommes ou femmes, secrétaires ou chercheurs. La troisième raison était qu'il ne parlait jamais dans le dos de quelqu'un : soit il lui avait déjà dit ses quatre vérités en face, soit il allait le faire. Une quatrième raison était qu'il pensait toujours ce qu'il disait et l'exprimait clairement, même si son ton légèrement provocant obligeait ses auditeurs à dresser les oreilles… et donc le cerveau… pour ne pas perdre le fil.

Mais le plus important, c'était qu'au fond il *ne voulait pas* être directeur. Il ne cherchait pas à faire carrière, atteindre des postes toujours plus élevés et se hisser toujours plus haut. Il aurait pu démissionner de son poste à tout moment. En dehors de mener une vie tranquille avec sa famille et ses quelques amis, Martin était en quête d'autre chose, d'une vérité – pas au sens religieux – sur l'homme. Avec le temps, Samuel avait compris que Martin souffrait du *Weltschmerz*, d'une douleur ontologique sur l'absurdité de l'univers, aussi bien dans le microcosme que le macrocosme. Il le cachait bien. Samuel se flattait d'être un des rares à avoir aperçu les ombres tapies au fond de Martin. Mener une vie la plus heureuse et convenable possible, aider les autres à atteindre ce même but et garder le sens des proportions : voilà qui était pour Martin un devoir ; mais ce devoir était effectué de haute lutte, il n'avait rien de naturel. Dans une autre vie, à une autre époque, Martin aurait pu être un des Justes. Ou pourquoi pas, un rabbin.

Samuel espérait que Martin réussirait à contenir ses émotions lors de sa conférence au Canada. À en juger par la liste des participants, on lui volerait dans les plumes, quoi qu'il dise. Et s'il lui envoyait un mail pour savoir comment ça s'était passé ? Non, il tapa Martin Brenner et l'intitulé du colloque sur Google. Quelques secondes plus tard, Samuel découvrit, incrédule, un article publié la veille dans le journal canadien *The Globe and Mail* sous le titre *The Jew who didn't want to be a Jew.*

Samuel lut lentement l'interview. Il y était surtout question de l'avis de Martin sur le colloque et sur ce que la génétique pouvait dire – ou non – concernant l'ethnicité. Mais les questions avaient l'air d'un exercice obligé. La vraie raison de l'interview de Martin était qu'il avait apparemment révélé que sa mère était juive ! Entre les lignes, on comprenait que Martin avait ainsi réussi à clouer le bec à plusieurs participants qui ne devaient pas en mener large. L'un des piliers de la science était précisément prié de faire la distinction entre les personnes et les cas et de juger la validité des hypothèses et des observations sans tenir compte du tout de qui les exprimait. Ceux qui avaient critiqué Martin semblaient être tombés dans le piège que Martin leur avait concocté. Mais était-ce vraiment un coup monté de sa part ? Samuel ne le pensait pas. Cet aveu… mais était-ce un *aveu* ? Martin n'avait commis aucun crime… Peut-être s'était-il laissé emporter dans le feu de la discussion ? Oui, c'était la seule explication plausible. Sinon Samuel ne comprenait pas pourquoi Martin ne le lui avait pas dit, depuis longtemps, à lui, son plus proche ami !

En revanche, Samuel comprit soudain pourquoi Martin l'avait embauché et s'intéressait tant à la judéité et pourquoi il avait parfois une attitude si contradictoire. Martin lui-même était juif ! Quoi qu'il en pense, quoi qu'il ressente et désire !

Des bribes de souvenirs de leurs échanges lui revinrent en mémoire et particulièrement cette question : comment il réagirait s'il apprenait que Martin était juif ? Qu'avait-il répondu ? Une vague phrase comme quoi il se serait senti un peu moins seul. Était-ce le cas maintenant qu'il tenait la réponse ? En réalité, il était traversé par une foule de sentiments divers et confus qu'il aurait été bien en peine de nommer. Aucun des mots qui lui venaient à l'esprit ne semblait convenir, excepté une inquiétude concernant leur amitié. Martin penserait certainement que rien n'avait changé. Mais il se rendrait compte que ce n'était pas si simple. Quelle serait alors sa réaction ? La communauté juive accueillerait à bras ouverts le retour du fils prodigue. Les antisémites l'utiliseraient pour leur propagande et quand il protesterait tout haut – ce qu'il ne manquerait pas de faire –, ceux qui haïssent les Juifs se tourneraient vers lui. Puis il y avait Cristina et Sara. Cette dernière était encore bien trop jeune pour comprendre l'étendue de la révélation de son père, mais Cristina ? Comment avait-elle réagi ? Martin avait naturellement dû lui expliquer toute l'histoire.

« Bon, il faut qu'on y aille ! dit Cristina.

— Déjà ?

— Tu sais bien que je dois être à l'hôpital pour huit heures. »

Cristina savait que Sara aurait préféré rester à la maison plutôt que de dormir chez ses grands-parents maternels, mais elle prit gentiment ses affaires et les fourra dans son sac à dos. Elle garda son éléphant tout contre elle. Sara était une enfant gentille. Si elle ne faisait pas d'histoires, c'est parce qu'elle savait combien ses grands-parents étaient heureux de recevoir. Elle aurait pourtant vraiment préféré dormir chez une copine… ou près de Murphy, tant qu'à faire. Mais c'était hors de question quand Martin était en voyage et que Cristina était de garde la nuit. S'il arrivait quoi que ce soit, elle ne pouvait pas quitter l'hôpital sur-le-champ. Et elle enviait parfois son mari : les échantillons de salive et de tissu ne l'empêchaient pas de prendre une journée de congé… ou d'aller une semaine au Canada pour participer à un colloque. Impossible, pour elle, de quitter une femme en train d'accoucher, à moins de trouver un autre médecin pour la remplacer. Mais on ne dérangeait pas les médecins de jour, si ce n'était pas une question de vie ou de mort. Consoler une enfant triste ou qui s'était fait mal en tombant de cheval n'entrait pas dans cette catégorie.

Cela l'énervait de voir que Martin ne semblait pas comprendre que son travail avait une importance vitale, au sens premier du terme : elle aidait à donner la vie. Qu'était-ce qu'un livre en comparaison avec un nouvel être humain qui voyait la lumière du jour pour la première fois, avec les larmes de joie versées par les parents après un accouchement difficile et douloureux ? Martin croyait-il réellement que son livre allait transformer le monde en un monde meilleur ? Quand bien même il serait aussi novateur qu'il l'espérait, qui le lirait à part quelques milliers d'étudiants en biologie ? Non qu'elle jugeât son travail inintéressant, loin de là, mais proportionnellement ce n'était pas normal que son métier passe avant la vie de famille, son travail à l'hôpital et… avant elle. Les derniers six mois, depuis qu'il avait été invité à ce colloque, il ne perdait pas une occasion pour monter dans son bureau ; à peine Sara était-elle partie à vélo pour voir son cheval ou chez une copine, il disparaissait. Il ne négligeait peut-être pas Sara – il ne manquerait plus que ça – mais ils ne faisaient presque plus jamais rien tous les trois. Quand Cristina lui en faisait le reproche, il se défendait en disant qu'il était capital – il allait jusqu'à utiliser le terme « vital » – que son exposé lors du colloque soit le meilleur possible. Cela permettrait de tester la valeur de ses idées. Plus qu'elle alors ? Plus que sa participation à la mise au monde de nouvelles vies ? Son travail n'avait-il pas au moins autant de valeur que le sien ? Une chose était sûre : à son retour, Martin aurait intérêt à faire amende honorable et à se racheter.

En tournant dans l'allée, elle vit son père et sa mère qui les attendaient déjà. Dans le passé, des gens comme eux seraient restés dans la cuisine à guetter l'arrivée des invités par la fenêtre. À présent, grâce au téléphone portable, ils connaissaient l'heure exacte d'arrivée. La mère de Cristina avait envoyé deux SMS à Sara rien que pendant le trajet en voiture pour savoir où ils en étaient ! Il y avait bien une raison si l'hôpital avait interdit les téléphones portables dans les salles d'accouchement. Le portable avait signé l'arrêt de mort de l'attente, voire de la joie qu'il y a attendre et espérer, et tout simplement la mort du temps.

Ses grands-parents embrassèrent Sara et elle leur donna un baiser sur la joue.

« Je reviendrai la chercher après avoir dormi, dit Cristina.

— Mais maman, je dois aller au centre équestre demain très tôt.

— Sara… commença Cristina qui fut interrompue par son père.

— Dors aussi longtemps que tu veux, je déposerai Sara au centre. »

Cristina allait objecter quelque chose sur le principe, mais se retint et remercia son père sur lequel elle pouvait toujours compter… à la différence de Martin, ne put-elle s'empêcher de penser, bien que ce ne fût pas tout à fait juste.

Dans la voiture en route vers l'hôpital, elle se rendit compte que Martin ne lui avait donné de ses nouvelles que deux fois pendant sa semaine d'absence : un SMS pour dire qu'il avait atterri à Montréal et un autre disant que son exposé s'était bien déroulé et qu'il était en route pour New York où il avait un rendez-vous avec le P.-D.G. de l'entreprise avant de reprendre l'avion du retour. Il ne disait pas grand-chose, même si c'était adressé à « ma très chère chérie ». Sara en avait reçu plusieurs, deux ou trois par jour. Peut-être ne pouvait-on pas comparer l'amour pour une enfant à l'amour entre adultes, mais en dépit des assurances de Martin, Cristina avait la certitude qu'il aimait Sara plus qu'elle. Et elle-même ? Si elle cessait de se voiler la face ?

Elle laissa la question en suspens. Avait-elle vraiment envie d'y répondre ? Non, pas maintenant. Pas encore. D'ailleurs, il y avait plus urgent. À peine avait-elle mis le pied dans son service qu'un nouvel accouchement l'attendait. C'était une primipare qui allait mettre au monde un garçon robuste aux cheveux bouclés. Bien que Cristina eût accouché des milliers de femmes, elle était toujours aussi émerveillée devant la force de la nature. Comment une femme aussi petite pouvait-elle donner naissance à un enfant aussi grand ? Et en silence ? Pendant tout le travail, la jeune femme n'avait pas émis un seul son. Les médecins accoucheurs et les sages-femmes savaient que les seuils de douleur – ou du moins l'expression de la douleur – différaient d'une culture à l'autre. Mais impossible de se méprendre sur la joie dans les yeux de la jeune mère quand Cristina, après avoir effectué les gestes et contrôles habituels, plaça l'enfant sur sa poitrine.

Trois accouchements cette nuit-là : tous les trois se déroulèrent sans complications. Même les pères présents dans deux des accouchements avaient réussi à sortir indemnes de l'épreuve ; certains, submergés par l'émotion ou pris de panique, devenaient plus une charge qu'une aide et un soutien. Cristina avait même pu dormir quelques heures sans être dérangée. Comme toujours avant de rentrer chez elle, elle passait voir les jeunes mères et échangeait quelques mots avec elles pour s'assurer que tout allait bien. Deux des mamans reposaient calmement, fatiguées, leur nouveau-né sur la poitrine et les pères à leurs côtés. La troisième, en revanche, la primipare, était seule avec son bébé et fixait, le regard vide, le plafond. Dans son dossier, Cristina avait lu que la femme, Olanda, venait du Nigeria et vivait dans un foyer de réfugiés. Ce n'était pas la première fois qu'elle accouchait une femme tombée enceinte lors de son voyage vers l'Europe. Peut-être avait-elle tout fait pour tomber enceinte et y était parvenue avant la traversée : une rumeur circulait parmi les réfugiés d'Afrique du Nord, selon laquelle il était plus facile de rester dans un pays pour des raisons humanitaires si l'on attendait un enfant. Mais les viols aussi étaient fréquents…

Cristina s'assit sur le bord du lit, prit la main d'Olanda et lui demanda comment elle se sentait. Elle eut pour toute réponse un semblant de sourire ; seule la bouche souriait, pas les yeux. En silence, Olanda demandait ce qui allait se passer maintenant si elle retournait au foyer.

« Je vais m'arranger pour que tu puisses rester quelques jours, dit Cristina. Ça ira ? »

Olanda fit oui de la tête. Puis les larmes se mirent à couler. Cristina voulait lui demander si quelque chose n'allait pas, mais c'était ridicule. Elle savait parfaitement ce qui n'allait pas. C'était toute la vie d'Olanda.

« Pourquoi pleures-tu ? » demanda-t-elle simplement.

Au bout d'un moment, Olanda finit par lui faire comprendre qu'elle n'avait rien pour le bébé, pas de vêtements, pas de couches, pas de poussette, pas même une tétine.

« Ne t'inquiète pas, dit Cristina, on va s'en occuper. »

Elle resta auprès d'Olanda jusqu'à l'arrivée de l'équipe de jour qui prenait la relève, et parmi elles Ann, la sage-femme qui avait lancé un appel sur Facebook pour collecter des vêtements d'enfants, des jouets, des doudous pour les réfugiés avec de jeunes enfants. L'impact avait été énorme : en un rien de temps, l'hôpital avait reçu plusieurs tonnes de vêtements, de couches, de crèmes et de tétines, de sorte qu'un médecin chef compréhensif avait embauché une personne pour trier et distribuer le surplus à d'autres maternités dans le pays. Le parti du Rassemblement n'avait pas manqué de faire part de ses protestations et de répandre des propos xénophobes sur les réseaux sociaux : les collectes de ce genre était une façon d'encourager les réfugiés et les migrants, en particulier ceux avec des enfants, à inonder ce pays d'éléments étrangers. Que diraient ces hommes – car c'étaient bien entendu presque exclusivement des hommes – en voyant Olanda en pleurs, avec son nouveau-né sur la poitrine ? Auraient-ils vraiment l'impudence de lui dire qu'elle aurait l'aide minimale pour son enfant, qu'elle n'aurait pas dû tomber enceinte et qu'elle ne pouvait s'en prendre qu'à elle-même ?

Cristina présenta Ann à Olanda et lui expliqua la situation. Quand elle revint après s'être changée, elle retrouva Ann au bord du lit qui montrait une pile de vêtements pour bébé à Olanda. Lorsque Cristina lui prit la main, Olanda s'illumina d'un large sourire. Cristina aurait bien voulu que Martin voie son sourire et son nouveau-né. Si ce n'était pas de l'ADN, ça ! De l'ADN dans la vraie vie, pas seulement des traits calculés dans une machine ! Quelques minutes plus tard, comme par transmission de pensée, elle reçut un SMS. De Martin. « Suis à New York. Bientôt de retour. Je t'aime. »

Cristina attendit d'être dans sa voiture pour répondre. Que dire ? « Je t'aime aussi » ? « N'est-ce pas un jour plus tôt ? », « Tu me manques » ? Elle aimait Martin mais à cet instant précis, elle lui en voulait trop de l'avoir négligée pendant des mois. Martin n'était pas un macho, mais sur un point il restait coincé dans les clichés sur le rôle des hommes et des femmes.

« Nous avons hâte de te retrouver ! » écrivit-elle sur son portable, ce qui n'était pas trop engageant. Elle avait hâte de le retrouver, mais dans sa version d'avant, quand il n'avait pas tout mis de côté pour préparer son exposé… ou, plutôt, comme il était avant la mort de sa mère.

Quand Cristina se réveilla sept heures plus tard, ensommeillée mais reposée, Sara avait envoyé un SMS pour dire qu'elle passerait la journée au centre équestre mais voulait qu'on la récupère autour de six heures du soir. Cristina répondit avec un smiley. Cela lui laissait tout l'après-midi pour elle-même. Combien de fois cela lui arrivait-il ? Finalement assez souvent ces derniers temps – Sara étant avec son cheval et Martin là-haut dans son bureau – mais ce temps libre était rarement choisi par elle : c'étaient les heures qui restaient, une fois que son mari et son enfant avaient fait leurs choix. C'était en partie de sa faute : elle n'aimait pas planifier les choses. Le calendrier dans la cuisine où chacun devait inscrire ses activités à venir, c'était l'idée de Martin, pas la sienne. C'est lui qui lui rappelait de noter les week-ends et les nuits où elle était de garde… de préférence plusieurs mois à l'avance. C'était lui qui écrivait les futurs concours d'équitation de Sara. Lui qui gérait leurs finances, et en particulier le compte d'épargne qu'il appelait leur « compte de liberté », l'argent mis de côté devant servir un jour à poser un congé dans leurs boulots et à faire un grand voyage ensemble. Avant de rencontrer Martin, elle n'avait jamais rien mis de côté pour plus tard ; à la fin du mois son compte bancaire était toujours à zéro, quel que soit son salaire.

Cela l'avait souvent énervée que Martin pense tant à l'avenir au lieu de vivre ici et maintenant. Elle supposait, non, elle savait, qu'il était mécontent de sa mauvaise volonté toujours à planifier, elle dont la priorité était toujours le présent. Ce qui les sauvait, c'était Sara qui vivait à la fois dans le présent et l'avenir, et aucun des deux ne voulait perdre de l'énergie à remuer le passé. Martin faisait plus attention aux dépenses, à cause de l'avenir, mais il n'était pas radin et ne regrettait jamais ce qu'elle, ou lui, avait acheté. Cristina reconnaissait sans peine qu'elle s'était laissé séduire par les rêves d'avenir de Martin, quand ils s'étaient rencontrés : tout paraissait possible. Il parlait de voyages, de passer six mois à Zanzibar, de marcher en Irlande, de louer un voilier en Polynésie ; il parlait de ses idées de recherche et de ses projets. Elle s'était laissé entraîner par son enthousiasme communicatif, mais c'était avant la naissance de Sara et avant qu'ils aient tous les deux un travail à plein temps avec des responsabilités intéressantes mais prenantes. Les voyages furent plus courts et moins nombreux. Martin mit toute son imagination au service d'abord de leur maison, puis de son livre. Que se passerait-il une fois que le livre serait écrit, que Martin aurait vieilli, Sara quitté le nid et que l'avenir aurait commencé à se rétrécir ? Cristina, qui vivait dans le présent, s'y était en tout cas préparée, mais comment Martin réagirait-il, en comprenant qu'il n'avait pas toute la vie devant lui pour mener à bien ses projets ? Lui qui s'était tant indigné quand il avait lu dans un roman de Modiano un des personnages principaux déclarer que « Dans la vie, ce n'est pas l'avenir qui compte, c'est le passé ». Mais les propres enfants de Modiano alors ! s'était exclamé Martin. Est-ce que Modiano les considérait eux aussi comme appartenant au passé ?

Sur ce point, Cristina était d'accord avec Martin. Chaque enfant qui naissait dans son service était un espoir pour l'avenir. Ou aurait dû l'être. Pourquoi donner naissance à des enfants si l'on était persuadé que ce monde allait disparaître et qu'il n'y avait pas d'espoir ?

Cristina venait de s'installer dans le canapé avec un livre quand le téléphone sonna. Elle regarda l'écran : ce n'était pas un numéro qu'elle reconnaissait. Elle laissa sonner. Elle en avait assez de tous les démarcheurs téléphoniques qui voulaient lui vendre une meilleure connexion internet ou de l'électricité à un prix réduit. Tout de suite après elle reçut un SMS : « Bienvenue dans la zone mixte ! N'hésite pas à appeler si tu as besoin de conseils. Bises Lisa S. »

Il fallut un moment avant que Cristina ne se souvienne qui était Lisa S. : la femme de Samuel, un collègue de Martin. Qu'est-ce qu'elle voulait ? Qu'entendait-elle par « zone mixte » ? Cristina avait seulement rencontré Lisa à de rares occasions, quand les deux couples étaient allés ensemble au restaurant, mais ils ne se fréquentaient pas plus que ça. Cristina conclut que le SMS devait être adressé à quelqu'un d'autre, Lisa avait appuyé sur le mauvais destinataire, ce sont des choses qui arrivent. Mais comment se faisait-il que Lisa ait son numéro ?

Pour l'heure, elle n'avait aucune envie de lui parler. Mais plus tard, après avoir fait les courses et préparé le dîner pour Sara et elle-même, la curiosité prit le dessus et elle appela Lisa.

« Allô ? C'est Cristina, commença-t-elle. J'ai reçu ton SMS à propos d'une "zone mixte", mais tu as dû te tromper de destinataire.

— Bien sûr que non !

— Alors je ne comprends rien. Que voulais-tu dire par là ?

— Excuse-moi, dit Lisa gaiement, c'était peut-être un peu mystérieux. Mais je ne savais pas que toi aussi tu étais mariée à un Juif ! »

Sara embrassa Murphy sur le museau. Elle n'avait pas réussi à savoir si le cheval aimait vraiment ça ou s'il se laissait faire parce qu'il savait ce qui viendrait ensuite. D'abord elle lui grattait les narines et ça, il adorait. Tout comme la carotte qu'il recevait toujours quand il était temps pour Sara de rentrer chez elle. Parfois elle le taquinait : elle mettait du foin, de la paille fraîche et de l'eau dans son box et faisait mine de s'éloigner sans lui donner la carotte. Alors il hennissait aussitôt et donnait un coup de sabot contre la stalle. D'autres fois, c'était Murphy qui la taquinait quand elle devait l'attraper dans le paddock. Il lui fallait un quart d'heure ou plus avant de réussir à le coincer dans un angle et d'attraper le licou… ou l'attirer avec un morceau de pain recouvert de pâté de foie, dont il raffolait. Il était bien le seul à aimer ça dans ce centre.

Mais à part son petit jeu dans le paddock, Murphy ne faisait pas de caprices : il n'était pas récalcitrant, aimait sauter, était calme dans son box. C'était un cheval gentil. Son meilleur ami.

Est-ce que Sara manquait à Murphy quand il était seul dans son box ou son paddock ? Il n'était qu'un étalon et ne pouvait pas sortir avec les juments. Est-ce qu'il pensait à elle les rares journées où elle ne venait pas au centre ? Elle l'espérait. En tout cas, il lui faisait toujours la fête quand elle venait, il hennissait et avançait la tête pour qu'elle le gratte entre les oreilles et le caresse. Et papa ? Est-ce qu'elle lui avait manqué ? Oui, c'est sûr. Pendant son absence, elle avait reçu tous les jours un SMS avec des smileys. Plus que maman. Bien que papa aime aussi maman. Sara se dit qu'elle avait eu de la chance avec ses parents. Deux de ses copines avaient des parents qui se disputaient tout le temps. Ronaldo n'avait pas vu son père depuis deux ans, parce qu'il était en prison. Elisabeth n'avait jamais rencontré le sien et ne tenait pas non plus à le rencontrer : il avait foutu le camp avant la naissance d'Elisabeth et n'avait plus jamais donné signe de vie. Les parents de Carl étaient mormons et il n'avait le droit de rien faire qui soit amusant. C'était trop injuste. Soudain Sara sentit que son père lui manquait, lui qui rentrerait le lendemain. Elle était impatiente de le revoir. Pourvu qu'il soit de retour avant qu'elle ne parte à l'école !

Sara entra dans le club-house pour attendre sa mère qui devait venir la chercher. Elle accrocha sa selle et s'assit avec les autres cavalières. La conversation tourna autour des exercices avec les chevaux mais il fut surtout question de Eric Smiley – oui, c'était vraiment son nom –, l'entraîneur star d'Irlande qui devait visiter le centre équestre la semaine suivante. Tout le monde ne parlait que de ça. Eric Smiley était un des meilleurs entraîneurs au monde ! La directrice de l'équipe de poney, Lina, viendrait elle aussi. Ce n'était pas tous les jours ! Lina était en train de choisir des cavaliers pour un camp d'entraînement. Si Sara et Murphy avaient la chance d'être retenus, ils pourraient peut-être faire partie de l'équipe. Autant dire que ce serait génial ! Certaines des autres cavalières crèveraient bien sûr de jalousie, déjà que Sara avait eu son propre cheval… Les autres louaient leurs chevaux au centre. Au début, cela lui avait fait de la peine que certaines lui tournent le dos, mais toutes n'étaient pas comme elles.

Sara se leva pour chercher une boisson rafraîchissante au frigo. En se retournant, elle aperçut Irene, toute seule au bout de la longue table, qui avait les larmes aux yeux. Sara prit deux verres et s'assit à son côté.

« Qu'est-ce qu'il y a ? Tu as l'air triste.

— Rien.

— Bien sûr que si. Dis-moi ce qu'il y a. »

Irene leva les yeux.

« Maman a refusé que je suive les cours d'Eric Smiley. »

Sara remplit les deux verres et poussa l'un vers Irene.

« Mais pourquoi ? Est-ce que ta maman a peur que tu te fasses éjecter ou que le cheval t'entraîne dans sa chute ? C'était le cas de la mienne, mais mon père a réussi à la convaincre.

— C'est pas ça.

— C'est quoi alors ?

— Nous n'avons pas les moyens. »

C'était injuste, ça aussi. Sara aimait bien Irene. Elle ne disait jamais du mal des autres derrière leur dos, filait toujours un coup de main dans les boxes et le manège quand c'était nécessaire et ne faisait jamais semblant d'être plus douée qu'elle n'était. Elle était de celles qui s'étaient sincèrement réjouies pour Sara quand elle avait eu son cheval à elle. Une idée traversa l'esprit de Sara.

« Tu sais quoi ! Je te donne mes heures avec Eric Smiley. Elles sont déjà payées. »

Irene écarquilla les yeux, n'en croyant pas ses oreilles.

« Mais toi alors ? Non, je ne peux pas accepter. »

Sara se pencha en avant et baissa la voix.

« Mon papa est un ange. Si je lui raconte que je t'ai donné mes heures de cours avec Smiley, il m'en paiera d'autres.

— Comment peux-tu en être sûre ?

— Parce que je le connais. Je te promets.

— Je n'oublierai jamais ce que tu fais là, dit Irene les yeux encore brillants.

— Salut, vous deux ! Qu'est-ce que vous avez à chuchoter comme ça ? »

Sara se retourna : c'était sa mère. Sara lança à Irene un regard qui en disait long.

« Salut maman !

— Vous parliez peut-être de garçons ?

— Maman !

— Oh, c'était pour plaisanter.

— Les garçons sont bêtes.

— Je suis bien d'accord. »

Voilà qui était nouveau ! D'habitude, maman n'était d'accord sur rien de ce que pensait Sara. Ou si, elle était d'accord, sauf qu'ensuite il y avait toujours un *mais.* Maman savait toujours tout mieux que tout le monde, mieux qu'elle, mieux que papa, quels vêtements ils devaient porter, comment ils devaient se comporter, ce qu'il fallait manger pour être en bonne santé. Sa maman était très bien, mais elle pouvait parfois être très énervante.

Curieusement, dans la voiture pour rentrer à la maison, elle fut tout le contraire. Elle proposa même de commander une pizza pour le dîner, elle qui n'arrêtait pas de dire que les pizzas étaient mauvaises pour la santé chaque fois que papa et elle se liguaient contre elle pour imposer leur plat favori. Elle demanda à Sara comment ça s'était passé dans le centre équestre, ce qu'elle avait fait chez grand-mère et grand-père, lui posa des questions sur l'école, sur ses amies. Sara était habituée à ce que sa mère lui fasse subir un interrogatoire sur sa journée, mais normalement cela se déroulait pendant le dîner. Il y avait quelque chose de changé chez sa maman.

Et pas seulement dans la voiture ! Toute la soirée, on aurait dit qu'elle voulait serrer Sara contre elle. « Tu es vraiment obligée de monter dans ta chambre ? demanda-t-elle quand Sara se leva de table. Est-ce qu'on ne peut pas faire quelque chose ensemble toutes les deux, jouer à un jeu ou regarder un film ? » Sara resta, même si elle aurait préféré chatter avec ses copines. Sa mère voulait visiblement passer de bons moments avec elle avant que son père rentre. Encore que Sara dût rappeler plusieurs fois à sa mère que c'était à son tour de lancer les dés ou de tirer une carte de la pile. On aurait dit que sa mère avait la tête ailleurs. Mais Sara avait compris que c'était souvent comme ça avec les adultes. Ils voulaient *tout* savoir sur leurs enfants, ce qu'ils faisaient et pensaient, alors qu'eux-mêmes avaient plein de secrets envers leurs enfants. Où était la justice ici ?

Juste avant qu'elles n'aillent se coucher, Sara reçut un SMS. C'était son père qui lui annonçait qu'il avait atterri et prendrait bientôt son prochain vol. Il n'était pas sûr d'arriver à la maison avant que Sara ne parte à l'école : l'avion avait quelques heures de retard. Sara alla trouver sa mère et lui montra le message. Mais sa mère n'eut pas l'air aussi heureuse que Sara se l'était imaginé.

« Papa ne te manque pas ? laissa-t-elle échapper.

— Si, bien sûr, répondit sa mère, mais il pourrait aussi m'envoyer un message, et pas seulement à toi. »

Est-ce que sa mère était jalouse ?

« Tu es grande, dit-elle à sa mère. Papa pensait sans doute qu'il me manquait plus qu'à toi. »

Martin se réveilla parce que quelqu'un tapotait son épaule. Il ouvrit les yeux. Une hôtesse de l'air lui fit signe de redresser son siège. Quelques minutes plus tard, il entendit qu'on sortait le train d'atterrissage. Il jeta un coup d'œil par le hublot. Il faisait toujours sombre mais il pouvait apercevoir une lueur rose à l'horizon. Il regarda sa montre. Six heures et quart. Il ne serait pas rentré à la maison avant le départ de Sara pour l'école. Les embrassades et les cadeaux attendraient l'après-midi. Cristina serait-elle à la maison ? D'habitude, elle avait son lundi de libre quand elle avait été de garde le week-end. Avait-elle travaillé la veille ? Il ne s'en souvenait pas, espérant qu'elle ne serait pas à la maison. Comment réagirait-elle quand il lui raconterait ce qu'il avait révélé lors du colloque ? Et son rendez-vous avec Rosenbaum ? Il s'attendait à ce que Cristina lui en veuille énormément – et à raison – de ne pas s'être confié à elle dès le départ. La confiance était un sentiment fragile car elle reposait autant sur la foi que sur la vérité. C'était pour ainsi dire dans l'étymologie, le terme latin, *fides*, étant à l'origine de « foi » et de « confiance ».

En revanche il se réjouissait de retrouver Samuel et de voir sa tête en apprenant que la mère de Martin était juive. C'était bien la seule chose qui donnait envie à Martin de retourner au laboratoire. Cela lui avait fait du bien de ne plus être le directeur, fût-ce seulement une semaine. Il avait mis son mail sur réponse automatique et avait réussi à ne pas ouvrir sa messagerie. La plus grande qualité d'un chef était sa volonté et sa capacité à se rendre superflu. C'était la première fois que Martin mettait sa philosophie à l'épreuve, fût-ce à petite échelle. Mais il était persuadé que Samuel avait maintenu le bateau à flot pendant son absence. La question était naturellement combien de temps Martin resterait directeur, étant donné la réaction de Rosenbaum durant leur entretien. Ce que ce dernier ignorait, c'était que Martin serait plutôt soulagé d'être rétrogradé, et pas seulement parce qu'il aurait plus de temps pour finir son livre. Ce colloque avait finalement eu du bon : Martin avait eu la confirmation que la question de l'héritage, de l'environnement et du libre arbitre était essentielle dans l'orientation de nos jugements, de nos idéologies, notre foi, notre éthique, ainsi que de nos préjugés et sentiments. La part respective de l'inné et de l'acquis était au cœur même de la conception que chaque être se faisait de lui-même et des autres.

Il n'eut pas à attendre longtemps son sac de voyage. Retrouver sa voiture dans le parking lui prit un peu plus de temps. Mais à peine plus d'une heure après, il se retrouva devant la maison.

Il ne se donna pas la peine de ranger la voiture au garage ; dès qu'il aurait déballé ses affaires et pris son petit déjeuner, il repartirait au laboratoire. Il posa son sac de voyage dans l'entrée puis sortit le cadeau qu'il avait acheté à Montréal pour Cristina : une broche d'Indiens appelée « attrape-rêves ». Le nom l'avait tout de suite attiré, mais après être sorti de la boutique de souvenirs il avait regretté de ne pas avoir demandé la signification exacte de l'amulette. Sa pensée immédiate avait été que l'attrape-rêves était pour qu'on n'oublie pas ses rêves. Mais il se pouvait aussi que l'amulette emprisonne les rêves, afin qu'ils ne puissent pas mettre le désordre dans le monde réel ? Et si l'attrape-rêves était une sorte de vaccin contre les illusions ? Dans ce cas, ce n'était vraiment pas le cadeau qu'il avait voulu offrir à son épouse bien-aimée.

« Cristina ! cria-t-il dans l'escalier. Y a quelqu'un à la maison ? »

Comme personne ne répondit, il alla dans la cuisine se faire un café. À peine avait-il ouvert la porte du garde-manger qu'il aperçut Cristina attablée dans la cuisine avec une tasse de thé et quelques papiers devant elle.

« Mais Cristina ! s'écria-t-il éberlué. Tu es à la maison ? Pourquoi tu ne m'as pas répondu ? »

Il alla vers elle et l'embrassa sur la bouche. Elle garda celle-ci fermée. Il recula d'un pas et croisa son regard éteint et sombre.

« Qu'est-ce qu'il y a ? Il s'est passé quelque chose à l'hôpital ? »

Pour toute réponse, elle poussa une feuille vers lui. C'était une photocopie d'un article de revue, en anglais. Il ne fallut qu'une poignée de secondes à Martin pour comprendre de quoi il s'agissait ; il avait reconnu le titre

The Jew who didn't want to be a Jew, et la photo qui illustrait l'article.

Martin s'assit en face de Cristina.

« Je plaide coupable, dit-il, même si je ne pense pas avoir commis un crime. »

Pour la première fois depuis qu'il était entré dans la cuisine, Cristina le regarda droit dans les yeux. C'était un progrès, même si ce regard était accusateur.

« Pourquoi tu ne m'as pas dit que ta mère était juive ? Tu trouves que c'est amusant de l'apprendre de cette façon ?

— Non, je ne trouve pas, ce n'était pas non plus mon intention. J'avais pensé te le dire, oui à toi d'abord, mais des imbéciles au colloque m'ont tellement énervé quand ils m'ont accusé d'antisémitisme que ça m'a échappé. Je suis désolé.

— Et l'interview ? Ça t'a aussi échappé ?

— Non, là c'est différent. Mais on m'avait dit qu'elle serait publiée dans un magazine scientifique mensuel et je pensais avoir le temps de rentrer à la maison et te prévenir avant que ça ne paraisse. Apparemment, elle a été publiée ailleurs, dans un journal. Je me suis fait avoir, tout bonnement.

— Tu m'as menti !

— Oui, et ce n'est pas quelque chose dont je suis fier ou que je veux défendre. Mais c'était un mensonge nécessaire pour gagner du temps.

— Du temps pour quoi faire ? Pour que j'apprenne dans un journal que ta mère était juive ?

— Non, bien sûr que non. J'avais besoin de temps pour réfléchir à tout ça.

— Et moi alors ? Tu ne t'es pas demandé ce que j'en penserais ? Si ma fille devait avoir un père et une grand-mère paternelle juifs ? Est-ce qu'on n'est pas un couple ? Est-ce qu'on n'est pas deux dans l'histoire ?

— Si, et tu étais la première et peut-être la seule à qui je pensais le dire. Mais rien ne s'est passé comme je voulais. Ce n'est pas seulement que Gertrud était juive.

— Gertrud ?

— Oui, c'était le nom de ma mère avant qu'elle change de nom pour échapper à l'homme qu'elle avait épousé et qui n'était pas mon père. Car j'ai aussi appris après le décès de Gertrud que celui que je croyais être mon père n'était pas mon père biologique. C'était beaucoup à la fois. Tu peux comprendre ça, non ?

— Pendant plus d'un an ! Pourquoi ne m'en as-tu pas parlé ? Pourquoi ne m'as-tu pas demandé conseil ? Qui sait, j'aurais peut-être pu t'aider. Mais tu ne me faisais pas confiance. À ton avis, je ressens quoi, là, maintenant ?

— Une sorte de trahison, je suppose. Je suis désolé, vraiment. Ce n'était pas mon intention que les choses prennent cette tournure. Je n'avais pas projeté de dire quoi que ce soit à ce colloque, crois-moi. Je n'étais même pas sûr de vouloir dire quoi que ce soit à quiconque, pas même à toi. »

Il chercha à prendre la main de Cristina mais elle la retira.

« Tu ne me comprends pas ?

— Comment ça ? Que tu ne me fais pas confiance ?

— Si nous avions vécu à la fin des années 30 en Allemagne, Sara et moi nous serions retrouvés dans un camp de concentration. Comme ma mère. Elle a survécu, de manière assez miraculeuse. Est-ce que Sara et moi aurions eu la même chance – encore que le mot chance ne soit pas très approprié ? C'est peu probable. Ma mère, la grand-mère de Sara, Maria, Gertrud, a quitté mon père biologique qui aussi était juif et rescapé, et s'est mariée avec un non-Juif pour me protéger, pour que je ne coure pas le risque de voir l'histoire se répéter, pour que je puisse choisir librement qui je voulais être. »

Martin raconta tout d'un trait, depuis la rencontre avec l'avocat Levin jusqu'au colloque. Il expliqua l'origine de l'héritage de Sara, les raisons de sa participation à la marche de la kippa, reconnut ses mensonges, exposa ses pensées, ses doutes et son dilemme : soit il ne disait rien à personne et ainsi enterrait ses racines juives et celles de Sara pour toujours, en portant le poids d'une forme de mensonge le restant de sa vie, exactement comme sa mère, soit il déballait tout et risquait de bouleverser complètement leur vie, en particulier celle de Sara. À la fin, il pria Cristina d'attendre un instant, il voulait lui montrer quelque chose. Il revint avec une lettre.

« C'est la lettre de Gertrud que l'avocat m'a remise. Lis-la, s'il te plaît ! »

Cristina prit la lettre à contrecœur. Martin se versa une tasse de café et resta debout près de la fenêtre ; il ne voulait pas que Cristina se sente observée.

Quand elle eut terminé, elle posa la lettre sur la table à côté de l'interview. Martin reprit place en face d'elle.

« Je ne sais pas ce que je dois en penser, finit-elle par dire.

— Moi non plus, je ne le savais pas quand j'ai lu la lettre, mais je le sais maintenant.

— Et c'est quoi ?

— Que ma mère était une des rares survivantes d'Auschwitz et qu'elle était juive. Que mon père, mon père biologique lui aussi était un rescapé des camps et un Juif. Mais que moi, je ne suis pas juif et ne l'ai jamais été. Aucun changement sur ce plan, absolument aucun.

— Tu en es sûr ?

— Que veux-tu dire par là ?

— D'autres pensent peut-être autrement.

— Qui par exemple ? Toi ?

— Tu sais comment j'ai eu cette interview ? Par la femme de ton collègue Samuel. Elle m'a souhaité la bienvenue dans la zone mixte comme elle l'appelle.

— Lisa ? Comment l'a-t-elle su ?

— Par son mari, je suppose.

— Mais je n'ai pas dit un mot à Samuel ! Tu ne croyais quand même pas que je lui en aurais parlé avant toi ?

— Que dois-je croire ? »

Martin posa sa main sur celle de Cristina qui, cette fois, ne la retira pas.

« On fait la paix ? demanda-t-il.

— Une trêve, répondit-elle. Moi aussi j'ai besoin de temps pour digérer tout ça.

— Prends tout le temps qu'il te faut. Rien ne presse. Rien au fond n'a changé. Rien. »

Cristina serra très légèrement la main de Martin.

« Espérons-le ! »

Tous étaient déjà là pour la réunion du lundi matin quand un message arriva simultanément sur la quinzaine de téléphones portables. Ce fut plutôt comique de voir chacun fouiller dans ses poches ou son sac, l'air gêné, pour mettre son portable sur silencieux ; cela avait été une décision commune, sur une proposition de Martin, de mettre les téléphones sur silencieux lors de toute réunion. Mais à part Samuel, rares étaient ceux qui pensaient à le faire. Quand le chat n'est pas là, les souris dansent. Samuel se doutait que c'était un message de Martin pour prévenir qu'il serait en retard. Il avait atterri ce matin et devait souffrir du décalage horaire. Il ne s'était pas trompé : *Suis en route, un peu en retard. Commencez sans moi !* lut quelqu'un à haute voix. Les portables furent mis sur silencieux et rangés.

« Excusez-moi », commença Susanne, l'analyste que Martin avait embauchée à la place de Frank, « mais est-ce que le directeur a tous nos numéros de portable ? Est-ce à dire qu'il peut nous envoyer des messages n'importe quand ?

— Appelle-le "Martin" ! corrigea Samuel. Il n'aime pas être appelé directeur. Mais oui, en principe, il peut nous contacter n'importe quand. Tout comme j'aurais pu le faire pendant cette semaine où je l'ai remplacé. Mais ne t'inquiète pas, tu ne recevras pas de SMS en pleine nuit ou le week-end. La liste des numéros de téléphone fait partie du plan de sécurité du laboratoire. En cas d'incendie, par exemple.

— Bon, on commence en attendant Martin ? »

Samuel pour sa part aurait préféré l'attendre, non pas à cause de la réunion ou du laboratoire, mais personnellement, en vertu de son amitié pour lui. Martin était juif ! Samuel n'avait pu penser à autre chose depuis qu'il avait lu l'interview, incapable de mettre de l'ordre dans ses sentiments ou de décider comment il allait rencontrer Martin. C'était facile, beaucoup trop facile, de s'imaginer que tout serait comme d'habitude, lui y compris, comme si rien ne s'était passé.

« Quel est l'ordre du jour ? demanda Samuel pour respecter les apparences.

— À peu près comme d'habitude, si ce n'est que nous avons reçu pas mal d'échantillons de la police criminelle. Un très grand nombre, en fait.

— Je parie, dit Samuel, qu'il s'agit de mesures préventives dans la lutte contre le terrorisme. D'après ce que j'ai pu voir vendredi, la plupart de ces échantillons portent des noms arabes.

— Des noms ? demanda Susanne. Je croyais que les échantillons devaient rester anonymes. N'est-ce pas une infraction contre la loi de laisser une entreprise privée détenir des informations d'ADN nominatives ?

— Peut-être. Mais ce n'est pas de notre ressort. Cela regarde les services de la police scientifique et criminelle. »

Samuel répartit le travail entre les analystes.

« Je n'ai pas besoin de vous rappeler à quel point il importe de ne pas mélanger les échantillons et les noms. Non seulement parce que la police scientifique et criminelle est un client important, mais aussi par respect pour les individus. Une erreur de notre côté peut signifier pour eux la différence entre la liberté et, au pire, une longue peine d'emprisonnement. N'oubliez pas que vous êtes absolument tenus au secret professionnel ! »

Susanne leva un doigt et réclama l'attention.

« Je n'ai naturellement aucun problème avec le secret professionnel dès lors qu'il s'agit de terroristes présumés, mais est-ce qu'on n'est pas là face à un dilemme éthique, car la finalité de ces analyses est bien de ficher les gens selon leur ethnicité ou leur religion ? Il n'y a pas si longtemps, une autorité policière a établi un fichier sur les Roms. Si les nazis avaient eu accès aux analyses d'ADN, ils auraient certainement fait la même chose avec les Juifs.

— Il existe une législation contre ce type de fichier, dit Samuel d'une voix un peu étranglée.

— Sauf que la police n'en a pas tenu compte s'agissant des Roms.

— C'est vrai, et cela a fait du bruit quand on l'a découvert. Je ne crois pas que la police ou une autre instance oseraient s'adresser à nous, si elles menaient des activités illégales. Notre entreprise s'en tient à des principes éthiques stricts. Mais Martin est plus compétent que moi sur ce sujet. »

Samuel regarda ses collaborateurs.

« Y a-t-il un autre sujet dont nous devons débattre ? »

Apparemment non, et la réunion tourna à la conversation informelle, dans une atmosphère détendue et légère comme la plupart du temps, surtout depuis que Frank avait été mis à la porte. Seul Samuel restait tendu, partagé entre l'attente et l'inquiétude. Un instant, il débordait de joie à l'idée que Martin fût juif ou du moins eût des origines juives, l'instant d'après il sentait son estomac se nouer à l'idée que Martin pût avoir changé. Ils avaient beau se connaître depuis presque quinze ans, avoir travaillé côte à côte aussi longtemps, Samuel avait du mal à imaginer le comportement et les sentiments de Martin. À en juger par ses déclarations dans l'interview, il n'avait nullement l'intention d'affirmer ou de reconnaître ses origines juives ou sa judéité, mais est-ce que cela changerait son regard sur les Juifs, sur Samuel ? Contre qui Martin dirigerait-il sa frustration quand il prendrait conscience que ce n'était pas si simple de décider soi-même qui on voulait être, et surtout pas si l'on était juif, même si on ne voulait pas l'être.

Samuel allait lever la réunion quand Martin franchit le seuil de la porte.

« Bonjour tout le monde ! lança-t-il à la cantonade d'une voix rauque. Surtout ne vous dérangez pas ! »

Il y eut quelques salutations ici et là parmi l'assemblée.

« Nous venons de terminer, dit Samuel en allant à la rencontre de Martin et en lui tendant la main.

— Depuis quand on se serre la main ? » s'étonna Martin.

Samuel fut décontenancé. Sans réfléchir, il venait de signaler que quelque chose avait changé entre eux.

« Je suis seulement content que tu sois de retour, dit-il, sincère. Être directeur, ce n'est vraiment pas ma tasse de thé. »

Martin remercia à voix haute Samuel et ses collaborateurs pour avoir gardé le cap pendant son absence. Il les convoquerait tous plus tard pour leur raconter le colloque mais pouvait déjà leur dire que cela ne lui avait pas apporté grand-chose sinon une meilleure vue d'ensemble sur la recherche actuelle et sur le poids de l'idéologie qui, dans les pires moments, était très perceptible.

Quand tous furent partis, Samuel se versa une tasse de café et s'assit en face de Martin.

« Ça fait plaisir de te revoir ! dit-il avec une légère hésitation.

— Comme quoi ? Comme ton directeur ou ton ami ?

— Comme mon ami, bien sûr, mais aussi comme directeur.

— Et comme Juif ? »

Samuel resta silencieux. Comment Martin pouvait-il savoir qu'il avait lu l'interview ?

« Mais comment… ? balbutia-t-il.

— Ta femme a contacté Cristina au téléphone pour lui souhaiter la bienvenue dans ce qu'elle appelait la zone mixte.

— Elle a fait ça ? Je voulais savoir comment s'était passée ta conférence alors j'ai cherché sur Google et je suis tombé sur ton interview. Je n'ai rien dit au laboratoire, mais je n'ai pas pu m'empêcher de montrer l'article à Lisa.

— Tu n'aurais pas dû.

— Comment ça ?

— Je n'avais rien dit à Cristina au sujet de ma mère et je n'avais pas non plus l'intention d'en parler au colloque.

— Tu ne l'avais pas dit à Cristina ?

— Non, ni à toi, ni à personne.

— J'aurais dû comprendre.

— Comment aurais-tu pu comprendre que je gardais ça pour moi ?

— Parce que tu ne m'en avais pas parlé et pourtant, je suis ton ami. »

Sans répondre à cette dernière phrase, Martin lui raconta toute l'histoire comme il l'avait fait pour Cristina.

« Je n'aurais pas aimé être à ta place, dit Samuel quand il eut terminé son récit.

— Moi non plus. »

Samuel ne sut pas quoi dire.

« Ça a dû te faire un choc terrible, se contenta-t-il de dire.

— Quoi donc ? De me faire taxer d'antisémitisme ?

— Non, ce que tu as appris sur ton père et ta mère.

— Au fond, pas vraiment. Émotionnellement, j'avais déjà effacé l'image d'un père, même s'il s'est avéré que ce n'était pas le mien. Et qu'est-ce que ça change pour moi, que ma mère ait été juive ? Rien, à vrai dire. C'était pire pour Cristina ce matin. La conversation que j'ai eue avec elle n'a pas été une partie de plaisir, crois-moi.

— Je suis désolé.

— Ce n'est pas la peine. Je mettrai ça au clair avec Cristina, même s'il m'en coûte. Y compris l'entretien avec Rosenbaum.

— J'avais complètement oublié que tu avais aussi un rendez-vous avec lui. Qu'est-ce qu'il te voulait ?

— Je ne sais pas au juste. Il m'a surtout parlé de la marche de la kippa et de l'interview qui lui était parvenue, par je ne sais quel biais. Je n'irai pas jusqu'à dire qu'il m'a remonté les bretelles, mais disons qu'il m'a sérieusement remis à ma place. Aux États-Unis, il est courant que les gens fassent des analyses ADN avant le mariage pour voir s'ils sont compatibles, afin d'éviter des maladies génétiquement transmissibles à leurs enfants, cela vaut particulièrement pour les Juifs ultra-orthodoxes américains qui en ont fait un système. C'est même devenu une source de revenus non négligeable pour l'entreprise. Alors le moindre faux pas de ma part et je saute comme directeur. Tu prendras ma place. »

Martin esquissa un sourire.

« Ne plaisante pas avec ça. Je vais tout faire pour que désormais tu te tiennes à carreau.

— Tu peux toujours essayer, mais prépare-toi au pire. C'est difficile de prévoir l'avenir. J'ai cru bien faire, pour moi-même y compris, et ça m'a mené à quoi ? À une femme hors d'elle et à un directeur qui se sent trahi. Je ne sais pas ce que tu imagines, mais je pense que tu te sens un peu moins seul qu'avant. Ce n'est pas ce que tu m'as répondu, quand je t'ai demandé comment tu réagirais si tu apprenais tout d'un coup que j'étais juif ?

— Mais tu n'es pas…

— … juif, compléta Martin. Eh bien non, je ne le suis pas. Tu as entendu parler du paléontologue français Yves Coppens ?

— Son nom me dit vaguement quelque chose, on en a parlé en cours de biologie.

— Yves Coppens a suscité un vif intérêt quand, l'un des premiers, il a affirmé que non seulement l'homme était en parenté avec les singes en général mais que les grands singes étaient nos aïeux. Cette dernière assertion s'est révélée fausse, mais à l'époque, la nouvelle a fait l'effet d'une bombe et fut commentée dans tous les grands journaux. Quelques jours plus tard, Coppens a reçu un coup de fil de sa vieille mère. "Il est possible que tu descendes des singes", avait-elle dit d'un ton acerbe à son fils avant d'ajouter : "Mais pas moi !" Le parallèle est bancal, évidemment, même si l'on retourne la proposition. Est-ce que ma mère était juive quand elle est morte ? Elle allait de temps en temps à la synagogue, déguisée, mais il n'y avait pas trace de judéité dans notre maison, à part, semble-t-il, un phylactère dissimulé derrière un papier peint et un sac de voyage prêt pour la fuite. Et le garde-manger qui était rempli de pâtes, de riz et de conserves, de quoi tenir un vrai siège. Mais on trouvait le même sac de voyage et les réserves de nourriture chez de nombreux Américains pendant la guerre froide, alors on ne peut pas considérer ça comme typiquement juif.

— Mais qui es-tu donc ? ne put s'empêcher de demander Samuel. Tu n'éprouves aucun besoin d'appartenir à quelque part ?

— Non, je suis plutôt allergique à tous les regroupements d'hommes anonymes et inconnus, indépendamment des raisons qui les poussent à s'unir.

— Si je ne te connaissais pas, je dirais que tu es un individualiste indécrottable. Un loup solitaire asocial.

— Tu n'es pas le seul à le croire. Sais-tu ce que m'a dit mon premier amour un jour ? Tu n'as besoin de personne pour vivre ! m'a-t-elle dit. Ce n'était pas tout à fait vrai, et ça ne l'est toujours pas. Personne ne peut vivre très longtemps dans la solitude – pas même moi – sans devenir fou. Je ne peux m'en sortir sans la présence de ceux que j'aime et qui m'aiment, ma fille et mon épouse, ou sans mes rares amis, dont toi. J'ai peut-être même besoin d'une centaine de connaissances, disons de bons voisins, pour garder mon psychisme au-dessus de l'eau. As-tu entendu parler du nombre de Dunbar ? Robin Dunbar était un anthropologue britannique qui a étudié comment les hommes ont formé des groupes à travers l'Histoire. Il a trouvé un chiffre qui revient constamment : autour de cent cinquante, c'est le nombre d'individus avec lesquels on peut entretenir des relations proches ou de confiance, que ce soit la famille, les amis, ou les personnes d'une association. Des groupes plus restreints s'avéraient trop vulnérables et, s'ils étaient plus nombreux, les individus se mettaient à rivaliser entre eux au lieu de mettre leur travail au service du bien commun. Cela valait naturellement avant tout dans les cultures de chasseurs-cueilleurs, avant l'arrivée de l'agriculture et avant que les gens s'entassent dans des villages, des villes et des États. Mais je crois encore qu'il y a quelque chose de vrai dans cette idée. Essaie donc d'entretenir des relations d'échange et de confiance avec mille amis sur Facebook par exemple ! C'est impossible ! Je ne suis pas asocial mais je me réserve le droit d'être social avec le peu de personnes sur lesquelles je peux compter, pour lesquelles j'éprouve des sentiments et de l'empathie. Supposons que je sois le même individu prétendument asocial que je suis maintenant, mais ayant grandi dans une famille et un milieu juifs. Dans ce cas, la plupart de mes cent cinquante relations de Dunbar auraient été des Juifs. Mais cela n'aurait pas changé mon attitude. J'aurais considéré le reste des Juifs, soit les quinze autres millions dans le monde, simplement comme des hommes parmi d'autres.

« Il n'y a pas si longtemps, j'ai lu un choix de missives d'insultes et de haine qu'Hannah Arendt a reçues de la part d'intellectuels juifs à cause de son livre sur le procès d'Eichmann où elle suggère que davantage de vies juives auraient pu être sauvées si les Juifs avaient opposé une résistance à Hitler et aux nazis. L'un des reproches qui l'atteignit le plus venait de Gershom Scholem. Celui-ci accusait Arendt de ne pas aimer le peuple juif, *Ahavat Israel.* Dans le film de von Trotta sur Hannah Arendt, celle-ci s'effondre quand elle reçoit cette lettre et tout son corps est secoué de sanglots. Autrement dit, la réalisatrice veut nous faire croire qu'Arendt pleurait parce que les Juifs qui la critiquaient ne comprenaient pas son amour réel pour le peuple juif ; parce qu'elle ressentait cette critique comme injuste. Mais ce n'était pas le cas. Dans sa réponse à la lettre de Scholem, elle écrivit au contraire que Scholem avait entièrement raison : elle n'avait jamais de toute sa vie aimé "un peuple", que ce soit le peuple juif, allemand, français, américain ou la classe ouvrière ou d'autres communautés. La seule forme d'amour qu'elle connût, précisait-elle, était pour des individus. Et je rejoins Hannah Arendt sur ce point. Comment peut-on aimer tout un peuple ? Des millions de gens qu'on ne connaît pas, parmi eux des auteurs de violences conjugales, des pyromanes, des pédophiles et des violeurs, tout comme des gens bons, gentils et justes ? Si j'avais été juif, comment aurais-je pu aimer les Juifs ultra-orthodoxes qui oppriment les femmes, comme les égorgeurs musulmans ou les poseurs de bombes suicidaires de Daech ou parmi les talibans, comme les Hutus qui ont massacré les Tutsis ? C'est absurde, ça ne peut que l'être. Mais cela ne fait pas de moi un antisémite ou un islamophobe pour autant. Pas plus que critiquer les Juifs qui collaboraient avec les Allemands dans les ghettos et les camps en croyant ainsi adoucir les souffrances de leur peuple, faisait de Hannah Arendt quelqu'un qui hait les Juifs. »

Martin se leva pour reprendre du café.

« Tu en reveux ? demanda-t-il à Samuel.

— Non merci. Je n'ai pas besoin d'autres stimulants extérieurs. J'ai largement ce qu'il me faut.

— Ah bon ? Tu es choqué ?

— Non, inquiet. À t'écouter, c'est si simple et évident, mais les arguments rationnels n'ont jamais eu prise sur les racistes et les antisémites, pas plus que sur les Juifs qui continuent à penser qu'ils sont un peuple particulier.

— J'ai lu dans un journal une interview d'un étudiant juif. Le journaliste lui demandait dans quelle mesure il se considérait lui-même comme juif. Sais-tu ce qu'il a répondu ? Pas aujourd'hui ! Comme je vois les choses, on devrait pouvoir être juif sans l'être, par pure solidarité par exemple. On devrait pouvoir être un peu hindou par-ci et un peu musulman par-là. Croyant un jour et athéiste le lendemain. Être un supporter à la fois de Manchester United et de Manchester City. Être flamand une semaine et wallon la semaine suivante, selon l'humeur et le temps. Être espagnol aujourd'hui et apatride demain. Nous devrions réintroduire le passeport Nansen, établi par les Nations unies de l'époque pour tous les hommes, entre autres les Juifs, qui ont été dépossédés de leur nationalité quand ils se sont enfuis pour sauver leurs vies. Aujourd'hui les apatrides se comptent par dizaines de millions. Ne sont-ils pas des hommes eux aussi, même s'ils n'ont pas de papiers pour l'attester ? On aurait besoin d'un nouveau passeport pour tous ceux qui ne savent pas où aller. Et pour les nomades, ceux qui refusent de vivre dans un seul pays.

— On peut toujours rêver, mais cela ne nous amène pas loin.

— Je sais, mais on ne peut pas se contenter de laisser les choses en l'état. »

Martin se leva.

« La réalité nous rappelle à l'ordre, dit-il. Veux-tu qu'on fasse le point sur les activités de la semaine dernière dans mon bureau ? »

Samuel eut vite fait son résumé. Le seul événement notable était l'augmentation des commandes de la police et des services techniques et scientifiques de l'État. Samuel avait été obligé de faire faire à son équipe pas mal d'heures supplémentaires. Certains s'étaient montrés récalcitrants mais c'était dans leur nature. La plupart comprenaient la situation et n'avaient rien contre gagner un peu plus.

Samuel en avait terminé quand le téléphone de Martin sonna, pas seulement une fois, mais trois, à brefs intervalles. Les deux premières fois, Samuel comprit que c'étaient des journalistes qui voulaient l'interviewer. Martin refusa sèchement, sur un ton que Samuel lui avait rarement entendu employer jusqu'ici, sauf avec Frank.

« J'ai dit ce que j'avais à dire, conclut Martin en raccrochant et en lançant un regard exaspéré à Samuel. Ça va recommencer comme après la marche de la kippa ! Ils n'ont vraiment pas d'infos plus importantes à se mettre sous la dent ?

— Il faut croire que non, dit Samuel.

— La question que je me pose, c'est comment les journalistes ont eu vent de cette interview. Elle ne sera publiée que vendredi. Au Canada.

— Tu as entendu parler des réseaux sociaux ?

— Je te rappelle que j'ai une fille de douze ans.

— Tu as Facebook, Instagram, Snapchat, Twitter, WhatsApp ?

— Seulement Facebook. Mais je n'y vais presque jamais.

— Si j'étais toi, je vérifierais mes fonctionnalités de sécurité, bloquerais les amis de mes amis et supprimerais d'éventuels amis que tu ne connais pas si bien que ça.

— C'est vraiment nécessaire ?

— Non, mais judicieux. Après l'attentat à Paris, le Conseil européen des communautés juives a émis des recommandations à toutes les communautés juives sur les mesures de sécurité à prendre. L'une d'elles était de compliquer la tâche aux racistes sur Internet qui ne cherchent qu'à répandre leurs ordures sur des Juifs.

— Mais je ne suis pas... »

Martin fut interrompu par la sonnerie de son portable. Qui que ce fût, ce n'était en tout cas pas un ami ou une connaissance de Martin. Son regard se fit dur. Samuel n'avait jamais vu Martin comme ça.

« Si vous croyez que je vais prêter mon nom à un parti fasciste raciste comme le vôtre, vous êtes encore plus débile que je ne le pensais ! »

Martin raccrocha et fit mine de fracasser son téléphone portable contre le mur, mais il se ravisa et l'éteignit.

« Quel enfoiré ! lança-t-il.

— C'était qui ?

— Un crétin du parti du Rassemblement ! »

Précisément ce qu'avait redouté Samuel.

« Qu'est-ce qu'il te voulait ?

— Il se demandait si je ne voulais pas participer à une réunion sur l'islamisation de notre société démocratique. »

Samuel n'avait pas besoin d'en demander plus à Martin. En retournant à son bureau, Samuel se rendit compte que c'était la première fois dans l'histoire de leur longue amitié qu'il s'était retenu de dire ce qu'il pensait. Que se passerait-il par la suite ? Serait-il obligé de surveiller le moindre de ses propos ? Il espérait que non, car cela voudrait dire qu'il aurait perdu la seule personne envers laquelle il avait toujours pu faire preuve de sincérité.

Sara avait du mal à rester tranquille dans sa salle de classe et à se concentrer. Elle avait tellement envie de rentrer à la maison et de se jeter dans les bras de son père. Et peut-être d'avoir un cadeau. Cela avait toujours été le cas quand son père s'absentait quelques jours. Qu'est-ce que ce serait, cette fois-ci ? Le temps de rêver un peu, elle reçut un SMS de son père disant qu'il serait à la maison autour de six heures. Sara aurait juste le temps de faire un tour au centre équestre pour s'occuper de Murphy si elle se dépêchait.

Elle ne perdit pas une minute. À peine dit-elle bonjour à sa mère qu'elle enfourcha son vélo et fonça vers l'écurie. Elle fit quelques tours de piste avec Murphy et nettoya son box en un temps record. Puis elle lui donna sa carotte et une pomme. Sara trouva que le cheval la regardait avec étonnement et une pointe de reproche, comme s'il se demandait pourquoi elle était si pressée.

« Papa a été au Canada, tu comprends ! Ça fait une semaine que je ne l'ai pas vu. »

Elle embrassa Murphy sur le museau.

« Alors que toi, je te vois tous les jours, et comment ! »

Elle sortit son téléphone portable et regarda l'heure. Cinq heures et demie. Le timing était parfait. Elle pédala comme une folle sur la piste cyclable qu'elle connaissait par cœur. Au moment où la piste s'arrêtait et qu'elle empruntait leur rue, elle aperçut la voiture de papa qui arrivait en sens inverse. Son père klaxonna et la laissa tourner dans l'allée qui montait vers le garage avant de la suivre. Elle laissa tomber le vélo et sauta dans ses bras, à peine fut-il descendu de la voiture.

« Ah, bientôt je ne pourrai plus ! fit Martin. Tu commences à être trop grande.

— C'est possible, ça ? demanda Sara. D'être trop grande ?

— Non, mais trop lourde pour qu'un papa puisse te soulever et te porter. »

Il la posa de nouveau par terre. Cristina était déjà à la maison et préparait le dîner. Son père l'embrassa sur la joue mais elle sembla à peine le remarquer, trop occupée avec ses casseroles.

« Attends ici ! » dit son père en allant dans l'entrée.

Il revint avec un paquet. Elle l'ouvrit lentement pour faire durer le plaisir. La première chose qu'elle aperçut était un sac de pansage dans un épais tissu noir avec une bandoulière vert clair. Elle aurait la place de mettre tout son matériel. C'était beaucoup mieux que le seau qu'elle utilisait actuellement.

« Merci, papa !

— Regarde aussi de l'autre côté ! »

Sara tourna le sac et vit son nom ainsi que celui de Murphy brodés dans la même couleur verte que la bandoulière.

« Oh, c'est trop beau ! dit-elle. Tu as vu, maman, ce que j'ai reçu de papa ? »

Sa mère se retourna, regarda d'abord Sara et le sac puis Martin, mais sans rien dire.

« Tu ne trouves pas qu'il est beau ? » demanda Sara.

Elle savait que sa mère avait des opinions bien arrêtées sur ce qui était beau ou laid, particulièrement concernant les couleurs. Sara se rappelait la fois où sa mère avait jeté une doudoune jaune vif que son père lui avait achetée. C'était une des rares occasions où elle avait vu son père se fâcher. Non, pas se fâcher, mais devenir furax !

« Si, il est beau, dit sa mère.

— Regarde aussi à l'intérieur ! » glissa son père.

Sara fourra la main dans le sac et sortit un autre paquet, ni rond ni carré. Elle l'ouvrit.

« Mais papa ! s'écria-t-elle. J'ai déjà un gilet !

— Pas un comme ça. Déplie-le et touche-le ! »

Elle s'exécuta. Ce gilet avait quelque chose de différent : il ne pesait rien du tout et était tout mince.

« C'est apparemment le tout dernier modèle. On le gonfle avec une pompe à vélo normale et ensuite il est beaucoup plus efficace contre les chocs qu'un gilet avec de la mousse à l'intérieur. Et il est beaucoup plus léger.

— Merci, papa ! Les autres filles vont crever de jalousie ! lâcha-t-elle.

— Eh bien tant pis. »

Sara vit son père lancer un regard de défi à sa mère. Le « mais » de maman flottait clairement dans l'air. Pendant le repas, Sara remarqua qu'il y avait quelque chose qui clochait entre ses parents : ils s'adressaient à peine la parole, eux qui d'ordinaire étaient si bavards et voulaient tout savoir sur sa journée. Son père lui demanda quand même ce qui s'était passé à l'école et au centre équestre pendant son absence, mais elle n'avait pas grand-chose à raconter. C'était en gros comme d'habitude. Ils avaient eu une interro en histoire. Qu'elle avait réussie avec brio.

« Avec brio ? répéta son père, un peu surpris.

— Oui, avec brio. Ça a l'air de te surprendre ?

— Non, c'est juste que je ne t'ai encore jamais entendue employer cette expression avant. »

Sara hésita. Il y avait autre chose aussi : les cours avec Smiley qu'elle avait donnés à Irene ? Elle prit son courage à deux mains. Qu'avait-elle à perdre, à part quelques cours d'équitation ? Encore que ce n'était pas avec n'importe qui, mais un des meilleurs entraîneurs d'Europe en concours complet d'équitation.

Soudain une inquiétude l'envahit. Et si jamais elle s'était trompée dans son calcul ? Elle raconta vite toute l'histoire et quand elle eut terminé, son père lança un regard presque implorant à sa mère. Celle-ci acquiesça ; elle paraissait émue, moins distante que tout à l'heure.

« C'était un joli geste de ta part, dit son père. Maman et moi allons t'offrir de nouvelles heures de cours.

— Je le savais ! laissa échapper Sara.

— Savais quoi donc ? demanda son père.

— Que tu… que vous, je veux dire, maman et toi, vous seriez tristes pour Irene. »

Ses parents esquissèrent un sourire. Ensuite sa mère demanda à son père comment ça s'était passé au travail.

« J'ai reçu des coups de téléphone de journalistes, sans doute les mêmes qui m'avaient contacté après la marche de la kippa, dit-il. Et ils ont eu droit à la même réponse que l'autre fois. *Niet.* Ne t'inquiète pas. J'ai dit ce que j'avais à dire. Maintenant ce sera silence radio du côté de Martin Brenner !

— Quelle radio ? demanda Sara qui ne comprenait pas bien de quoi il s'agissait. Tu aurais dû être à la radio ? »

Ses parents échangèrent un regard.

« À propos du colloque au Canada, dit son père avant de demander à Cristina comment ça s'était passé à l'hôpital.

— Cinq nouveau-nés sont venus au monde, pleins de vie et en bonne santé. Mais cela n'intéresse aucun journaliste...

— Ce devrait pourtant être le cas, dit Martin, au lieu de... »

Il ne termina pas sa phrase.

« Est-ce que je peux quitter la table maintenant ? demanda Sara. Je voudrais appeler Irene pour le lui dire.

— Bien sûr, dit son père. Vas-y. »

Frank s'installa à son bureau. Il joignit les mains, étira ses bras et les plaça derrière sa nuque dans un geste de victoire. Chaque jour dans son nouveau poste avait le goût d'une réhabilitation. Cela faisait plusieurs années qu'il était membre du parti auquel il avait apporté ses compétences en informatique pendant ses loisirs ; ils n'étaient pas si nombreux que ça dans le parti à avoir une formation universitaire comme lui – ou une formation tout court – et encore moins nombreux à s'y connaître en génétique et en biologie raciale. Pourtant, malgré ces connaissances et ses ambitions, il n'avait jamais pu grimper les échelons dans le parti, accéder à un poste enviable, se voir confier des missions de confiance ni attirer l'attention de la direction locale du parti. Il en était venu à douter d'obtenir jamais cette place au soleil qu'il méritait. Au laboratoire, on lui était passé devant comme s'il ne comptait pas. Pareil dans le parti. À l'université, il avait réussi à décrocher un master, mais chaque fois qu'il postulait à un poste de chercheur, quelqu'un d'autre lui passait devant. À la fin de ses études, il avait rencontré une fille intelligente qui suivait les mêmes cours que lui et en était tombé amoureux. Il lui avait fait une cour assidue, mais quand il lui avait déclaré sa flamme, elle lui avait ri au nez. Elle lui avait préféré un jeune prof de lycée qu'elle avait épousé et qui par la suite enseigna à l'université avant de devenir chercheur. Il avait donc dû se contenter de ce qu'il pouvait trouver : une fille pas vraiment belle dont le plus grand mérite était de faire l'affaire au lit, et de faire *grosso modo* ce qu'il voulait. Elle lui avait donné deux fils dont un seul s'en sortait à peu près.

Mais cette fois, la chance avait tourné ! Au fond, il ne pouvait que se féliciter d'avoir été congédié du laboratoire, même s'il aurait préféré être celui qui claque la porte, car tout de suite après il avait été convoqué à un entretien avec la direction du parti. En effet le parti avait le vent en poupe et avait besoin de renforcer sa chancellerie. En plus, on lui confia le poste de responsable de la communication. Sa tâche était de diffuser des informations qui servaient le parti. Il était sur un terrain familier, sauf qu'à présent il était rémunéré pour faire circuler rumeurs, mensonges, calomnies et autres vérités qui, de préférence anonymes, se trouvaient déjà sur Internet, plutôt que d'être l'auteur de déclarations que tout journaliste ou chercheur pouvait vérifier et invalider. Il se comparait à un pêcheur qui se levait tôt le matin en rêvant d'une grosse prise. Mais à la différence d'un pêcheur, il était rare que Frank rentre bredouille. Il y avait tant de ressentiment envers les étrangers et les réfugiés que les moyens utilisés auparavant pour attiser le climat de méfiance et de haine devaient servir désormais à canaliser et renforcer les forces déjà présentes.

Frank était reconnaissant d'avoir enfin eu l'occasion de montrer ce dont il était capable et il allait au boulot le sourire aux lèvres. D'autres s'occupaient de l'aspect idéologique, mais il recevait des louanges pour ses solutions créatives pour diffuser leurs idées parmi la population. Cela nécessitait tact et doigté, ce qui, honnêtement, n'était pas la qualité première – le porte-parole excepté – des membres du parti.

Avant d'avoir pris ses marques, il avait commis quelques impairs, ce qui avait valu au parti d'être accusé de racisme et d'antisémitisme ; l'islamophobie, ça passait, mais pas la haine des Juifs. Pas encore. Il s'était fait remonter les bretelles. Le lendemain, le chef du parti était venu voir Frank dans son bureau pour lui dire qu'il espérait ne pas avoir pris la réprimande trop à cœur. « Le parti a besoin de gens comme toi, avait-il dit. Des soldats qui font leur devoir et sont loyaux. » Le chef avait apporté un livre. « Lis ça ! » avait-il lancé à Frank. Le livre était une thèse sur la manière dont les nazis et les staliniens avaient soigné – manipulé, auraient dit leurs adversaires – leur langue pour ne pas appeler les choses par leur vrai nom avant d'accéder au pouvoir, et encore même là. Frank avait parcouru l'étude et compris la nécessité pour le parti d'élaborer une stratégie du langage. Leurs sympathisants de base ne brillaient pas par leur intelligence, il devait le reconnaître. À quoi leur aurait-elle servi d'ailleurs ? Chaque cerveau à sa place ! aimait dire Frank. Il avait donc établi une liste de mots que les membres du parti devaient utiliser dans le débat public et l'avait présentée au petit cercle de la direction. Cela avait été un grand jour pour lui quand sa liste avait été acceptée.

La dernière semaine, en revanche, il n'était sorti du bureau de Frank que de maigres contributions. Son travail consistait surtout à recueillir ici et là des propos injurieux contre les étrangers, et de faire en sorte qu'ils deviennent viraux sans qu'on puisse faire le lien avec le parti du Rassemblement. Il fallait surtout faire attention à la gauche toujours politiquement correcte et aux Juifs qui dirigeaient la télévision et les grands journaux : ils vous fonçaient dessus si on y allait trop franchement, sans langue de bois. Enfin, il lui incombait de surveiller les activités de leurs membres sur les réseaux sociaux pour pouvoir vite démentir les pires outrances… et tirer les oreilles aux imprudents. Le chef de Frank – le ministre de la propagande comme on l'appelait en interne – enrageait devant le manque de culture historique de bon nombre de membres. N'avaient-ils donc rien appris des tactiques efficaces de manipulation par le langage mises en œuvre par le national-socialisme et même le stalinisme ?

Eh bien, non. Un sujet restait particulièrement sensible : les Juifs. Il suffisait de penser à la levée de boucliers qu'il y avait eu quand le conseil municipal avait tergiversé. La mafia juive était montée au créneau. Le président des États-Unis avait même dû missionner un envoyé spécial pour « lutter contre l'antisémitisme », une certaine Hanna Rosenthal, une Juive, bien sûr. Peu cependant avaient noté que l'incident avait été de la publicité gratuite pour le parti du Rassemblement. Le porte-parole de la section locale avait aussitôt déclaré que la société juive et le parti avaient un intérêt commun à lutter contre les hordes d'islamistes. Si seulement ils avaient su comment ils parlaient des Juifs en interne ! L'idéologie du parti était claire : tout élément étranger, et en particulier les gens qui mettaient leur identité devant celle de la nation, étaient des éléments impurs et des agents présumés de la cinquième colonne.

Depuis que le conseil municipal s'était pris les pieds dans le tapis, Frank avait écumé Internet pour trouver si d'autres politiciens avaient aussi tenu des propos ambigus sur les Juifs, qui à leur tour pourraient se répandre via les innombrables comptes anonymes qu'il avait ouverts sur les réseaux sociaux. Dans cette démarche, il s'était inspiré des scientologues qui avaient ouvert des dizaines de milliers de pages d'accueil et de blogs pour noyer tous les groupes et organisations qui cherchaient à leur nuire. Pour Frank, le combat pour la maîtrise de l'information sur Internet était une guerre qu'il fallait mener sans merci. En temps de guerre, comme on sait, tous les coups sont permis.

Frank ouvrit le dossier sur les Juifs dans son ordinateur. Peut-être avait-il laissé échapper une pépite parmi le gigantesque matériau de liens, d'articles et de photos. Soudain un personnage qu'il connaissait bien et ne portait vraiment pas dans son cœur surgit sur l'écran : Martin Brenner portant une kippa et la phrase *I am not a Jew* sur la poitrine. La première fois que Frank avait vu cette photo, avant de se faire virer du laboratoire, il avait été tout feu tout flamme. Après avoir retouché la photo pour faire disparaître tous les autres manifestants autour, il l'avait publiée avec le nom en toutes lettres. Il avait voulu bien faire : répandre la photo d'un homme seul qui ne voulait pas être juif. Mais son travail de retouches lui avait pris trop de temps : quand il avait terminé, la photo originale avait déjà eu de larges échos dans la presse et sur Internet, ce qui avait complètement discrédité son travail.

Avant de passer à autre chose, Frank tapa le nom de Martin Brenner sur Google et eut des milliers de résultats. Il parcourut d'un œil las la longue liste de liens renvoyant à divers articles sur la génétique et l'ADN et allait retourner au moteur de recherche quand son regard tomba sur une rubrique qui se différenciait des autres : *The Jew who didn't…* Son pouls s'accéléra. Il cliqua sur le lien et tomba sur la page d'accueil d'un quotidien canadien, *The Globe and Mail.* Il lut rapidement l'interview de Brenner où il affirmait que sa mère avait été juive mais que lui ne l'était pas ! Quel imbécile ! Soudain, tout s'éclairait. Martin Brenner était juif ! Tout comme Rosenbaum et le caniche de Brenner, Samuel. Pas étonnant qu'avec un tel trio, on l'ait mis à la porte !

Frank se leva et fit un tour dans la salle commune pour essayer de recouvrer son calme. Il photocopia l'article en de nombreux exemplaires, les agrafa et les apporta en personne à son chef, Land, pour qu'il lise l'interview. À la surprise de Frank, ce dernier ne manifesta pas un enthousiasme aussi grand qu'il l'avait escompté. Mais arrivé à la fin de l'article, son visage s'éclaira… ou fit une grimace qui exprimait une sorte de satisfaction.

« Alors, qu'en dis-tu ? demanda Frank. On la fait circuler un max ? »

Land prit un stylo et entoura les deux dernières questions ainsi que les réponses de Brenner.

« Seulement ça ! dit-il. Le reste, tout le blabla sur le fait que l'appartenance ethnique n'a rien à voir avec les gènes et le sang, ça va direct à la poubelle. »

Land regarda Frank comme s'il était *lui* un imbécile. Vexé, il retourna dans son bureau, copia les deux dernières réponses aux questions de la journaliste, et fit un copier-coller avec la photo, en veillant à ce que les nom et prénom soient bien visibles, puis envoya le tout aux canaux habituels.

Mais très vite, il reprit du poil de la bête. Land ne connaissait pas le contexte. Il était temps de prendre les choses en main.

Il se cala dans son fauteuil. Une vengeance ? Le mot était délicieux. Non, ça avait une connotation trop primitive. Réclamer vengeance ? C'était déjà mieux, plus impersonnel. Se venger d'une injustice était légitime. Une réhabilitation ! Voilà le mot qu'il cherchait ! Il était l'heure de demander une réhabilitation.

Mais comment ? Il fit carburer son esprit : quel était le point faible de Brenner ? Frank pouvait naturellement taguer une croix gammée sur sa porte de garage ou continuer à lui envoyer des lettres d'injures anonymes, mais ça paraissait si banal et convenu, outre le fait qu'il serait le premier suspect. Répandre des rumeurs était également envisageable, sauf que d'autres membres du parti s'en chargeraient et que par ailleurs Brenner avait reconnu son crime, d'être juif. Il fallait trouver un angle d'attaque plus subtil.

Mais au fait ! Est-ce que Brenner n'avait pas une fille qui fréquentait la même école que Tomas, son fils ? Il ne fut pas long à découvrir qu'elle s'appelait Sara, avait presque treize ans et qu'elle était dans la classe en dessous de Tomas. Son fils était un perturbateur de première qui avait déjà reçu deux avertissements pour harcèlement, alors que tout ce que méritaient des élèves comme lui, c'était une bonne raclée. Tomas ressemblait à son père : ils se comprenaient. Ce qui n'était pas le cas de son petit frère qui était un tendre. Il devait tenir ça de sa mère. C'était râpé pour mettre Tomas à contribution aujourd'hui, mais dès le lendemain, il lui donnerait ses instructions. Son gamin allait adorer !

Quand Sara ensommeillée vint dans la cuisine, ses parents prenaient déjà leur petit déjeuner. Quand l'avaient-ils pris ensemble pour la dernière fois ? Son père lui demanda à quelle heure elle terminait les cours. Sa mère avait eu droit à Sara pendant une semaine, maintenant c'était son tour, estimait Martin. Il voulait l'accompagner au centre et la voir monter à cheval, si elle acceptait. Évidemment qu'elle acceptait, ne fût-ce que pour nettoyer le box… mais elle se garda bien de le dire.

Les heures à l'école passaient trop lentement. Sara n'avait qu'une envie, foncer au centre équestre, montrer ses nouveaux sac de pansage et gilet d'équitation et parler avec Irene de Smiley. Et monter Murphy, bien sûr.

Dès la sonnerie, Sara dévala les escaliers et se dirigea vers les vélos. Elle allait monter sur le sien quand quelqu'un lui donna un coup dans le dos qui faillit la faire tomber. Elle se retourna et fut nez à nez avec trois garçons de quatrième ou troisième… de troisième plutôt. Elle les avait déjà vus, mais ne leur avait jamais parlé, ni ne s'était approchée d'eux. Elle avait entendu dire que le plus grand, qui s'appelait apparemment Tomas, aimait se bagarrer et sautait sur ceux incapables de se défendre. Il avait déjà eu plusieurs avertissements.

« Arrête de me pousser ! dit Sara.

— Et si ça me plaît à moi ?

— Mais je ne t'ai rien fait !

— Sale fille de Juif !

— Qu'est-ce que t'as dit ?

— J'ai dit "sale fille de Juif" ! Tu crois que je le sais pas ? Ton paternel n'est qu'un sale Juif et tu es sa fille, hein ? »

Tomas la bouscula, cette fois encore plus fort.

« Arrête ça ! » tenta Sara.

Elle avait envie de lui crier au visage qu'elle n'était pas juive, mais quelque chose la retint. Anne Frank était juive. Et ça ne faisait pas d'elle une sale enfant de Juif pour autant.

Mais quand Tomas fit un pas en avant pour la pousser encore une fois, elle-même, sans savoir ce qui la prenait, fit la même chose et enfonça le pouce et l'index dans ses narines, puis vrilla les doigts, comme on le fait avec les chevaux récalcitrants. Il hurla de douleur.

« Lâche-moi ! » gémit-il.

Mais elle vrilla encore une fois avant de le lâcher et de lui donner un coup qui le fit tomber à la renverse. Puis elle sauta sur son vélo et rentra à la maison, furieuse, triste et bouleversée. Pourquoi s'en était-il pris à elle ? Elle ne connaissait personne dans leur classe. Pourquoi l'avait-il traitée de sale fille de Juif ? Peut-être que c'était la pire insulte qui leur était venue à l'esprit, à part celle de « putain », qui était leur insulte favorite. Elle se mordit les lèvres pour s'empêcher de fondre en larmes. Elle n'avait pas pleuré, même quand elle était tombée de cheval, même lorsqu'elle avait fait quatorze erreurs lors d'une compétition de saut d'obstacles, même quand elle avait oublié sa peluche dans le bus. D'autres pleurnichaient pour trois fois rien, mais pas elle. Non, elle serrait les dents et en était fière. Son père disait souvent qu'il fallait réserver sa colère et ses cris pour les grandes occasions, quand ça en vaudrait vraiment la peine. Sa mère pouvait s'emporter pour n'importe quoi, mais bon, ça n'arrivait pas si souvent. Son père, lui, ne se fâchait presque jamais pour de bon. Sara ne se souvenait pas l'avoir jamais entendu crier parce qu'il était en colère. Elle voulait être comme papa.

Pour une fois, elle avait envie qu'un de ses parents soit à la maison, mais il n'y avait personne. Sara se changea rapidement, fixa le sac de pansage sur le porte-bagage et se rendit au centre équestre. Irene n'était pas encore arrivée, alors Sara sella Murphy et le sortit de son box. Après l'échauffement, ils firent un programme de dressage. Cela ne se passa pas bien du tout. Sara avait la tête ailleurs, elle n'arrêtait pas de penser aux imbéciles de l'école. Murphy le remarqua, évidemment. Les chevaux n'ont peut-être pas le cerveau d'Einstein, mais comme tous les animaux qui s'effarouchent facilement, ils ont une sensibilité hyper développée. Les sauts d'obstacles se passèrent un peu mieux, mais uniquement parce que Murphy aimait sauter ; elle n'avait aucun mérite dans cette affaire.

Au bout d'une demi-heure, Sara laissa tomber, retourna au centre, dessella Murphy et lui donna deux carottes et deux pommes, soit deux fois plus que d'habitude. Comme si elle cherchait à compenser par là ce qui s'était passé dans la cour de l'école. Aussi fut-elle très heureuse quand Irene la serra très fort dans ses bras dans la salle d'accueil.

Sara fut contente aussi quand son père arriva un peu plus tard. Avec tout ce qui s'était passé, elle avait fini par oublier qu'il devait venir. Il n'eut pas l'air trop déçu quand elle lui annonça qu'elle avait terminé de monter Murphy. Ensemble ils retournèrent voir le cheval qui les accueillit avec un hennissement. Il ne s'était certainement pas attendu à voir Sara revenir ce jour-là. Mais manifestait-il sa joie ou espérait-il seulement avoir encore plus de carottes ? Difficile à dire. Parfois Sara aurait aimé que les chevaux remuent la queue comme les chiens pour qu'on sache quand ils étaient vraiment contents. Son père insista pour faire d'autres photos d'elle et de Murphy.

« Tu ne pourrais pas avoir l'air un peu plus gaie ? » s'étonna son père.

Elle fit un effort mais le cœur n'y était pas. Devait-elle tout raconter à son père ? Elle aurait préféré tout oublier, comme si ça ne s'était jamais passé.

Son père suggéra de faire une balade. Ne pouvaient-ils pas suivre le terrain de cross, comme ça Sara pourrait lui montrer et lui expliquer les différents obstacles ? Comme ça, il saurait ce qu'elle ferait lors du prochain concours d'équitation, quand elle disparaîtrait dans le bois.

« Mieux vaut savoir ce qu'on doit craindre avant, plutôt que de s'imaginer mille et un dangers », dit-il.

Arrivés à mi-parcours, son père lui prit la main. Cela faisait longtemps qu'ils n'avaient pas marché ainsi, main dans la main ; ou n'était-ce qu'une impression ? Elle était grande maintenant, une vraie ado. Mais ici, personne ne les voyait. Non qu'elle eût honte de tenir la main de son père. On fait ça quand on est petit. Néanmoins ça lui faisait du bien de tenir la main de son père. Elle se sentait en sécurité. Avec lui, rien de vraiment mal ne pouvait lui arriver.

Ils s'assirent dans l'herbe à côté de l'obstacle de la rivière, juste avant la ligne d'arrivée où, lors des compétitions, une foule se pressait. Aujourd'hui ils étaient seuls. Dans le paddock, à quelques centaines de mètres de là, une vingtaine de chevaux trottaient. Les étalons et les hongres, dont Murphy, avaient leurs propres paddocks. Elle avait parfois observé Murphy pour voir s'il jetait des regards langoureux du côté des juments, mais il paraissait satisfait d'être avec son meilleur ami, un poney Shetland têtu et plein d'assurance. Elle savait que ce n'était pas simple d'être un étalon au milieu de douzaines de juments. Les étalons étaient épuisés d'essayer de garder le contrôle et de prouver que c'étaient eux qui décidaient. Le plus étrange était qu'ils restaient calmes dans leurs boxes même s'il y avait des juments à proximité. En revanche, une fois dehors, ils pouvaient être difficiles à monter.

Son père et elle ne dirent rien pendant un moment, puis il demanda comment ça s'était passé à l'école.

« Bien », répondit Sara en essayant de ne pas penser à ce qui était arrivé. Elle voulait serrer les dents, car c'était sa nature, mais cette fois c'était allé trop loin. La colère et la douleur la submergèrent et ses larmes coulèrent.

« Mais ma petite Sara ! s'exclama son père. Qu'est-ce qu'il y a ? »

Alors elle parla de l'agression à l'école et des coups.

« Mais pourquoi ? demanda son père, inquiet.

— Ils m'ont traitée de sale enfant de Juif ! »

Elle sentit la main de son père se raidir dans la sienne. Elle le regarda et prit presque peur devant l'expression de son visage.

« Mais c'est pas ce que je suis, hein, papa ? Je ne suis pas une sale enfant de Juif. Je suis seulement Sara. »

TROISIÈME PARTIE

Quand j'écris ces lignes, à peine deux ans se sont écoulés depuis que Martin Brenner m'a contacté la première fois. Il voulait me raconter, écrivit-il dans un mail, une histoire qui, selon lui, pouvait intéresser un écrivain comme moi. Au fil des ans, j'ai reçu un nombre assez conséquent de demandes d'écriture de livres sur les sujets les plus variés ; l'une des plus singulières émanait d'un producteur de cinéma français qui voulait que j'écrive un roman sur la légende du roi Arthur et de ses chevaliers, transposés à l'époque contemporaine, pour que ça devienne un film. Jusqu'ici, j'ai toujours refusé ce genre de propositions : je ne peux ni ne veux écrire sur commande. Je n'ai d'ailleurs jamais signé de contrat pour un livre avant qu'il ne fût quasiment terminé. Je suis allergique aux *deadlines*, un anglicisme qu'on devrait traduire par « lignes de mort », pour qu'on comprenne de quoi il s'agit réellement.

J'ai réussi à dire non à la demande de Brenner, quand j'eus clairement une sensation de *déjà vu* ou plutôt de *déjà lu*. Je fis une recherche sur Internet et vis que mon pressentiment était justifié : j'étais déjà tombé sur le nom de Martin Brenner, même si je ne m'en souvenais pas. Je lus quelques interviews de lui, entre autres dans le journal canadien *The Globe and Mail* qui, je le compris plus tard, fut à l'origine de son drame, et des articles parlant de son intervention remarquée lors d'un débat télévisé, quelques mois seulement avant de recevoir son mail. Plus je lisais, plus sa prise de position m'intéressait par principe, ainsi que ce qui se cachait éventuellement derrière tout ça, d'un point de vue purement personnel.

Dans mon bureau, j'ai un certain nombre de classeurs intitulés « Articles sur les hommes ». J'y ai rassemblé au fil des ans des centaines d'histoires curieuses sur la destinée de gens que je pourrais utiliser dans mes livres. Chaque fois que je trouve un article qui éveille ma curiosité, je feuillette ces classeurs pour voir s'il y a lieu de conserver cette dernière trouvaille. J'ai fait de même avec les textes sur Martin Brenner que j'avais imprimés. Je ne fus pas long à me rendre compte que son histoire déjà rendue publique méritait une place de choix.

Contrairement à mon premier mouvement, je répondis donc à Brenner que j'étais prêt à le rencontrer pour écouter ce qu'il avait à me dire. Je proposai qu'on se voie à Helsingborg qui, fortuitement, était devenu, sinon ma ville de résidence, du moins mon adresse postale, sous la forme d'un studio, quand je n'habitais pas sur mon bateau ou quelque part en Italie. Mais on pouvait aussi se voir en Scanie ou à Copenhague, si cela lui convenait mieux. La réponse fut immédiate. Brenner préférait Copenhague car il arriverait par avion. Il ne me précisa pas d'où.

Une semaine plus tard, nous nous rencontrâmes dans une auberge traditionnelle du nom de Skindbuksen, près de Kongens Nytorv, que je fréquentais pas mal quand je vivais à Copenhague. Brenner arriva à l'heure convenue, je l'aurais reconnu d'après ses photos sur Internet. De son côté, il m'identifia sans hésiter. Je n'ai jamais été doué pour décrire le physique des personnages de roman – cela en dit si peu sur l'essentiel – et je n'ai pas non plus l'intention de le faire cette fois-ci. En revanche, je dois avouer m'être attendu à ce qu'il dégage davantage de vitalité, à l'image d'un homme qui avait eu le courage de lutter pour ses valeurs et ses idées. Sauf que l'homme en face de moi paraissait à terre ou tout du moins abattu.

Il me remercia tout d'abord d'avoir accepté de le rencontrer et me demanda si je savais ce qui lui était arrivé. Je lui fis part de ce que j'avais pu lire dans les articles et les interviews, et j'ajoutai que je comprenais fort bien son point de vue. J'aurais vraisemblablement eu la même attitude si j'avais été à sa place.

« Je ne suis pas sûr que j'agirais comme je l'ai fait, si c'était à refaire », dit Brenner.

À peine avions-nous commandé chacun notre bière qu'il commença à me raconter son histoire dans les grandes lignes, à partir du décès de sa mère : les révélations de l'avocat Levin et ses propres réflexions sur la manière de gérer ces nouvelles données, jusqu'à la conférence. Son récit était consciencieux, mais sans détails ; en particulier, il livra très peu de choses sur son épouse Cristina et sa fille Sara. Il n'en dit guère plus sur ce qui s'était passé après le colloque. Je me suis demandé pourquoi, sans trouver de réponse satisfaisante. Avec le recul, je comprends qu'il ne voulait pas tout me raconter avant d'avoir l'assurance que je rapporterais loyalement son histoire. Avant tout, il était réticent à parler de Sara : ce devait être trop douloureux pour lui.

Ma première question, quand il eut terminé, fut naturellement de lui demander pourquoi il s'était adressé à moi quand tant d'autres écrivains auraient tout aussi bien fait l'affaire. Il répondit qu'il avait lu plusieurs de mes livres et cru comprendre que nous avions pas mal de points communs : aucun de nous deux n'était croyant et nous avions, chacun à notre manière, cherché à comprendre l'homme : il avait commencé par des études en sciences humaines avant de se tourner vers les sciences pures, quand, de mon côté, j'étais passé de la géologie aux sciences humaines. Aucun de nous n'éprouvait le besoin d'appartenir à un groupe ; nous étions tous deux plus tournés vers l'avenir que le passé ; tous deux avions essayé de vivre dans différents pays. C'était en particulier quelques pages du livre *Besoin de liberté* qui l'avaient convaincu que j'étais la bonne personne, ou le bon écrivain, pour le job. Enfin, le fait de connaître plusieurs langues étrangères avait été, précisa-t-il, un argument supplémentaire en ma faveur.

Quand je lui fis remarquer que ce qu'il me demandait relevait moins de la littérature que de la biographie, et qu'un historien versé dans l'essai aurait pu tout aussi bien, sinon mieux, s'en acquitter, il répondit aussitôt qu'il désirait que je consigne son témoignage *comme si* cela avait été un roman. Il voulait, disait-il, que les gens comprennent de l'intérieur ce qu'il avait traversé. Et pour cela, il en avait la conviction, il fallait un « véritable » écrivain. Quand je lui demandai ce qu'il entendait par « les gens » – on n'écrit pas un roman en ciblant un groupe en particulier – il se montra évasif. Je ne compris que bien plus tard que le livre s'adressait en premier lieu à sa fille Sara. C'était, je crois, la façon qu'il avait trouvée de demander pardon pour son entêtement, son refus de tout compromis, même si, à strictement parler, il n'était pas coupable de ce qui était arrivé.

Je lui suggérai un temps de réflexion : ce livre devait aussi avoir du sens pour moi. Brenner le comprit parfaitement. Combien de temps me faudrait-il ? Est-ce que quelques jours suffiraient ? Son futur était devenu très élastique, dit-il, mais il aurait bien aimé avoir une réponse avant de rentrer chez lui. Je lui demandai son numéro de téléphone, mais il préférait m'appeler lui-même. J'ignorais et j'ignore encore où il séjournait, pas plus que je ne sais dans quelle ville, voire dans quel pays, il vivait ou travaillait. Avant son départ de Copenhague, je reçus une photocopie de la lettre que sa mère lui avait laissée après son décès. Il me donna aussi un tirage de sa conférence de Mont-Rolland, à l'extérieur de Montréal.

Vingt ans plus tôt, quand je croyais encore avoir tout le temps devant moi, j'aurais pu répondre immédiatement à la proposition de Martin. Mais après avoir atteint la soixantaine, je me rendais compte que je ne pourrais pas écrire tous les livres et articles déjà commencés ou esquissés. J'étais obligé de choisir. Mais comment ? Selon quels critères ? Après avoir beaucoup réfléchi, je suis arrivé à la conclusion que je devais donner la priorité aux projets que je me croyais sans doute seul à pouvoir mener à bien. Du coup, toute une partie de mes dernières recherches furent stoppées, par exemple la suite à mon analyse sur la place et le sens de l'adjectif dans le français moderne. Un autre pouvait s'en charger tout aussi bien que moi. Même certaines idées de romans tombèrent sous le couperet, comme celui sur mon père absent. De même que le projet d'un essai sur les raisons qui poussent des personnes à lire des romans d'amour, en particulier ceux qui finissent mal.

Étais-je la bonne personne pour raconter l'histoire de Martin Brenner et celle-ci disait-elle quelque chose sur moi ? J'admirais Martin pour sa résistance à la haine à laquelle il s'était heurté ; je partageais les opinions dont il se faisait le porte-parole, même si je ne suis pas certain que sa stratégie de défense fût la meilleure. Moi aussi j'avais une fille et je pouvais facilement m'imaginer ma réaction en apprenant que mes parents étaient juifs et qu'ainsi, je l'étais et ma fille aussi, en partie. Comme Martin, j'étais plus préoccupé par la question de savoir qui j'étais et qui je voulais être, plutôt que de perdre mon temps à savoir d'où je venais.

Aussi, quand Brenner m'appela quelques jours plus tard, je m'étais finalement décidé à dire oui. Nous nous retrouvâmes dans la même auberge de Copenhague, mais cette fois, c'est moi qui pris la parole : je me sentais capable de raconter son histoire à condition de l'aborder comme une fiction. Et cela pour deux raisons.

La première relève de la vanité, je suppose, mêlée d'une pointe d'intégrité artistique : pas question d'être un simple nègre. Le livre serait publié sous mon nom, j'en serais responsable même si j'écrivais « son » histoire. Martin s'était adressé à moi en tant qu'écrivain, non en tant que secrétaire.

La seconde, c'était que je voulais rester à distance du texte. Bien sûr, j'allais essayer de me mettre à la place de

Martin Brenner, mais il importait de ne pas m'impliquer personnellement. Étant donné nos convergences de vue, le risque – ou la tentation – était que le personnage de roman Martin devienne plus moi que lui-même. Ne voulant pas courir ce risque, un récit à la première personne était donc exclu.

Martin accepta le marché. Je lui demandai à mon tour s'il avait des désirs particuliers. Oui, il souhaitait notamment que, dans la mesure du possible, l'histoire soit racontée comme pouvant se dérouler dans n'importe quel pays européen, l'Allemagne exceptée. Il voulait aussi qu'on comprenne que ce qui lui était arrivé ne concernait pas les Juifs, potentiels ou déclarés, mais tous ceux qui refusaient d'être réduits à leur identité génétique ou à une quelconque idéologie ou morale.

Je lui dis que je ferais mon possible, mais ce ne serait pas si simple. À commencer par le nom des personnages ? Devais-je utiliser son vrai nom ? Celui de sa femme et de sa fille ? D'un côté, il voulait que le roman se déroule quelque part en Europe, d'un autre il y aurait forcément des lecteurs ayant entendu parler de Martin Brenner qui reconnaîtraient son histoire. Du seul fait que le roman serait écrit en suédois, on déduirait que Martin était suédois et vivait dans ce pays.

En revanche, je ne lui fis pas part de mes réserves : sa femme et sa fille ne seraient peut-être pas très contentes de voir leurs noms apparaître dans un roman… Brenner ne semblait pas voir les noms comme un problème : quand le roman paraîtrait – à la différence de moi-même, il partait du principe qu'il serait publié –, la tempête médiatique se serait sûrement calmée, du moins l'espérait-il. Les gens oubliaient vite. Le plus important pour lui était que ceux qui s'étaient trouvés mêlés à son histoire puissent lire son point de vue et savoir ce qu'il avait vécu.

Quand j'aurais terminé, il pourrait bien entendu lire le manuscrit avant que je l'envoie éventuellement à une maison d'édition et j'écouterais ses remarques et ses objections, mais c'est moi qui aurais le dernier mot. Il accepta et se dit confiant. Il ne cherchait pas à apparaître sous son meilleur jour mais tel qu'il était. Malheureusement, ajoutais-je, rien ne garantissait qu'un roman soit bon uniquement parce que l'écrivain faisait de son mieux. Il était néanmoins prêt à courir ce risque.

Martin parut soulagé quand nous trinquâmes à notre accord. Il flottait une atmosphère de libération et d'espoir. Je suggérai à Martin de passer une semaine ou deux sur mon bateau, le temps qu'il me raconte son histoire. À bord, nous serions au calme. Pouvait-il s'accorder ce temps-là ?

« Le temps, me répondit-il, est bien la seule chose que j'ai en trop grande quantité. »

Il m'expliqua qu'on lui avait signifié son congé du laboratoire aussitôt après sa participation dans le fameux débat télévisé. Il ne s'était pas encore mis en quête d'un nouveau travail. Avec la vente de la maison et un petit parachute doré, il pouvait tenir un ou deux ans sans travailler. Cristina ne voulait rien savoir de son argent, mais la vérité, selon lui, était qu'elle ne voulait rien avoir à faire avec lui, ou alors le minimum. Non qu'elle le détestât ou le méprisât, ajouta-t-il, mais parce qu'elle avait peur, pour elle-même et encore plus pour Sara, après ce qui s'était passé. Ce qui était on ne peut plus compréhensible. C'était le pire de tout. Si seulement Cristina l'avait haï, il y aurait eu un espoir, à défaut de pardon, du moins de réconciliation. Mais comment raisonner la crainte justifiée, et qu'il partageait par ailleurs, qu'il arrive quelque chose de terrible à leur fille ? Rien n'arrête la haine.

Deux semaines plus tard, Martin Brenner monta à bord du *Stornoway*. Sa seule expérience de bateau avait eu lieu lors d'un camp d'entraînement de rugby, quand tous s'étaient essayés au kayak pour améliorer leur équilibre et varier les exercices de renforcement musculaire. Mais Martin prit relativement vite ses marques sur le bateau. Mentalement… ou spirituellement, comme on disait avant, il n'était pas vraiment présent. Comme s'il ne s'intéressait pas à l'endroit où son corps se trouvait.

Comme toujours quand je faisais de la voile avec des invités peu expérimentés, je partis du principe que je serais seul à naviguer. Les tâches que je confiais à Martin étaient plutôt une façon de l'occuper. Quand je lui annonçai que nous allions mettre le cap vers un pays voisin, il se contenta d'acquiescer. Il est possible qu'il ait haussé les sourcils lorsque je lui ai précisé que ce serait une navigation de nuit.

Début octobre, en fin d'après-midi, nous avons largué les amarres. Le vent soufflant du nord apportait une fraîcheur automnale, mais il y avait du soleil et les prévisions sur cinq jours promettaient – les météorologues étaient prudents dans leurs promesses à la différence de la classe politique – qu'une haute pression se stabiliserait dans les prochains jours. J'expliquai à Martin comment diriger le bateau contre le vent pendant que je hissais la grand-voile. Je veillai à prendre un ris, non par nécessité mais par confort. Quand la grand-voile fut en place, je repris la barre, éteignis le moteur et déroulai le génois. Comme toujours, il y eut un soulagement quand le moteur se tut, remplacé par le vent dans les voiles, l'eau qui perlait le long de la coque et les vagues obstinées qui se brisaient sur les flancs. Je me versai une tasse de café du thermos et allumai une cigarette… eh oui, je fume, ce qu'on n'a plus le droit d'écrire dans les romans, mais ceci est un *semblant de roman*. J'eus tôt fait d'oublier le but de cette navigation et pourquoi il y avait un quasi-étranger, du nom de Martin Brenner, s'abritant sous le taud. J'étais seulement heureux d'être de nouveau en mer. Et Martin ? Impossible de déchiffrer l'expression de son visage.

Je restais à la barre les premières heures jusqu'à ce que nous soyons bien éloignés du rail maritime et des cargos qui ne cessaient de surgir à l'horizon. Quand il n'y eut plus de risque d'être heurtés par un porte-containers filant trente nœuds, je branchai le pilote automatique qui prit le contrôle du cap à suivre, mieux que ne l'aurait fait un barreur, homme ou femme, du moment que le vent était stable et relativement fiable. Il fallait malgré tout surveiller et cette mission incomba à Martin pendant que je préparais un plat de pâtes pour le dîner que nous avons ensuite mangé dans le cockpit, avec un verre de vin, en silence. Que se passait-il alors dans la tête de Martin ? Je ne sais pas, peut-être se remémorait-il notre accord afin de faire un compte rendu aussi clair et complet que possible. Ou, qui sait, prenait-il seulement une pause en laissant derrière lui les pensées et les sentiments qui le rattachaient à la terre ? Faire de la voile peut avoir cet effet, surtout, à en croire un de mes critiques, qui pensait que j'avais fait tellement de voile que le vent avait chassé de mon esprit toutes les idées intéressantes que j'aurais pu raconter.

Je tentai plusieurs fois d'amorcer une conversation mais de quoi aurions-nous pu parler sinon de l'histoire que je devais relater à sa place ? Martin restait un étranger pour moi. Et moi pour lui. Vers neuf heures du soir, quand la nuit tomba, je priai Martin d'aller se coucher. Il me jeta un regard un peu surpris mais je lui fis comprendre que sa présence ne changerait rien et que j'aimais naviguer de nuit, en tout cas quand on n'avait pas besoin de barrer.

Ce fut une navigation nocturne dans des conditions optimales. Un vent facile entre petite brise et bonne brise, pas au point d'accentuer la gîte, mais suffisant pour devoir se réfugier sous le taud. Sinon le vent était assez stable pour qu'on puisse garder le cap, sous le ciel étoilé. Vers l'ouest en revanche, juste au-dessus de la ligne d'horizon, c'est-à-dire là où l'horizon aurait dû être s'il y avait eu de la lumière, s'étendait une bande toute noire. Avec un bulletin de météo marine plus alarmant, j'aurais craint un orage à l'approche avec de fortes rafales de vent ou un front froid qui se préparait. Mais je pariais sur des bancs de brume : la limite supérieure de ce noir impénétrable au-dessus duquel scintillaient les étoiles était beaucoup trop nette pour être des nuages.

Je passai la nuit à surveiller et à écouter les ondes courtes de la radio en faisant régulièrement des microsiestes de quelques minutes. On ne peut pas rattraper de cette façon le sommeil perdu de toute une nuit, mais c'est mieux qu'on ne pense. Quand l'aube pointa, toujours de manière imperceptible, je vis que j'avais deviné juste : à l'ouest, parallèle à notre course, s'étendait un banc de brouillard lacté, tel un mur. Au-dessus, le ciel était bleu. J'étais surpris, comme souvent en mer. Comment se faisait-il que le banc de brouillard soit exactement là, donnant l'impression de ne pas s'être déplacé d'un millimètre pendant la nuit ? Aussitôt après, un bateau surgit de l'épaisse brume. Quand il s'approcha, je vis que c'était un ferry. À en juger par la hauteur du ferry et du temps qu'il prit avant de croiser notre route, je pus estimer la hauteur du banc de brouillard à quelques centaines de mètres. J'avais déjà navigué dans la brume, je l'avais souvent vue venir et se dissiper, mais je n'avais encore jamais observé un banc de brouillard aussi clairement délimité et stationnaire. Ce devait être à cause des courants : il y avait sans doute un courant d'eau plus froide juste à l'endroit où le banc de brouillard s'était formé. Ce fut la seule explication que je pus trouver. Mais comment et pourquoi un courant, en pleine mer, pouvait-il avoir une trajectoire aussi régulière ? Je n'avais pas de réponse. Comment tant de fois dans ma vie de navigateur, je laissai à l'inexplicable son statut d'inexplicable.

« Bonjour ! »

Je sursautai avant de me rappeler que j'avais un passager à bord auquel je n'avais pas consacré une pensée de toute la nuit. L'air ensommeillé, Martin se tenait dans l'entrée. Je lui demandai s'il avait bien dormi. Beaucoup mieux qu'il ne l'avait espéré, répondit-il.

Je le priai d'enfiler son gilet de sauvetage et de prendre le relais pendant que je préparerais le petit déjeuner.

Quand il revint, je lui montrai comment fixer la ligne de vie à des taquets que j'avais placés à des endroits stratégiques dans le cockpit, deux à l'entrée et deux à l'arrière, si l'on avait besoin de descendre sur la plate-forme arrière pour régler le pilote automatique. Martin me demanda si c'était vraiment nécessaire. La mer n'était-elle pas plutôt calme ?

C'était la première fois qu'il posait une question depuis qu'il avait embarqué. J'y vis un bon signe. Je lui expliquai que la règle à bord voulait qu'on soit attaché si l'on était seul sur le pont ou dans le cockpit. Il pouvait y avoir des remous après le passage d'un navire par exemple. Ou un coup de vent sous un nuage qui faisait gîter un peu le bateau. Ce n'était guère probable mais comme cela restait possible, mieux valait se montrer vigilant.

« Ce serait bien d'avoir une ligne de ce genre dans la vie », dit Martin.

Mais voilà, ça n'existait pas, et Martin le savait mieux que quiconque. Préférer la sécurité à l'insécurité était la règle à bord, mais à terre cela eût été une illusion. Sans compter que la vie aurait été d'un ennui mortel. Il y avait des exceptions, naturellement, comme toujours. À cette époque, je lisais les *Récits de la Kolyma* de Varlam Chalamov sur son expérience insoutenable dans les camps du Goulag sous Staline. Dans le camp, Chalamov avait pour principe, afin de survivre d'un jour à l'autre, de ne « jamais lâcher la proie pour l'ombre ».

Je descendis faire du café, tout en surveillant l'horizon. L'avantage de mon bateau est qu'il avait un carré doté de vraies fenêtres, à la différence de la plupart des autres voiliers où l'on avait une vue réduite à travers de petits hublots dont aucun ne donnait sur l'avant. Je ne comptais pas trop sur la vigilance de Martin. Mais quand je jetais un coup d'œil dans le cockpit, il avait l'air de prendre sa mission au sérieux.

Après avoir pris le petit déjeuner, il était temps de débrancher le pilote et mettre le cap sur la balise que j'avais enregistrée comme *waypoint*. Grâce au vent régulier de la nuit, j'eus seulement besoin de corriger de cinq degrés pour tomber juste. Une petite heure plus tard, la bouée d'atterrissage rouge et blanche apparut à l'étrave. Je mis le moteur en marche et affalai le génois. La grand-voile pouvait rester à poste au cas où le moteur nous lâcherait. Les manœuvres étaient délicates dans le chenal sinueux avant que la baie ne s'ouvre et redevienne profonde. Ici et là, à tribord, des vaches paissaient à quelques encablures seulement. À bâbord, des oiseaux de mer pataugeaient dans l'eau peu profonde et les algues. Par moments, nous avions l'impression de naviguer à travers un champ. Mais bientôt les plages réapparurent. À peine une demi-heure plus tard, nous avions jeté l'ancre, à l'abri d'un bois. Ici, nous serions protégés si le vent devait se lever. Nous avions des provisions pour une semaine et les panneaux solaires chargeaient les batteries pour l'électricité dont nous avions besoin ; en outre, peu de temps auparavant, j'avais installé un transformateur pour passer du courant continu au courant alternatif, ce qui nous permettait d'utiliser des ordinateurs et recharger des téléphones portables. J'avais fait savoir à mes amis et mes connaissances, ainsi qu'à la personne que j'aime, que je comptais naviguer quelques semaines et que je ne serais pas forcément joignable.

Martin avait-il eu des amis à qui se confier quand tous les antisémites et les médias étaient à ses trousses ? Pouvait-il compter sur quelqu'un maintenant ? Tout ce que je savais alors, sur ce lieu de mouillage idyllique, était que sa femme l'avait quitté en emmenant leur fille et qu'il s'était fait virer de son job. Mais je ne connaissais pas les détails et les circonstances, en particulier je ne savais rien des sentiments qui l'habitaient. Je me souviens néanmoins m'être demandé jusqu'où irait sa franchise.

« Qu'est-ce qu'on fait maintenant ? » demanda Martin quand nous eûmes affalé les voiles et mis la housse de bôme.

Cela montrait à quel point il ignorait les attraits de la vie sur un bateau. Car la réponse évidente à sa question était : Rien ! Ou ce qui vous passait par la tête. Rester à demi allongé dans le cockpit ou contempler les nuages dans le ciel. Écouter le cri des mouettes. Commencer la lecture d'un livre qui aura tôt fait de vous tomber des mains. Écrire quelques lignes dans le journal de bord. Prendre un bain. Nettoyer le pont. Réparer un bout de manœuvre effiloché. Voyager immobile sur une carte maritime. Ramer jusqu'à terre avec le canot et se promener le long de la plage.

Mais ceci n'était pas une balade en mer ordinaire et Martin n'était pas un invité comme les autres. Nous n'étions pas là pour profiter de la mer et du vent : nous avions un travail à faire. Il ne fut pas facile de s'y mettre. Comme toujours quand je quittais le port, il me fallait quelques heures pour que la hiérarchie entre ce qui était important et ce qui ne l'était pas soit inversée. Ce qui comptait sur terre, comme essayer d'écrire de bons romans, devenait soudain plus accessoire, je pouvais en tout cas le remettre à plus tard sans mauvaise conscience. Sauf que maintenant c'était le récit de Martin et non un des miens qui était en jeu. J'aurais aimé qu'il prenne l'initiative de commencer, mais il restait dans l'expectative comme si rien ne pressait, pas même de raconter son histoire. Comment était-ce possible ? Pourquoi m'aurait-il contacté, sinon ? Était-ce une dernière façon de se défiler ? Et ensuite ? Mais si le livre n'était jamais publié, jamais lu ou s'il était descendu en flèche par les critiques, comment réagirait-il alors ? Mieux valait ne pas y penser.

Je lui demandai s'il voyait un inconvénient à ce que je me repose quelques heures avant de commencer. Ce n'était pas le cas. Je le laissai assis dans le cockpit et me glissai dans le coqueron avant où je m'endormis aussitôt.

Quand je me réveillai, reposé, quelques heures plus tard, Martin était toujours à l'endroit où je l'avais laissé. Je lui annonçai que j'allais préparer à manger ou faire la tambouille comme on dit entre marins, mais je le prévins qu'ensuite ce serait à son tour de faire la cuisine. Je lui prêtais ma plume et mon oreille, mais nous partagerions nos compétences culinaires de manière fraternelle.

Après le déjeuner, je sortis le magnétophone, un nouveau carnet de la marque Moleskine et quelques-uns de mes stylos, un ancien Waterman que j'avais trouvé dans un magasin de stylos à Nice, dont je ne m'étais pas encore servi. Beaucoup d'écrivains ont des rituels ; le mien consiste à changer de stylo quand j'attaque un nouveau livre, de préférence pour un que j'ai récemment acheté. Martin suivait mes préparatifs avec des yeux ronds. Je lui racontai comment j'étais tombé sur ce stylo et que j'écrivais toutes mes notes et les premières versions d'un manuscrit ainsi, avant de le recopier sur l'ordinateur, trente pages à la fois. En revanche, il pourrait récupérer l'enregistrement s'il le souhaitait, quand j'aurais terminé ; sinon il serait lui aussi effacé, pour toujours. Il y réfléchirait, dit-il, mais ne pensait pas que ça l'intéressait. Il n'aimait pas entendre sa propre voix. Mais d'autres peut-être, objectai-je, sa fille par exemple, un jour dans le futur…

« Ma fille… »

Sa voix s'éteignit. Je mis le magnétophone en marche.

« Ça va faire plus de six mois que je ne l'ai pas vue, que je ne lui ai même pas parlé. Je ne sais même pas si elle a envie de me voir. Tu sais ce qu'elle m'a dit quand Cristina et elle ont déménagé ? "Tu as détruit ma vie !" En ces termes ! Tu peux imaginer ce que ça fait d'entendre ça dans la bouche de ta fille que tu aimes plus que tout au monde ? »

Martin se détourna. Ses mains tremblaient. Soudain je craignis qu'il soit venu me trouver non seulement pour que je transcrive son histoire mais aussi pour avoir un confesseur, un psychologue et un conseiller ; en guise de thérapie, il allait mettre ses tripes sur la table. Je l'écouterais loyalement, bien sûr, et lui poserais des questions quand ce serait nécessaire pour mettre un peu de clarté dans ses pensées confuses, mais pour ce qui était de sa vie, à lui de se débrouiller.

« J'ai une fille, moi aussi, dis-je. Mais nous devrions peut-être commencer par le début, sinon j'aurai du mal à m'y retrouver. »

Martin fit visiblement un effort pour se maîtriser.

« Du début ? Quel début ?

— Si j'étais à ta place, je commencerais par raconter comment tu as appris que ta mère était juive. Car c'est bien là que toute l'histoire a démarré, n'est-ce pas ? »

Cette première journée, il en coûta beaucoup à Martin qui avait du mal à trouver ses mots et pouvait rester silencieux pendant plusieurs minutes. Parfois une ombre passait dans ses yeux, son regard se faisait intérieur et il oubliait où il se trouvait. Je ne sais pas combien de fois je fus obligé de lui rappeler ma présence.

Vers dix heures du soir, nous avons dîné en buvant un verre de vin. Quand Martin fut couché, je mis mes écouteurs pour réentendre les parties que j'avais enregistrées. Quel fouillis ! Quand, à mon tour, j'allai au lit, je pensai, contrarié, que je n'aurais jamais dû accepter ce travail. Si j'avais eu la faiblesse d'accepter, c'était que j'avais cru que ce serait reposant de raconter l'histoire de quelqu'un d'autre au lieu de me creuser les méninges pour tout trouver moi-même. Peu de temps avant, interviewé par l'écrivaine italienne Dacia Maraini, j'avais eu droit – privilège de l'âge – à la question « n'êtes-vous pas tenté d'écrire des textes plus autobiographiques ? » Ma réponse fut oui : c'était à la fois plus simple et moins ardu d'écrire sur ce que j'avais vécu que de donner vie à des personnages et des événements fictifs. En écoutant l'enregistrement, je craignis d'avoir à inventer la plus grande partie de la vie de Martin, s'il ne parvenait pas à mettre un peu d'ordre dans ses souvenirs.

Le lendemain matin, en sortant de ma cabine, je rencontrai un Martin Brenner détendu et présent qui avait préparé le café et mis la table du petit déjeuner. Il me pria d'excuser son comportement erratique de la veille et espérait que ce serait mieux aujourd'hui. C'était la première fois depuis des mois qu'il avait dormi toute une nuit sans faire de cauchemar, sans se réveiller plusieurs fois trempé de sueur et le souffle court.

« Je ne savais pas que ce pouvait être aussi calme sur un bateau, ajouta-t-il. Je comprends maintenant pourquoi tu voulais qu'on prenne la mer. »

Ce n'était pas tout à fait ce que j'avais pensé mais cela me donna une idée.

« J'ai une proposition à te faire. Je crois qu'aucun de nous deux n'a la force de travailler sur ton histoire du matin au soir. Que dirais-tu si je t'apprenais un peu à faire de la voile et te parlais de la vie de navigateur dans les pauses ?

— Ça me paraît très bien ! J'ai besoin de penser à autre chose qu'à ma vie en *stand-by.* »

Je ne fis aucun commentaire sur sa dernière phrase : elle appartenait au présent. Je me rendis compte que la plus grande difficulté pour lui serait de raconter chronologiquement sans se laisser submerger par ses sentiments actuels : le chagrin, la colère, la frustration. Ou l'abattement.

Avant de continuer le travail, nous fîmes un tour sur le pont et je lui expliquai à quoi servaient tous les cordages et les taquets bloqueurs, comment se servir des winchs et lui enseignai comment faire les trois nœuds indispensables à connaître : le nœud plat, le nœud de chaise et le nœud de cabestan. Il faisait beau pour un temps d'automne : il y avait du soleil, la température flirtait avec les quinze degrés et il n'y avait presque pas de vent. Je sortis quelques coussins de siège et lui suggérai de nous asseoir dans le cockpit. Ensuite nous commençâmes.

Les jours suivants furent, malgré mes appréhensions, plutôt agréables. Martin me raconta d'abord les obsèques de sa mère puis son rendez-vous chez l'avocat Levin. Pendant tout ce temps il parvint à contrôler ses émotions, mais dès qu'il était question de Sara, sa voix devenait hésitante. Il me parla malgré tout du bonheur de sa fille au centre équestre avec son cheval.

Il nous fallut une semaine pour arriver jusqu'à sa conférence au Canada et à ce moment fatidique où il laissa échapper que sa mère était juive. Jusqu'alors tout s'était malgré tout mieux passé que je ne le pensais.

Mais quand Martin arriva à ce moment du récit où Sara, en larmes, lui raconta s'être fait traiter de sale enfant de Juif, quelque chose se brisa en lui. Je ne crois pas exagérer en disant qu'à partir de cet instant, il devint quelqu'un d'autre. Même dans sa manière de raconter. La chronologie fut moins rigoureuse ; bien qu'il sût ce qui allait « se passer ensuite », à défaut de connaître la fin de l'histoire, il ne cessa de sauter d'un événement, d'une pensée, d'une émotion à l'autre. Je dus par moments le freiner en lui posant des questions, comme si je menais un interrogatoire ou étais un procureur au tribunal, ce que je ne voulais pas et qui ne devait pas être. Il arriva aussi, de façon assez symptomatique, que Martin parle soudain de lui à la troisième personne, en tant que « Martin Brenner » avec le prénom et le nom, comme s'il était devenu un étranger à ses propres yeux.

À la fin, ce qui était plus grave, je commençai à douter de la véracité de son récit. Jusqu'ici, je n'avais pas eu la moindre occasion de mettre en doute son compte rendu des événements, qu'il s'agisse de ses réactions et de ses réflexions ou de la réalité même de ces événements.

Aussi longtemps que Martin Brenner pouvait dans une large mesure décider qui il était et qui il voulait être, je n'avais aucune difficulté à me mettre à sa place et à voir les choses selon son point de vue, quand bien même il s'était mis à parler de lui à la troisième personne.

Mais mes résolutions et le récit de Martin changèrent de caractère quand il aborda la période de l'après-conférence et son retour du Canada. Sans en avoir conscience, il me parla davantage de la réaction réelle ou supposée des autres à sa révélation, entre autres celle de son ami Samuel, de sa femme Cristina, de sa fille Sara, du rabbin Golder ou de Frank, son ancien collaborateur renvoyé. C'était comme si Martin avait eu le sentiment qu'il n'était plus seul maître de son destin. Ainsi Samuel avait eu raison quand il l'avait prévenu que ce ne serait pas aussi simple de ne pas être juif. Au cours de son récit, même Martin, je crois, se rendit compte qu'il avait surestimé sa capacité à pouvoir décider seul qui il voulait être. Et je compris que ce serait beaucoup plus difficile que je ne le pensais de raconter son histoire à la troisième personne, mais en adoptant son point de vue. Si je voulais lui rendre justice, je devrais peut-être aussi raconter comment les autres le voyaient. L'histoire de Martin, pour ainsi dire, n'était plus seulement la sienne.

Bientôt le récit de Martin prit une tournure encore plus dramatique quand il dut m'exposer les circonstances qui poussèrent Cristina et Sara à rompre tout contact avec lui. Les sentiments que Martin avait jusqu'ici réussi à juguler – la colère, le chagrin, la douleur, le désespoir – explosèrent littéralement et furent dévastateurs.

Je me gardai néanmoins d'intervenir, faisant confiance aux enregistrements et à mes notes pour reconstruire les événements les plus récents de sa vie. Je cessai donc de lui poser des questions et me contentai de l'écouter. Émotionnellement, ce n'était pas facile. Je lui servis peut-être aussi de thérapeute, puisque j'étais le seul à avoir entendu toute l'histoire du début jusqu'au présent du narrateur. Je crois également que la vie à bord d'un bateau eut malgré tout une action réparatrice sur Martin. Quand je remarquai qu'il allait plonger dans un état dépressif, je le mettais au travail : je le priais de prendre le dinghy et de ramer jusqu'à terre pour chercher de l'eau ou du ravitaillement, de laver le pont ou de lever l'ancre pour la changer de place. Un jour, un vent violent se mit à souffler, annonçant la tempête, et cette nuit-là, j'ordonnai à Martin de surveiller l'ancre, même s'il n'y avait pas réellement de danger : nous étions bien abrités derrière un bois. Par ailleurs, le bateau était équipé d'une dérive lestée, c'est-à-dire d'une quille qu'on pouvait lever ou enfoncer d'environ un mètre. Si l'ancre s'était détachée, nous aurions dérivé dans la baie et échoué sur la dune de l'autre côté. Mais il fallait fatiguer Martin pour qu'il puisse dormir et ce fut le cas. Quand il se réveilla tard dans l'après-midi, le lendemain, son visage avait retrouvé un peu de couleur et il reprit son récit, apaisé.

Quelques jours plus tard, nous revînmes à notre port d'attache. Je ne dirais pas que nous nous séparâmes comme « des amis », ce qui est un cliché, surtout depuis que Facebook a banalisé le concept d'amitié jusqu'à le vider de sa substance, mais disons qu'un certain capital de confiance semblait s'être accumulé. Curieusement, Martin ne me demanda pas quand le livre serait prêt ; sans doute avait-il compris que je ne pourrais pas répondre à cette question. À moins qu'il ne se soit rendu compte que cela prend du temps, beaucoup de temps, d'écrire quelque chose qui vaille la peine… d'ailleurs j'avais oublié de lui demander où il en était avec son propre livre. Mais cette question n'avait jamais été abordée sérieusement si ce n'est dans le chapitre concernant sa conférence au Canada. Lui-même ne me posa aucune question sur ma vie, sur ma personnalité, sur mes rêves, mes amis ou les personnes que j'aimais. Impossible d'être de vrais amis sans réciprocité. À l'écouter, Martin ne pensait pas qu'à lui, au contraire, mais il ne lui restait pas beaucoup de place dans son cœur pour cultiver de nouvelles amitiés.

Je lui demandai comment le contacter si j'avais besoin de rafraîchir ma mémoire ou si j'avais de nouvelles questions. Il me donna un numéro de téléphone que je dus promettre de ne communiquer à personne.

« J'ai arrêté d'utiliser les mails et Internet, m'expliqua-t-il. Ma messagerie a été piratée. Avant, j'avais un smartphone, jusqu'à ce que je découvre que mes ennemis savaient toujours exactement où j'étais. Ils retrouvaient ma trace à l'aide du GPS de mon portable. Depuis, je fais très attention à mes connexions informatiques. »

En le voyant s'éloigner, son sac marin sur l'épaule – je le lui avais offert pour remplacer le sac de voyage avec lequel il était arrivé, car les sacs de voyage étaient interdits à bord –, et diriger ses pas vers la gare pour prendre un train en direction du sud, je me rendis compte que la haine qu'il avait rencontrée était une autre raison pour vouloir raconter son histoire. La haine était l'apanage de notre époque : la phobie semblait l'avoir emporté sur la philie. Qu'est-ce qui incitait tant de personnes à haïr ? C'était une question profondément existentielle.

La dernière chose que je vis de Martin fut son profil quand il traversa le pont qui relie Parapeten au centre-ville. C'était il y a un peu plus de deux ans.

Il se passa quelques semaines avant que je ne prenne la plume. Cela me parut assez facile au début, car je m'étais fait à l'idée d'écrire, comme tant d'autres, un roman biographique, un de ceux écrits « à partir d'une histoire vraie », comme si notre imagination s'était tarie, une maladie symptomatique de notre époque dont on voyait les métastases en littérature et au cinéma.

Je n'eus besoin que de quelques mois pour raconter le décès de la mère de Martin, la dispersion des cendres, le rendez-vous chez l'avocat Levin, la vente de la maison et l'achat du cheval de Sara. J'avais l'impression de comprendre ses pensées et ses sentiments.

Mais arrivé aux questions que Martin se posait sur ce que recouvrait le fait d'être juif, sur ce qu'il « choisissait d'écarter », je commençai à m'emmêler les pinceaux. Après avoir réécouté les enregistrements et relu mes notes, je me rendis à l'évidence : je serais obligé de lire plusieurs des livres et articles inscrits sur la liste des lectures de Martin, ce qui n'était pas rien, soit une trentaine d'études et d'essais, une vingtaine d'autobiographies et de témoignages, et sans doute autant de romans. Selon mes estimations, Martin avait lu, en un peu plus d'un an, plus de dix mille pages ! Il m'avait rendu compte du fruit de ses réflexions et de ses échanges avec Samuel et Golder, mais de manière succincte. Arrivé à ce stade dans mon écriture, je pris conscience que si Martin s'était avancé en terrain miné avec son livre, il en allait de même pour mon roman sur lui. Je ne pouvais pas me permettre d'être moins compétent que lui sur l'identité, la religion, la culture et l'histoire juives.

Je fis donc une pause et me mis à lire dans ses pas. J'appris énormément mais, comme Martin, je n'arrivais pas à mettre le doigt sur ce qui, au-delà de la religion, faisait de quelqu'un un Juif. Il me fallut à peu près un an pour prendre la mesure de cette question ; j'avais aussi autre chose à faire dans ma vie que d'écrire le récit de Martin. Mon pressentiment se confirma : Martin avait surestimé sa liberté de décider lui-même de son identité. À l'instant même où il déclarait au monde extérieur qu'il *n'était pas* juif, il l'était précisément devenu, sinon à ses propres yeux, du moins aux yeux de la majorité des gens.

Pour illustrer cette transformation, je décidai de changer la perspective du narrateur et de laisser « les autres » prendre la parole. Il va de soi que cette partie prit davantage les traits d'un roman, car j'étais bien obligé d'inventer pour m'imaginer les pensées et les sentiments de son entourage. Jusqu'alors, il s'était plutôt agi de combler les vides laissés par Martin dans son récit. Mais j'avais aussi une pensée plus radicale concernant la conduite d'un récit, à savoir que j'allais progressivement faire disparaître la perspective de Martin et laisser la forme narrative donner corps à l'évolution qu'il traversait – ne plus être un homme indépendant mais, dans les grandes lignes, devenir celui que les autres font de vous, ou en tout cas un homme qui tout le temps est obligé de tenir compte de la manière dont les autres le voient.

Je fis aussi quelques tentatives dans cette direction, mais dès que j'arrivais à ce moment où Sara rentre de l'école en larmes et raconte à Martin qu'elle s'est fait traiter de sale enfant de Juif, impossible de continuer. D'un côté, on pouvait représenter Martin comme une projection de ce que les autres voyaient en lui : il avait changé mais restait malgré tout un homme qui faisait tout son possible pour camper sur ses positions. D'un autre côté, l'écrivain en moi avait du mal à exprimer les pensées et les sentiments de la famille de Martin, de ses amis, connaissances et ennemis quand le cours des événements s'accéléra.

À la fin, je ne vis pas d'autre issue que d'apparaître dans mon récit, comme je le fais dans cette troisième partie. On pourrait s'interroger sur mes raisons, alors que peut-être c'est tout simplement – même si ce n'est pas simple – parce que je n'avais plus la force d'être Martin ; disons une sorte de faiblesse, de manque d'empathie. Martin et moi étions si semblables qu'émotionnellement je ne voulais pas, ni n'avais la force de l'accompagner jusqu'au bout. J'avais moi aussi ma vie, avec une fille qui venait d'entrer dans l'âge adulte et un amour à protéger avant qu'il ne soit trop tard. J'avais besoin de prendre mes distances avec lui.

Je ne voulais pas non plus être malhonnête envers mes éventuels lecteurs. Plus j'avançais dans l'écriture, plus je ressentais que je naviguais sous pavillon étranger.

Je suis conscient que le livre rompt avec les conventions et devient un hybride : le récit commence à la manière d'un roman classique basé sur le principe esthétique de Flaubert d'un narrateur absent et impersonnel pour se terminer en biographie, avec des passages autobiographiques. Mais tant pis.

Il reste pourtant à raconter ce qui arriva à Martin dans cet intervalle de six mois entre son retour du Canada et notre rencontre.

Le lendemain du jour où Sara s'était fait attaquer et insulter par Tomas – le fils de Frank –, Martin ne se rendit pas au laboratoire mais accompagna Sara à l'école et attendit la sonnerie annonçant le début des cours. Une fois que tous les élèves eurent rejoint leur salle de classe, Martin se dirigea dans le bâtiment de l'administration et entra directement dans le bureau du proviseur sans frapper. Il raconta ce qui s'était passé et exigea que le coupable soit identifié et puni, d'une façon ou d'une autre. Le proviseur commit l'erreur de minimiser les faits, arguant que l'élève ne pensait pas à mal et ne savait sans doute pas la portée du mot « Juif ».

Martin demanda au proviseur s'il avait des enfants. Oui, un garçon et une fille. Comment aurait-il réagi s'ils s'étaient fait traiter de sales Juifs ? Oh, cela ne les aurait pas affectés plus que ça, ajoutant qu'ils n'étaient pas juifs. Mais *si jamais* ils l'avaient été ? La réponse fusa : « Ils ne le sont pas, j'ai de la chance. »

Martin m'avait parlé auparavant de sa philosophie des proportions : ne pas gâcher son capital de colère et de haine pour des bagatelles. L'une des injonctions les plus stupides de la Bible était, selon lui, de châtier celui qu'on aime. Mais j'avais aussi compris que la colère de Martin, quand elle avait lieu d'être, était implacable. Il exigea d'avoir une photocopie du plan mis en place par l'école contre le harcèlement et de recevoir par écrit, sous huit jours, une attestation faisant état des différentes mesures prises par l'école pour qu'un tel événement ne se reproduise pas. Dans le cas contraire, le proviseur pouvait s'attendre à ce qu'il dépose une plainte à l'inspection de l'Éducation et à ce qu'il ait le plaisir mitigé de voir son nom épinglé dans la presse et les médias, y compris les réseaux sociaux.

Le proviseur prit-il des mesures ? C'est peu probable. À sa décharge, on pourrait dire qu'il n'avait guère d'éléments en sa possession. Cela n'aurait servi à rien de faire le tour des classes et de demander qui avait traité Sara Brenner de « sale enfant de Juif ». Mais le lendemain, il convoqua Sara dans son bureau, l'interrogea sur ce qui s'était passé et lui demanda de lui indiquer qui étaient ses harceleurs.

Il faut croire, comme je suis enclin à le faire, que Sara aurait préféré tout oublier, dans l'espoir que cela ne se renouvelle pas. Et elle ne voulait pas être une balance. Cela ne ferait qu'empirer les choses, elle le savait. Elle avait beau être jeune, elle avait déjà appris que les harceleurs sont à l'affût du moindre prétexte pour donner libre cours à leur agressivité. Alors, au lieu de montrer du doigt le coupable, elle répondit de manière évasive. Tout s'était déroulé si vite.

Au laboratoire, les activités se poursuivirent comme d'habitude, même si Martin ne put s'empêcher de sentir qu'il y avait quelque chose de changé. Personne ne lui en parla en face, mais il remarqua que certains collègues le regardaient autrement que dans le passé : ce n'étaient pas des regards hostiles ou accusateurs, mais étonnés, interrogateurs, comme si ses collègues essayaient de déterminer si ça se voyait qu'il avait des origines juives. C'était une réaction normale, comme lorsqu'on apprenait qu'un ami, une connaissance ou un collègue était maniaco-dépressif ou avait fait son *coming out.* On voulait vérifier une fois encore s'il y avait quelque chose qu'on avait raté, si on aurait dû comprendre plus tôt que la personne n'était pas ce qu'on croyait et qu'elle cachait quelque chose. J'avais eu la même réaction quand le légendaire arbitre de rugby Nigel Owens avait fait son *coming out.* Quand je relisais des interviews ou regardais d'anciens matchs qu'Owens avait arbitrés, je ne pouvais m'empêcher de penser qu'il avait tout le temps été homosexuel sans que ni moi ni personne n'ayons conçu le moindre soupçon. Il n'y avait là aucun jugement de valeur, aucune mise à distance, juste de l'étonnement de constater que ce qui se jouait à l'intérieur se reflétait si peu extérieurement ; comme si les hommes en général étaient dotés d'un talent inné de comédien.

On peut facilement imaginer ce qu'éprouvait Martin en sentant les regards dans son dos : une forme d'intrusion. Pourquoi ses collègues le regardaient-ils autrement alors que rien n'avait changé ? En fait, si. Au-delà de la simple irritation. Son seuil de tolérance pour les bêtises et les erreurs avait diminué et il devait faire des efforts pour ne pas s'emporter et pour se comporter comme avant, comme celui qu'il était ou avait été « au fond » : amical, bienveillant, attentif aux autres et encourageant.

Ce qui lui était autrefois naturel devint une stratégie, un terme qu'il avait pourtant toujours abhorré. Il gardait le visage fermé en saluant ses collègues et n'hésitait pas à rabrouer un laborantin qui avait oublié de mettre une étiquette sur un tube d'essai. Ses collaborateurs à leur tour eurent tôt fait de noter le changement sans se douter que c'étaient leurs propres regards qui en étaient la cause. Ils croyaient que c'était Martin qui avait changé, et non eux.

Mais il en va souvent ainsi : enfant, dans une constante évolution, on croit que le problème vient de soi ; adulte, le moi une fois construit, on rejette plus souvent la faute sur les autres. Martin partit du principe qu'il était la même personne qu'avant et exigeait en retour d'être traité comme tel. Comment cela aurait-il été possible ? Il ne se rendait pas compte que depuis le décès de sa mère et les événements qui s'étaient ensuivis, toutes ses réflexions et ses questions, il n'était pas tout à fait le même. Ce changement n'avait pas échappé à ses collègues, même s'ils n'y pensaient pas tant que ça et l'avaient mis sur le compte du chagrin et du manque. Sauf que désormais certains croyaient avoir décelé la vraie raison : Martin était juif même s'il refusait de l'admettre.

La relation de Martin avec Samuel n'était pas non plus comme avant. On peut supposer que Samuel trouva injuste de faire, lui aussi, les frais de la mauvaise humeur de Martin. De son côté, ce dernier trouvait que l'attitude de Samuel avait changé à son égard : sa gentillesse et sa sollicitude l'agaçaient plus qu'autre chose. Il n'avait pas besoin d'un ange gardien ni d'un sauveur !

De l'extérieur, quelqu'un qui connaissait les deux assez bien aurait pu croire que rien n'avait changé entre eux, si ce n'est que chacun était toujours sur le qui-vive à guetter le moindre indice, ce qui était source de tensions et de malentendus. Samuel s'inquiétait pour Martin, sauf que Martin était trop fier pour s'en rendre compte.

À la maison aussi, le climat était tendu. À la table du dîner régnait le silence. Martin faisait de son mieux pour égayer l'atmosphère, mais Cristina faisait souvent la tête. Elle avait dû se sentir trompée, à juste titre. De son côté, Sara rentrait plus tard du centre équestre. Elle sentait bien que quelque chose clochait, mais croyait que c'était à cause de l'histoire avec le proviseur. En tout cas mieux valait passer plus de temps auprès de Murphy. Elle pouvait compter sur lui, au moins.

Une fois Sara au lit, Martin essaya de discuter avec Cristina et de la rallier à sa cause face au proviseur et aux harceleurs, mais il se heurtait à un mur. Il comprenait fort bien qu'elle se soit sentie trahie. Il ne lui avait pas demandé pardon car il continuait à penser qu'il n'aurait pas pu agir autrement, mais s'était dit désolé s'il l'avait blessée. Lui, à son tour, lui reprochait de ne pas essayer de se mettre à sa place. Qu'aurait-elle fait ? À cette question, il n'avait pas de réponse.

Le week-end arriva sans qu'il eût de nouvelles du proviseur et, de son côté, il n'avait trouvé sur le site de l'école aucune mesure prévue contre le harcèlement. Le proviseur lui avait tout bonnement menti.

Le samedi matin, quand Sara fut partie à vélo au centre équestre, Martin dit à Cristina qu'ils devaient discuter sérieusement. Cristina se vit contrainte d'accepter, mais son visage exprimait plus que des réticences. D'abord, il comptait déposer plainte, dit-il, auprès de l'inspection de l'Éducation ; ensuite, et sur ce point il semblait plus ferme, il pensait dire à Sara la vérité sur sa grand-mère.

Aucune de ces propositions n'eut l'heur de plaire à Cristina, du moins d'après ce que Martin m'a raconté ; mais je ne pouvais pas lui faire entièrement confiance pour ce qui était d'interpréter les pensées et les émotions de Cristina. Selon lui, elle pensait qu'il valait mieux faire profil bas. Cela avait été une erreur de Martin d'accompagner Sara à l'école et de mettre le proviseur au pied du mur. Cela avait mis Sara dans une situation impossible. Même si c'était injuste, Martin avait demandé à Cristina si elle trouvait qu'il valait mieux laisser les racistes et les antisémites continuer comme si de rien n'était. Cela l'agaçait que Cristina ne soit pas prête à défendre ses idées publiquement, peut-être pas par lâcheté, mais pour ne pas se faire remarquer. Mais cette attitude était indéfendable quand il s'agissait d'admettre que leur fille et d'autres avaient le droit de ne pas se faire harceler, de ne pas se faire traiter de connes, de putes ou de sales enfants de Juif. Il fallait bien que quelqu'un tape sur la table et dise que « maintenant ça suffit ! ».

Je serais tenté de donner raison à Martin, même si je ne suis pas sûr que j'aurais poussé la question aussi loin. Ce dimanche-là, au centre équestre, il raconta à Sara l'histoire de sa grand-mère et de son grand-père qu'il n'avait jamais connu et dont il ignorait l'identité. Il expliqua que certaines personnes diraient qu'il était juif pour l'unique motif que sa mère était juive, mais il essaya de faire comprendre à Sara que l'avis des autres sur ce plan n'avait aucune importance ; ce n'était pas une raison pour se faire traiter de sale enfant de Juif, que l'on soit juif ou pas. Sara ne dit pas grand-chose mais sur le trajet du retour elle demanda si ce n'était pas pire d'être traité de sale Juif si l'on était juif, comme Anne Frank, que si on ne l'était pas.

Martin répondit que non. C'était tout aussi grave. Mais la question continua à lui trotter dans la tête toute la soirée. Car Sara avait mis le doigt précisément sur le point où il était si facile et tentant de faire le lit des antisémites, car beaucoup d'entre eux qui n'étaient pas juifs se seraient défendus contre d'éventuels soupçons sur leurs origines en clamant haut et fort qu'ils *n'étaient pas* juifs. N'était-ce pas justement l'argument que tant d'Allemands soi-disant ordinaires avaient avancé dans l'Allemagne nazie ? Beaucoup de Juifs assimilés n'étaient-ils pas allés jusqu'à affirmer la même chose quand il avait été question d'ouvrir les frontières aux réfugiés juifs fuyant l'Allemagne avant le début de la guerre ? Mais n'était-ce pas là aussi prendre ses distances avec les Juifs que de leur nier le droit d'être juifs sans être persécutés ? D'un autre côté, on ne pouvait pas non plus répondre qu'on était juif, si, comme Martin, on était convaincu de ne pas l'être, de ne pas vouloir l'être, de ne jamais avoir l'intention de le devenir.

Lundi non plus, il n'eut pas de nouvelles du proviseur. Il devait espérer que Martin oublie tout ça, auquel cas le proviseur l'avait sous-estimé. Dès le lendemain, il déposa plainte à l'inspection de l'Éducation. Il écrivit aussi un texte sur le harcèlement qu'il publia dans un groupe Facebook dont il faisait partie depuis des années : le Front contre le racisme et le fascisme rampant.

Pour finir, Martin prit contact avec l'un des journalistes qui l'avait appelé après sa conférence pour lui proposer d'écrire un article qui fasse débat et de répondre à d'éventuelles questions. Le rédacteur en chef du journal répondit aussitôt qu'ils seraient ravis de publier son texte et de l'interviewer.

Tout cela, Martin le fit dans une sorte de colère froide, sans écouter personne, si je l'ai bien compris, que ce soit Cristina, Samuel ou quelqu'un d'autre. Sa solitude me frappa alors. En dehors de Samuel, il ne mentionna jamais d'autres noms. En compagnie de collègues, de connaissances et de la famille de Cristina, il apparaissait comme un être gai, facile à vivre, avec son humour bien à lui. En tout cas, pas quelqu'un d'asocial. Mais il ne recherchait jamais la compagnie des autres, il n'en était pas dépendant, il s'en sortait très bien sans ça. Cela devint néanmoins une faiblesse. Il n'avait personne avec qui confronter ses pensées, personne qui pût le contredire. Personne, non plus, qui pût lui donner raison.

L'interview et l'article de Martin parurent quelques jours plus tard. Et, rapidement, il fut assailli de coups de téléphone et de mails d'autres journalistes l'invitant à participer à divers débats. Le sujet était « brûlant » comme on dit. Il déclina. Mais il ne put rejeter les mails d'insultes et de menaces qui envahissaient son écran, sa boîte aux lettres, et même son compte Linkedin. Il n'avait pas Twitter, ni Instagram, ni WhatsApp, mais cela ne semblait faire aucune différence. Il était possible d'arrêter les notifications sur Facebook en changeant les paramètres de confidentialité, mais pour la messagerie mail et la boîte aux lettres, il n'y avait pas grand-chose à faire.

Je lui ai demandé comment il gérait toute cette haine qui se déversait sur lui. Lisait-il les mails et les messages sur les réseaux sociaux ?

« C'est difficile de ne pas les voir. Enfouir la tête dans le sable reviendrait à donner aux snipers une cible immobile. »

D'ailleurs, il voulait s'assurer que Sara et Cristina restent en dehors de ça. C'était le cas, au début. Ses ennemis venaient de différents camps, des mauvaises herbes néonazies dans le parti du Rassemblement, comme on pouvait s'y attendre, mais aussi des associations juives et israéliennes qui accusaient Martin d'antisémitisme. C'était l'histoire des marranes qui se répétait, des siècles plus tard. Il eut aussi droit au vomi de quelques intellectuels de l'identité autoproclamés et politiquement corrects qui n'avaient pas une once des connaissances de Martin sur l'histoire, la culture et la religion juives. Les islamistes ne furent pas en reste et utilisèrent Martin dans leur combat contre Israël et les États-Unis. Presque personne ne défendit le droit de Martin à décider lui-même s'il voulait être juif ou pas.

La vague de nationalisme, de populisme, de xénophobie et de racisme qui balayait l'Europe à cette période, du nord au sud et d'est en ouest, n'arrangea pas les choses. Le flot des réfugiés venait renforcer les forces obscures, mais n'était qu'un prétexte, je crois, pour alimenter une force plus profonde : le désir d'appartenance et la peur d'être contraint au changement pour être au diapason de la mondialisation. Le monde était devenu trop grand et trop intrusif. Autrefois, les gens rêvaient de parcourir le monde, de faire des voyages de découvertes. À présent le monde et ses habitants pénétraient dans les foyers en direct sur les écrans. Cela faisait peur. Les gens essayaient de se protéger, de se défendre en se retirant dans le clan et l'ethnie auxquels ils s'imaginaient appartenir, sans avoir autre chose en commun que la peur de ce qu'ils ne connaissaient pas et des étrangers. On forgeait de nouveaux mythes sur les racines, la langue, les origines, les nations, sur le « nous », sans se soucier de demander leur avis à ceux qu'on incorporait dans ces groupes ethniques. Dans mon enfance, « l'étranger » était un invité en visite. Maintenant l'étranger était une menace : il était ce que l'on *n'était pas*.

Que Martin provoquât tant de personnes et fût considéré comme obstiné ou arrogant, même par ceux qui en principe partageaient son point de vue, est certainement dû à son refus de se laisser incorporer, intégrer dans un quelconque groupe, à son refus d'être autre chose qu'*un* être humain. Tout comme Hannah Arendt, il ne pouvait pas, ne voulait pas « aimer un peuple », fût-ce le sien ou un autre. Martin faisait tache dans l'esprit du temps.

Mais il était aussi victime des courants du moment, du bruit de bottes des fascistes nationalistes avec leurs drapeaux et leurs chemises blanches, du flot des réfugiés du monde arabe, de la recrudescence du conflit israélo-palestinien, de l'islamisme qui faisait renaître les théories sur la conspiration judéo-bolchévique – à la seule différence que l'on avait remplacé le bolchévisme par le capitalisme américain –, mais aussi de la classification politiquement correcte des êtres humains selon leur sexe, leur orientation sexuelle, leurs origines. Le rêve de Harry Martinson d'un monde nomade semblait mort et enterré.

Pour avoir refusé de se laisser emprisonner dans ces catégories, Martin dut payer le prix fort. Peut-être que dix ans plus tôt ou plus tard, il n'aurait été qu'une note de bas de page ou un entrefilet dans les journaux. Mais c'était alors comme si tous les camps cherchaient des prétextes pour donner libre cours à leur rancœur de compter pour des prunes, d'être invisibles et inaudibles. La haine leur donnait une voix, une visibilité. Peu importait ce qu'on critiquait, du moment que l'objet du ressentiment appartenait à une minorité qui ne pouvait pas répliquer.

Martin revint plusieurs fois sur le moment où il avait révélé à Sara la vérité sur sa grand-mère. Il s'était, disait-il, libéré d'un poids, du poids du secret. Cependant, je n'eus pas droit aux détails de son récit. Lui avait-il parlé de son beau-père nazi et des camps de concentration ? Je ne sais pas et ne posai pas la question. Je craignais qu'il ne se referme comme une huître si je venais à l'interrompre. Il ne s'étendit pas non plus sur la réaction de Sara, si ce n'est qu'elle fut plus éteinte et silencieuse que d'habitude dans les jours qui suivirent.

Cristina par contre avait réagi violemment quand Martin lui annonça qu'il avait parlé à Sara, mais il se demandait si sa colère concernait la teneur de ses propos ou le fait de lui avoir parlé en tête à tête.

Il était clair qu'une faille s'était ouverte dans leur couple. Chacun pensait sans doute qu'une dose suffisante d'amour, de prévenance et de bonne volonté suffirait à la refermer et qu'on pourrait repeindre par-dessus, un léger changement de couleur en souvenir, un peu comme lorsqu'on essaie de réparer le gel coat craquelé sur un bateau. La réparation tient aussi bien que l'original, même s'il est presque impossible de retrouver la nuance exacte de la couleur d'origine. Malheureusement les choses ne se passèrent pas ainsi.

Quelques jours seulement après que Martin eut parlé à Sara, elle fut de nouveau victime d'une agression, mais cette fois, ils ne s'étaient pas contentés de l'insulter, ils avaient aussi tagué une étoile de David sur son sac à dos pendant que l'un d'eux la maintenait immobile.

Le lendemain, Martin resta à la maison avec Sara qu'il laissa dormir. Il prit le petit déjeuner avec Cristina qui était furax, mais autant contre lui que contre les harceleurs. Est-ce qu'il n'aurait pas pu la boucler ? Éviter de rendre publique sa vie privée ? Ne comprenait-il pas que c'était Sara qui en faisait les frais ?

Si, il le comprenait très bien. Mais il ne voyait pas en quoi c'était de sa faute. Toute la matinée, depuis le départ de Cristina pour l'hôpital, Martin était resté auprès de Sara, l'avait consolée et lui avait parlé. Ils avaient déjeuné ensemble. Avant qu'il la conduise au centre équestre où elle retrouverait Murphy, seul être vraiment à même de la consoler, ils s'arrêtèrent dans un magasin de sport pour acheter un nouveau sac à dos. Cette fois, Sara choisit la même marque que beaucoup de ses camarades de classe.

Après l'avoir déposée, Martin rentra à la maison récupérer l'ancien sac à dos, le tagué, puis il se rendit à l'école de Sara et alla directement au bureau du proviseur où il entra sans frapper. Le proviseur n'était pas seul, deux autres hommes se trouvaient aussi dans son bureau, l'un était le censeur et l'autre – Martin ne le connaissait que trop bien – était Frank. Que faisait-il là ? Le proviseur présenta Frank comme le nouveau délégué des parents d'élèves et expliqua qu'ils venaient de parler de sa fille afin de savoir ce qui s'était passé.

Frank était-il vraiment le délégué des parents d'élèves ? Comment Martin avait-il pu passer à côté de cela ? Pourtant c'était le cas. Il n'avait même pas noté qu'il y avait des élections pour le comité de parents d'élèves. Mais cela ne le surprenait pas que Frank se soit porté candidat. Cela faisait partie de la stratégie du parti du Rassemblement de se présenter à des élections à faible taux de participation pour obtenir de cette manière des postes d'influence. Il se souvenait que le parti avait fait de grands efforts pour faire entrer leurs candidats dans le conseil de l'Église. Jésus se serait retourné dans sa tombe ou son ciel s'il avait vu ses nouveaux supporters.

Le proviseur enchaîna en disant qu'avec l'aide du comité des parents ils avaient trouvé le coupable, lequel avait demandé pardon et promis de ne pas recommencer. Ce n'était qu'une plaisanterie de gamin. Martin demanda quand ils lui avaient parlé. Le proviseur regarda Frank, calé dans le fauteuil, le sourire aux lèvres.

« Avant-hier », dit Frank en faisant se rapprocher les doigts des deux mains, pour se donner un air sérieux. « Je lui ai parlé avant-hier. »

Martin posa le sac à dos de Sara sur le bureau du proviseur, avec l'étoile bien visible, et demanda d'un ton qu'on peut supposer acerbe, comment il expliquait alors que la veille quelqu'un avait tagué une étoile de David sur le sac à dos de sa fille.

À la fois le proviseur et le censeur parurent surpris : ils ignoraient visiblement la dernière agression en date.

Frank en revanche n'eut pas l'air étonné le moins du monde. De satisfait, son sourire se fit narquois.

Martin s'était cru revenu dans la cour de récréation de son enfance, le jour où il s'était fait gifler par l'élève plus âgé qui avait importuné David. À cet instant, comme alors, il avait senti la colère monter et ses poings se serrer. Cette fois, en tant qu'adulte, il était parvenu à se maîtriser et à ne pas casser la figure à Frank pour lui faire ravaler son sourire.

Frank essaya en vain de croiser le regard de Martin. Son sourire méprisant s'évanouit.

« Cette fois je vais déposer plainte à la police, dit Martin, pour discrimination et racisme, plus exactement antisémitisme.

— Mais… » commença le proviseur, sans finir sa phrase.

Martin avait pensé dire que Sara et lui n'étaient *justement* pas juifs, mais se rendit compte que ce n'était pas la chose à dire. Le proviseur avait sans doute lu l'interview de Martin dans le journal.

Le censeur intervint et pria Martin et Frank d'attendre à l'extérieur. Martin prit le sac à dos, se leva, et se dirigea vers la porte. Arrivé sur le seuil, il se pencha pour ramasser le sac à dos qu'il avait fait tomber exprès. Voyant que Frank se tenait juste derrière lui, il se releva précipitamment et lui claqua la porte au nez. On entendit un cri étouffé. Martin rouvrit la porte de nouveau et s'aperçut que Frank saignait du nez.

Quand il me rapporta l'incident, il n'était pas difficile de voir que Martin avait savouré cet instant, même s'il en avait honte, en tout cas un peu. Non d'avoir claqué la porte et cogné le nez de Frank, mais d'en avoir tiré du plaisir. Il avait honte de *ne pas* avoir honte, dit-il, à la différence de ce qui s'était passé dans la cour d'école.

« C'est le dilemme des gentils et des pacifiques, commenta-t-il. On a le droit de se défendre contre ceux qui vous veulent du mal, mais il y a toujours le risque de devenir comme eux, de prendre le goût de leur taper sur la gueule. On finit par cogner quelqu'un d'innocent mais alors c'est trop tard. Ce qui n'était pas le cas avec Frank. Au contraire. »

Martin était rentré à la maison et avait fait une recherche sur Internet. Très vite il avait découvert que Frank avait un fils, Tomas, qui fréquentait la même école que Sara. Sur Facebook, il avait trouvé une photo de Tomas qu'il avait montrée à Sara. Elle s'était contentée d'acquiescer quand il lui avait demandé si c'était bien ce garçon qui l'avait attaquée. Le lendemain, Martin était allé déposer plainte à la police.

Il ne se passa rien de nouveau pendant quelques jours. Le flux de lettres, de mails et de notifications diminua. À la maison, Martin et Cristina avaient conclu un fragile cessez-le-feu. Au laboratoire, tout était comme d'habitude, enfin presque. Martin déjeuna avec Samuel et lui raconta les derniers développements de l'affaire. Il ne lui en voulut pas quand Samuel lui donna le même conseil que Cristina : faire profil bas. De son côté, Samuel ne s'emporta pas quand Martin lui demanda si, dans l'Histoire, les Juifs n'avaient pas eu tort de faire profil bas quand l'antisémitisme montra son vrai visage, au lieu d'opposer une résistance digne de ce nom. Oui, répondit

Samuel, peut-être, ajoutant avec un demi-sourire que ça n'avait rien à voir ici, n'est-ce pas ? Puisque Martin n'était pas juif ! Tous deux pouvaient continuer à se chamailler sans risque de provoquer des malentendus. Le fond de leur amitié restait intact : la certitude de ne vouloir que le bien de l'autre. Mais là non plus, cela n'allait pas durer encore très longtemps.

Au bout de quelques jours, Martin reçut un document de la police lui annonçant que l'on ne pensait pas donner suite à sa plainte. Aucun motif n'était invoqué. Martin entra d'abord dans une rage folle puis revint à la raison. Il n'avait pas parlé à Cristina de sa plainte. Comment aurait-elle réagi si la police avait débarqué pour faire son enquête et interroger Sara ? Comment Sara aurait-elle réagi ? Peut-être valait-il mieux suivre le conseil de Samuel, même s'il lui en coûtait.

Cependant, ses espoirs d'accalmie furent vite anéantis. En rentrant un jour du laboratoire, Martin vit une croix gammée taguée sur leur porte de garage accompagnée d'un « Mort aux Juifs ». Dans le salon, Sara sanglotait, blottie dans les bras de sa mère. En le voyant, Cristina lui lança un regard accusateur. Aucune parole ne fut échangée entre eux ce soir-là. Que dire quand tout a été dit et répété dans des dizaines, des centaines, des milliers de foyers juifs à qui était arrivée la même histoire ?

Martin monta dans son bureau pour chercher son appareil photo. Il photographia la porte du garage puis alla à la cave, prit un pot de peinture noire et recouvrit la croix gammée et le texte. Il regagna ensuite son bureau et rédigea une nouvelle plainte, plus étoffée que la précédente, en y joignant les photos.

Ce qui se passa dans les heures qui suivirent reste, selon ses propres dires, flou dans sa conscience. Il était demeuré longtemps immobile à son bureau à fixer les deux photos posées verticalement, côte à côte, contre son pot à stylos : celle de Marian Marsynski et de son chien triste, et celle de Sara et Murphy, confiants et heureux, chacun à sa manière. Il oscillait entre le chagrin et la rage, entre l'abattement et la soif de vengeance, entre l'impuissance et la révolte. Comment combattre, vaincre, déraciner la haine ? Certains idéalistes diraient qu'il fallait répondre à la haine par l'amour, et que, oui, à la longue, l'amour l'emporterait. Pas grand-chose ne prouvait que ce fût vrai. Et si, au contraire, on choisissait plutôt de criminaliser la haine, en infligeant des peines de prison ou des amendes aux harceleurs du quotidien pour les toucher au moins au portefeuille ? Cela les ferait se tenir tranquilles un moment, mais guère plus. Il y avait aussi ceux qui étaient persuadés qu'une richesse mieux partagée et une vraie justice sociale auraient raison de la haine, en la coupant de sa source d'alimentation. Peut-être… Mais cela n'avait jamais pu être prouvé dans la pratique.

Rien de cela n'aidait Martin à ce stade de l'histoire. Comment pouvait-il se défendre et protéger Sara ?

Plus tard dans la soirée, Cristina monta trouver Martin dans son bureau pour lui annoncer qu'elle comptait partir avec Sara chez ses parents, emménager chez eux et la changer d'école. Que Sara se fasse harceler à l'école était inacceptable, mais qu'elle ne puisse pas se sentir à l'abri chez elle, à la maison, était intolérable. Martin devait bien en convenir ?

Oui, il en convenait.

Il se trouvait piégé. S'il se défendait contre ceux qui haïssaient les Juifs en affirmant qu'il *n'était pas* juif, cela serait interprété soit comme un mensonge, soit comme l'expression de sa lâcheté : il n'osait pas assumer ce qu'il était. Les nazis, nouveaux ou anciens, continueraient à le considérer et à le traiter comme un Juif. De leur côté, de nombreux Juifs le verraient comme un apostat ou un traître, une cinquième colonne parmi leur propre peuple. Il en avait été ainsi pour tous les convertis et les marranes au cours des siècles ; chrétiens et juifs regardaient d'un air soupçonneux ceux qui s'étaient convertis de leur gré ou sous la contrainte. C'était au bout du compte pour protester contre cette impossibilité qu'il y a à être juif que Lenny Bruce avait crié sur scène comme un fou : *I'm not a nut !* Mais à quoi cela aurait-il servi à Martin de crier *I'm not a Jew !*

Ce soir-là, il fut long à trouver le sommeil dans son fauteuil, la tête enfouie dans ses bras. La sonnerie du téléphone le réveilla. C'était leur standardiste, Yvonne, qui se demandait où il était. Une réunion avec le personnel était prévue à dix heures. Martin dit qu'il ne s'était pas réveillé mais serait là dans une demi-heure. Il se précipita dans la salle de bains, se brossa les dents, se rasa et se passa de l'eau glacée sur le visage. Dans le miroir, il vit qu'il avait les yeux rougis mais à part ça il était à peu près comme d'habitude.

Dans la cuisine, Cristina avait sorti un set de table et une tasse. C'était gentil de sa part. Mais à côté, il trouva aussi un petit mot : « Sara et moi sommes parties le temps que tout se calme. Je pars du principe que tu respecteras ma décision et que tu t'abstiendras de venir nous voir, de téléphoner ou d'envoyer des SMS à Sara, et de dire à quiconque où nous sommes. »

C'était tout. Cristina était-elle à l'hôpital ? Sara à l'école ? Il envoya un SMS à Cristina pour lui dire qu'il la comprenait et qu'elle pouvait compter sur lui. Il conviendrait d'abord avec elle quand et où ils pourraient se voir. Il pouvait aller jusque-là. Mais de quoi Cristina avait-elle peur ? Que les nazis mettent le feu à leur maison comme ils avaient mis le feu aux camps de réfugiés ? Qu'ils l'encerclent, hurlent leurs slogans racistes et brisent leurs fenêtres ? On ne pouvait pas l'exclure, mais c'était peu probable. L'antisémitisme fleurissait dans le parti du Rassemblement, mais la direction se montrait discrète sur ce sujet et faisait tout son possible pour museler les grandes gueules. Politiquement, le parti gagnait plus de voix en surfant sur l'islamophobie et la xénophobie, que sur l'antisémitisme à l'instar d'autres pays européens. Pour combien de temps ?

Tous étaient déjà assis et l'attendaient dans la salle. Il les pria d'excuser son retard en disant qu'il n'avait pas entendu le réveil. Personne ne parut s'en étonner ou s'en offusquer. Ils avaient eu droit à une plus longue pause café, c'est tout ! Mais après la réunion, Samuel vint le voir et lui demanda si ça allait. Martin hocha la tête ; même ce hochement de tête était un mensonge.

Pour éviter de penser à Sara, il se plongea dans le travail. À cinq heures, malgré sa promesse, il lui envoya un SMS pour lui demander si elle avait besoin d'aide pour le box de Murphy. Il n'eut pas de réponse. À la place, il reçut presque immédiatement un SMS cinglant de

Cristina lui ordonnant de laisser Sara tranquille. Elle était fragile et avait besoin de calme.

L'impuissance est une puissance dangereuse. D'elle naît le désespoir qui, à son tour, peut se traduire en actes désespérés, dirigés contre soi ou contre les autres. Il faut bien qu'il y ait un coupable. Martin utilisa le terme d'impuissance quand il raconta comment sa femme l'avait quitté, tout en continuant à clamer son innocence, c'est-à-dire sa conviction qu'il n'avait rien fait de mal. Aurait-il dû s'abstenir de déposer plainte ? La boucler sur le harcèlement à l'école ?

Ces questions rhétoriques ne m'étaient pas adressées, mais je les écoutais. Peu de temps auparavant, j'avais fait une présentation d'*Aniara* dans l'ancienne école de Harry Martinson à Nebbeboda et j'avais alors cité les vers du quarantième chant sur les patrons impitoyables et sans scrupules qui jouaient des coudes pour sauver leur vie au détriment des autres. « Contre ce genre de gars, écrivait Martinson à juste titre, ce serait bien que les gens pieux s'insurgent et montrent les dents à temps. »

Martin devait faire partie des « gens pieux », pourtant il s'était insurgé, avait montré les dents et refusé de se soumettre, même s'il n'était pas prêt, pas encore, à prendre l'affaire à bras le corps. Mais je n'aurais pas été étonné qu'il eût ce genre de pensées. Je vivais à Paris lors des grandes heures de *Charlie Hebdo*, lorsque le journal se vendait tout seul à des centaines de milliers d'exemplaires et se faisait régulièrement saisir. L'une des couvertures les plus justes et les plus audacieuses fut celle d'Aldo Moro, cet homme politique italien kidnappé par les Brigades rouges qui menaçaient de l'assassiner si un certain nombre de leurs membres n'étaient pas libérés de prison. Espérant le sauver, le pape de l'époque pria pour lui. Cela n'eut guère d'effet : Moro fut assassiné. La couverture du numéro suivant représentait un pape furieux brandissant un revolver dans chaque main. Dans la bulle était écrit : *Assez prié !*

Cela me fit aussi penser à l'écrivain franco-libanais Amin Maalouf qui, lors des combats entre les diverses phalanges qui avaient fait rage dans Beyrouth, s'était caché dans une cave avec sa famille. Au bout de quinze jours, Maalouf avait réussi, grâce à des amis, à fuir Beyrouth pour la France, où sa famille avait pu le rejoindre par la suite. Mais comment aurait-il réagi s'ils n'étaient pas parvenus à s'échapper de l'enfer, s'ils avaient dû passer des mois dans cette cave sous la menace constante du danger ? Aurait-il pu jurer qu'il n'aurait pas pris une kalachnikov et se serait mis à tirer ? Non, il ne pouvait pas le jurer.

Pas plus que Martin n'aurait pu jurer ne pas avoir envie d'aller trouver Frank pour leur casser la figure, à lui et son fils. Mais rien ne prouvait que Frank fût l'auteur de la croix gammée sur la porte du garage. Quand Martin regardait les photos de ces salauds de nazis qui envahissaient toute l'Europe en paradant, il rêvait que quelqu'un (pourquoi pas lui ?) s'empare d'une mitrailleuse et rafale à hauteur des genoux pour qu'ils ne puissent plus jamais faire le pas de l'oie, exactement comme l'IRA l'avait fait avec son *kneecapping* pour punir les petits traîtres lors de la guerre civile en Irlande du Nord. Martin avait trouvé une vidéo sur Internet qui montrait une patrouille de policiers allemands brisant une manifestation d'une trentaine de néonazis aux crânes rasés avec drapeaux, brassards et cravates en cuir. Les policiers armés de matraques avaient déchiré les drapeaux et refoulé les manifestants dans un coin, où ils se tenaient accroupis, essayant de se protéger des coups avec leurs bras, pleurant, gémissant de peur. En un instant, ils s'étaient transformés en créatures misérables et pitoyables, à deux doigts de crier maman. Cette vidéo, Martin l'avait vue et revue. Voilà comment il fallait s'y prendre ! La démocratie et les droits de l'homme devaient être défendus avec courage et force, et non avec cette indulgence pieuse qui espérait que la haine s'éteindrait d'elle-même, que l'antisémitisme, l'islamophobie, la misogynie, le viol ou la pédophilie disparaîtraient d'un coup de baguette magique.

Je ne peux pas certifier que Martin ait pensé ainsi. Il est possible que je lui prête des opinions et des comportements qui sont en partie les miens. Tant pis. Je fais de mon mieux pour rester en dehors, mais ce n'est pas toujours si facile.

Martin fut convoqué par la police à qui il exposa les faits. Cette fois-ci, sa plainte fut prise au sérieux, surtout quand il leur transmit des photocopies de toutes les menaces, y compris des menaces de mort, qu'il avait reçues ces derniers temps. Mais la police lui fit comprendre qu'il ne devait pas nourrir de trop grands espoirs. La haine existait désormais partout, c'était un fléau de société, mais les moyens de la police étaient limités. D'ailleurs, lui dit un policier sur le ton de la confidence, il ne fallait pas oublier qu'ils n'étaient que des hommes, dont certains venaient grossir les rangs du parti du Rassemblement.

Quelques jours plus tard, les journaux s'étaient emparés de sa plainte, évoquant non seulement la croix gammée taguée sur la porte de son garage mais rappelant aussi la marche de la kippa et son ancienne interview. Comment les journalistes avaient-ils eu vent de sa plainte ? Martin l'ignorait, mais il n'était pas impensable qu'il y ait eu des fuites étant donné leurs relations avec le parti du Rassemblement qui, à son tour, avait répandu l'info sur les réseaux sociaux.

Martin ne fut donc pas étonné de recevoir un appel d'un journaliste d'une grande chaîne de télévision qui voulait savoir s'il était partant pour participer à un débat sur l'antisémitisme. Cette fois, il accepta. Il était de son devoir, dit Martin, de faire entendre sa voix. Qu'avait-il à perdre ?

Les jours suivants, Martin consacra son temps libre – il en avait davantage depuis que Sara et Cristina étaient parties – à peaufiner ses arguments et ses formulations. Il savait qu'on avait peu de temps à la télévision pour délivrer son message – surout en direct : les animateurs y veillaient. Leur but ne visait pas à clarifier un problème mais à faire du buzz. Et pour ça, il fallait des prises de bec et de la polémique.

Martin avait eu du mal à me raconter ce qui s'était passé ensuite et maintenant que c'est mon tour, j'éprouve les mêmes difficultés. Je n'ai jamais été doué pour décrire la douleur et le chagrin, qu'il s'agisse du mien ou de celui des autres, surtout quand il n'y a pas l'espoir d'un heureux dénouement. Je suis enclin à enfermer mon chagrin à double tour, non pour le refouler, mais pour éviter que les autres n'en fassent les frais. Faire semblant d'être gai et équilibré, voire heureux à certains moments, dédramatiser mes malheurs face aux autres, cela a toujours été ma façon de garder courage dans la vie. Et c'est aussi ma faiblesse en tant qu'écrivain. J'ai peur de plonger tout au fond du chagrin, de la douleur, de la colère. C'est la peur de perdre cette fragile foi en la vie et la joie de vivre qui me font aller de l'avant. En cela, je ressemble peut-être à Martin.

Malgré tout l'histoire de Martin n'est pas la mienne, même si l'on ne peut pas exclure qu'elle aurait pu le devenir.

Quelques jours avant le débat télévisé, Martin reçut un appel de la responsable du centre équestre qui le priait de venir tout de suite chercher Sara. Elle n'avait pas réussi à joindre la mère de Sara, prise à l'hôpital. Martin demanda ce qui était arrivé et si Sara avait eu un accident. Elle non, mais son cheval, oui.

Martin prévint la standardiste qu'il s'absentait pour la journée et roula à vive allure jusqu'au club hippique. Ses sentiments étaient contradictoires : soulagement qu'il ne soit rien arrivé à Sara, inquiétude pour Murphy – était-il blessé et fallait-il l'euthanasier ? –, mais aussi une joie secrète d'avoir l'occasion de revoir Sara.

Quand il arriva dans la cour, la responsable l'attendait. Elle était bouleversée. Martin la suivit dans l'écurie. Quand ils entrèrent, il vit Sara effondrée sur le sol en pierre devant le box de Murphy, avec une de ses amies qui avait passé un bras autour d'elle. Martin courut les derniers mètres. S'il avait espéré qu'elle serait heureuse de le voir, ou du moins soulagée, il en fut pour ses frais. À moi, il dit que Sara l'avait regardé comme un étranger. Que s'était-il passé ?

Sara tourna la tête vers Murphy mais s'arrêta en chemin.

Martin se leva et regarda dans le box. Le cheval était là, mais pas le Murphy calme et joueur qu'il avait l'habitude de voir. Murphy avait le regard vacillant, il paraissait effrayé et nerveux, de l'écume autour de la bouche.

Martin interrogea du regard la responsable qui indiqua le flanc droit de Murphy. Martin fit quelques pas et comprit : au milieu de la croupe quelqu'un avait marqué au fer rouge une croix gammée. En dessous, le sang s'était coagulé et formait des caillots.

C'est par fragments que j'obtins le reste du récit de Martin. Il laissa de côté beaucoup de détails ; sans doute l'exercice était-il trop douloureux pour tout évoquer. On peut supposer qu'il essaya de consoler Sara de son mieux, disant que les poils de Murphy repousseraient, que Murphy grâce à l'amour de Sara redeviendrait ce qu'il avait été, mais Sara restait inconsolable et accusa son père d'être responsable de ce qui était arrivé.

Impossible de se méprendre sur la douleur dans les yeux de Martin quand il me répéta ce qu'elle lui avait dit sur le chemin du retour, pour rentrer non pas à la maison mais chez ses grands-parents maternels :

« Tu as détruit ma vie ! »

Que répondre à cela ? Que devait-il, que pouvait-il répondre ?

Dès qu'ils furent arrivés à la maison des grands-parents, Sara ouvrit la portière et disparut à l'intérieur sans un mot. Très peu de temps après, le grand-père sortit et demanda pourquoi Sara, sa petite-fille adorée, était si triste. Martin raconta ce qui s'était passé dans l'écurie. Selon lui, même son beau-père, le plus gentil de tous les hommes, le regarda avec un air de reproche, comme si tout était de sa faute.

Deux jours plus tard, Martin reçut la visite de Cristina, qui avait décidé qu'elle ne voulait plus de son amour. D'un ton sec, elle lui annonça qu'elle comptait le quitter. Elle n'en pouvait plus, elle était à bout. Sara était dans tous ses états et pleurait presque tout le temps, elle ne voulait plus aller à l'école, elle ne voulait plus rien. Martin ne s'était pas assez remis pour protester, paralysé qu'il était de sentiments contradictoires qui le déchiraient. Cristina lui annonça qu'elles déménageraient dès que Sara et elle auraient trouvé un endroit où habiter. Martin avait demandé où elles comptaient aller. « Ailleurs », avait été la réponse. « Mais ton boulot, notre maison, Murphy ? » a dû dire Martin. Quelle réponse a-t-il obtenue ? Qu'il y avait plusieurs villes possibles qui permettaient de faire la navette pour aller au travail ? Qu'il fallait vendre leur maison ou que Martin rachète la part de Cristina ? Que Murphy avait dû être euthanasié ? Mais cette décision n'était sans doute pas encore prise. Ce fut plus tard. Ce qui est sûr – Martin me l'a raconté –, c'est que ce soir-là, il apprit que Sara avait été présente dans l'écurie quand Murphy s'était fait marquer au fer rouge. Et comme si ça ne suffisait pas, les agresseurs l'avaient obligée à regarder pendant qu'ils le faisaient. L'un d'eux avait maintenu Sara tandis qu'un autre avait chauffé le fer à blanc avec un chalumeau avant de l'appuyer sur la croupe de Murphy. Sara avait été forcée d'entendre Murphy hurler de douleur. Trop sous le choc, ni Sara ni la responsable du centre n'avaient expliqué à Martin comment les choses s'étaient déroulées. Elles n'avaient pas dit non plus que les agresseurs – trois contre une adolescente – avaient déchiré la photo de Sara et Murphy accrochée à l'entrée du box à côté du nom du cheval, cette même photo qui se trouvait sur le bureau de Martin, à côté de celle de Marian et de son chien.

Dès le lendemain, pendant que Martin était au laboratoire, Cristina vida la maison de toutes ses affaires et de celles de Sara. Quand Martin rentra chez eux – mais était-ce encore chez eux ? – il n'y avait plus rien dans la chambre de Sara. Plus un livre sur les étagères. Plus un seul vêtement de Cristina dans la penderie de leur chambre à coucher. Dans la cuisine, elle avait même emporté ses casseroles et ustensiles préférés. Seul le bureau de Martin ne portait pas de trace de son départ. Le pire était de devoir admettre qu'aux yeux de Cristina ce n'était pas une solution à court terme due à une crise passagère : cette séparation équivalait à une rupture définitive.

Jusqu'au débat télévisé, Martin posa une semaine de congé et laissa Samuel prendre les commandes. Autant qu'il s'y habitue ! Martin ne put se résoudre à éteindre son portable ni à vérifier dans sa boîte mail si Sara ne lui avait pas fait signe – ce qu'elle ne fit pas –, mais il ne répondit pas aux numéros inconnus ni aux mails qui s'entassèrent dans sa messagerie, pas même ceux de Samuel.

Avant de prendre le train pour la capitale, il écrivit un long mail à Cristina à son adresse de travail pour lui expliquer les raisons de sa participation au débat, que c'était pour Sara et pour tous les autres qui pouvaient subir la même chose. Il était persuadé, ajouta-t-il, qu'une fois adulte, Sara comprendrait pourquoi il avait agi comme il l'avait fait, mais que c'était peut-être mieux qu'elle ne voie pas le programme en direct à la télévision.

Son mail lui revint avec le texte « message non délivré ». Il envoya alors un SMS pour lui demander sa nouvelle adresse mais n'eut pas de réponse. Il tenta de l'appeler mais tomba sur un répondeur lui disant que ce numéro n'était plus attribué.

Martin a dû hésiter à appeler ou envoyer un mail à Sara mais s'il s'en abstint, ce ne fut pas à cause de la promesse qu'il avait faite à Cristina mais par crainte que Sara non plus ne lui réponde pas.

Le débat à la télévision fut houleux. Il n'y avait apparemment pas le moindre désir d'essayer de comprendre le point de vue de chacun, que ce soit chez les participants, les animateurs ou les producteurs. Tel était l'esprit du temps : il n'y avait aucune volonté réelle de discussion, aucun désir de trouver un terrain d'entente, d'accepter un compromis, de découvrir de nouvelles approches et de partager d'autres connaissances. L'échange de points de vue était stérile, aucun bénéfice pour quiconque, aucun dialogue ; chacun ne cherchait qu'à se mettre en valeur et exposer ses idées en parlant plus fort que les autres. À peu d'exceptions près, il s'agissait de présenter son point de vue sans écouter ni prêter attention aux autres. Seule comptait la polémique. C'était elle qui faisait vendre et faisait grimper l'audimat. Seul comptait le nombre de *followers* sur Facebook, Twitter et Instagram, car cela générait des recettes publicitaires, on se moquait de ce qui était vrai ou faux, raisonnable ou déraisonnable, juste ou injuste.

J'ai plusieurs fois regardé l'émission que quelqu'un a postée sur Internet sans l'accord de la chaîne de télévision, avant qu'elle soit remplacée par une fenêtre noire sur YouTube ; pour des raisons compréhensibles, l'émission ne fut jamais rediffusée et ne fut pas non plus accessible sur le site de la chaîne.

Exactement comme pour la conférence au Canada, on avait rassemblé un véritable nid de guêpes en invitant des participants qui, intellectuellement et idéologiquement, étaient aux antipodes les uns des autres : un ambassadeur d'Israël, un rabbin, un imam, des représentants des différents partis politiques dont le parti du Rassemblement, un théologien... et Martin, présenté comme généticien. Les deux animateurs qui devaient modérer le débat n'avaient aucune compétence sur le sujet : leur mission était de créer un climat tendu et de souligner les différences de point de vue des participants. C'était ce qu'on appelait la neutralité, au nom de la liberté d'expression.

L'émission s'ouvrait sur un reportage consacré à l'antisémitisme dans différents pays européens. On montrait les images de l'attentat de l'Hyper Cacher à Paris et les vigiles, armés de mitrailleuses, qui montaient la garde devant les écoles juives. Il y avait d'autres images sur une manifestation antijuive, à Paris aussi, sur les profanations des tombes, les jets de pierres et les bombes incendiaires contre les synagogues, entre autres l'attentat raté contre la synagogue dans la ville natale de Martin. On y exposait des statistiques, interviewait des Juifs exprimant leur crainte, leur profonde déception et leur désespoir de voir que malgré l'échec des nazis à exterminer tout leur peuple, la haine des Juifs restait bien réelle. Sans nommer

Martin, on montrait ensuite un bref reportage sur la marche de la kippa en protestation contre l'antisémitisme grandissant.

Pour le débat, la parole fut donnée à un historien des religions qui, en quelques minutes, devait résumer l'histoire de l'antisémitisme. Il commença par dire que l'Église, d'abord l'Église catholique, puis l'Église protestante aussi, avait été antisémite depuis le Moyen Âge, que l'Église et les églises en général portaient une grande responsabilité dans le fait d'avoir chargé les Juifs, à travers l'Histoire, de tous les maux des hommes – des épidémies jusqu'aux crises économiques. La responsabilité de l'Holocauste, conclut-il, reposait certes sur ceux qui l'avaient mise en œuvre, mais aussi sur ceux qui en avaient été la cause.

La parole fut ensuite donnée à l'ambassadeur d'Israël qui commença par décrire l'inquiétude, pour ne pas dire l'angoisse des Juifs face à la dernière série d'attentats. Chaque nation, disait-il, doit accepter de se soumettre à un examen critique, Israël autant que toutes les autres. Être critique envers l'État d'Israël n'est pas nécessairement être antisémite. On trouve des antisionistes même parmi les Juifs, aussi bien en Israël que dans la diaspora, des hommes qui pensaient que la création d'un État juif avait été une erreur. Particulièrement parmi les orthodoxes et les ultra-orthodoxes, beaucoup trouvaient qu'il ne fallait pas mélanger la religion et un État laïc. Mais il était incontestable, poursuivait l'ambassadeur, qu'il se cachait un relent d'antisémitisme archaïque derrière l'antisionisme qui fleurissait à la fois en Europe, surtout dans les pays occidentaux qui avaient gardé une vision romantique de la Révolution, et qui considéraient Israël comme le fer de lance de l'impérialisme capitaliste américain, et dans les pays arabes. Quand certains comparaient Israël à l'Allemagne nazie, cela allait trop loin : c'était une perversion historique de taille. On oubliait bien trop facilement de mentionner qu'environ vingt pour cent de la population d'Israël étaient constitués d'Arabes et que soixante-dix pour cent de ces derniers étaient musulmans. Les critiques et les accusations dirigées contre Israël, en comparaison avec les autres nations qui s'étaient rendues coupables d'agressions sur la population civile, étaient disproportionnées et ne pouvaient être interprétées que comme une expression d'antisémitisme.

Laisser l'ambassadeur introduire, ou presque, le débat, même s'il s'exprimait en des termes modérés, n'était peut-être pas le choix le plus judicieux, car cela déboucha aussitôt sur une prise de bec sur la façon dont les Israéliens traitaient les Palestiniens, et sur leur politique de colonisation des Territoires palestiniens. L'ironie était que cela illustrait très précisément ce que l'ambassadeur avait affirmé plus tôt : Israël était jugé selon d'autres critères que les autres pays. Les animateurs rappelèrent que le thème du débat n'était pas Israël mais l'antisémitisme. Cela aida peu, car un représentant d'un parti d'extrême gauche objecta qu'une raison de l'antisémitisme était justement la politique agressive d'Israël dans les territoires occupés, sous-entendu que les Israéliens... ou les Juifs d'Israël... ne pouvaient s'en prendre qu'à eux-mêmes. L'ambassadeur fut outré et répliqua en disant qu'Israël était en réalité la seule démocratie du Moyen-Orient, qu'il n'y avait pas une ligne sur l'Holocauste dans les écoles et livres d'Histoire des pays voisins, et que l'on continuait à imprimer et à répandre un faux, *Les Protocoles des Sages de Sion*, à des centaines de milliers d'exemplaires.

De nouveau le ton monta et le niveau intellectuel tomba au plus bas. Personne ne voulait laisser l'autre l'emporter. Personne ne voulait reconnaître qu'il aurait pu se tromper ou mal comprendre son interlocuteur. Tout le monde voulait obtenir l'assentiment des autres, peu importe d'avoir raison ou pas. Les modérateurs prirent une autre piste et soulevèrent la question du mariage au-delà des frontières ethniques et religieuses. Sur ce point, les musulmans croyants et les Juifs semblaient d'accord, non ? Ici, les réponses furent plutôt évasives. Aucun des représentants des trois religions monothéistes ne voulut ni n'osa dire de but en blanc ce qu'ils pensaient ; ils se trouvaient malgré tout en Europe. On passa alors la parole à Martin, en sa qualité de généticien. À la différence des autres, il ne louvoya pas mais prit clairement ses distances avec toutes les interdictions et obstacles contre le mariage mixte. D'un point de vue génétique, la consanguinité était une très mauvaise idée ; pour avoir une descendance viable, le mieux était de se reproduire en dehors de son ethnie, pour ne pas parler de sa religion qui n'avait rien à voir avec les gènes. La pureté de la race, qui génétiquement était une pure fiction – à l'exception de quelques caractéristiques de la physionomie comme la peau ou la couleur des yeux –, serait, si elle devait être mise en œuvre, une catastrophe pour l'homme, sa viabilité, ses défenses immunitaires et ses maladies génétiques. Il fallait du sang neuf. Et cela valait pour les Juifs tout autant que pour les Arabes, les Francs ou les Romains. Personne ne s'était-il demandé pourquoi les familles royales aujourd'hui cherchaient du sang neuf de l'extérieur plutôt que de s'unir à des cousins au premier ou deuxième degré ? Il n'avait jamais compris pourquoi les prêtres, les imams et les rabbins devaient-ils se mêler de questions touchant l'amour et la procréation, que ce soit au nom de l'éthique ou de la science. Génétiquement c'était mieux avec des bâtards et des mulâtres, beaucoup mieux. Il était temps, concluait-il, d'abolir à la fois les mots racisme et antiracisme, car ils colportaient implicitement une pensée que les hommes pouvaient se répartir en des races prétendument différentes.

Les représentants religieux gigotèrent sur leurs sièges, tout comme les représentants du parti du Rassemblement. Martin avait droit à des regards désapprobateurs, sauf de la part du rédacteur en chef d'un grand quotidien, connu pour ses opinions plutôt libérales. Plus les débats se poursuivaient, plus il apparaissait clairement que tous avaient choisi Martin comme victime pour régler leurs querelles sur son dos. Que Martin lui-même exprime son mépris envers ceux qui haïssaient les Juifs et son scepticisme profond envers ceux des Juifs qui continuaient à croire en des critères de sang pour certifier leur identité n'arrangea en rien la situation. Il répéta ce qu'il avait déjà dit à plusieurs occasions, à savoir que chaque critère d'identité biologique basé sur les liens du sang revenait à donner raison à Hitler et aux nazis, citant à la fois Avraham Burg et Shlomo Sand. Chacun devait rester libre de choisir à quelle religion il voulait appartenir et quel Dieu il voulait prier, à supposer que la religion soit importante dans sa vie, quelle personne il voulait aimer et avec qui il souhaitait faire des enfants, et de préférence aussi à quelle nation il voulait appartenir et éventuellement donner sa vie. La religion, la nationalité ou les prétendues caractéristiques nationales n'avaient rien à voir avec le sang et les gènes.

Un moment, on aurait pu croire que Martin avait réussi à troubler ses adversaires, car au fond les antisémites, les xénophobes et les monothéistes s'accordaient sur un point : ils voulaient avoir le pouvoir sur la reproduction. Mais même la gauche tergiversa. Depuis que le rêve communiste d'identité, d'internationalisme et d'universalisme avait été réduit à néant, que l'humanisme avait été déconstruit par des intellectuels libérés et que le capitalisme libéral avait remplacé l'éthique par le profit, la gauche avait eu une politique identitaire de plus en plus excluante et clivante. En résistant contre l'Europe, contre la mondialisation et la libre circulation des capitaux, en combattant pour la défense des minorités, indépendamment de la question de l'ethnicité, du sexe ou de l'orientation sexuelle, la gauche était devenue sans s'en rendre compte nationaliste au lieu d'être internationale et, d'un point de vue objectif, avait fini par échouer dans le même lot idéologique que le populisme de droite. Ceux qui se retrouvaient en ligne de mire étaient ceux qui continuaient de défendre l'individu et ses droits universels. Des gens comme Martin.

Voilà en tout cas mes pensées. Il est difficile de dire comment raisonna Martin quand il fut attaqué de tous côtés, mais il ressort clairement de la vidéo que sa frustration ne fit que s'aggraver. On l'avait invité en tant que généticien, mais personne ne prenait son argumentation scientifique au sérieux. Personne ne souleva non plus les questions les plus fondamentales : est-ce que la liberté de croyance impliquait aussi la liberté de ne pas croire ? En quoi consistaient les caractéristiques soi-disant nationales ou ethniques ? Quel était le fond de la haine contre les étrangers ?

Le débat avait duré pendant plus d'une demi-heure quand Martin prit soudain la parole et demanda de but en blanc à l'ambassadeur israélien s'il pensait vraiment que les critères pour une pleine citoyenneté en Israël devaient se baser sur le même type de critères de liens du sang que Hitler et les nazis avaient utilisés pour définir ceux qu'ils considéraient comme juifs et devaient donc éliminer. Trouvait-il juste de laisser les rabbins décider qui avait le droit d'épouser qui ? Trouvait-il juste aussi que les Juifs orthodoxes en Israël soient exemptés du service militaire ?

L'ambassadeur fit une manœuvre de diversion en répétant que même la population arabe en Israël était constituée de citoyens israéliens qui avaient le droit de vote, ce à quoi Martin répliqua que, dans ce cas, il ne comprenait pas pourquoi les Palestiniens musulmans et les Arabes en Israël étaient exemptés du service militaire. L'ambassadeur répondit sèchement que les Palestiniens chrétiens à présent avaient la possibilité de faire leur service militaire, s'ils le souhaitaient.

Était-ce pour venir au secours de l'ambassadeur ? Difficile de le savoir, mais le rabbin intervint alors et accusa Martin d'antisémitisme. L'instant d'après, il était rejoint par le représentant du parti du Rassemblement qui avait dû voir là une chance d'asseoir la crédibilité pour la nouvelle stratégie du parti, qui était de s'affirmer ami des Juifs pour enrôler la population juive dans leur combat contre les musulmans, alors que le parti grouillait de néonazis.

Ce fut une erreur, car les animateurs rappelèrent aussitôt les racines nazies du parti du Rassemblement. À la suite de quoi, l'ambassadeur prit nettement ses distances avec Martin, tout en lui reprochant de servir la cause de l'antisémitisme. La discussion dégénérait. Pour calmer le jeu, les animateurs diffusèrent un nouveau reportage, préparé depuis longtemps, où il était question de… Martin Brenner. On montra des images de sa provocation lors de la marche de la kippa, rendit compte de sa participation au colloque et évoqua les plaintes qu'il avait déposées contre l'école.

À la fin du document, il y eut un bref silence, avant qu'un des journalistes ne dise :

« Accuser Martin Brenner d'antisémitisme, c'est rater sa cible : lui-même est juif, comme vous pouvez le constater. »

La caméra zooma d'abord sur les autres participants de la table ronde qui, tous, avaient la tête tournée dans la même direction, comme s'ils regardaient un match de tennis, puis sur Martin qui à son tour soutenait les regards des autres sans ciller.

« Malheureusement, ce reportage vous induit en erreur, dit Martin d'une voix glaciale. Je ne suis pas juif !

— Mais votre mère était juive, n'est-ce pas ? insista le journaliste.

— Ma mère était juive, oui, et une rescapée d'Auschwitz. Mais je ne suis pas juif. »

Tandis que l'image restait sur Martin, on entendit une voix indignée s'élever :

« Vous n'avez pas honte ? Vous déshonorez votre mère, une rescapée d'Auschwitz, une victime qui appartient à notre peuple ! Comment osez-vous ! »

La caméra se déplaça sur le rabbin qui s'était levé et pointait Martin du doigt.

« Qui déshonore qui ? répliqua Martin, calme sur sa chaise, les mains sous la table. Ma mère m'a donné la liberté de choisir si je voulais être juif ou non. Elle a accepté de vivre toute sa vie sous une fausse identité pour me protéger, si jamais l'Histoire devait se répéter. Je lui rends hommage en prenant son choix au sérieux. Mais après avoir lu des centaines de livres sur la judéité et réfléchi avec tout le sérieux, l'intelligence et le respect dont j'étais capable, je suis arrivé à la conclusion que je ne veux pas être juif, que je ne l'ai jamais été et ne le serai jamais. J'abhorre l'antisémitisme, de tout mon être, mais je ne suis pas juif. »

La caméra retourna sur le rabbin qui semblait être à deux doigts de faire un infarctus.

Peut-être est-ce à cause du caméraman qui continuait de filmer le rabbin que personne ne remarqua ce que Martin était en train de faire.

« Vous mentez », éructait le rabbin.

Quand la caméra revint sur Martin, ce dernier se leva soudain, nu de la taille jusqu'en bas, le pantalon baissé jusqu'aux genoux. Dans la main, il tenait un pénis flasque, non circoncis.

« Non, dit-il simplement, je ne mens pas. Ma mère ne m'a même pas fait circoncire, comme vous pouvez le voir, pour que je puisse réellement faire un choix libre et personnel ; elle ne voulait pas que je sois contraint d'être juif parce que d'autres en avaient décidé ainsi, qu'il s'agisse d'antisémites ou de Juifs par les liens du sang. »

On pourrait écrire tout un livre sur les réactions suscitées par la provocation de Martin. Un jour, peut-être, un ethnologue ou un chercheur des médias fera une étude sur le déroulement des événements pour essayer d'expliquer le tollé provoqué par l'exhibition de Martin. Non seulement il fit la couverture des journaux avec son sexe – pixellisé bien entendu –, mais le clip devint viral sur les réseaux sociaux et atteignit très vite des centaines de milliers de vues. En revanche, les opinions que Martin avait défendues ne rencontrèrent que peu d'écho. S'il avait cru que son pénis exhibé aurait le même impact que l'image par exemple de l'enfant migrant noyé, Aylan Kurdi, sur une plage de Turquie, il s'était lourdement trompé.

Mais que s'était-il donc imaginé ? À ma question directe il répondit qu'il avait été un imbécile mais qu'il avait été si frustré par ce débat absurde qu'il avait oublié de penser. Il voulait seulement une chose : clouer le bec aussi bien aux antisémites qu'aux philosémites.

Pendant très exactement treize secondes – j'ai compté, et c'est long, à l'aune de la télévision – le pénis de Martin resta à l'écran, avant que les producteurs en régie ne changent de caméra. C'est ironique, à supposer que le terme soit juste, de penser qu'une telle chose n'aurait jamais pu se produire aux États-Unis, pays assez hypocrite pour retransmettre toujours avec un léger différé toutes les émissions en direct, de façon à pouvoir censurer, par un bip, les mots injurieux comme *fuck* et *asshole*. Le racisme, le sexisme, la violence, la haine, les mensonges ou les *fake news* ou « faits alternatifs » comme on les appelle aujourd'hui, peuvent passer, pas les injures ni les mots du sexe.

Dans le cas de Martin, cela provoqua un tumulte : on entendit des cris, des voix indignées et, ici et là, quelques éclats de rire. Très vite, le son fut coupé puis l'écran devint noir, avant que ne soit diffusé un dessin animé, plus exactement un « Tom et Jerry », qu'on tient toujours prêt pour des cas de ce genre, quand survient un problème.

Difficile de retracer ce qui se produisit ensuite dans le studio. Martin me raconta que les vigiles furent appelés et le firent sortir du plateau, avec toujours, à la vue de tous, son pénis ratatiné et craintif. Aucun des vigiles ne voulut toucher son membre pour le remettre où il aurait dû être. Martin fut poussé sans ménagement dans les toilettes pour hommes où il reçut l'ordre de ranger sa bite dans son froc, s'il ne voulait qu'on lui botte le c… Il obéit car ce n'était pas avec les vigiles qu'il avait un contentieux. Avant d'être autorisé à quitter les locaux de la télévision, il fut amené au service de sécurité où le chef lui fit savoir qu'il devait s'attendre à recevoir une plainte pour comportement inacceptable ou pour trouble à l'ordre public. Pas de problème, aurait répondu Martin, mais comme il s'agissait d'un comportement dans les médias, ce serait le directeur, c'est-à-dire le patron de la chaîne de télévision à qui il fallait adresser la plainte. Martin ignorait si cela fut le cas, mais le chef de la sécurité parut en tout cas douter un peu.

Dans le foyer, en sortant, Martin reconnut quelques visages du public aperçus derrière les caméras. Ils discutaient en faisant de grands gestes mais se turent instantanément en l'apercevant et lui lancèrent des regards hostiles. L'un d'eux que Martin reconnut pour être un homme politique du parti du Rassemblement s'avança de quelques pas et lâcha un « Espèce de sale Juif. On va te le faire payer ! ».

Quand Martin, les derniers jours de notre entretien, exprimait sa colère, c'était comme s'il oubliait où il était et avec qui il parlait. Je me gardais de l'interrompre, préférant le voir virulent et combatif qu'abattu et triste.

Malheureusement ses accès de colère ne duraient pas longtemps pendant cette partie de son récit. Son regard cessait d'errer et on eût dit qu'il prenait conscience de l'endroit où il se trouvait.

« Je suis désolé, dit-il en s'excusant, mais ça me rend fou chaque fois que je pense à ces enfoirés de populistes xénophobes, à leur haine et leur mépris.

— Que s'est-il passé ensuite ? » demandai-je, sur la bande magnétique.

« Oui, qu'est-ce qui s'est passé ? Ça a été une vie épouvantable, évidemment. Tu devais quand même t'y attendre ?

— Non, comme je te l'ai dit, ma pensée suivait d'autres voies. C'est vrai qu'on peut se demander si je pensais tout court. »

Cristina l'avait quitté et les militants juifs l'avaient acculé sans issue de secours et il avait cette fureur en lui pour ce que Sara avait dû subir et qui avait été le facteur déclencheur, mais au-delà de ces éléments, il y avait encore autre chose : un mélange accumulé de colère, de chagrin et de désillusion vis-à-vis de l'état du monde, de la méchanceté et de la malveillance des hommes, des pédophiles, des violeurs, des agresseurs des femmes, des « phobes » en tout genre, des haineux et des racistes, des fanatiques qui assassinaient et terrorisaient au nom de Dieu, des capitalistes cyniques qui faisaient la même chose ou laissaient faire la même chose au nom de l'argent, des politiciens imbus de leurs privilèges qui péroraient du haut de leurs tribunes qu'on devait repousser les bateaux de refugiés, les grands prêtres et les bandits qui forçaient les enfants à devenir soldats… la liste était infinie. Martin avait, disait-il, essayé de se convaincre que la seule chose exigée de l'individu, était de ne pas ajouter du malheur et de la misère, et de bien se comporter avec les semblables auxquels on avait à faire dans la vie quotidienne. Visiblement, concluait-il, sur ce point, il n'avait pas été à la hauteur. Cette douleur d'être au monde qu'il avait toujours ressentie, dont il avait peut-être « hérité », malgré tout, ou qui lui avait été confiée par sa mère, avait eu le champ libre depuis qu'il avait perdu Sara, depuis qu'il avait « détruit sa vie ». Le plus tragique dans l'histoire était de se rendre compte que Gertrud avait réussi à protéger son fils du pire alors que lui avait échoué à le faire pour sa propre fille. En quoi avait-il contribué à rendre le monde meilleur ? En pas grand-chose.

« Toi au moins, tu as écrit des livres qui ont été lus et qui ont laissé des traces », dit-il.

Oui, mais quelles traces, à supposer qu'il y en eût ? La question n'est pas simplement rhétorique ou l'expression d'une fausse humilité. Je devais beaucoup, vraiment beaucoup à la littérature, même à la mienne. Mais mes lecteurs ? Et ce livre-ci, le récit de Martin Brenner, servirait-il à quelque chose ? C'était si facile, si tentant, de surestimer son importance dans ce monde.

Je gardai mes doutes pour moi. D'une part, Martin avait largement assez à faire avec lui-même, d'autre part il a dû croire que mon livre pourrait du moins l'aider un jour à récupérer Sara. Je pris conscience que j'endossais bien plus que la responsabilité d'écrire « seulement » un bon livre qui serait présenté sur les tables des librairies dans l'espoir de rencontrer son public. Écrire un roman raté ou peu mémorable n'était pas, dans la plupart des cas, une catastrophe : les seuls à en souffrir, ce serait ma pomme, et dans une certaine mesure, ma maison d'édition, mais celle-ci ne pourrait s'en prendre qu'à elle-même si elle succombait à la tentation de publier de mauvais textes.

Curieusement, poursuivait Martin, il avait été quand même satisfait de son intervention lors du débat lui-même, à l'exception du dérapage final. Il avait dit ce qu'il avait à dire.

Une fois mis à la porte du bâtiment de la télévision, il avait pris un taxi pour aller à la gare puis le premier train pour rentrer. Il n'avait pas rallumé son téléphone portable.

D'après ce qu'il me raconta, il avait pensé attendre le lendemain avant d'ouvrir les écluses… sur son portable ou sur Internet. Mais il avait oublié l'effet que ça fait de retrouver une maison vide, avec de grands trous dans la bibliothèque, sur le rack à chaussures et la penderie, où ce qui restait ne faisait que lui rappeler l'absence de Cristina et de Sara, parties d'ici en emportant la joie de vivre qui avait régné entre ces quatre murs. Il eut l'impression de se retrouver dans la maison de sa mère la première fois après son décès, quand elle avait emporté la lumière et m'avait laissé derrière elle que le chagrin : là non plus il ne pouvait espérer nulle consolation.

Martin emménagea dans son bureau à l'étage, la seule pièce qui ne portât pas de traces du départ de Sara et de Cristina. Là il vit, coincées dans son porte-courrier, les deux photos qui l'attendaient, celle, heureuse, de Sara avec son cheval et celle, triste, de Marian avec son chien. La seconde semblait déteindre maintenant sur la première. C'était d'une tristesse à pleurer. Peut-être que Martin versa quelques larmes.

Après un moment d'hésitation, il alluma son ordinateur et ouvrit ses boîtes mails, la sienne privée et celle au laboratoire. À l'adresse privée que peu de gens connaissaient, il n'y avait rien ; même pas un message de Samuel. Sur sa messagerie au travail, ce n'était pas la même histoire, avec une centaine de mails venant de connaissances ou d'inconnus. Martin les ouvrit et les passa tous en revue, un par un, avant de les ranger dans un dossier à part. Qui sait s'il ne pourrait pas s'en servir pour répliquer, sous une forme ou une autre ? Beaucoup de messages de haine, d'indignation, le plus souvent de la part d'antisémites, mais aussi de la part de quelques Juifs qui l'accusaient d'avoir trahi son peuple et de manger dans la main des antisémites ou encore d'être lui-même antisémite. Tout cela était prévisible. L'Histoire se répétait.

Martin avait parcouru la moitié de ses mails quand un premier nom connu surgit sur la liste : Rosenbaum. Le contenu ne l'étonna pas, même s'il affirma ne pas y avoir pensé une seconde pendant ou après le débat télévisé : il était licencié avec effet immédiat ! Consciemment ou inconsciemment, c'était comme si Martin avait cherché à se mettre au pied du mur, à brûler tous les ponts derrière lui et à devenir le paria que tous – ou presque – voulaient qu'il soit. Comment avait-il réagi à son licenciement ? demandai-je. « C'était comme une libération », répondit-il.

Mais si Martin prit la décision de Rosenbaum avec un haussement d'épaules, il n'en fut pas de même quand, au moment d'éteindre l'ordinateur, il reçut un autre mail. C'était du rabbin Golder : « On ne peut pas provoquer les hommes pour les rendre plus humains, pas plus qu'on ne peut les bombarder au nom de la démocratie et de la justice. Sur ce point, nous ne sommes pas d'accord. Mais si tu crois que tu es seul au monde, tu te trompes. Tu es le fils de Gertrud, aussi je resterai à tes côtés, si je peux, si tu veux, aussi longtemps que je serai en vie. Tu ne crois pas à un Dieu vertical, du haut vers le bas, ou l'inverse. C'est ton droit le plus absolu. Mais j'espère et je pense que tu ne perdras pas la foi dans le dieu horizontal, celui des hommes entre eux. »

Ce fut, selon Martin, la seule main tendue qu'il eut après le débat à la télévision. Même ceux qui se prétendaient d'accord avec ses positions lui adressaient des accusations ou des reproches.

Le jour suivant, un dimanche, Martin se mit au volant, alla au laboratoire et vida son bureau de ses documents et livres privés. Il écrivit un mot à Samuel pour le féliciter de sa nomination au poste de directeur, car il était persuadé que Samuel lui succéderait.

Le lundi matin, Samuel l'appela. Il venait d'apprendre que Rosenbaum le nommait au poste de directeur du laboratoire. Samuel semblait attristé. Mais Martin interpréta cette tristesse autant comme une forme d'apitoiement sur lui-même que par égard vis-à-vis de Martin. Samuel lui demanda ce qui lui avait pris d'exhiber son sexe à la télévision et c'était aussi une forme de reproche étant donné les conséquences pour Samuel lui-même. Cela scella la fin de leur amitié. Samuel avait dit qu'il faisait confiance à Martin pour prendre sa défense si l'Histoire devait se répéter, mais l'inverse n'était apparemment pas vrai.

Pour ma part, je trouve étrange que Martin ne se soit jamais davantage posé réellement la question de la réciprocité dans leur relation. Moi qui crois qu'au fond l'infiniment petit et l'infiniment grand se reflètent, que les relations entre les sociétés, les États et les groupes ethniques ne se différencient pas radicalement des relations entre les hommes – sur ce point, je rejoins Isaiah Berlin –, je soupçonne l'amitié entre Martin et Samuel d'avoir été bancale pour la simple et bonne raison que Samuel était juif et non Martin. Même si Samuel n'était pas croyant et avait épousé une protestante, il ne pouvait jamais se laisser aller : quelque part, dans un coin de sa tête, subsistait toujours la peur qu'un jour lui et sa famille soient l'objet de la haine contre les Juifs ; une peur qui, jusqu'alors, n'avait pas effleuré Martin.

Le lendemain, Martin contacta un agent immobilier pour vendre sa maison et se mit à chercher un autre logement. Ensuite, tout alla très vite. Le taux d'intérêt étant très bas, il avait suffi de quelques semaines pour que l'agent immobilier trouve des acquéreurs. De son côté, Martin dénicha un deux-pièces à louer dans un quartier résidentiel avec une majorité d'immigrants. Cela lui convenait à merveille. N'était-il pas devenu un étranger dans son propre pays ?

Depuis que Martin avait été renvoyé de *DNA-Ancestry*, depuis que Cristina, tout comme Sara, s'arrangeaient pour être injoignables et depuis son déménagement, il semblait faire fi de toute prudence. Sa renommée soudaine, pour de mauvaises raisons, lui avait fourni une plate-forme pour répandre son message qu'il exploitait jusqu'à la corde. Il semblait saisir toutes les opportunités pour marteler, d'une part, l'absurdité de l'antisémitisme – « un passe-temps pour les ignorants et les êtres dénués d'intelligence » – et d'autre part, son rejet de toute restriction du droit des individus à choisir librement, sans aucune sanction, leur identité en ce qui concerne la lignée, l'origine, la religion et la nationalité. Il participa à des débats et donna des interviews. Il devint bloggeur, passa des heures sur Twitter, lança des discussions et des groupes de parole sur Facebook. Il écrivit des articles qui furent publiés dans des journaux et des magazines. Il diffusa des extraits de toute la littérature qu'il avait étudiée, avec des commentaires, en plusieurs langues.

À distance, sur Internet et dans les médias, j'essayais tant bien que mal de suivre ses faits et gestes. Puis, d'un jour à l'autre, ce fut le silence. Pourquoi ? Arrivé à ce stade de mon récit, je me perdais en conjectures.

Je n'avais certes rien contre les romans qui se terminent sans dénouement, car telle était la vie, jusqu'à ce qu'elle prît fin. Dante excepté, peu nombreux étaient les écrivains qui avaient osé placer leurs récits de l'autre côté de la tombe ; même Jésus ou Mahomet n'eurent pas une vie après celle des « romans » – la Bible et le Coran – qui racontaient leur vie. En revanche, impossible de laisser le roman sur Martin se terminer dans un *no man's land*, dans le silence et la solitude.

Que faire ? D'une part, Martin protesterait, à juste titre, si je trouvais une fin peut-être satisfaisante pour un roman, mais trop éloignée de la réalité. D'autre part, il m'avait donné carte blanche pour faire de son histoire un vrai roman, dans lequel le lecteur pourrait se mettre dans la peau de Martin Brenner. Ou du moins avoir envie de se poser la question de savoir comment il ou elle aurait réagi à sa place.

Plus je réfléchissais, plus j'étais dans l'incertitude. Devais-je lui proposer une nouvelle rencontre pour discuter de la fin, du bon dosage entre lumière et ombre, espoir et désespoir, vie commune et solitude, joie et peine ?

Décider seul de la marche à suivre n'était pas plus facile, surtout en cette période de l'Histoire, le Brexit et Trump, avec la montée des populistes de droite, et Poutine en dictateur impérial, avec son visage de pierre enfantin et sa démarche de gamin, paradant dans les salons du Kremlin sous les applaudissements de milliers de sujets, avec Erdogan qui emprisonnait toutes les voix de l'opposition, avec la tension qui montait en Irlande du Nord, avec l'Arabie Saoudite qui siégeait au Conseil des droits de l'homme aux Nations unies, sans parler des attentats terroristes qui se succédaient, dont plusieurs à caractère antisémite. Il était devenu très difficile d'être simplement une personne respectable et il ne se passait pas un jour sans que je sente mon estomac se nouer. Moi qui approchais à grands pas de la retraite, je pourrais mourir sans que cela fasse une grosse différence, dans un sens ou dans l'autre. Mais mes enfants, les enfants de mes amis et les enfants des autres, dans quel monde pourraient-ils mener une vie qui ait du sens, une bonne vie, une vie de bonté ?

Dans pareille situation, il n'est pas facile de croire dans le pouvoir de guérison de la littérature. Tout de suite après la guerre en Bosnie, je me trouvais à Sarajevo où l'on avait réuni une quarantaine d'écrivains d'Europe de l'Ouest et des pays qui, encore deux ou trois ans plus tôt, se faisaient la guerre, comme un premier pas vers la réconciliation. J'y rencontrai un poète bosniaque, qui, les armes à la main, avait participé aux combats. Je lui demandai si l'idée lui était venue d'écrire un poème tandis que les bombes pleuvaient sur Sarajevo depuis le sommet des montagnes alentour. La réponse fut un non catégorique. On n'avait pas non plus écrit beaucoup de romans ni de poèmes pendant la Première ou la Seconde Guerre mondiale.

Néanmoins, Nelson Mandela garda courage à Robben Island grâce à un poème de l'auteur anglais Henley, intitulé *Invictus*. On jouait des pièces de théâtre à Sarajevo pendant la guerre. Dans *Si c'est un homme*, Primo Levi parle d'un poème qui fut source de réconfort jusque dans le camp d'Auschwitz. La littérature pouvait donc apporter du soulagement même en temps de crise et de désespoir, mais c'était rare. Lorsque la réalité, la réalité de la mort selon les mots de Harry Martinson, s'invite, qu'elle devient écrasante et sans espoir, il est difficile d'imaginer qu'elle pourrait être plus juste, plus humaine, moins douloureuse.

Je ne voudrais pas que le roman sur Martin se termine par une défaite, que les bruits de bottes, la haine et la malveillance l'emportent. Mais je ne pourrais pas non plus mentir, simplement pour éveiller un peu de courage et d'espoir chez les lecteurs éventuels.

Martin m'avait laissé les mains libres, oui. Mais cela ne signifiait pas pour autant que je pouvais me permettre n'importe quoi : ce livre n'était pas uniquement le mien.

Lorsque le manuscrit fut presque achevé, je lui envoyai un autre SMS en lui demandant une adresse postale afin de lui transmettre les pages pour relecture et commentaires, en particulier sur la façon dont le roman devait se terminer.

En tant que romancier, c'est mon boulot d'imaginer ce qui pourrait se produire dans la réalité, du plus prévisible – et donc aussi banal qu'inintéressant – jusqu'au plus improbable et au plus inattendu, en bien et en mal. Nombreux sont ceux qui savent que la vie peut être bouleversée en un clin d'œil – un tsunami, un diagnostic de cancer, un tremblement de terre, une mère qui meurt et dont on apprend qu'elle était juive et rescapée d'Auschwitz –, mais deviner ce qui pourrait se passer s'élabore dans les parties les plus reculées du cerveau. L'une des tâches de la littérature, peut-être la plus importante ou la plus indispensable, consiste donc à encourager, inciter, et même à séduire les gens pour qu'ils fassent travailler leur imagination et conçoivent *sérieusement* ce qui pourrait arriver, ainsi que ce qui a été pensé et ressenti, jusqu'à comprendre, par exemple, que l'on puisse ne pas continuer à être juif simplement parce qu'on a une mère juive.

Plus j'approchais de la fin de l'histoire de Martin dont j'ai eu directement connaissance, plus je me demandais comment il vivait depuis notre séparation. Que pensait-il, que ressentait-il, que faisait-il ? Était-il seul ? Avait-il eu des nouvelles de Sara, l'avait-il rencontrée, avait-il eu l'autorisation de redevenir son père ? Avait-il trouvé un nouveau travail, s'était-il fait de nouveaux amis, avait-il conclu un arrangement avec Cristina ? Avec Samuel ? Continuait-il à travailler sur son *magnum opus* ? Je ne savais absolument rien de tout cela. J'avais été proche de Martin pendant les années de réécriture, d'écoute de mes enregistrements avec lui et de lecture de ce qu'il avait écrit dans différents contextes ; comme beaucoup de mes personnages de roman, il faisait désormais partie de mon cercle d'amis et de connaissances. Dans son cas, il était devenu un ami. J'avais de l'empathie, je souffrais avec lui et je le respectais pour son intégrité.

J'appelai le seul numéro que j'avais noté, mais personne ne répondit. Je cherchai en vain sur Internet une adresse mail ou postale. Tout portait à croire que Martin avait une fois encore effacé toutes les traces derrière lui afin que nul ne puisse le retrouver. Et le même scénario s'était reproduit : tout comme sa mère, Martin avait pris le maquis, s'était caché derrière un masque.

En revanche, je découvris deux éléments dont je n'avais pas eu connaissance plus tôt. Le premier c'est que Martin avait tenu une conférence sur la communauté juive dans la synagogue. L'intitulé était « L'identité juive dans une perspective génétique ». À en juger par le compte rendu d'un des membres de la communauté, Martin avait encore une fois rejeté toute idée que l'identité juive puisse être déterminée à partir des gènes, de l'ADN et de l'ARN. Il avait également défendu sa ferme conviction que la circoncision des jeunes garçons, tant chez les Juifs que chez les musulmans, devait cesser. Il avait exhorté les orthodoxes et les ultra-orthodoxes, ainsi que tous les fondamentalistes religieux, à renoncer à leur opposition absurde au mariage mixte. Aucune loi, fût-elle juive ou autre, ne saurait prendre le pas sur l'amour. Toutes les idées sur la pureté de la race devaient disparaître. L'homme devait être avant tout humain.

Selon toute vraisemblance, Martin avait répété une grande partie de ce qu'il avait dit lors de son allocution au Canada, mais avec une pointe polémique plus manifeste. Le chargé du protocole avait noté que le débat qui s'ensuivit avait été « constructif » et que le rabbin Golder avait clos la réunion en remerciant tous les participants, non sans rappeler, en évoquant Martin Buber, que la présence de Dieu dans le monde n'était pas seulement ni même avant tout verticale, mais horizontale, « interpersonnelle », pas seulement entre Juifs, mais entre tous les hommes, quelles que soient la religion, la foi et l'origine ethnique.

C'étaient des idées que je reconnaissais pour les avoir lues dans le mail que Golder avait envoyé à Martin la nuit après le grand débat télévisé, mais elles ne correspondaient pas vraiment au portrait que Martin avait dressé de Golder : un homme certes bienveillant et sage, mais aussi un rabbin qui mettait la survie des Juifs et du judaïsme au-dessus de tout et celle des autres ensuite.

Martin, et moi avec lui, nous étions-nous trompés, avions-nous mal jugé Golder ? Ou bien était-il devenu plus humaniste, plus « interpersonnel » et moins « inter-juif » ? Auquel cas, ce changement avait-il quelque chose à voir avec Martin ? Avec le fils de Gertrud ? Pourtant persuadé du contraire, Martin était-il malgré tout le fils de Golder ? En tout cas, il était clair que Martin lui-même n'avait pas changé d'avis et n'était pas prêt à faire des compromis avec ses convictions.

Je cherchai sur Internet des informations sur la vie de Golder et sur ses actions. La moisson fut maigre : une nécrologie sur le site de la communauté juive disait que le rabbin Raul Golder s'en était allé après avoir consacré toute sa vie au service de la communauté. Pas une ligne sur sa famille ou ses enfants ni sur d'autres parents. Toutefois, la nécrologie était suivie de centaines de condoléances où différentes personnes exprimaient leur gratitude envers l'engagement de Golder, tant au sein de la communauté qu'à l'extérieur. Il ne faisait aucun doute que ces condoléances étaient sincères et que cette perte était durement ressentie.

J'avoue avoir été ému par ces belles paroles, tandis qu'un sentiment de frustration me rongeait à l'intérieur. Golder avait-il connu cette gratitude de son vivant ? Et tous les autres qui ont eu droit à de belles paroles après leur mort, à qui les remerciements s'adressaient-ils ? Combien sont morts d'ailleurs sans avoir un seul mot pour les accompagner sur le chemin du néant ? Gertrud avait été accompagnée par les mots qu'elle-même avait choisis, mais qui en était le destinataire ? Martin ? Dans ce cas, quelle était leur signification ? La phrase *Tu es poussière et tu retourneras à la poussière* était tirée de la Genèse et donc de la Torah, mais elle était utilisée avant tout dans une tradition chrétienne. Pourquoi Gertrud avait-elle insisté pour se faire incinérer et pour que ses cendres soient dispersées au vent ? Je ne peux que deviner, mais je crois que c'était sa façon de montrer de la compassion pour les millions d'autres Juifs gazés et brûlés dans les camps de concentration. Comme tant d'autres qui avaient miraculeusement survécu, Gertrud avait peut-être été victime d'un sentiment de culpabilité et de honte d'avoir été survivante ; son morceau de pain, sa cuillerée de soupe claire, sa paire de chaussures, son manteau élimé auraient peut-être sauvé la vie de quelqu'un d'autre. Souvent les survivants prenaient conscience que ce n'était pas de leur faute si un prisonnier plutôt qu'un autre était choisi et envoyé dans les chambres à gaz, mais ils n'arrivaient toujours pas à se libérer de la pensée que leur survie s'était faite au détriment de quelqu'un d'autre. Par la cendre, Gertrud avait voulu s'unir à tous ceux dont les traces avaient été effacées pour toujours, avec ceux qui avaient été *poussière*.

Animé de sentiments contradictoires, je poursuivis la lecture des remerciements en l'honneur et en mémoire de Golder. Soudain, je sursautai : l'une des condoléances était de la main de Martin. Il avait écrit : « On ne peut jamais rien dire de sûr à propos de l'avenir, si ce n'est que nous allons tous apparemment mourir un jour et disparaître pour toujours de cette terre, pour ne plus jamais faire parler de nous. Cela ne m'empêche pas d'être tout à fait certain que le rabbin Golder, toi Raul, m'as redonné une vie. Pour cela, ma gratitude ne connaît pas de limites. »

Je lus le texte de Martin plusieurs fois. Que signifiaient ces mots ? Golder avait redonné une vie à Martin. Martin faisait partie de ceux qui voulaient vivre, j'en étais persuadé. Je feuilletai mes notes à la recherche d'une phrase qu'il avait prononcée au début de notre entretien. Je finis par la retrouver : « La vie est sacrée, au sens laïc du terme, et inaliénable précisément parce que chacun n'a qu'une vie à vivre, une seule. »

Je ne savais pas vraiment ce que je devais croire. J'imaginai diverses possibilités, mais aucune ne me convainquit. Je ne veux pas utiliser le mot probable, car même le plus incroyable, le plus rare, ce qui est à la limite de l'impensable – y compris l'Holocauste – peut arriver en ce bas monde.

Cependant, je fus frappé par une autre possibilité : le retrait de Martin de la vie publique avait quelque chose à voir avec la disparition de Golder. Je comparai les dates ; à compter du jour des obsèques de Golder je fus incapable de trouver un seul message, un seul texte ou une seule apparition de Martin, nulle part. Peu après, je compris que c'était environ à cette époque que Martin avait cessé de répondre à mes SMS au sujet de la progression du roman.

Finalement, après des mois de silence, Martin donna signe de vie sous forme d'une lettre manuscrite, qui constitue également la seule fin envisageable à ce semblant de roman. La voici donc :

Cher biographe !

Je suis désolé d'avoir tardé à répondre, mais j'avais besoin de temps pour réfléchir à ce que je voulais faire, non seulement de ton histoire et de la mienne, mais aussi de ma vie. Il s'est passé beaucoup de choses ces derniers temps qui m'ont obligé – ou m'ont encouragé, peut-être un verbe plus approprié – à réexaminer ou à remettre en cause ce qui est important ou ce qui devrait être important (oui, tu remarques déjà que je tâtonne) à l'avenir. Mais non, si c'est ce que tu pensais, je n'ai pas changé d'avis ; il est aussi inébranlable qu'avant : que je sois né de parents juifs ne fait pas de moi un Juif. Il fallait aussi que je veuille l'être et je ne le veux toujours pas, pour de bonnes raisons. Cependant, je me suis rapproché, non pas des Juifs en général, pas non plus du « peuple juif », pour ce qu'il est – le mot « tous », s'appliquant à des groupes de personnes, devrait être aboli –, mais de certains Juifs en particulier, ou plutôt de certains individus qui se considèrent comme juifs, qui veulent être juifs, ou qui ne peuvent pas s'imaginer être autre chose.

Je ne sais pas vraiment par où commencer. J'ignore jusqu'à quel point tu as réussi à suivre les tournées après le débat télévisé. Je n'arrive absolument pas à comprendre pourquoi je n'ai pas déjà raconté plus en détail ce qui s'était passé au cours des mois suivants. C'était comme si mon désir ardent de raconter l'histoire, celui qui m'a fait te chercher, s'était éteint lorsque j'en suis arrivé au marquage du cheval de Sara au fer rouge. Je ne pouvais tout simplement pas faire plus et je me suis dit que peut-être toi, en tant qu'écrivain, tu pourrais rassembler les morceaux. Ensuite, comme tu le soupçonnais peut-être, il se trouvait aussi que l'une de mes motivations pour raconter mon histoire et que tu la mettes par écrit, était que Sara puisse la lire un jour et comprenne que je l'aimais et que je me battais pour elle et d'autres dans la même situation.

J'imagine et je crois que tu peux comprendre quels sont les enjeux. Quand j'ai pris contact avec toi, c'était aussi parce que j'avais lu ton livre et appris la disparition de ton père, qui s'était noyé en essayant, en vain, de sauver la vie de deux gamins. Dans ton livre tu te demandes pourquoi ton père n'a pas pensé avant tout à ses propres enfants, à son fils de huit ans et à ta sœur, et cherché à sauver sa vie pour vous. N'était-il pas un plongeur et un bon nageur ? Mais tu constates que cette question est égoïste et mesquine comme le sont souvent les enfants – et les adultes, avais-je envie d'ajouter. Si les gens pensaient uniquement à sauver et à protéger leur progéniture, ces enfants pâtiraient tôt ou tard de l'égoïsme familial. Suis-je complètement hors sujet si j'imagine que tu as mis en scène le même dilemme dans ton roman sur le fondamentalisme raciste et islamiste ? N'était-ce pas précisément le choix devant lequel tu as mis Ahmed ?

Cependant, il est une chose, si tu permets, qui t'a échappé, il me semble. Comment crois-tu que ton père se serait senti s'il n'avait pas essayé de sauver les deux garçons ? Ne se serait-il pas ensuite senti coupable le reste de sa vie ? Et comment aurais-tu toi-même considéré ton père s'il avait nagé jusqu'à la berge, sauvé sa peau, tout en entendant les autres crier à l'aide ? Tu énumères les options dans ton livre comme s'il s'agissait d'une question de choix, comme si ton père avait eu le choix entre risquer sa vie et peut-être la perdre pour sauver celle des garçons ou sauver sa peau pour ses propres enfants. Mais dans la vraie vie, il est rare, du moins si j'en crois mon expérience, que la question se pose en termes binaires, soit l'un soit l'autre, noir ou blanc. Ce qui t'a échappé, si tu veux bien m'excuser – il s'agit autant d'une légitime défense de ma part que d'un reproche –, c'est la simple possibilité que ton père ait tout simplement cru pouvoir vraiment sauver la vie des deux garçons sans perdre la sienne. Pourquoi aurait-il cru autre chose ?

Pourquoi soulevé-je ce point ? Je le fais parce qu'avec le recul, j'ai regardé mon cas à peu près comme tu as considéré celui de ton père. Appelle cela de la naïveté ou bien un manque d'imagination – après tout je ne suis pas non plus écrivain comme toi, avec l'imagination pour profession. En effet, je n'ai pas pensé un seul instant que ce à quoi j'avais réussi à échapper lors de la conférence au Canada pourrait par la suite rejaillir sur Sara et son cheval bien-aimé. Mais, une fois adulte, que penserait-elle de son père s'il n'avait pas défendu ses convictions ? Que c'était un lâche, un de ceux qui se contentent d'observer sans lever le petit doigt, un suiveur, un de ceux qui retournent leur veste pour sauver leur peau ? Tu peux malgré tout avoir du respect pour ton père et le considérer comme une sorte de héros, même s'il n'a pas réussi. Se pourrait-il que Sara finisse par se dire quelque chose d'approchant à propos de son père ? Il a fait ce qu'il a pu pour combattre la haine, et surtout la haine envers les Juifs, même si lui aussi a échoué.

Ces derniers temps, je me suis demandé jusqu'à quel point une seule personne peut contribuer à rendre le monde plus humain et bienveillant. Il est si facile de désespérer, n'est-ce pas ? Nombreux sont ceux qui voudraient faire beaucoup, mais sont en mesure d'accomplir si peu. En un peu plus d'un an, je me suis engagé ouvertement en essayant d'influencer et de faire impression ; je ne pensais pas avoir le choix, je voulais sans doute prouver que je n'avais rien fait de mal. Cela a-t-il servi à quelque chose de résister ? Qui sait ?

Un des livres que j'ai lus pendant ce temps était écrit par un journaliste ayant retrouvé la trace d'une vingtaine de personnes, non-juives, qui, au risque de leur vie, avaient aidé des Juifs pendant la guerre en Allemagne, en Pologne et dans d'autres pays. Dans leur grande majorité, c'étaient des gens dits ordinaires ou simples, issus de toutes les professions et de tous les milieux ; leur seul point commun était de ne pas occuper un poste de pouvoir et de n'être ni riches ni très instruits. Ce qui étonna le plus le journaliste, c'est qu'aucun d'eux ne sut dire pourquoi ils avaient agi comme ils l'avaient fait. À ses questions, presque tous répondaient qu'ils ne savaient pas pourquoi ; ils avaient seulement fait ce qu'ils devaient ou pensaient devoir faire, sans trop réfléchir. Plusieurs pensaient même qu'il était embarrassant de répondre ; ils préféraient ne pas en parler, ne pas en faire toute une histoire, aussi modestes que Nicholas Winton, qui en toute discrétion sauva la vie de sept cents enfants juifs lorsque la guerre éclata et qui, à la fin des hostilités, n'en parla jamais à personne, pas même à son épouse, qui découvrit le registre de son mari concernant ces enfants en faisant du rangement dans le grenier. Il en fut de même pour Aristides de Sousa Mendes, consul du Portugal à Bordeaux, qui aida à mettre trente mille Juifs en sécurité, tout cela pour mourir dans l'oubli, la misère et la solitude. Prends encore le cas de ces milliers de travailleurs humanitaires et de médecins qui, sans forfanterie, font ce qu'ils peuvent pour sauver des vies dans les camps de réfugiés et hôpitaux de guerre, pendant que d'autres font tout leur possible pour tuer et bombarder. Ces bons Samaritains volontaires ne font pas non plus étalage de leurs interventions, ni ne se vantent d'être humanitaires.

Ce que j'essaie de dire, c'est que cela ne me semble plus aussi important que ton récit soit publié, lu et jugé. Il suffit que je reçoive une copie du manuscrit ou un exemplaire du livre achevé afin qu'un jour Sara puisse le lire, quand elle se sentira prête.

Je pourrais comprendre que tu te sentes dupé, comme si tout ce travail que tu as abattu avait été en vain ou écrit sous des prétextes fallacieux – je me rends compte qu'écrire un roman est souvent une corvée –, même si dans le cas présent, tu n'as pas eu besoin de trop te torturer les méninges. J'ai un peu mauvaise conscience, mais pas tant que ça non plus ; après tout, tu n'as pas écrit ce livre que pour moi, je suppose, mais parce que tu trouvais que mon histoire était assez importante pour que d'autres puissent s'y intéresser. C'est donc à toi de décider si ton récit vaut la peine d'être envoyé à un éditeur et éventuellement d'être publié, pas à moi.

Cependant, il est encore une chose que je dois te demander, non, sur laquelle il me faut insister. À savoir, que tous les vrais noms – le mien, celui de ma fille, celui de ma mère, celui de mon ex-épouse, ainsi que ceux de mes amis et collègues du laboratoire, celui du rabbin de la communauté juive de ma « ville natale », celui de l'avocat qui a aidé ma mère – soient remplacés par des pseudonymes. Tout le reste, les personnes réelles que tu as pu faire entrer dans le récit, le début et la fin, la part de « vérité » ou d'invention, je te laisse en décider. Je te cède tout simplement mon histoire – y compris tous les droits et royalties éventuels. L'une des conditions pour que tu acceptes d'écrire mon histoire était que tu aies les mains libres pour la raconter comme s'il s'agissait vraiment d'un roman. Je t'en ai fait la promesse. Et les promesses, comme l'a souligné le pape (j'ai sûrement mentionné avoir lu que le pape réprimandait les politiciens parce qu'ils ne tenaient pas leurs promesses, n'est-ce pas ?), on doit les tenir.

Néanmoins, je te dois bien quelque explication sur les raisons qui m'ont poussé à changer, et t'éclairer sur ce qui « s'est passé depuis ». En gros, à grands traits, j'ai parlé sur ton bateau de la période ayant suivi ce funeste débat télévisé, et il n'y a pas grand-chose d'autre à en dire, si ce n'est que j'ai eu ma part de ce pain de haine qui semble constamment trouver de nouveaux boulangers. Je l'ai prise, sinon avec sérénité, tout du moins sans haïr à mon tour. C'est le dilemme, n'est-ce pas, si on essaie d'être humain, de veiller à ne pas tomber dans la même bassesse et le même absolutisme que ses adversaires. C'est frustrant, car parfois on a seulement envie de répliquer sur le même ton et de casser la gueule à son interlocuteur. En tout cas, s'enterrer dans des tranchées n'est certainement pas la voie à suivre, l'histoire nous l'a suffisamment appris. Il n'y a pas d'autre choix que d'essayer, encore et toujours, de raisonner les mutilés du cerveau et les nocifs, tout en s'efforçant, par la loi et le droit, d'empêcher qu'ils nuisent à autrui.

Cependant, je n'avais pas prévu de me sentir seul à ce point. J'ai certes reçu pas mal d'appels encourageants de différents milieux, parfois inattendus, mais la plupart de mes connaissances – de vrais amis je n'en ai malheureusement pas – se sont défilées ou bien ont fait semblant d'être occupées à d'autres choses. Le seul, et là je dis bien le seul, à être sorti de sa route pour m'aider, c'est le rabbin Golder. Il ne s'est pas contenté de me donner régulièrement de ses nouvelles, sans me faire de leçons de morale ou de reproches, ou de m'inviter dans la communauté pour me laisser m'expliquer sur mes prises de position. Il y eut beaucoup, beaucoup plus important : il réussit à entrer en contact avec Sara et Cristina – je ne sais pas comment – et à les convaincre toutes deux que Sara avait besoin de son père, et que son père avait besoin d'elle, ne pouvait se passer d'elle. Cela faisait un an que Sara et Cristina m'avaient quitté lorsque je revis Sara pour la première fois. Je n'ai pas besoin de te raconter ce que j'ai ressenti, je te laisse l'imaginer !

À l'époque, j'avais déjà commencé à me lasser de me retrouver sous le feu des hostilités ; contrairement à beaucoup qui « en principe » partageaient mes valeurs, je participais avant tout à des débats avec des opposants, je faisais face aux haineux, aux racistes et j'engageais tout seul le combat avec eux au lieu de travailler en groupe ou en réseau où les « déjà sauvés » se donnaient des tapes amicales sur les épaules et confiaient tout le mal qu'ils pensaient des « autres ». Il ne s'agit pas d'une critique, en tout cas pas du genre sérieux ; après tout, on a besoin aussi de sentir que l'on n'est pas seul à défendre les valeurs humaines et humanistes, mais si l'on se contente de rester dans son coin, alors aucun progrès réel ne verra le jour. Or, quand je rencontrai Sara, un après-midi, j'eus le sentiment d'avoir fait ce que j'avais en tête. Je ne voulais pas risquer un nouveau revers juste parce que je m'entêtais à croire que seule ma voix comptait et avait de l'importance. J'avais clairement exposé ma position. Désormais, c'était à d'autres de prendre le relais.

Je ne sais pas si tu as entendu parler de Birgitta Karlström Dorph, une diplomate suédoise qui servait de lien entre le gouvernement suédois et les opposants à l'apartheid en Afrique du Sud. Pendant huit ans, elle a travaillé en tant qu'agent secret, au péril de sa vie, bien qu'elle eût cinq enfants, pour s'assurer que l'argent parvenait dans les bonnes mains et procurer des avocats pour défendre les activistes noirs qui avaient été arrêtés. Mais au bout de huit ans, elle constata qu'elle avait fait tout ce qui était en son pouvoir et décida qu'il était temps de faire autre chose dans sa vie. Qui pourrait le lui reprocher ? Personne. Je ne veux pas me comparer à elle, ce serait disproportionné, mais je pense toujours que j'avais le plein droit de me retirer, pour m'occuper de ma propre vie. Et de celle de Sara.

Golder est décédé quelques semaines seulement après que j'eus revu Sara. D'après ce qu'on m'a dit, il s'est endormi paisiblement, sans avoir à souffrir. Je lui devais des remerciements pour bien des choses ; qu'il soit juif ou non, rabbin ou non, qu'il croie en Dieu ou non. Je ne sais pas vraiment comment raconter cela, car mon cœur se serre à cette seule pensée, mais Golder, exactement comme ma mère, m'a laissé une lettre. Dans cette lettre, il m'avouait qu'il était mon père et l'homme que Gertrud avait aimé, mais qu'ils n'avaient pas osé vivre ensemble par peur de ce qui pourrait m'arriver, à moi.

Comprends-tu ce que j'ai ressenti ? Comme tu le sais, je m'étais persuadé que cela n'aurait aucune importance si je venais à savoir qui était mon père biologique, mais je me trompais, bien que je l'aie compris trop tard. Je ne vais pas essayer de décrire mes sentiments. Cela m'est impossible.

Tu ne pourras pas non plus lire la lettre que Golder, mon père, m'a écrite. Cela reste privé.

Je peux tout au plus te dire que je l'ai veillé en compagnie de neuf autres personnes et que j'ai pris part à tous les rituels qui s'appliquent aux enterrements juifs. Cela n'a pas été facile, mais je ne me sentais pas hypocrite, même si je n'avais pas changé d'avis sur le fait de ne pas vouloir être juif. Le plus difficile a été peut-être pour les autres, car Golder avait explicitement et sans ambiguïté indiqué qu'il voulait aussi être incinéré et que ses cendres soient dispersées au vent dans le même mémorial que Gertrud. C'était une entorse à l'orthodoxie juive, mais un hymne à l'amour. D'une certaine façon, je l'interprétais, et je l'interprète encore, comme une reconnaissance de la part de Golder, de la part de mon père, que l'amour et la personne humaine passaient avant la communauté juive. Ou encore que Golder, en tant que rabbin et en tant que Juif, souhaitait faire comprendre que l'alliance de Dieu avec le peuple juif était une exigence, non pas de convertir la population mondiale au judaïsme, mais de diffuser à tous le message universel des Commandements.

Tandis que j'écris ces lignes, j'ai maintenant devant moi trois photographies, une de Marian Marsynski et de son chien triste, dont je t'ai conté l'histoire, une de Sara et Murphy, et une troisième de Raul Golder, mon père, et de son épouse enceinte, ma mère, Gertrud, que Raul a jointe à la lettre qu'il m'a adressée. Il m'arrive aussi, de temps en temps, de ressortir l'album photo, l'une des rares choses que j'avais gardées de ma mère. À présent, tu te dis peut-être que je suis devenu nostalgique du « bon vieux temps », que j'ai commencé à m'intéresser au pourquoi du comment, à comment je suis devenu ce que je suis, plutôt que de me demander qui j'aurais pu être. Mais ce n'est pas vrai. Seulement, je ne pouvais pas m'empêcher de penser au grain de sable qui aurait dû être différent pour que ma vie, et peut-être moi-même, soient tout autres. De même, il ne s'en serait pas fallu de beaucoup pour que je n'existe pas du tout.

Il me fallut des mois, après le décès de Golder, avant de pouvoir fonctionner normalement, si tant est que le mot « fonctionner normalement » signifie quelque chose dans une situation comme la mienne. Je continue à voir Sara régulièrement : elle a seize ans désormais et sera bientôt une femme. Elle a recommencé à monter et je lui ai acheté un autre cheval, qu'elle aime. Un jour peut-être me demandera-t-elle de faire un nouveau tirage de la photographie d'elle avec Murphy ; ce jour-là, je saurai que les pires blessures sont guéries.

Par contre, Cristina a pratiquement disparu de ma vie, sauf en tant que mère de notre enfant. Nous nous sommes revus et sommes pour ainsi dire convenus de conserver les bons souvenirs des moments partagés. Il est important que Sara comprenne qu'un divorce n'annule pas l'amour et l'amitié qui existaient avant. Lorsque notre relation a été mise à l'épreuve, nous avons découvert en chacun de nous deux des aspects jusqu'alors invisibles – pas toujours les plus avantageux, peut-être surtout chez moi.

Mais il y a une autre raison pour laquelle Cristina et moi n'avons rien fait pour ressouder la fissure qui était apparue ; certes, dans des circonstances favorables, il arrive que de telles soudures s'avèrent aussi résistantes que l'alliage d'origine, mais dans mon cas, il n'en était pas question. Pour avoir lu tes livres, je me souviens de l'attachement que tu manifestes à l'égard de l'écrivain Harry Martinson ; son nom apparaît dans chacun de tes ouvrages. Je suis revenu sur plusieurs de tes citations de Martinson, mais l'une surtout, tirée de l'un des récits de voyage – Martinson se trouve dans la Nassaustraat à Anvers –, est restée gravée dans ma mémoire : « Sinon, il y avait des bancs en bois comme partout dans le monde ; on s'y assied pour attendre de l'aide. Je suis resté assis là toute une semaine mais personne ne m'est venu en aide. »

Après la disparition de Golder, j'ai passé pas mal de temps sur un de ces bancs en bois, découvert lors d'une de mes nombreuses promenades le long de la plage. J'avais commencé à retravailler un peu, pas très régulièrement, à mon ouvrage sur les limites de la génétique – c'est ainsi que je le nomme désormais. Sauf que j'avais du mal à me concentrer et j'avais pris l'habitude de sortir l'après-midi pour mettre de l'ordre dans mes idées, ou plutôt pour débarrasser mon cerveau de souvenirs douloureux. Je passais ainsi une heure ou deux sur mon banc à regarder la mer. Je ne sais pas si c'était de l'aide que j'attendais, mais l'aide est venue.

Je ne me souviens pas si j'ai mentionné Dorotea dans nos entretiens, la secrétaire de Golder, qu'il appelait sa « permanente ». Je la rencontrai plusieurs fois à l'occasion du décès de Golder. Elle était dévastée, mais heureuse que le rabbin n'ait pas souffert et que les derniers temps il semblât être parvenu à une sorte de sérénité ou de paix. J'ai apprécié sa présence et son soutien à l'occasion des obsèques. Nous nous appuyions l'un contre l'autre, comme cela se fait avec deux cartes à jouer pour commencer à construire un château de cartes, mais je ne pensai jamais à elle en tant que femme. Tout ce que j'avais d'amour à donner, c'était pour Sara, un point c'est tout ; il ne restait plus rien pour les autres.

Mais un beau jour Dorotea vint s'asseoir sur le banc à côté de moi. Était-ce une simple coïncidence ? Ou bien me surveillait-elle ? Je ne sais pas, et cela n'a pas d'importance. Le premier jour, nous restâmes simplement côte à côte sans échanger une parole. Le deuxième jour, ou peut-être était-ce le troisième, elle me prit la main. Nous commençâmes lentement à nous parler, comme à tâtons. Il nous fallut quelques mois sur le banc, on ne se voyait que là, pas tous les jours, mais un jour sur deux, avant de comprendre ce qui nous arrivait et d'échanger un baiser. Pourquoi nous a-t-il fallu aussi longtemps pour nous rendre à l'évidence ? La faute, dans la mesure où cela peut être considéré comme une faute, m'incombait certainement. J'étais terrifié à l'idée de nouer une nouvelle relation amoureuse, qui apparemment pouvait se rompre à tout moment, sans le moindre préavis.

Et puis il y avait un autre obstacle : Dorotea était, est et veut être juive.

Je l'aime et elle m'aime, c'est indéniable. Cela n'a rien à voir avec la judéité, absolument rien du tout.

Mais je fus contraint de dire qu'il était hors de question d'avoir des enfants. J'ai cinquante-cinq ans et Dorotea trente-six : il n'y a donc aucune raison physiologique pour que nous ne puissions pas mettre un enfant au monde. Mais rien qu'à l'idée de devoir une fois encore décider si un nouvel enfant, mon enfant, sera élevé en tant que Juif ou non, sera circoncis ou non si c'est un garçon, mon cœur panique.

Voilà où nous en sommes. Dorotea a dit que cela ne change rien. Qui sait ? Quelqu'un a dit, l'avenir n'est plus ce qu'il a été. Mais quand le sera-t-il jamais ?

Cordiales salutations,

Martin

ÉPILOGUE

Avant que Martin et moi prenions définitivement congé l'un de l'autre, il me remit entre autres documents déjà mentionnés, une bibliographie de tous les ouvrages qu'il avait lus pour essayer, d'abord d'éclaircir ce qu'être juif implique, c'est-à-dire identifier le plus petit dénominateur commun à tous les Juifs, à supposer qu'il existe, et ensuite, de décider si lui-même voulait être juif, faire son *coming out* comme on dit aujourd'hui en utilisant un anglicisme barbare. La bibliographie est disponible, ci-dessous, et elle est à mes yeux remarquable, tant par son ampleur que sa profondeur, surtout si on pense à la facilité avec laquelle beaucoup se convertissent à une autre religion, l'islam par exemple, ou dans des cas isolés au judaïsme, sans avoir conscience de ce que cela veut dire fondamentalement. Ou bien à la facilité avec laquelle beaucoup critiquent – ou même haïssent – les Juifs, le judaïsme et la judéité sans savoir de quoi il en retourne. Il y a bien sûr une légère ironie dans la soif de lire de Martin. Les études et les livres ont toujours été considérés comme une vertu chez les Juifs ; c'est, par exemple, ce que les Juifs laïcs comme Amos Oz, avec sa fille, s'efforcent de prouver dans le livre *Jews and Words* et ce que Bernard-Henri Lévy soutient dans *L'Esprit du judaïsme*. Mais il ne faut pas oublier non plus la colère de Gertrud lorsque Martin exprima parfois son ras-le-bol des études et laissa entendre qu'il n'y avait rien d'infamant à être peintre ou docker.

Néanmoins, on est en droit de s'interroger sur les dizaines de milliers de pages que Martin a ingurgitées et de se demander si cela lui a vraiment été d'une aide quelconque pour prendre la « bonne » décision. Il s'est aussi posé lui-même la question de savoir combien d'ouvrages il faudrait lire sur la religion, l'histoire, la culture et l'identité juives avant de se dire en toute confiance qu'on en savait « suffisamment » pour décider de sa relation avec le judaïsme et la judéité – la sienne et celle des autres – ou de son attitude envers l'antisémitisme. Devait-on vraiment lire autant de pages pour prendre position sur la circoncision et le sang en tant que signes d'appartenance ? Ou pour prendre ses distances avec toutes les formes de haine des Juifs ? Je fis une recherche sur diverses librairies en ligne pour avoir une idée de tout ce qui a été pensé, recherché et écrit sur la judéité sous tous ses aspects : il y avait des milliers de titres pour la seule langue anglaise ! Une vie entière n'aurait pas suffi pour se familiariser avec tous ces écrits.

La question reste donc non résolue : quand a-t-on une connaissance suffisante de la réalité pour pouvoir, sur une base solide, choisir une vie, une identité, ou même une religion, si on a la fibre religieuse ? Même s'il convient de noter que le savoir ne suffit pas pour arrêter son choix. Le choix n'est *pas*, comme on l'entend dire si souvent,

« rationnel » ou « raisonnable ». Les choix sont dictés par les émotions. Sur ce point, cela dépend de ce qui fonde notre choix, et là je dois donner raison à Samuel contre Martin. Pour s'acquérir, la connaissance, comme toute science, a besoin d'une image de la réalité aussi fidèle que possible, pour que les émotions ne soient pas le fruit d'illusions, de mythes, de mensonges, de préjugés et de chimères, par exemple qu'il y aurait un gène juif spécifique qui confirmerait que le peuple juif est le peuple élu de Dieu ou encore que le monde serait régi par une conspiration judéo-bolchévique ou que tous les Allemands seraient des nazis. Savoir que l'avion est le moyen de transport le plus sûr ne guérit pas forcément de la peur de l'avion. Mais il est néanmoins préférable de le savoir.

C'est tout à l'honneur de Martin d'avoir pris son temps pour se familiariser avec le judaïsme. En est-il devenu plus intelligent pour autant ? Oui, si par intelligence on entend la volonté d'accorder sa vie à ce que nous a appris la connaissance. Par contre, c'est plus douteux si, par intelligent, on entend « sagesse ».

En conclusion, à propos de la bibliographie de Martin, on peut se demander pourquoi il n'a pas aussi évoqué deux titres qui auraient dû apparaître comme particulièrement importants pour le choix devant lequel il se trouvait : *Comment j'ai cessé d'être juif* de Shlomo Sand et *Être ou ne pas être juif* d'Oscar Mandel. Sand, historien en Israël, et Mandel, poète et dramaturge, tous deux juifs selon les critères traditionnels, racontent comment ils en sont venus à ne plus vouloir être juifs et à ne plus se considérer comme juifs, sans pour autant penser à se convertir à une autre religion.

Dans son bref récit de soixante et une pages, Mandel revendique son droit à décider lui-même qui il veut être, aussi bien à l'intention des Juifs qui prétendent que l'on naît juif, que des antisémites qui soutiennent la même chose. Tout comme Sand, Avraham Burg et Martin, Mandel pointe du doigt l'absurdité de voir les nazis et les Juifs orthodoxes défendre la même vision fondamentale de ce qui constitue l'identité d'un homme ou d'un groupe ethnique. Mandel écrit : « L'idée d'un caractère juif qu'on acquiert à la naissance et dont il est tout aussi impossible de se défaire que de se débarrasser de ses poumons, cette idée (qui demeure, au fond, raciste) fleurit de nos jours en grande partie parce que les Juifs eux-mêmes craignent de voir diminuer et, qui sait, disparaître leur ancienne famille. Mais n'est-il pas terrifiant de constater que les nazis et les Juifs, pour des raisons contraires, se sont donné la main par-dessus les charniers dans un même accord sur le caractère indestructible de la judaïcité ? » Mandel prend soin de souligner qu'il ne ressent pas la moindre affinité avec les convertis ou les renégats qui se transforment en antisémites enragés pour prouver qu'ils ne sont plus juifs. Il dit comprendre que beaucoup soient et veuillent être juifs, par solidarité avec les victimes de l'Holocauste ou parce qu'ils sont croyants ; seulement, de tels arguments ne le convainquent pas sur le plan émotionnel : « Je n'ai pas le cœur assez froid pour m'appuyer sur la Justice et la Raison », écrit-il. Aux Juifs d'Israël, il dit ceci : « Je marche en pleurant parmi les cadavres, je suffoque dans le sang. Énorme prix à payer pour jouir du privilège de rester dans le cocon où vous vous sentez douillettement chez vous. » Sans nier l'importance de la contribution des Juifs sur le plan intellectuel, artistique et scientifique, il ne voit pas pourquoi ce serait une raison pour s'exposer à des meurtres de masse. Mandel n'écrit pas beaucoup sur Israël, mais il raconte l'histoire d'une collègue russe qui chercha refuge en Israël avec son fils de onze ans. « Le jeune garçon mourut, mais on lui refusa toute sépulture car il n'était pas circoncis. La mère fut obligée de laisser le couteau opérer le petit cadavre pour avoir l'autorisation de l'enterrer. »

Le livre de Sand est plus polémique : plus « contre » que « pour », à l'évidence le cerveau parle ici plus que le cœur – et il traite davantage de la situation en Israël qu'au sein de la diaspora. Cela n'est pas si surprenant : l'ouvrage précédent de Sand, *L'Invention du peuple juif* a donné lieu à des débats animés parmi les intellectuels et les penseurs juifs. L'idée de départ de Sand est à bien des égards identique à celle de Martin : sans religion ni génétique, sans foi ni sang, il ne reste plus grand-chose de l'identité juive. Mais Sand affirme aussi qu'il a « conscience de vivre dans l'une des sociétés les plus racistes du monde occidental » et il critique la morale juive présomptueuse à ses yeux qui fait que l'État d'Israël permet aux rabbins et aux Juifs orthodoxes de définir l'ordre du jour. Sa thèse est qu'Israël et ses représentants religieux attisent l'antisémitisme, ou la judéophobie comme il l'appelle, par peur que le « peuple juif » – les guillemets sont de lui – ne soit, sinon, appelé à mourir. À titre d'exemple dissuasif, il cite Golda Meir, qui déclara qu'un Juif qui épousait une non-Juive ajoutait une nouvelle victime aux six millions de morts dans les chambres à gaz ! Il n'empêche, écrit Sand, que les « Juifs ethniques » – là encore les guillemets sont de lui – ont raison de s'inquiéter de la survie du peuple juif : plus de cinquante pour cent des Juifs américains et européens épousent désormais des non-Juifs.

Ce n'est pas l'endroit pour entamer des discussions avec Mandel ou Sand. Quiconque veut suivre les grandes orientations du débat peut facilement trouver matière dans les livres et sur Internet. On peut également, par exemple, lire l'attaque virulente de Claude Klein contre Sand dans son ouvrage intitulé *Peut-on cesser d'être juif ?*. Cependant, il me semble que les questions que se posait Martin en tant qu'individu, ou qu'il s'obligeait à se poser, n'ont pas trouvé de réponse, ni n'ont été prises au sérieux dans le débat intellectuel, aussi chargé d'affects soit-il.

Il n'y a pas si longtemps, j'ai donné une conférence à l'université de Venise sur ce qui rend l'homme humain. J'y ai affirmé que toute personne, sans distinction de croyance, d'origine, de nationalité ou de personnalité avait la liberté de se poser des questions pour savoir si elle voulait rester ce qu'elle était, ou si elle désirait s'efforcer de devenir quelqu'un d'autre totalement ou partiellement, sans mentionner de façon explicite l'exemple des Juifs, même si la conférence coïncidait avec la fin de l'écriture de ce livre. La thèse que je défendis était que la liberté de la personne consistait à pouvoir s'imaginer qu'elle, et le monde avec elle, pourraient être autrement qu'ils ne sont, que par exemple moi-même, en tant que Suédois, pourrais préférer devenir plus italien ou français, qu'un protestant pourrait imaginer devenir catholique ou du moins plus catholique, qu'un nomade pourrait choisir de devenir sédentaire, ou un sédentaire, nomade.

Après la conférence, un jeune homme m'attendait devant l'université. Manifestement ému, il me remercia pour ma prestation et déclara partager entièrement mon point de vue sur la liberté, comme l'occasion de se demander ce qu'on est, de s'imaginer qu'on pourrait devenir quelqu'un d'autre ou de s'efforcer de devenir quelqu'un d'autre que celui que l'on est.

« Mais, dit-il d'une faible voix … je suis juif. »

Ce qu'il voulait dire par là n'était pas très clair, en fait, mais je ne pus m'empêcher de penser à l'image de Marian et de son chien dans le livre d'Agata Tuszyńska. Quand à la fois ses amis et ses ennemis veulent qu'on reste ce qu'on est, et imposent des sanctions, allant de l'ostracisme à la peine de mort, en fonction de la culture et de la religion, pour qu'on reste celui que *les autres* veulent qu'on soit, alors il n'est pas si facile d'insister et de continuer à se battre. On peut penser ce que l'on veut de Martin Brenner, mais en tout cas il eut le courage de ne jamais renoncer.

LIVRES LUS PAR MARTIN BRENNER

ESSAIS, DOCUMENTS

Almeida, Fabrice, *Ressources inhumaines – Les gardiens de camps de concentration et leurs loisirs*, Fayard, 2011.

Ansaldo, Marco, *Il falsario di Schindler. I segreti dell'ultimo archivio nazista*, Rizzoli, Milano, 2012.

Arendt, Hannah,

— *Les Origines du totalitarisme*, Gallimard, Quarto, Paris, 2002 [1973].

— *Eichmann à Jérusalem,* Gallimard, Quarto, Paris, 2002 [1966].

Burg, Avraham, *Vaincre Hitler. Pour un judaïsme plus humaniste et universaliste*, Fayard, 2008.

Cohen, Albert, *Ô vous, frères humains*, Gallimard, 1972, coll. Folio, 1998.

Decout, Maxime, *Écrire la judéité. Enquête sur un malaise dans la littérature française*, Essais, éditions Champ Vallon, Paris, 2015.

Finkielkraut, Alain (éd), *L'Interminable Écriture de l'Extermination*, Paris, éditions Stock, 2010, coll. Folio, 2012.

Frank, Anne, *Journal*, rééd. Livre de Poche, 2017.

Freedman, Harry, *The Talmud – A Biography*, Bloomsbury, Londres, 2014.

Ghiretti, Maurizio, *Storia dell'antigiudaismo e dell'antisemitismo*, Bruno Mondadori, Economica, Milano, 2002.

Glenn, Susan A. & Sokoloff, Naomi B. (ed), *Bounderies of Jewish Identity*, University of Washington Press, Seattle & London, 2010.

Hilberg, Raul, *Exécuteurs, victimes, témoins. La catastrophe juive 1933-1945*, traduit de l'anglais par Marie-France de Paloméra, Gallimard, Paris, 1992 ; coll. Folio Histoire n° 133, 2004.

Johnson, Paul, *Une histoire des Juifs*, éditions J.-C. Lattès, 1989.

Küng, Hans, *Le Judaïsme*, Le Seuil, 1995.

Levinas, Emmanuel, *Être juif. Suivi d'une lettre à Maurice Blanchot*, préface de Danielle Cohen-Levinas, Rivages poche, Petite bibliothèque, 2015 [1947].

Levine, Paul A., *Raoul Wallenberg in Budapest : Myth, History and Holocaust*, Paperback, 2010.

Lévy, Bernard-Henri, *L'Esprit du judaïsme*, Grasset, Paris, 2016.

Luzzatto Voghera, Gadi, *Rabbini*, Editore Laterza, Milano, 2011.

Maalouf, Amin, *Les Identités meurtrières*, Grasset, Paris, 1998.

Memmi, Albert, *La Libération du Juif*, édition revue par l'auteur, Gallimard, coll. Folio n° 5247, Paris, 2006.

Morin, Edgar, *Le Monde moderne et la condition juive*, Le Seuil, coll. Points n° 695, Paris, 2012 [2006].

Neher, André, *L'Identité juive*, Éditions Payot & Rivages, Petite Biliothèque Payot, Paris, 2007 [1997].

Nissim, Gabriele, *La bontà insensata. Il segreto degli uomini giusti*, Oscar Mondadori, Milan, 2012.

Oelhafen, Ingrid von & Tate, Jim, *Hitler's Forgotten Children*, New York , Penguin Random House, 1996.

Oz, Amos & Os-Salzberger, Fania : *Juifs par les mots*, traduit par Marie-France de Paloméra, Gallimard, 2014.

Pisanty, Valentina, *L'irritante questione delle camere a gas. Logica del negazionismo*, Bompiani, 2014.

Rosenman, Anny Dayan, *Les Alphabets de la Shoah. Survivre, témoigner, écrire*, CNRS éditions, Paris, 2007 ; collection de poche Biblis, 2013.

Roth, Joseph, *Juifs en errance* [Titre original : *Juden auf Wanderschaft*], traduit par Michel-François Demet, Le Seuil, 2009.

Sand, Shlomo, *Comment le peuple juif fut inventé*, traduit de l'hébreu par Yael Lotan, éditions Arthème Fayard, 2008.

Schoenfeld, Gabriel, *The Return of Anti-semitism*, Encounter Books, 2004.

Segel, Binjamin W., *A lie and a libel. The History of the Protocols of the Elders of Zion*, traduit de l'allemand par Richard S. Levy, University of Nebraska Press, Lincoln and London, 1995 [1926].

Semelin, Jacques, *Purifier et détruire. Usages politiques des massacres et génocides*, Le Seuil, coll. Points n° 696, Paris, 2005.

Solomon, Norman, *Judaism. A Very Short Introduction*, Oxford University Press, 2014.

Wiesel, Elie, *Signes d'exode*, Grasset, 1985.

Yovel, Yirmiyahu, *L'Aventure marrane. Judaïsme et modernité*, Le Seuil, 2011.

TÉMOIGNAGES ET RÉCITS AUTOBIOGRAPHIQUES

Antelme, Robert, *L'Espèce humaine*, Gallimard, 1957 ; coll. Tel, n° 26, 2010.

Durlacher, Gerhard, *Strisce nel cielo*, Iperborea, Milano, 1995.

Frenkel, Françoise, *Rien où poser sa tête*, Gallimard, 2015.

Gary, Romain, *Journal d'un irrégulier, Ces femmes que j'aime, Le judaïsme n'est pas une question de sang*, Éditions de l'Herne, 2005.

Levi, Primo,

— *Si c'est un homme*, traduit de l'italien par Martine Schruoffeneger, Julliard 1947,

— *La Trêve*, traduit de l'italien par Emmanuelle Genevois-Joly, Grasset, 1963.

— *Les Naufragés et les Rescapés*, traduit de l'italien par André Maugé, coll. Arcades, Gallimard, 1989.

Venezia, Shlomo, *Sonderkommando. Dans l'enfer des chambres à gaz.* Préface de Simone Weil, Albin Michel, Livre de Poche, n° 31526, Paris, 2012.

Werber, Millie & Keller, Eve, *Two Rings, A story of Love and War*, 2012.

Wiesel, Elie,

— *La Nuit*, Éditions de Minuit, 1958.

— *Tous les fleuves vont à la mer. Mémoires*, Le Seuil, Paris, 1994.

TÉMOIGNAGES SUR ET D'ENFANTS QUI ONT APPRIS PLUS TARD DANS LA VIE QU'ILS ÉTAIENT D'ORIGINE JUIVE

Epstein, Helen, *Where she came from. A daughter's Search for Her Mother's History*, Holmes & Meier, Teaneck, NJ, 1997.

Fremont, Helen, *After long Silence*, Dell publishing, New York, 1999 ; Delta Paperback, 2000.

Kliot, Rasia & Mitsios, Helen, *Waltzing with the Enemy. A mother and daughter confront the aftermath of the Holocaust*, Penina Press, Jerusalem, 2011.

Tuszyńska, Agata, *Une histoire familiale de la peur*, Grasset, 2006, traduit du polonais par *Jean-Yves Erhel.*

Amis, Martin, *La Zone d'intérêt*, Calmann-Lévy, Paris, 2015.
Appelfeld, Aharon, *Et la fureur ne s'est pas tue*, traduit de l'hébreu par Valérie Zenatti, Éditions de l'Olivier, 2009.
Auslander, Shalom, *La Lamentation du prépuce*, traduit de l'anglais par Bernard Cohen, Éditions Belfond, 2018.
Borowski, Tadeusz, *Aux douches, Mesdames et Messieurs*, traduit du polonais par Laurence Dyèvre et Éric Veaux, Christian Bourgois Éditeur, 1992.
Chessex, Jacques, *Un Juif pour l'exemple*, Grasset, Paris, 2009.
Cohen, Albert, *Le Livre de ma mère*, Gallimard, Paris, 1954.
Dickens, Charles, *L'Ami commun*, La Pléiade, Gallimard, 1991.
Eliot, George, *Daniel Deronda*, Wordsworth Classics, London, 1873.
Foenkinos, David, *Charlotte*, Gallimard, 2014.
Gary, Romain, *L'Éducation européenne*, Gallimard, 1956.
Goby, Valentine, *Kinderzimmer*, Actes Sud, 2013.
Grimbert, Philippe, *Un secret*, Grasset, 2004 [Livre de Poche, 2006].
Haenel, Yannick, *Jan Karski*, Gallimard, 2009 [coll. Folio, 2010].
Halfon, Eduardo, *Monastère*, traduit de l'espagnol (Guatemala) par Albert Bensoussan, Quai Voltaire/La Table ronde, 2014.
Kertész, Imre, *Être sans destin*, traduit du hongrois par Charles Zaremba, Actes Sud, 1998.
Le Clézio, J.M.G., *Étoile errante*, Gallimard, Paris, 1992.
Littell, Jonathan, *Les Bienveillantes*, Gallimard, Paris, 2006.
Maraini, Dacia, *Il treno dell'ultima notte*, Rizzoli, BUR big, Milano, 2010 [2008].
Merle, Robert, *La mort est mon métier*, Gallimard, Folio, Paris 1972 [1952].
Rochman, Leïb, *À pas aveugles de par le monde*, Éditions Denoël, 2012.

Roth, Philip, *Portnoy et son complexe*, Gallimard, 1970, traduit par Henri Robillot.
Sansal, Boualem, *Le Village de l'Allemand ou le journal des frères Schiller*, Gallimard, Paris, 2008.
Schwartz-Bart, André,
— *Le Dernier des justes*, Le Seuil, coll. Points n° P 217, Paris, 1996 [1959].
— *L'Étoile du matin*, Le Seuil, 2009.
Sebald, W.G., *Les Émigrants,* traduit de l'allemand par Patrick Charbonneau, Actes Sud, coll. Babel, n° 459, Paris, 2001 [1956].
Wiesel, Elie, *L'Oublié*, Le Seuil, Paris, 1989.

Cet ouvrage a été achevé d'imprimer
par CPI Brodard et Taupin à La Flèche
pour le compte des éditions Grasset
en octobre 2020.

Mise en pages
PCA 44400 Rezé

PAPIER À BASE DE
FIBRES CERTIFIÉES

Grasset s'engage pour
l'environnement en réduisant
l'empreinte carbone de ses livres.
Celle de cet exemplaire est de :
1,3 kg éq. CO_2
Rendez-vous sur
www.grasset-durable.fr

N° d'édition : 21687 – N° d'impression : 3040162
Dépôt légal : novembre 2020
Imprimé en France